Un Souffle à la Fois

Publié par :
Gaëlle Cathy
© 2017-2025 par Gaëlle Cathy

****

Couverture : Eve Dussaud

ISBN (Broché) : 979-10-96374-08-3

Table des Matières

Remerciements

Un énorme merci à Samantha et Gemma pour leur aide avec la muco. Vous m'avez donné une entrée directe dans l'esprit de Spencer. Et je suis privilégiée de vous connaître.

Merci à Eve pour la couverture. ;)

Merci à mon fidèle lectorat.

Dédicace

À Gregory, tu es la raison derrière cette histoire. Tout a débuté par toi. Tu es en vie dans nos cœurs à tout jamais, petit ange.

À Jerica, McKenna, Marion, Joy, Ritchie, Brian, Tyler, Bridgette, Taylor, Hilary, Jody, Valentina, Kaine, Gareth, Cole, Romain et tous les anges partis trop tôt…

À Jonathan, j'aimerais pouvoir comprendre ton geste. Mais surtout, j'aurais aimé une dernière chance de te parler et de chasser tes souffrances pour que tu ne nous quittes pas de la sorte…

Chapitre Un

— Allez, Matt ! Il fait un temps splendide. Ça fait tellement longtemps que je ne me suis pas baladée à l'Arboretum. Je n'ai pas envie de passer ma journée au téléphone !

Alécia Moore plaça son iPhone de l'oreille gauche à la droite afin d'admirer plus librement les vibrantes couleurs automnales de l'arboretum du Washington Park de Seattle, en ce dernier week-end de septembre 2012. Elle approchait du sentier du rivage. Elle soupira puis sourit.

— D'accord, d'accord. Mais combien de temps ? … Je t'ai dit oui, Matt. Je guette, t'inquiète. … Oui, OK. On se voit plus tard. Bye.

Malgré son sourire, Alécia soupira de nouveau en raccrochant. Elle repoussa une mèche blond foncé de son visage et observa le ciel, s'étirant le cou pour tâcher de voir au-delà des sapins et des épicéas se dressant fièrement.

— Je suis bonne pour un torticolis ce soir.

Quelques mètres plus loin, Spencer Davies prenait des clichés d'une canne et ses petits qui se précipitaient vers l'étang, passant non loin d'elle. Sans lever l'œil de son imposant appareil photo, elle reculait, afin que la canne ne change pas de chemin par sa présence.

— Ouch !

Elle lâcha presque son objectif, quand elle rentra dans quelque chose. Si ce quelque chose n'avait pas sorti une courte expiration au contact, Spencer aurait pensé qu'il s'agissait d'un arbre.

— Bon sang, je suis désolée, je…

Alécia s'interrompit, sans explication, du moment où ses yeux se posèrent sur la fine brunette qu'elle venait de bousculer. Elle s'apprêtait à reprendre sa phrase quand la femme repoussa sa frange du visage, révélant un regard profond de couleur noisette. Alécia resta la bouche fermée. Elle cligna des yeux.

— Je regardais en l'air, euh…

Quand Spencer lui sourit, Alécia en perdit le train de ses pensées. Son cerveau paraissait gelé, ses lèvres, en revanche, formaient un sourire facile. Inexplicablement, le paysage entourant cette femme devint noir et blanc ; l'étang derrière elle, les sapins Douglas dans le fond, le magnifique rose foncé des feuilles de Mariesii, les couleurs d'automne des feuilles de Franklin à présent aussi blancs que la neige.

Alécia cligna de nouveau des yeux ; s'étaient-elles rentrées dedans si fort qu'elle en avait une commotion cérébrale ? Elle secoua la tête brièvement.

— Le ciel, je veux dire, finit-elle, se sentant extrêmement bizarre, incertaine de ce sentiment maladroit qui déstabilisait tout son être.

Spencer leva les yeux au ciel bleu-gris.

— Tu cherches un présage ? demanda-t-elle, sourcillant de manière amusée.

Ce sourire... Alécia doutait d'en avoir déjà vu un aussi étincelant. Les couleurs autour d'elles réapparurent d'un seul coup, paraissant encore plus vibrantes. Les Azalées scintillaient d'un rouge plus ardent que les plus flamboyantes roses rouges. Le paysage semblait idyllique, à commencer par la femme se tenant juste en face d'elle.

— Non, répondit Alécia, un léger rosé aux joues. Un ami m'a dit de regarder en l'air, une surprise ou un truc dans le genre.

Elle agita la tête et sourit intérieurement à cet étrange sentiment qu'elle venait de ressentir.

— J'espère que je ne t'ai pas fait mal ou ruiné ta photo, ajouta-t-elle en pointant du doigt le large appareil. Sacré objectif, d'ailleurs.

Spencer fixa le vert foncé profond des yeux de l'inconnue pendant un long instant, sans réagir immédiatement, comme cherchant sa réponse en eux.

— Merci. Euh, non...

Elle secoua la tête de la même façon qu'Alécia précédemment. Ne t'inquiète pas, ce n'était pas la photo de l'année.

Alécia inspira fortement tandis que le regard de Spencer s'attardait sur le sien.

— Tu es photographe ? demanda-t-elle rapidement, tant l'intensité de leur silencieuse interaction la perturbait.

— J'essaie, oui. Et toi ? Tu viens souvent ici ?

Les lèvres d'Alécia formèrent un sourire involontaire à la pensée que l'inconnue ne semblait pas plus encline qu'elle à rompre leur rencontre inopinée. Alécia se concentra davantage sur la jeune femme, elle la devinait dans la vingtaine, comme elle, peut-être deux ou trois ans de plus. Elle était plus grande et beaucoup plus fine. Presque trop fine, ou alors cela venait du blue-jean serré qui la moulait à la perfection.

Alécia chassa ces pensées de son esprit et répondit enfin :

— En fait non, pas tellement. Avant oui, quand j'étais plus jeune. Mes parents vivent à Port Townsend[1], et j'ai beaucoup d'amis et de la famille à Seattle et Port Angeles[2]. Mais j'étudie à Berkeley[3].

— Berkeley, bien. Impressionnée même.

— L'université de mes rêves, je l'avoue.

La photographe sourit plus largement à l'éclat nouveau dans le regard d'Alécia. L'étudiante sentit son cœur se soulever dans sa poitrine. Elle baissa les yeux au sol, encore une fois confuse. Le sourire de cette femme dégageait quelque chose d'extraordinaire.

Elle se racla la gorge discrètement et l'observa de nouveau.

— Je comprends ça, indiqua Spencer.

Alecia changea de pied d'appui, de droite à gauche, son regard ne quittant jamais celui de la belle brune.

— Et toi, l'université ? Déjà diplômée sans doute.

Spencer fixa brièvement le sol, brisant ainsi pour la première fois l'intense échange visuel. Elle se demanda succinctement pourquoi elle ne se trouvait pas déjà au bord de l'étang à photographier canards et couleurs d'automnes. Habituellement, elle n'aimait pas qu'on l'interroge trop. Pourtant, elle sourit davantage, car, loin de l'agacement, une grande excitation la saisissait à cet instant.

— Je n'y suis pas allée. Trop de choses à faire, pas assez de temps.

— Je comprends ça, aussi. Tu es photographe depuis longtemps ?

Spencer rit doucement tout en remettant le cache de l'objectif en place.

— Tout dépend ce que tu appelles être photographe. Ce genre de cliché, indiqua-t-elle, en montrant la vue autour d'elle. Les paysages, la nature, etc., c'est pour des sites de photos gratuites, style Fotolia, Getty Images ou autre. Ça paie les factures. Je le fais depuis un moment, même si c'est parfois ennuyeux. La photo en tant que telle, c'est une passion pour moi. J'ai l'impression d'avoir fait ça toute ma vie.

Spencer s'étonna de partager si librement. D'ailleurs, elle poursuivit :

— De temps en temps, je fais des photos de pochettes de disques ou de livres pour différents artistes locaux. Je bosse pas mal sur ordinateurs aussi, du design ; sites web, expositions, etc. Le design informatique, c'est une autre passion.

— C'est très varié, en fait. Tu ne dois pas t'ennuyer.

Spencer acquiesça grandement.

— C'est le but. La vie est trop courte pour s'ennuyer.

— Tu parles ! s'amusa Alecia. Tu as quoi, vingt-deux, vingt-trois ans, max ?

Le sourire de Spencer s'élargit à l'intérêt évident de l'étudiante.

— Vingt-quatre, annonça Spencer, un léger rougissement aux joues tandis qu'elle ajouta : et toi ?

— Vingt-et-un.

— Je m'appelle Spencer, au fait.

Elle lui tendit la main. Son regard perçant parut pénétrer Alécia, qui ne comprit pas pourquoi elle inspira fortement quand leurs mains se touchèrent. Elle ne pouvait détourner son regard de celui de la photographe.

— Moi, c'est A—

— Alécia.

Surprise, Alécia retira sa main. La séparation parut visiblement affecter Spencer.

— Comment le sais-tu ?

Le sourire de Spencer s'avérait moins prononcé que les précédents, tandis qu'elle pointa vers le ciel.

— Ton présage est arrivé.

Alécia leva les yeux au ciel. Elle se déporta légèrement sur le côté gauche pour voir correctement, bien qu'elle le regretta aussitôt.

— Oh… Mon… Dieu…

Un avion traînant une banderole sur lequel était simplement écrit *je t'aime, Alécia* volait au-dessus de leurs têtes. En guère plus de quelques secondes, Alécia avait totalement oublié la requête de Matt, ou Matt tout court. Elle prit une profonde inspiration qu'elle relâcha dans un soupir perplexe.

— Ce n'est *vraiment* pas un présage, assura-t-elle, se retournant de nouveau vers Spencer.

— P'tit ami ?

— Non, pas vraiment. Enfin, je veux dire non. Définitivement, non.

Alécia se demanda pourquoi cela lui paraissait soudainement si important qu'une étrangère ne se méprenne pas sur sa relation avec Matt.

— Bonne chance, dans ce cas.

Le portable d'Alécia sonna.

— Mince, lâcha-t-elle quand elle découvrit la provenance de l'appel.

Elle regarda de nouveau Spencer.

— Je devine ; le non p'tit ami ?

Alécia dut acquiescer. Elle savait qu'il ne raccrocherait pas de sitôt, mais elle ne voulait pas lui parler à ce moment-là, pas avec Spencer en face d'elle. Surtout, elle réalisait qu'elle n'avait tout bonnement pas envie que sa conversation avec la photographe s'arrête ici.

Voyant qu'Alécia ne prenait pas l'appel, qui partit en message vocal, Spencer signala :

— Hey, euh, je serais en ville demain. Une amie expose quelques toiles dans une galerie locale en soirée, et, euh, ça te dirait qu'on se retrouve au Neptune Café, vers seize heures, mettons, et tu pourras me dire comment *ça* s'est passé, termina-t-elle en pointant le portable qui sonnait de toute part, Messenger, message vocal et textos.

Les lèvres d'Alécia tremblèrent un peu, tandis que des sentiments contradictoires l'envahissaient et tuèrent le oui immédiat lui venant à l'esprit. Elle ne saisissait pas ce qui lui arrivait. Du moment où son regard s'était posé sur Spencer, elle s'était sentie hors de son élément, la photographe lui avait fait beaucoup d'effet, c'était le moins que l'on puisse dire.

Néanmoins, le ton amusé de Spencer la détendit, et elle ne pouvait que sourire face à celui si envoûtant de la jeune femme. L'invitation était sans équivoque. Elle non plus n'avait pas envie que leur rencontre imprévue s'interrompe. Le téléphone continuait de buzzer.

Avec un rougissement prononcé, Alécia répondit :

— Oui, ce serait sympa. Et toi tu pourras me montrer comment *ça* s'est passé, avec ma maladresse, déclara-t-elle en pointant du doigt les canetons barbotant désormais dans l'étang.

— Entendu.

Leurs regards n'en finissaient plus de s'entremêler, et le sourire sur leurs lèvres paraissait figé, tant elles semblaient ne pas vouloir, ou pouvoir, se séparer. La sonnerie du portable d'Alécia retentit de nouveau, rompant ainsi la magie de leur rencontre.

— Dans ce cas, à demain, Alécia.

— À demain ! confirma l'étudiante d'un geste prononcé de la tête.

Spencer se tourna et s'en alla. Au bout de quelques instants, Alécia prit finalement l'appel.

— Oui. … Oui, Matt, je l'ai vu. J'aurais eu du mal à le rater. … À vrai dire, euh, c'est gentil. … Non. … Si, bien sûr. Mais tu n'aurais pas dû. … Oui. … Oui, je le sais. … Non, je ne peux pas ce soir, je mange avec mes parents. … Non, je ne t'évite pas, Matt, s'il te plaît. … Demain soir ? Euh, non, pas demain. … Pourquoi ? Euh, bon OK pour ce soir dans ce cas. … Ne t'inquiète pas, je les gère. … Passe me prendre vers vingt heures ? … OK. … Oui, c'était très gentil de ta part, Matt. … OK, à ce soir. Bye.

Alécia raccrocha et soupira de nouveau. Elle observa Spencer qui s'éloignait, elle paraissait encore plus fine de si loin. Ses longs cheveux légèrement ondulés dansaient par-dessus sa veste marron.

Alécia se demanda ce qui lui arrivait ; elle sautait le repas avec ses parents ce soir au profit de Matt, afin de ne pas lui apprendre qu'elle avait un rendez-vous avec Spencer le lendemain. Elle ne comprenait pas ce qu'il venait de se passer, mais réalisait que bien plus que leurs corps s'étaient bousculés. Ce n'était, en revanche, pas le moment de se poser trop de questions à ce sujet. Spencer lui semblait une personne très intéressante et elle souhaitait simplement la connaître mieux. Pour l'instant, elle s'en tiendrait à ce raisonnement.

***

Alécia se déplaça de quelques centimètres sur le canapé quand Matt vint s'asseoir tout contre elle, déposant deux bières sur la table basse. Pour une fois, le dîner avec ses parents lui manquait ; non pas qu'ils habitaient loin, le studio de son ami se trouvait à un kilomètre et demi de leur maison.

Elle sortit de sa rêverie quand Matt, d'une caresse, écarta de son visage une mèche de ses cheveux blond foncé. Elle se recula légèrement.

— Je ne peux même plus te toucher maintenant ?

Elle ne répondit pas. Il croisa les bras sur sa poitrine.

— Je croyais qu'on sortait ce soir, Matt.

— Je sais, mais je me suis dit que j'aurais plus de chance de pouvoir enfin te parler sérieusement si on restait là. Tu m'évites suffisamment comme ça.

— Je ne t'évite pas. Mais je ne sais plus comment me comporter avec toi.

Il secoua la tête.

— Était-ce si mauvais ?

Alécia regarda le mur au loin. Il prit ses mains dans les siennes.

— Sérieusement, Al. C'était si mal que ça ? Car je ne trouve pas.

— Je n'ai jamais dit que c'était mauvais. C'est juste… on n'aurait pas dû, c'est tout.

Il s'éloigna de quelques centimètres seulement, laissant sa main sur la cuisse d'Alécia.

— Pourtant, on prenait cette direction depuis des mois, Al.

Elle plaça sa main sur la sienne.

— On avait simplement trop bu, Matt. Cela ne serait jamais arrivé sinon.

Il la fixa.

— En es-tu sûr à cent pour cent ? Et franchement, on était légèrement éméchés, sans plus.

Elle resta silencieuse.

— Toi et moi, on est super proches depuis plus de quinze ans, Alécia.

— Voilà pourquoi ça n'aurait jamais dû arriver. Tu es mon meilleur ami. Et je t'aime comme tel. Je ne veux pas que notre relation change.

— Les relations changent tout le temps, Al. On évolue, on change, et nos sentiments aussi.

— Voilà le problème, Matt. Je n'éprouve pas ces sentiments-là pour toi. Je suis désolée.

Il repoussa une autre mèche, avec une légère caresse.

— Toi et moi, comme on est tous les deux… et l'autre nuit. Je sais que ça t'a plu.

Elle regarda au loin, clairement embarrassée.

— Ce n'est pas la question.

— Bien sûr que si.

— Franchement Matt, je ne me souviens pas de grand-chose, pour tout dire. La nuit entière est un peu… comme un brouillard pour moi.

— Ne fais pas ça, Al. Ne fais pas comme si tu n'étais pas là avec moi, ou pire, que je t'ai saoulé pour abuser de toi ?

Elle lâcha sa main.

— Tu prends tout de travers. J'essaie de te parler, de te dire ce que je ressens. Ou plutôt, ce que je ne ressens pas, mais tu n'entends même pas. Je n'ai jamais rien dit de tel Matt, et ne conçois absolument pas cette nuit-là de cette manière. J'étais là, oui, et mon corps a réagi, si ça te fait plaisir, oui. Mais je ne devrais pas éprouver cela simplement parce qu'un p'tit coup dans le nez me désinhibe, c'est tout.

— Ouais.

Elle soupira.

— Pourquoi est-ce si dur de te parler maintenant ?

— Et pourquoi est-ce si dur pour toi de tenter le coup ?

— Parce que je ne suis pas prête ! s'exclama-t-elle en détournant le regard. Et même si je l'étais… Je ne ressens pas ça pour toi, point barre.

Il lui caressa gentiment le dos de la main.

Ça fait quatre ans maintenant, Al. Il faut que tu avances.

Elle ferma les yeux avec une longue inspiration.

— Ne penses-tu pas que Laura le voudrait pour toi ? Tu étais si jeune, et c'est loin à présent.

Alécia expira et ferma de nouveau les yeux à la mention de son ancien amour. Son *seul* amour.

— C'est drôle. Je ne me souviens pas t'avoir entendu prononcer son nom avant. De toute façon, tu n'entends que ce que tu veux entendre, Matt. Qu'en est-il de la partie où je te dis ne pas éprouver ces sentiments-là pour toi ?

Il soupira.

— OK, je suis désolé. Je ne te forcerai jamais, tu le sais ça. C'est juste… L'autre nuit a changé quelque chose, pour moi en tout cas. Je croyais que pour toi aussi. Je sais que tu m'aimes, au plus profond de toi. C'est moi qui t'ai rendu ton sourire, tes rires même, c'est moi qui t'ai refait parler librement et vivre de nouveau après… Et on est devenus si proches.

— Et je tiens énormément à cette amitié, Matt.

— Alors c'est vraiment pour ça que tu ne veux pas plus avec moi, à cause de notre amitié ?

Elle se raidit légèrement. Aborder ce sujet avec lui s'avérait difficile, mais il était son ami proche après tout, et cela sortirait tôt ou tard, donc elle se lança :

— Pas seulement. C'est vrai, je tiens trop à notre amitié pour prendre ce risque, mais surtout…

Elle marqua un temps de pause, le regard perçant de Spencer lui traversa l'esprit, et ce sourire si vibrant s'afficha dans son esprit comme si la photographe se tenait devant elle à cet instant.

— Surtout, je pense que je suis réellement lesbienne, Matt.

Il fronça les sourcils et elle reprit :

— Je sais. On en a déjà parlé ; Laura et moi nous étions des ados et ça aurait pu n'être… mais ce n'était pas juste une phase. J'aurais dû savoir que des sentiments si profonds ne s'évaporaient pas comme ça dans les airs, si facilement.

Matt s'éloigna un peu. Il fixait la commode plus loin dans l'entrée, semblant considérer sa réponse. Il se concentra de nouveau sur elle.

— Tu veux mon opinion ? Tu as eu peur. Toi et moi on s'est sacrément rapprochés, alors tu repars avec ça.

Il serra sa main quand elle voulut la retirer.

— Mais ce n'est pas toi. Tu es une bonne personne, tu sais ce qui est bien.

Elle soupira et put enfin soustraire sa main.

— Tu es tellement bigot, parfois.

— Je ne comprends simplement pas comment tu peux me faire ça, et à tes parents aussi. On a toujours été ensemble à l'église, au catéchisme et à tous nos clubs, avant en tout cas… C'était toujours toi et moi. Ça l'a toujours été.

— C'est moi ou tu as Alzheimer d'un coup ? Et je ne me sens pas *malsaine*, Matt. Je ne peux pas m'empêcher de ressentir ce que je ressens, et pour qui je le ressens ; les femmes.

Il sourit du coin des lèvres et secoua légèrement la tête.

— Et tu as réalisé ça d'un coup d'un seul ?

Alécia se racla la gorge, impossible de faire marche arrière à présent.

— J'ai rencontré quelqu'un aujourd'hui, une femme, et j'ai ressenti… quelque chose. Je crois qu'elle aussi, je ne sais pas, je ne suis pas sure. On se voit demain autour d'un café.

— Ouah, demain ? Et qu'en est-il de ton *je ne suis pas prête* ?

— Tu es vraiment injuste avec moi, Matt.

Il se leva.

— Je sais. Mais devine quoi, je ramasse les morceaux de mon cœur brisé jusqu'à l'autre bout de la pièce. Alors désolé si je ne me sens pas d'humeur chevaleresque ou amicale.

Alécia se redressa pour partir. Il la rattrapa quand elle atteignit la porte et la retint gentiment.

— Attends. Désolé. Vraiment, sincèrement, je suis un vrai connard ce soir. C'est juste… au cas où la banderole n'était pas assez grande ; je t'aime.

Elle baissa les yeux un court instant et il ajouta :

— Et l'autre soir… Mais ça me passera. Donne-moi un peu de temps avant que je puisse redevenir *juste* ton ami. Tu peux ?

— Oh que oui, répondit-elle en agitant la tête pour appuyer ses dires.

— Ne fais rien de radical pour me repousser en attendant. Ce truc avec les filles… Pense à tes parents, à Dieu, à la vie. Ce n'est pas comme ça qu'ils t'ont élevé et…

Il s'interrompit face à l'irritation grandissante dans le regard de son amie.

— OK. Je ne dirai plus rien. Promis.

Il la prit dans ses bras avant de la raccompagner chez ses parents.

***

Alécia franchit la porte du Neptune Café sur Greenwood Avenue à seize heures. Elle secoua la pluie de son manteau et de son parapluie tout en scrutant l'intérieur du café bondé. Elle espérait que Spencer ne soit pas déjà partie, ou n'ait pas changé d'avis, tout simplement, quant à leur rencontre ce jour. Les grands gestes de Spencer, assise à une table au fond de la salle, la rassurèrent. La photographe n'avait de toute évidence pas manqué son entrée.

Alécia n'aurait su expliquer ce qui la faisait tant fondre dans le sourire de Spencer, néanmoins c'était le cas. Elle se sentait rougir et incapable de stopper le sien, qu'elle savait niais à souhait, tandis qu'elle approchait de Spencer.

— Salut. Bien contente que tu aies pu venir, l'accueillit la Seattleite[4], reposant son macchiato sur son plateau.

— Moi aussi. Désolée pour le retard. Je n'utilise pas ma voiture souvent, donc elle a eu un peu de mal à démarrer. Et franchement, conduire sous une telle pluie. On oublie bien volontiers la pluie quand on part d'ici.

Alécia s'estimait déjà heureuse d'avoir trouvé à se garer relativement près, sinon elle aurait eu un retard bien plus important. Elle posa le parapluie contre le mur, retira son manteau et s'assit.

Spencer lui rendit son sourire, puis l'interrogea :

— J'en déduis que tu étais contente de partir.

L'étudiante détecta facilement un léger regret dans le ton de Spencer.

---

[4] Habitant de Seattle, WA, Etats-Unis.

— En fait, oui et non. J'adore Seattle. Mes amis, ma famille, mes racines sont ici. J'aime cet environnement. Culturellement parlant, Seattle est très excitante.

— Tu prêches une convaincue, assura Spencer avant de rajouter : mais… ?

— J'avais besoin de partir, oui. J'ai connu une dernière année au lycée assez chaotique. J'avais besoin de changement. Et j'ai toujours rêvé de Berkeley, de toute façon. Je ne me suis pas fait prier quand j'ai été acceptée. Je pense que tout s'est passé pour le mieux, en fin de compte.

Elle s'installa plus confortablement sur sa chaise et posa son sac à main au pied de celle-ci.

— Je reviens fréquemment maintenant. Tu veux quelque chose ? demanda-t-elle en se levant.

Spencer secoua la tête. Alécia se rendit au comptoir pour commander un expresso, sous l'œil attentif de la photographe. Elle se réinstalla avec son café et un donut.

— Et toi ? Tu viens d'où, parce que cet accent n'est pas d'ici ?

Spencer sourit et acquiesça. Elle n'était toutefois pas née loin, puisque sa famille était originaire de Boise dans l'Idaho. Ils avaient beaucoup voyagé. Elle avait résidé en Australie jusqu'à l'âge de sept ans avant de passer trois ans en Allemagne. Elle vécut ensuite jusqu'à ses douze ans à Seattle, puis un an au Japon, retour à Seattle suivi d'un an à Djibouti, et enfin, retour à Seattle depuis ses seize ans.

— C'est pour ça que je parle un peu bizarrement.

Elles échangèrent un bref rire et elle termina :

— Mes parents sont de retour pour de bon à Boise. J'ai choisi de rester ici chez ma cousine, car j'adore l'atmosphère de cette ville.

— Je suis impressionnée, tu as voyagé… partout.

— Non, pas partout. On n'est jamais allé en Amérique du Sud. J'aimerais tellement voir les chutes d'Iguaçu, et bon sang, la cordillère de Darwin, je rêve d'un trekking de plusieurs semaines, tu vois. C'est si beau…

Elle parlait avec des étoiles dans les yeux. Alécia avait du mal à regarder autre part, d'ailleurs.

— J'espère que je pourrai voir tout ça un jour. Je prendrais de ces photos, dis. Et mon rêve, bon, ça va te paraître sûrement très nul, mais c'est… Rio. Le Corcovado. Le cliché, touriste à souhait, n'empêche que je veux *vraiment* le voir. C'est mystique pour moi. Donc ça, et la cordillère de Darwin c'est mon rêve. J'aimerais voir tellement de choses. Trop.

— Hey, tu as encore le temps. Et je ne trouve pas ça cliché du tout. Ça doit être impressionnant de se retrouver face à cette statue. Et c'est tout un symbole. Tu as quand même vu bien plus de choses que moi. Je suis allée au Venezuela une fois, à Winnipeg[5] et Toronto[6], mais tu vois, je n'ai jamais traversé d'océan. Y a-t-il une raison particulière que vous ayez tant bougé ?

Spencer expliqua que son père était militaire ; pilote spécialisé dans les missions de sauvetage et de ravitaillement aérien. Elle savait que l'inactivité lui manquait, cela dit toute la famille constatait également qu'il profitait pleinement de sa retraite, et surtout du temps qu'il pouvait maintenant passer avec les siens. Ils avaient voyagé avec lui aussi souvent que possible, mais il y avait eu beaucoup de séparations de longue durée.

— Tu as bien voyagé. Je t'envie tout de même.

— C'était cool, oui. La plupart du temps, en tout cas.

— J'aimerais beaucoup visiter l'Europe. L'Angleterre, la France et d'autres.

— Tu auras ta licence au printemps, c'est bien ça ?

Alécia acquiesça et Spencer poursuivit :

— Tu n'auras qu'à voyager cet été. Tu l'auras bien mérité, non ?

— Je ne peux pas. J'ai déjà un emploi qui m'attend, en fait.

— Oh. Bien. Quel job ?

— Assistante d'édition dans une maison d'édition. J'ai fait un stage chez Harper Collins l'été dernier qui s'est super bien déroulé.

— C'est ce que tu étudies à Berkeley ?

— Je passe ma licence d'anglais, oui. Ma mineure[7] c'est l'écriture créative. J'ai aussi un module d'histoire, parce que j'aime vraiment ça. Je l'avais prise à la base, comme on étudiait les romans victoriens. J'avais suivi ce cours pour avoir une meilleure compréhension de cette époque-ci en Europe, principalement en Angleterre, et cela m'a donné envie d'y aller. Je sais, j'ai tendance à m'éparpiller. J'avais pris une classe de journalisme également sur ma première année, car j'adore ça. J'ai dû

---

[5] Winnipeg est la capitale de la province canadienne du Manitoba.

[6] Toronto, capitale de la province de l'Ontario, est l'une des principales villes canadiennes. Située sur la rive nord-ouest du lac Ontario.

[7] La majeure permet d'acquérir les bases théoriques générales et solides dans le domaine de spécialité choisie, soit 65 % des enseignements. La mineure, suivie simultanément, est une seconde discipline représentant 35 % des enseignements.

l'abandonner au bout d'un moment pour me reconcentrer sur mes majeure et mineure.

— Non, c'est cool. Tu t'intéresses à beaucoup de choses. Moi j'avoue que je ne sais pas trop comment marche tout ça ; les majeures, les mineures… L'université, en gros. Mais je pense que tu devrais continuer d'apprendre tout ce qui te passionne.

— J'aime tellement de sujets que ça a été dur de me restreindre.

— Dans ce cas, continue d'étudier.

— J'ai déjà un boulot qui m'attend.

— Et alors ? demanda naturellement Spencer, sourcil levé, avant de boire une gorgée de son macchiato.

— Et bien…

Sans réel argument, Alécia n'ajouta rien.

Spencer se mordit légèrement la lèvre inférieure et reposa son café sur le plateau.

— Et sur quoi écris-tu ? l'interrogea-t-elle.

— J'édite principalement, je corrige les textes. Tu parles bien de mon futur boulot, n'est-ce pas ?

— « Écriture créative ». Tu dois bien écrire des trucs ?

— Oh, euh, non. Enfin, je veux dire, j'écrivais… plus jeune.

— Tu as choisi ça comme mineure. Tu l'as gardé alors que tu as lâché des cours que tu aimais vraiment, que tu adorais même. Donc tu dois *vraiment* aimer écrire, non ?

— Euh…

Alécia prit une longue inspiration avant d'admettre :

— Oui. Enfin, je n'ai rien écrit depuis un moment, honnêtement, en dehors des cours. Je n'ai rien montré d'autre à mon prof. Je veux dire… je n'allais pas poursuivre dans cette voie, alors… Mais quand j'étais plus jeune, oui, je désirais écrire. Plus, je veux dire.

— Pourquoi as-tu arrêté ?

Elles échangèrent un regard soutenu. L'explication était simple, et pourtant si compliquée. Pourquoi ? Tant de raisons, et aucune réellement.

— Certains trucs m'ont barré la route.

C'était la réponse la plus facile qu'Alécia pût trouver.

Spencer la fixa intensément, puis elle se rassit au fond de sa chaise, en déclarant sobrement :

— C'est dommage. J'ai comme le pressentiment que j'aurais aimé tes écrits.

Elles échangèrent un sourire charmeur, néanmoins Spencer ne posa plus de questions sur le sujet. Bien qu'il lui semblât la connaître depuis toujours, cela ne faisait en réalité qu'une demi-heure. Gardons cela pour une autre fois, pensa-t-elle. Elle souhaitait réellement qu'il y ait d'autres rendez-vous avec l'étudiante, alors que celui-ci commençait tout juste.

Alécia réajusta son manteau sur sa chaise pour qu'il ne la mouille plus. Pendant un court instant, elles sirotèrent leurs boissons entre quelques regards furtifs l'une à l'autre.

Spencer se leva et commanda un nouveau macchiato ainsi qu'un donut, car l'étudiante avait terminé le sien. Alécia la remercia, ses joues teintées de rose, surtout à constater la taille fine de la photographe, comparé à ses courbes généreuses. À l'évidence, Spencer ne mangeait pas deux donuts en une demi-heure.

Tandis qu'elle se rasseyait, Spencer commença à tousser.

— Braver le mauvais temps n'était peut-être pas une si bonne idée, en fin de compte.

— Ne t'inquiète pas pour ça, répondit la native de l'Idaho avec un geste de la main.

— C'est quand même une mauvaise toux que tu as là.

— Je vais bien. Comment ça s'est passé avec ton ami ?

Alécia se crispa quelques secondes au changement de sujet, puis se relâcha.

— On a eu une loooongue conversation.

— Et ?

— Et… c'est un mec, donc je devrais sûrement lui répéter tout cela très bientôt.

Spencer se retint de rire. Le sourire sur les lèvres d'Alécia s'effaça pour laisser place à une expression faciale plus honnête.

— Non, mais plus sérieusement. Je ne suis pas très juste avec lui. Je lui ai donné de faux espoirs, sans le vouloir. C'est mon meilleur ami et un type super. Je ne devrais pas me moquer. Je suppose que ça ne doit pas être facile d'aimer quelqu'un qui ne vous aime pas.

— C'est même pire que ça, je te le dis.

— Oh, parce que ça t'est arrivé peut-être ? déclara Alécia d'un ton joueur.

— Et pourquoi pas ?

L'intensité du regard qui passait entre elles en plus de leur échange taquin était quasiment trop pour l'étudiante qui prit une inspiration plus soutenue. Elle remarqua par ailleurs la poitrine de Spencer se soulever aussi.

— Tu es fascinante.

Ces mots sortirent de la bouche d'Alécia sans qu'elle ne puisse les retenir.

Un silence soudain s'abattit sur leur table. Spencer nota les variations de couleurs sur les joues de son interlocutrice, du rose au rouge vif. L'air choqué sur son visage prouvait également qu'elle ne savait pas bien d'où lui étaient venus ces mots. L'étudiante secoua la tête.

— Je veux dire… Eh bien, ouais.

Elle sourit, se détendant enfin. Sans comprendre pourquoi, elle se sentait à l'aise de se montrer totalement honnête avec Spencer, comme plus tôt au sujet de Matt.

— Et tu es vraiment très belle, donc je ne vois pas qui que ce soit te rejeter.

— Mon Dieu, tu me fais rougir. Et *ça*, ça n'arrive pas souvent. Aimer quelqu'un qui ne vous aime pas en retour, ça j'ai connu. Bon OK, j'avais peut-être sept ou huit ans à l'époque, plaisanta-t-elle alors qu'Alécia rit. Mais quand même. Ça fait mal. Ne te moque pas, c'est vrai. Oh, bon sang, j'adore ton rire…

Alécia se tut instantanément et son regard se perdit dans celui de Spencer. Elle en aurait presque eu du mal à respirer. Elle essayait de se souvenir de ce sentiment, cet étrange sentiment d'être entouré de dizaine de personnes bruyantes et de n'en voir et n'entendre qu'une seule. Non, elle ne l'avait jamais connu auparavant.

Le léger rosé sur les joues de Spencer ne l'empêcha pas d'ajouter :

— Quant à la beauté, tu as beaucoup d'avance sur moi. Normal que tu n'aies jamais été rejetée.

— Euh, tu plaisantes, j'espère ? s'enquit Alécia en désignant précisément ses cuisses.

Pour appuyer son argument, elle se leva pour mieux les montrer.

Spencer rit.

— S'il te plaît, monte sur la table, je ne vois rien d'ici.

Alécia rit plus légèrement que la photographe, puis se rassit.

— Non, mais sérieusement, j'ai un gros cul, une culotte de cheval même, alors que tu es si fine. Tu n'as pas une once de graisse. Non pas que je t'ai maté ou autre, bien sûr…

Alécia sourit à son mensonge évident.

Spencer la fixa d'un air amusé.

— Eh bien, moi je l'ai fait, et je peux te dire que tu as tout ce qu'il faut, où il faut. Je suis fine, et plus petite que toi. Ce n'est pas attirant, j'ai peu de seins. Toi, en revanche…

Alécia ne comprenait plus rien ; tout ce dont elle avait envie à ce moment-là, c'était de l'embrasser. C'était aussi simple que ça. Rien d'autre ne lui venait à l'esprit. Le barista fit tomber une tasse de café derrière le comptoir, interrompant ses rêveries, et son rougissement. Elles dégustèrent leurs boissons dans le calme pendant quelques instants. Leurs regards en revanche continuèrent leur conversation silencieuse, mais intense.

Spencer mit subitement la main dans son sac à main. Sans en retirer quoi que ce soit, elle pressa un spray dont l'odeur remplit rapidement les narines d'Alécia. Une vive senteur d'orange, pas désagréable du tout, au contraire, mais qui la surprit.

— Les fortes odeurs de café me rendent un peu nauséeuse parfois, expliqua Spencer en détournant le regard.

Alécia restait perplexe, quasiment certaine d'avoir raté quelque chose, cependant elle ne commenta pas. Elle sourit et alla commander un chocolat chaud. Spencer se détendit.

Réchauffée par sa boisson, l'étudiante quitta son sweat-shirt. Le sourire captivant sur les lèvres de Spencer s'évapora aussitôt. Alécia fronça les sourcils jusqu'à ce que la photographe lui prenne délicatement le poignet, pour confirmer ce qu'elle avait deviné. En principe, le premier réflexe d'Alécia, quand une personne remarquait sa cicatrice, était de la couvrir. Là, elle ne retira même pas sa main.

— Est-ce que ça va ?

L'attention tendre et sincère dans le ton de Spencer dissout les dernières résistances qu'Alécia aurait pu avoir et elle s'exprima librement :

— C'était il y a longtemps…

Face au subtil froncement de sourcils de Spencer, elle ajouta :

— Je vais bien maintenant, alors ça me paraît vraiment loin.

Spencer effleura le côté de la main d'Alécia avec son pouce, évitant soigneusement la légère cicatrice sur l'intérieur du poignet de l'étudiante. Alécia eut soudainement la tête qui tourne ; d'une certaine manière, cette caresse semblait effacer de sa mémoire les souvenirs de cette cicatrice. Elle expira quand la photographe retira sa main.

— Comme je te l'ai dit plus tôt, une dernière année de lycée très chaotique. J'ai commis une erreur. Mais je suis passée outre. C'est la vérité.

— Ravie de l'entendre. Je vais te paraître cliché une fois de plus, mais la vie c'est tellement précieux.

Elles se fixaient intensément une nouvelle fois.

— Je sais.

La conversation s'orienta vers la photographie, la scène musicale et artistique de Seattle, la vie sur le campus de Berkeley, la famille et les amis. Spencer en apprit davantage sur les parents d'Alécia et ses meilleurs amis ; Henry, qu'elle appelait toujours son petit frère, Susan, sa colocataire dans les dortoirs de Berkeley depuis trois ans, et Matt. Alécia découvrit que Spencer avait une petite sœur, Lily. Elle apprit également qu'elle avait un frère, Liam qui était décédé il y a six ans, âgé seulement de seize ans, d'une maladie que Spencer n'avait pas précisée. Elles échangèrent avec facilité sur tout, si bien que la belle brune était en retard pour l'évènement de sa meilleure amie, Kenzi.

Aucune d'entre elles ne désirait terminer ce rendez-vous en revanche, aussi, ce fut un soulagement pour toutes les deux quand Spencer lui proposa de l'accompagner à l'inauguration. Alécia envoya un SMS à sa mère, ne voulant en aucun cas l'avoir au téléphone. Elle savait parfaitement qu'elle la culpabiliserait de sauter un autre repas avec eux. À ce moment-là, rien ni personne n'aurait pu l'empêcher de suivre Spencer.

Il fallut un petit moment à Alécia pour s'habituer à la personnalité de Kenzi, ou plutôt à ses peintures. Une fois que l'artiste dévoilait ses pièces colorées, parfois abruptes, Alécia put mieux les apprécier.

***

— Par-là !

La main de Spencer s'était logée au creux du dos d'Alécia, tandis qu'elle la dirigeait vers un couloir.

— Je crois me souvenir que c'est par ici.

Alécia ne savait même plus ce qu'elles cherchaient à la base, tout ce à quoi elle pensait, et sentait, était la main de Spencer, ses doigts lui effleurant la peau là où son jean taille basse s'arrêtait.

Spencer pointa le fond du couloir.

— Là, regarde !

Ah oui c'est vrai, les toilettes, se rappela Alécia. Son envie pressante lui revint fortement en tête, et ailleurs. Elle se retourna pour remercier Spencer et leurs mains se frôlèrent. Des sourires timides se formèrent sur leurs lèvres. L'étudiante partit en direction des toilettes. Perdue dans de plaisantes pensées, Spencer inspira longuement en observant le couloir désormais vide.

— Ouah, tu es grave accro, ma loute !

Spencer sursauta, car elle n'avait pas remarqué Kenzi, se tenant maintenant à côté d'elle. Le sourire de l'artiste s'agrandit et elle se retint de rire. Spencer secoua la tête quand les mots de son amie percutèrent enfin son esprit.

— Non, non, c'est juste, euh… C'est juste une amie.

— Et moi je suis Gerhard Richter et mes peintures se vendent cinq cent mille euros pièce.

Spencer leva les yeux au ciel.

— Je l'aime bien, OK, mai–

— Oh tu la kiffes grave, arrêtes. Tu n'arrives même pas à détourner le regard en sa présence. Et ce truc entre vous, c'est ouf la façon dont vous vous comprenez. Tu lances un sujet et c'est comme si elle savait exactement de quoi tu parles, et vice versa. Comme un vieux couple !

Spencer lui poussa l'épaule de la sienne. Kenzi n'avait pas fini de titiller son amie pour autant :

— En plus, tu t'es maquillée, et c'est pas souvent. Ah ! Je t'ai grillé !

Spencer ne put se retenir de rire à la brève *danse de la victoire* qu'effectua la peintre.

— L'une d'entre nous se devait de faire bonne impression. Sérieux, j'ai eu peur qu'elle ne se sauve en courant quand tu nous as accueillis, indiqua Spencer, en touchant le mohawk rouge et bleu de Kenzi qui prétendit bouder.

— Quoi ? Elle n'aime pas mon Mohawk ?

— *Moi* je ne l'aime pas. Je trouve ça horrible. J'aime trop le noir intense de ta vraie couleur. Bon, bref, moi j'ai l'habitude de tes changements incessants de couleur et de coupe, mais j'ai flippé pour elle quand je t'ai vu. Finalement, ça n'a pas eu l'air de la déranger.

— Tu vois, *elle*, elle est cool.

Kenzi acquiesça à ses propres propos. La jeune femme s'avérait assez spectaculaire à voir. Des yeux vert clair sur des cheveux d'un noir naturellement profond, courts ou longs, selon l'humeur du moment. Elle les rasait parfois sur un côté, et quelques mois plus tard l'autre, un piercing circulaire sur la lèvre inférieure, un diamant sur la narine et plusieurs tatouages plutôt discrets sur différents endroits du corps. Elle ne passait pas inaperçue.

Spencer ne put s'empêcher une inspiration plus prononcée en scrutant le fond du couloir où Alécia avait disparu quelques instants plus tôt. Kenzi sourit, un tantinet plus sérieuse.

— Je crois que je ne t'ai jamais vu regarder quelqu'un de cette manière, Spence, honnêtement.

La photographe observa brièvement le sol et hocha la tête avant de fixer son amie.

— Je ne sais pas comment l'expliquer, Kenz. Du moment où je l'ai vue… J'ai ressenti ce truc que je suis franchement incapable d'expliquer.

Elle haussa ensuite les épaules.

— Mais en fait, je la connais à peine.

— Oh, tu parles. Vous avez discuté pendant au moins cinq heures en ville. T'as carrément failli manquer l'inauguration tellement tu t'es mis à la connaître. Vous devez tout savoir l'une de l'autre déjà.

— Non, pas tout, annonça Spencer, le ton amer et le regard à terre.

— Hey, pas de ça, OK ? la réconforta Kenzi avec une gentille touche sur l'épaule.

— Et si elle prend peur ?

Avant que Kenzi ne puisse répondre, Spencer hissa les épaules.

— Je devrais être habituée pourtant. Elles se barrent toutes, de toute façon…

Spencer fixa l'autre bout du couloir. En temps normal, elle s'en fichait presque. Là en revanche, elle était terrifiée à l'idée de dévoiler son secret à Alécia et de la perdre. C'était stupide comme pensée, se dit-elle. Elles venaient à peine de se rencontrer, ne sortaient même pas encore ensemble, malgré tout, Spencer craignait déjà qu'Alécia ne se sauve en courant, loin d'elle et de sa vie compliquée. Elle avait subtilement évité le sujet au café, sans difficulté, car elles n'avaient pas manqué de sujets de conversation.

Lorsqu'elle releva les yeux, Kenzi se tenait en face d'elle.

— Tu es la femme la plus remarquable que je connaisse, Spencer. Tu sais que je suis directe et que je ne prends pas de gants pour m'exprimer. Donc tu sais que je le pense. Tu connais mon opinion sur toi, ta personnalité, ton talent et ton cœur. Voilà pourquoi je suis si protectrice envers toi et ouais, je suis vache avec tes copines ou ces filles que tu ramènes pour un ou deux rencards parce qu'elles sont nulles, la plupart du temps.

Spencer sourit, toujours pensive alors que Kenzi continua :

— Elles ne te méritent pas. Aucune d'entre elles. Je crois que personne ne peut t'arriver à la cheville, Spence. Mais celle-là, indiqua-t-elle, pointant du doigt le fond du couloir. Celle-là je comprends que tu aies ressenti ce truc inexplicable, comme tu dis. Celle-là je la sens bien, et ce *truc…* je le sens entre vous.

Elle posa ses mains sur les épaules de Spencer.

— Elle ne se sauvera pas. J'en mets ma main à couper.

Spencer acquiesça de la tête, au moins pour se rassurer ; elle n'avait pas réellement de choix, de toute manière. Ce que lui réservait le futur restait un mystère et elle ne pouvait en aucun cas dicter les comportements ou réactions des autres, inutile par conséquent de se morfondre sur des évènements pas encore arrivés.

Kenzi dressa un sourcil et un sourire malicieux se forma sur ses lèvres.

— De plus, on voit littéralement ses genoux trembler chaque fois que tu lui offres ce monstrueux sourire dont toi seule as le secret.

Spencer rit légèrement et Kenzi termina :

— Alors, tu me le remets en route avant qu'elle revienne, OK ?

Spencer opina et sourit à sa meilleure amie.

— Merci, Kenz.

Elle n'avait pas besoin d'en dire davantage pour que Kenzi sache ce que ses mots, et sa présence à ses côtés depuis tant d'années, représentaient pour la photographe. Kenzi était réellement la seule personne à qui elle confierait sa vie. Et la seule capable de la conforter en toute situation.

L'artiste s'en alla après un clin d'œil. La porte du fond s'ouvrit et Alécia réapparut, son portable à la main. Elle le rangea dans son sac à main.

— Désolée. J'avais trois messages de ma mère. J'aurais dû me douter qu'elle me ferait tout un pataquès de les avoir *zappées* ce soir.

Spencer voulait lui demander si tout allait bien ou s'il elle devait rentrer, toutefois le sourire d'Alécia, ainsi que la voir lever les yeux au ciel en expliquant la situation, lui indiquait clairement que non. Elles retournèrent dans la salle d'exposition.

*****

Elles quittèrent la galerie à presque vingt-trois heures. La pluie qui s'était quasiment arrêtée en début de soirée avait maintenant redoublé. Elles coururent en direction du parking. Quand un coup de tonnerre déchira le ciel, instinctivement, elles se blottirent dans le recoin d'une entrée de magasin. Le dos de Spencer contre le rideau métallique, et l'étudiante tout contre elle. Spencer laissa ses mains glisser le long du front d'Alécia jusqu'à l'arrière de sa tête, enlevant les gouttelettes d'eau au passage.

— J'ai vraiment envie de t'embrasser là tout de suite, murmura-t-elle.

Alécia répondit de la meilleure manière en capturant les lèvres de la belle brune dans ce baiser tant désiré. Son cœur s'accéléra, il résonnait dans ses oreilles tant il battait fort, et une chaleur intense l'envahit. Elle gémit de plaisir quand les doigts de la photographe s'étalèrent dans sa chevelure. Elle agrippa le visage de Spencer elle aussi, la rapprochant d'elle, si cela était possible. Elle se sentait à la limite de l'implosion. Ces sentiments qu'elle ne pensait jamais plus ressentir… Ces sentiments. Comment pouvaient-ils être présents et si forts ? Elles venaient de se rencontrer. Ils avaient mis des mois, des années même, à s'installer entre Laura et elle, quand une seconde avait suffi avec Spencer. Une seconde et un regard. Un sourire de la jeune femme et c'était arrivé.

Spencer émit un petit gémissement également quand les mains de l'étudiante glissèrent sur ses seins. Elle l'attira plus près, de ses mains sur la taille d'Alécia, se faufilant sous sa chemise, un besoin incontrôlable de sentir la douceur de sa peau sous ses paumes.

— Oh mon dieu !

Alécia laissa échapper ses mots en tentant de s'éloigner de quelques centimètres. Elles devaient ralentir. C'était trop fort. Il fallait ralentir, pensait-elle.

— Tu n'as pas idée à quel point j'ai envie de toi…

Le ton chaud de Spencer torpilla cette pensée d'Alécia qui embrassa de nouveau la jeune femme. Sa cuisse se glissa entre les jambes de Spencer qui haleta. Le désir semblait l'étouffer, elle avait du mal à respirer. Elle se recula alors qu'elle commença à tousser si fort et longtemps que l'étudiante se demanda si elle n'avait pas attrapé une pneumonie sous ce mauvais temps.

— OK, peut-être qu'on devrait–

— Ralentir ? termina Alécia.

La photographe acquiesça, tâchant de reprendre son souffle, mais elle toussa de plus belle, apposant un mouchoir sur sa bouche. Alécia lui caressa le visage quand la toux s'estompât.

— Dieu, ce que tu es belle !

Alécia ne reconnut pas le sourire qui s'afficha sur le visage de Spencer.

— Tu es sûre que ça va ? Je te trouve vraiment pâle d'un coup. J'espère sincèrement que tu n'as rien chopé sous cette pluie.

Le sourire chaud de la photographe réapparut aussitôt. Elle effleura les joues d'Alécia.

— Je vais bien, ne t'inquiète pas, mais je pense qu'il vaudrait mieux que je rentre.

— Oui. Probablement. Je crois que c'est la première fois que j'ai aussi peu envie de retourner à Berkeley.

Malgré ses dires, Spencer n'arrivait pas à la lâcher, ses mains désormais sur le visage de l'étudiante, qu'elle ne cessait de caresser.

— Hey, ça pourrait être pire. Je trouve tes horaires carrément rock'n'roll. Ça me botterait bien si mon travail était regroupé sur quelques heures le mardi et le jeudi. Le mercredi entre les deux ça doit être chiant par contre, non ?

— Non, en fait c'est là que j'effectue le plus gros de mon boulot. Je passe parfois la journée entière à la bibliothèque.

Spencer sourit et parla tout bas :

— Et après, c'est un week-end de quatre jours, chaque semaine. Sympa. Tu rentres tous les week-ends, ou seulement de temps en temps, comme… le week-end prochain par exemple ? Seras-tu là ? termina-t-elle, sa main glissant dans celle d'Alécia.

L'étudiante prit une profonde inspiration et serra sa main.

— Dès que mon avion touche terre, jeudi soir.

Un soulagement évident illumina le visage de Spencer.

— Vendredi midi, ça te dit qu'on mange ensemble ?

— J'adorerais ça. Le parc ?

— C'est un rencard, confirma Spencer avec un large sourire.

— Oh oui !

Elles s'embrassèrent un long moment avant de regagner l'espace de stationnement main dans la main jusqu'à la voiture d'Alécia. Spencer était garée quelques mètres plus loin, elles se séparèrent ici.

Chapitre Deux

Une heure du matin approchait quand Alécia entra dans la maison de ses parents, Stéphanie et William Moore, à Port Townsend. Voyant la lumière allumée dans la cuisine, elle devina que sa mère connaissait une de ses fameuses insomnies et s'était levée pour se préparer une tisane. Ou alors le mal de dos de son père s'était réveillé. Avec un simple *bonne nuit* en tête, elle se dirigea vers la cuisine. À sa grande surprise, elle y trouva sa mère et son père, les traits tendus.

— Maman ? Papa ? Tout va bien ?

— À toi de nous le dire, ma douce.

Malgré la tendresse dans le ton de son père, sa question l'étonna réellement.

— Je ne comprends pas.

— Où étais-tu ? l'interrogea sa mère, beaucoup plus sèchement.

— Tu n'as pas reçu mon message ?

— Je l'ai eu, effectivement. Depuis quand te dérobes-tu à la dernière minute par texto ? Que se passe-t-il, Alécia ?

— Rien, j'ai juste…

Alécia s'interrompit. Elle soupira brièvement avant de les regarder, un air navré au visage.

— Je suis désolée. Je savais que ça ne vous plairait pas et je n'avais pas le temps de m'attarder. J'ai envoyé le SMS pour que vous ne vous inquiétiez pas.

Elle se dirigea vers le réfrigérateur pour en sortir une brique de jus de pomme.

— Tu sais que l'on s'inquiète toujours. Tu agis curieusement cette semaine. Et cela fait deux fois que tu nous laisses en plan, ta mère et moi. Pour Matt, je peux le comprendre, mais je l'ai vu aujourd'hui chez son père, il n'avait pas l'air dans son assiette. Ta mère l'a appelé plus tôt, il lui a assuré que tu n'étais pas avec lui ce soir. Alors, où étais-tu ? Il a parlé d'une inauguration à Seattle.

— Oui, papa. J'ai assisté à une inauguration de peinture dans une galerie, avec des amies.

— Aucun de tes amis ne peint. Quels *amis* ?

Alécia rit brièvement du ton de sa mère en se servant un verre.

— Déjà vu, murmura-t-elle puis sourit de plus belle. Vous savez quoi ? Ça ressemble étrangement aux conversations que l'on avait dès que je rentrais tard de chez Laura, quand j'avais *quinze* ans. Sérieusement, vous me faites quoi là ?

Les traits du visage de sa mère se détendirent.

— Désolée ma chérie, c'est juste qu'en principe, tu passes plus de temps avec Matt ou nous le week-end. Tu comprendras que l'on s'inquiète. Tu peux être si secrète parfois. On ne veut rien rater, si tu ne vas pas bien.

— Maman, je…

Alécia marqua une courte pause avant de changer le sens de sa phrase :

— Il faut oublier cela maintenant. C'est derrière nous. C'était il y a quatre ans. J'ai fait une dépression, ça arrive, mais je vais bien désormais. Je suis super bien depuis un moment, même. Je vais vraiment de l'avant.

Son père croisa ses bras sur sa poitrine, toutefois ses traits s'adoucirent.

— J'en déduis que tu as rencontré quelqu'un.

— Oui, papa.

Alécia se sentit rougir.

— Qui est cet artiste ? Il peint, tu dis ? s'enquit sa mère.

Le sourire d'Alécia se tendit.

— Non, *la* peintre se nomme Kenzi. C'est la meilleure amie d'une amie. *Elle* s'appelle Spencer, maman. Elle est photographe.

Ses parents restèrent silencieux un moment après avoir échangé un regard embarrassé.

— Es-tu sure, ma chérie ? Tu étais, enfin je veux dire…

Sa mère ne trouva pas les mots qu'elle souhaitait.

— Et Matt ? Je vous pensais ensemble.

— Matt est juste un ami, papa. Mon meilleur ami. Mais je ne l'aime pas de cette manière.

— Vous sembliez si proches, se lamenta-t-il.

— Nous le sommes, papa, en tant qu'amis. Je ne ressens pas ce genre de sentiments pour les hommes, tout simplement. C'est très clair pour moi maintenant.

Alécia expira longuement ; ça y est, elle l'avait dit, et s'en sentait tellement mieux. Il n'y avait plus de doute dans sa tête.

— As-tu seulement essayé ?

— Maman… Je ne suis plus une gamine. Laura c'était Laura. Je vous ai laissé penser ce que vous vouliez, *expérimentation adolescente, phase, rapprochement entre meilleures copines…* Rien n'avait d'importance pour moi à cette époque. Je ne rencontrais personne. Et peut-être n'en étais-je même pas sûre moi-même. Là, je le suis. Je sais que ce n'est pas votre souhait pour moi, mais c'est ainsi. Donc s'il vous plaît, ne nous disputons plus là-dessus, je suis qui je suis et je ne peux pas le changer.

Un silence pesant s'installa entre eux, bref cela dit, car sa mère se rapprocha pour lui ôter son manteau.

— Tu es complètement trempée. Tu vas attraper froid. Ça te servira de leçon à rester sous la pluie ainsi !

Alécia soupira. Elle sourit tout de même au clin d'œil de son père.

— Je vais me coucher, maman. Je me réchaufferai en un rien de temps.

— Bonne nuit, ma douce.

Avec ces mots, William déposa un bisou sur son front. Sa mère cherchait on ne savait quoi dans ses placards, leur tournant le dos.

— Bonne nuit, maman.

— Bonne nuit, ma chérie, répondit-elle, sans se retourner.

Alécia prit une profonde inspiration puis fit un petit geste de la tête à son père.

— Bonne nuit, papa.

Elle sortit de la pièce sous le sourire encourageant de ce dernier. Elle savait qu'il n'y aurait pas de mention de cette conversation, ni de coming-out, d'homosexualité ou autre, pas avec sa mère en tout cas. Néanmoins, tout irait bien entre eux tant qu'ils n'en parlaient pas. Cela ne réjouissait pas Alécia, sans la rendre triste pour autant. De plus, la chaleur du corps de Spencer contre le sien lui revint très vite en mémoire. Elle pouvait presque la sentir encore tout contre elle. Elle en trembla légèrement. La sensation des lèvres et la langue de la photographe contre la sienne. Elle n'avait pas besoin que ses cheveux et vêtements sèchent pour se réchauffer. Ces sentiments-là parviendraient à fondre l'Arctique, pensa-t-elle. Un court séjour à la salle de bain et elle se coucha, s'endormant aussitôt que sa tête toucha l'oreiller.

Malgré un réveil à l'aube, elle ne se sentait pas fatiguée en se levant ce mardi matin pour conduire jusqu'à l'aéroport. Elle avait simplement extrêmement hâte d'être jeudi soir pour parcourir ces kilomètres dans l'autre sens.

***

25

Pour une fois, le soleil brillait sans un nuage au-dessus de l'arboretum du Washington Park. Une journée parfaite pour un pique-nique. Pourtant, aucun des deux, soleil ou nourriture, n'avait obtenu d'attention de la part de Spencer ou Alécia, trop occupées à s'embrasser, leurs mains s'attardant sur le haut de leurs corps. Rester assises côte à côte devenait très difficile. Sans les promeneurs alentour, cela aurait été réglé.

Chaque fois qu'elles se séparaient assez longtemps pour s'observer, elles lisaient la même chose dans le regard de l'autre. En plus du désir évident se trouvait également cette peur intrigante. Peur de la force qui les attirait l'une à l'autre, si vite, et si entièrement.

— Heureusement que l'on n'a pas de plat chaud, déclara Spencer au bout d'un moment.

Alécia jeta un coup d'œil à leur panier-repas.

— Je sais. Je suis désolée. J'ai juste… je rêve de ce moment depuis qu'on s'est quitté lundi soir, avoua Alécia, un teint rosé sur les joues. Je pensais quand même qu'il y aurait un peu plus de discussions entre nous.

Spencer rit délicatement.

— Hey, ne t'excuse pas… Je ne me considère pas comme un dommage collatéral.

Levant une main au visage d'Alécia, la photographe lui caressa la joue en murmurant :

— Et puis de toute façon, il y aura plein de discussions, il y aura plein de tout.

L'étudiante inspira profondément puis plaisanta, pour se détendre plus qu'autre chose :

— Donc, ce n'est pas que du désir, hein ?

— Serais-tu là si ça l'était ?

— Tu connais déjà la réponse.

Spencer hocha la tête.

— Je n'arrive toujours pas à croire que tu n'aies eu qu'une seule copine dans ta vie. L'université n'est-elle pas censée être l'endroit idéal pour de *l'action* ?

Elles rirent brièvement. Alécia y réfléchit quelques secondes en prenant une forte inspiration. Elle posa ses mains au sol, son visage tendu vers le soleil à présent, et sourcilla légèrement.

— Il paraît, oui. Ma coloc Susan s'y est même essayée. Un jour, enfin un soir, elle a ramené une fille dans la chambre, annonça-t-elle avec un rire succinct en y repensant.

Elle s'assit de nouveau face à Spencer, son visage redevenu sérieux et ajouta :

— Disons qu'après ma première copine, c'était compliqué pour moi et je me suis juste consacrée à Berkeley. Mes études et rien d'autre.

La photographe acquiesça d'un petit signe de la tête et l'interrogea sur le sujet. Alécia voulut parler, sans qu'aucun son ne sorte. Spencer n'insista pas. Le silence de sa partenaire l'intriguait grandement pourtant. Elle décida de changer de sujet.

— Et qu'en est-il de Matt ?

Alécia secoua la tête en levant les yeux au ciel.

— Ouh la, d'autres complications. Bon sang ! Désolée, je n'ai pas voulu te laisser dans le doute là, sur ma première copine, ou cacher–

— Hey, c'est rien, la rassura Spencer, glissant sa main par-dessus la sienne. Les premières fois, c'est toujours très privé, ça fait peur même, émotionnellement, on éprouve tellement de sentiments différents. Tu m'en parleras quand ça te viendra plus facilement, OK ?

Alécia opina, mais lui indiqua tout de même :

— C'est juste que j'étais jeune, tu sais. Mes parents ne criaient pas, ne m'adressaient pas vraiment de reproches, ils agissaient comme si c'était simplement deux ados ayant poussé l'amitié un peu trop loin. Ils ont toujours traité ça comme une phase. Et... je me suis laissée convaincre qu'ils avaient raison pendant longtemps, très longtemps.

D'une certaine manière, parler du côté homosexuel de sa relation avec Laura s'avérait plus facile qu'évoquer sa triste fin.

— Dans tous les cas, je ne suis sortie avec aucun mec entre temps. Je n'en ai jamais eu envie. En revanche, Matt et moi on s'est vraiment rapprochés pendant cette période. Il a développé tous ces sentiments pour moi, mais c'était...

Alécia laissa retomber sa tête sur sa poitrine avec un lourd soupir avant de la relever et d'avouer :

— S'il te plaît, ne me hais pas, mais... on a couché ensemble il y a quelques semaines.

— Pourquoi te haïrais-je ? répondit Spencer. Je ne te connaissais même pas. Et puis ce n'est pas une monstruosité non plus que de coucher avec un mec.

Elle ajouta avec un sourire moqueur :

— Ce sont des choses qui arrivent.

— On avait un peu trop bu et il est mon ami le plus proche, à part Susan. Mais je n'avais pas, je n'*ai* pas ce genre de sentiment pour lui. J'ai clarifié *réellement* la situation l'autre soir. J'aurais dû le faire bien plus tôt, seulement… les attentes de mes parents, et mon éducation catholique m'ont toujours un peu hanté… en tout cas jusqu'à ce que je sache avec certitude.

— Et… comment as-tu su *avec certitude* ? demanda Spencer, ses lèvres dessinées en un sourire provocateur, tout en lui effleurant le bras.

— Comme si tu ne le savais pas… Un seul regard sur toi, murmura Alécia, repoussant une mèche des cheveux brun foncé de Spencer derrière son oreille en lui caressant le cou. Un seul regard.

Elles se rapprochèrent et s'embrassèrent. Spencer se laissa emporter par la passion et allongea l'étudiante avant de finalement se reculer.

— Bon sang, ralentir va être vraiment dur. Tout ce dont j'ai envie là c'est d'ôter tous tes vêtements.

Alécia plongea son regard dans celui de la photographe et murmura :

— Ramène-moi chez toi.

Spencer laissa son pouce se promener le long de la joue d'Alécia.

— Tu es sure ?

— Certaine.

Elle se leva et tendit sa main vers l'étudiante. Elles s'embrassèrent, ramassèrent leur pique-nique non entamé et marchèrent main dans la main. Sans précipitation, elles admiraient au passage les belles couleurs du parc en ce début d'automne, aussi magnifique que les sentiments qui passaient entre elles. Chacune de ces secondes semblait précieuse et appréciée.

***

Une heure plus tard, elles entraient dans l'appartement que Spencer partageait avec sa cousine à Bainbridge Island[8]. Elles se fixèrent intensément, un tantinet maladroites soudainement. Alécia se racla la gorge.

— Ta cousine n'est pas là ?

---

[8] L'île de Bainbridge est une île urbaine située dans la Péninsule Kitsap de l'État de Washington, baignée dans le Puget Sound. 50 min de Seattle.

28

— Pas en ce moment, non.

Alécia frissonna au ton chaud des paroles de la native de Boise. Spencer également semblait avoir du mal à contenir son anticipation, et sa nervosité à la fois. L'étudiante détailla l'intérieur du logement afin de se remettre de ses propres émotions. Une cuisine ouverte, relativement petite, néanmoins moderne. Assez stérile et trop *design* pour ressembler à Spencer. On devinait aisément que ce n'était pas son appartement. Alécia sourit en revanche aux photographies sur les murs. Elle reconnut d'ailleurs un coin de l'arboretum sur l'une d'entre d'elles. Ces portraits étaient la touche personnalisée, et souvent colorée, de la jeune femme sur des murs autrement assez ternes. Le canapé bleu foncé paraissait très confortable. Alécia secoua la tête lorsqu'une vision de leurs corps entremêlés sur celui-ci lui traversa l'esprit.

— Elle revient quand ? demanda-t-elle aussitôt afin de ne plus y penser.

— Quand sa mission se termine, répondit Spencer d'une douce voix, tout en s'avançant vers elle.

— Sa « mission » ?

— Elle est au Bangladesh pour la Croix-Rouge en ce moment.

— Ouah, c'est génial !

Son souffle se coupa court quand Spencer posa ses mains sur son jean, la rapprochant encore davantage.

— Tu sais, d'habitude je ne taris pas d'éloge sur ma cousine et je suis la première à louer sa vocation admirable, admit-elle en resserrant son étreinte sur la ceinture du pantalon d'Alécia. Mais pas aujourd'hui...

Elle attira l'étudiante à elle dans un baiser passionné. Toute maladresse définitivement oubliée, tandis que leurs mains se promenaient avec envie le long de leurs dos, de leurs tailles, de leurs bras et de leurs visages, comme si elles avaient parcouru ces chemins-là toutes leurs vies, n'ayant pas besoin d'indications pour connaître les zones, où et comment appuyer au bon endroit pour faire chavirer l'autre.

Le sweat-shirt d'Alécia atterrit rapidement au sol. L'étudiante sentit Spencer se raidir légèrement quand ses mains glissèrent entre son pantalon et le long du t-shirt à manches longues que la photographe portait ce jour-là.

— Ça va ?

Spencer ôta les mains de l'étudiante de sa taille et entremêla leurs doigts pour la rapprocher subtilement et l'embrasser en guise de réponse. Alécia baissa ensuite la tête pour placer de chauds baisers dans le cou de sa partenaire, qui frémit.

Spencer émit un léger son de plaisir. Elle relâcha les mains d'Alécia afin de poser les siennes dans ses cheveux et l'embrasser de nouveau. Alécia sentit ses genoux se transformer en guimauve. S'embrasser avait-il toujours été aussi intense ? Les baisers de Spencer résonnaient dans tout son être. Elle trembla quand un frisson lui parcourut le corps.

Elles s'embrassèrent jusqu'à ce qu'une quinte de toux force Spencer à se reculer. Alécia alla prendre une bouteille d'eau qui se trouvait sur la table basse du salon et la lui tendit.

— Je vais bien, la rassura Spencer.

— C'est vraiment une mauvaise toux. Tu aurais dû aller chez le médecin cette semaine.

— Ne t'inquiète pas. Je vais bien. Où en étions-nous ?

Elle attira Alécia à elle pour l'embrasser. L'étudiante avait toutefois du mal à se débarrasser d'une certaine crainte... jusqu'à ce que les lèvres de Spencer se posent sur les siennes, en tout cas. À partir de là, elle ne ressentit plus rien d'autre que la chaleur qui l'enveloppa. Des lèvres douces et tendres, une langue chaude qui exploraient sa bouche.

Elle ne comprit pas tout de suite pourquoi elle eut si froid d'un coup, jusqu'à ce qu'elle ouvre les yeux. La photographe s'était écartée de plusieurs centimètres et continuait de reculer, se frottant le front. L'inquiétude d'Alécia revint à vitesse grand V. Une douleur à l'estomac et une certaine panique la saisirent ; il y avait bien quelque chose qui n'allait pas avec Spencer.

La jeune femme s'assit sur le canapé et la regarda.

— Je suis désolée. Je... tu as raison, enfin je veux dire... il vaut mieux qu'on discute un peu avant d'aller plus loin. Je dois te parler d'un truc.

Toujours silencieuse, Alécia s'installa à côté d'elle. Spencer serra la petite bouteille d'eau dans ses mains.

— Je n'ai pas pris froid. Mais je ne vais pas *bien*.

Alécia retint sa respiration tandis que Spencer baissa les yeux.

— À dix mois, on m'a diagnostiqué la mucoviscidose. Tu connais ?

Le front d'Alécia se plissa légèrement tandis qu'elle cherchait dans son esprit.

— Euh, oui, je crois me souvenir, c'est une maladie pulmonaire ou un truc dans le genre, non ?

— Un truc dans le genre.

Alécia sembla perdue dans ses pensées, et dans ses réminiscences.

— Le fils de mon prof préféré au collège avait ça. Il…

Elle pâlit aussitôt lorsque ses souvenirs lui revinrent subitement en mémoire. Elle se rappela la présence d'un professeur-remplaçant pendant des semaines quand le jeune homme, âgé à ce moment-là de vingt ans, était devenu trop malade avant de s'éteindre en quelques semaines. Elle n'y avait jamais repensé depuis ce temps-là. Et à cet instant, tout lui revenait en tête claire comme de l'eau de roche.

Spencer sentit la panique monter en elle alors qu'Alécia devenait livide. La photographe craignait tellement qu'elle s'enfuie. Elle tenta d'un ton serein et calme de la tranquilliser :

— La recherche a beaucoup progressé ces dernières années. Ça va réellement mieux maintenant.

— Mais ça ne se guérit pas, n'est-ce pas ?

Les mots d'Alécia tombèrent comme un couperet. Surtout le ton défaitiste avec lequel elle les prononça.

— Pas encore, mais bientôt. C'est vraiment moins terrible que ça ne l'était, tu sais. Je vis normalement la plupart du temps.

— La plupart du temps ?

— Disons que j'ai des gélules à prendre, et mes inhalations, quelques exercices de respiration, mais regarde-moi, je vais bien.

Alécia ne détourna pas son regard du point sans doute très intéressant qu'elle observait sur le mur. Elle se trouvait quelque part, ailleurs.

— Je vais bien, Al. Je préférais juste être honnête avant qu'on…

Elle s'interrompit net quand Alécia la fixa enfin d'un regard qu'elle n'avait jamais vu dans les yeux de l'étudiante.

— Qu'a eu ton frère ?

Alécia ferma les yeux face à l'expression qui s'afficha soudainement sur le visage de la jeune femme. C'était *la* question à laquelle Spencer ne souhaitait à l'évidence pas répondre.

— Je parie qu'il allait bien lui aussi, n'est-ce pas ?

Spencer contempla les photographies sur les murs au loin, surtout celles de sa famille. Alécia continuait de la fixer, les images de son propre passé l'envahissaient et l'empêchaient de réfléchir. C'était trop…

— Lui aussi prenait ses pilules et faisait ses exercices de respiration, non ?

— Alécia, s'il te plaît, murmura Spencer, évitant son regard.

— Et pourtant, il n'a même pas vu ses dix-sept ans, termina l'étudiante.

Spencer avala sa salive. Elle allait parler quand Alécia se leva brusquement. Elle récupéra son sweat-shirt, le remit et quitta l'appartement sans autre mot. La photographe ne bougea pas pendant un long moment. Elle prit sa tête entre ses mains et lutta pour ne pas pleurer, avant de perdre ce combat.

***

Les mains d'Alécia tremblaient ; elle resserra son étreinte sur le volant. Sa respiration était particulièrement saccadée. Plus les images de son passé se mélangeaient avec la vision d'une Spencer agonisante sur un lit d'hôpital, plus sa respiration devenait difficile, voire douloureuse. Un voile noir lui passa devant les yeux ; elle eut à peine le temps de se garer en urgence sur le côté, son pneu avant droit touchant fortement le trottoir. Elle sortit d'urgence de sa voiture, ayant besoin d'air, le plus d'air possible. Elle ferma les yeux, tentant de bloquer toute pensée de son esprit. C'était seulement une crise d'angoisse, se répéta-t-elle. Elle devait simplement attendre que ça passe.

Quand elle se calma légèrement, ses larmes commencèrent à tomber, puis une cascade s'abattit sur son visage. Il lui fallut quinze minutes supplémentaires pour se contenir et repousser les nausées qui l'assaillaient. Quelques personnes s'arrêtèrent, mais elle secouait la tête chaque fois, refusant leur aide, indiquant se porter bien. Elle s'assit dans l'herbe à quelques mètres du trottoir, le regard vide sur les véhicules et les passants.

La lumière du jour disparaissait peu à peu quand elle bougea de nouveau, l'esprit enfin plus clair, la souffrance bien présente, toutefois l'angoisse maintenant écartée. Pour le moment en tout cas, car elle devait effectuer quelque chose de très important. Elle regagna sa voiture et tourna au premier rond-point pour retourner sur Bainbridge Island.

***

Spencer était assise à même le sol, son dos contre le bas du sofa, ses larmes sèchent depuis longtemps, malgré ce regard perdu dans le vide. Elle zappait de chaîne en chaîne, sans suivre aucun programme, espérant seulement que le bruit constant remplace ou remplisse le trou béant dans sa poitrine, comme dans son esprit.

Elle sortit de sa torpeur quand l'on frappa à la porte. Elle soupira et se leva, marchant péniblement jusqu'à l'entrée. Elle resta figée en voyant Alécia à travers le témoin, toujours aussi pâle qu'à son départ, ses larmes à peine sèchent.

Elle ouvrit immédiatement.

En dépit de la peine causée par le départ brutal de l'étudiante, Spencer, face à ce regard si troublant et si troublé, lui demanda tout de suite si ça allait.

— Je suis désolée.

L'excuse d'Alécia ramena la photographe à son départ précipité sans un mot. Elle détourna le regard, se reculant légèrement pour la laisser entrer, et se redonner un peu de constance également.

— Ce n'est rien. Tu n'es pas la première à flipper. Je ne pensais plus te revoir, pour tout dire.

— C'est juste–

— Tu n'as pas à te justifier, je comprends. C'est une maladie grave. Je passe trois heures par jours avec mes médications nébulisées, quand tout va bien. Enfin bon, je ne vais pas t'embêter avec ces détails. Je comprends, de toute façon.

— Non, tu ne comprends pas.

Spencer tâchait d'éviter le regard d'Alécia, pourtant quand l'étudiante se mit à pleurer, elle ne put s'empêcher de s'approcher pour essuyer ses larmes.

— Ce n'est pas la maladie que je ne peux pas gérer. C'est la finalité.

Spencer inspira fort.

— Je vais bien, tu sais. La finalité n'est pas toujours…

Elle s'attarda sur la fin de sa phrase et Alécia reprit, confessant ce qu'elle avait sur le cœur, ce qui la rongeait :

— J'avais dix ans quand Laura et sa famille se sont installées dans ma rue. Elle en avait onze. Elle était si jolie, tellement cool et sympa, en tout cas je la voyais ainsi. Elle est devenue rapidement très populaire, à l'inverse de moi, pourtant elle est restée à mes côtés alors que tout le monde la désirait dans leurs petits cercles privés. Elle s'est développée bien plus tôt que moi également. Les garçons bavaient devant elle. Mais là aussi, elle ne m'a pas abandonnée. Elle ne semblait pas s'intéresser à eux, et j'ai vite compris que moi non plus.

Elle s'interrompit brièvement, Spencer la laissa terminer, sachant que c'était ce qu'Alécia avait tenté de lui raconter sans trouver les mots auparavant. La photographe se doutait que cela devait évoquer de douloureux souvenirs.

— J'avais quinze ans la première fois qu'on s'est embrassées. C'était si simple, facile et à la fois si confus pour moi. On a couché ensemble pour la première fois un an plus tard. Les sept mois qui ont suivi furent un mélange de joie, de tendresse, de découvertes ; tout semblait tellement merveilleux, comme si l'on marchait sur les nuages, indiqua-t-elle avec un doux sourire aux lèvres à l'évocation de ces souvenirs.

Elle fixa brièvement le plafond en prenant une longue inspiration pour continuer, son sourire à présent éteint :

— Puis elle est allée chez le dentiste pour un abcès, ils lui ont enlevé une dent. Le lendemain, elle avait les ganglions enflés et une terrible douleur suivie dans la semaine. Quelques jours après son hospitalisation, ses parents m'informaient qu'elle avait un cancer des ganglions. Un mois plus tard, elle était morte.

Spencer secoua légèrement la tête avec un bref regard au sol avant d'observer de nouveau l'étudiante qui termina :

— Un mois pendant lequel je l'ai vu dépérir plus vite que je ne savais le gérer. Et ensuite, j'ai tout perdu. Je le ressentais ainsi. Et je me suis perdue pour de bon. J'essayais de trouver ce qu'il me manquait dans l'alcool, j'ai essayé l'herbe, le LSD pour anesthésier cette souffrance qui me tuait. Rien ne marchait.

Spencer examina le poignet d'Alécia, sa cicatrice plus précisément.

Cela avait été la dernière tentative d'Alécia pour stopper cette douleur intolérable qu'elle sentait au plus profond d'elle. Ses parents l'avaient fait hospitaliser après sa tentative de suicide. Elle s'ouvrit un peu, sur sa peine d'avoir perdu Laura. Mais elle n'avait jamais eu quelqu'un pour parler de ses sentiments pour elle. Et elle avait continué d'avancer ensuite, parce que c'était la suite logique, la vie qui continue. Et surtout, on attendait qu'elle passe outre.

— Je croyais que c'était derrière moi et que j'avais digéré tout ça. Mais je ne sais pas si je peux le revivre.

Spencer lui caressa le visage.

— Je ne veux pas te faire de mal. Je comprends.

— Il me faut juste un peu de temps pour assimiler tout ça et voir où j'en suis.

— Je comprends, vraiment.

Alécia inspira profondément et Spencer l'approcha pour lui déposer un doux baiser sur les lèvres. L'étudiante ferma les yeux, laissant ce sentiment que rien d'autre ne comptait l'envahir quelques instants. Elle le ressentait chaque fois que la photographe l'embrassait. Elles échangèrent un léger sourire en se séparant puis elle s'en alla. Spencer ne put retenir de nouvelles larmes.

***

Alécia rentra chez elle bien après l'heure du dîner. Le fait qu'elle refuse de manger ne rassura pas ses parents, déjà inquiets de la mine défaite sur son visage. Elle avala un calmant pour s'endormir cette nuit-là. Elle tâcha de ne rien laisser paraître le lendemain et évita les questions de ses parents.

Sans sédatifs, elle s'endormait difficilement, s'éveillant même de cauchemars. En conséquence, elle décida de ne pas rester à Port Townsend avec ses parents, qui s'inquiéteraient bien trop s'ils l'entendaient. Elle prit un vol retour pour Berkeley plus tôt que d'ordinaire, le dimanche matin au lieu du lundi soir.

Elle prétexta un travail important qui nécessitait beaucoup de recherches, pour justifier qu'elle ne rentrerait à Port Townsend que samedi au lieu de jeudi soir. Elle aurait préféré passer le week-end dans sa chambre au campus, seulement ses parents s'alarmeraient beaucoup trop après son attitude du week-end. Ça lui laissait une courte semaine pour se remettre et gérer cela au mieux ; elle y parviendrait.

***

Il était dix-sept heures ce mercredi, quand Susan entra dans la chambre qu'elle partageait depuis maintenant trois ans avec Alécia, dans les dortoirs de Berkeley. Plus qu'une colocataire, Alécia était devenue sa meilleure amie. De la voir assise sur son lit, un livre à la main, avec ce regard vert intense perdu dans le vide la stoppa net dans son élan. Elle soupira puis secoua la tête de haut en bas, se mettant d'accord avec elle-même. Elle se dirigea droit sur Alécia, lui ôta le livre des mains et le jeta au pied du lit.

35

— Qu'est-ce qu'il se passe ? Tu m'as fait peur, signala Alécia, d'autant plus surprise par le geste abrupt qu'elle n'avait pas remarqué l'entrée de son amie.

— Je t'ai laissé bouder pendant trois jours, maintenant ça suffit.

Alécia croisa les bras sur sa poitrine.

— Je ne boude pas. Je t'ai dit, j'attends juste d'y voir plus clair.

— Tu ne vois même pas le début de ton bouquin, tu stagnes sur la même page depuis trois jours, Al. Alors je dis *stop*.

Alécia soupira, sans commenter.

— Tu aimais Laura, elle est morte, ça a été très dur, bien évidemment, et tu as mal encaissé. OK. Je n'ai jamais rien dit à propos de ton passé, car « je n'étais pas là » comme aiment à le répéter tes parents, et Matt surtout, donc OK, jusqu'à présent, j'ai fermé ma gueule. Je suis là *maintenant* et il ne s'agit plus de ton passé, c'est ton futur là.

Susan jeta un coup d'œil sur la table de chevet de son amie où trônaient trois photos, ses parents et Henry, elle et Matt, et elle et Laura.

— Tu as surmonté, même dépassé tout cela d'une manière, et d'une autre tu restes engluée dedans. Je récupère une petite fille chaque lundi soir à ton retour de chez tes parents. Ce truc avec Laura, ce n'était pas juste qu'elle soit décédée. Toi tu l'as enterrée, elle, eux ont enterré tes sentiments pour elle. Tu l'aimais *elle*, tu n'aimes pas Matt et ne l'as jamais aimé de cette manière. OK ? Tu aimes les femmes.

— Je le sais bien, pourquoi me dis-tu ça ?

— Parce que tu n'en étais pas vraiment sûre, en tout cas tu ne le clamais pas haut et fort, jusqu'à la semaine passée quand tu es rentrée et ne t'arrêtais plus de parler de Spencer.

— Tu ne comprends pas, Su.

— Blabla, n'étais pas là, blabla. Réveille-toi, Alécia, c'est trop tard déjà.

— Trop tard pour quoi ?

— T'es là en train de te demander si tu peux lâcher l'affaire, ou même comment lâcher l'affaire avec elle. Flash info, ma belle, tu l'as déjà dans la peau, donc de mon point de vue, c'est trop tard pour ça.

— Mais–

— Pas de mais ! l'interrompit Susan en s'asseyant sur le lit à côté d'elle. Tu as peur de souffrir si elle meurt comme Laura, mais tu souffres là de toute façon. Te séparer d'elle te fait souffrir. Moi comme je vois les choses, prend le bonheur tant qu'il est là. Tu souffriras si elle meurt dans six mois de cette putain de maladie, ou dans cinq ans de la même manière, mais imagines qu'elle décède dans un accident de voiture demain ? Tu vas juste rester sur ton lit et ne rencontrer personne ? Tant que tu y es, ne te soucie plus de moi non plus, car tu sais, je vais claquer un jour, peut-être aujourd'hui, peut-être dans dix ans. Tu ne le vois pas ça ? On ne choisit pas quand on meurt, en revanche on peut choisir d'être heureux tant qu'on est en vie, et avec les gens tant qu'ils sont là eux aussi. Ne veux-tu pas être heureuse ?

Alécia inspira fort pour ne pas pleurer.

— Ce que je ressens pour elle, c'est tellement fort. Je croyais être au-dessus de tout ça, mais honnêtement j'ai peur de ces sentiments. Si on commence quelque chose, si ça devient encore plus fort, je ne sais pas si je me relèverai de cette chute-là, Susan.

Sa colocataire resta silencieuse brièvement tout en écartant une mèche de ses cheveux auburn, loin de ses yeux. Elle connaissait la difficulté qu'éprouva Alécia à se relever après le décès de Laura durant leur première année à l'université, cette blessure toujours si profonde, si fraîche. La peine et le vide dans les yeux d'Alécia. À cette époque, Susan ne l'aurait jamais poussé de cette manière. Mais l'étincelle dans ses yeux la semaine précédente dès qu'elle parlait de Spencer, et le large sourire sur ses lèvres chaque fois qu'elles discutaient au téléphone ou encore lisait un simple texto d'elle… Susan avait été complètement surprise, et très heureuse, par conséquent, elle ne risquait pas de la laisser abandonner ainsi. Elle tenait trop à elle et sentait que c'était le bon moment pour l'aider, la pousser un peu et l'encourager.

— Tu es plus forte que tu ne le penses, Al.

Alécia contempla elle aussi les photos sur sa table basse, Laura et elle d'abord, puis Matt et elle.

Susan poursuivit :

— Tu es une jeune femme forte et indépendante. Tu as le monde à tes pieds, mais tu les laisses te couver.

Alécia sourcilla légèrement.

— Bien sûr, tu as une certaine fragilité en toi, c'est évident. Pourtant ça ne ressort que quand tu es avec tes parents, ou Matt. Il est devenu un tel filet de sécurité pour toi que tu t'es presque laissé convaincre par les idées de ta famille sur le sujet. Que Laura c'était juste Laura et que tu évoluais maintenant dans la *bonne* direction, celle de Matt. Et je comprends que cela te rassurait dans un sens, ça te donnait un sentiment de sécurité, donc tu n'as pas souhaité aller à leur encontre, ces dernières années. Malgré l'intimité entre vous deux, que je ne nie pas, tu n'as pas l'once d'un sentiment amoureux pour lui. Est-ce que je me trompe ?

Alécia répondit non de la tête avant d'admettre :

— Ça fait peur. J'aimais penser que j'avais avancé dans ma vie. Que j'étais adulte maintenant, indépendante, mais… j'ai peur, j'ai peur de prendre cette autre voie, toute seule.

— Tu *es* forte et indépendante. Et tu vas prendre cette autre voie comme tu dis, mais tu ne seras jamais seule.

Susan repoussa une mèche de cheveux du visage d'Alécia en ajoutant :

— C'est un truc que je t'envie, cette brillance dans tes yeux, cette gentillesse et cette bravoure. Tu ne le vois pas, mais moi je l'ai toujours vu en toi. Et tu ne penses pas l'être, pourtant je t'assure que tu es courageuse. Il te faut juste le bon timing, la bonne tape dans le dos pour te faire démarrer et tu vas en accomplir des choses dans cette vie. Je le vois aussi clair que je te vois là. Ça m'a toujours frappé chez toi. Tu as masqué si longtemps la meilleure partie de toi-même. Tu ne dois plus te cacher désormais et je serais damné si je laissais tes peurs ou de fausses excuses te retenir encore.

Susan se redressa avec un large sourire.

— Bon sang, il faut que je rencontre cette nénette qui t'a finalement révélé à toi-même ! Elle doit être sensass.

Alécia sourit au clin d'œil de Susan.

— Elle l'est. Pas sûre qu'elle soit aussi sensass que toi en revanche, souligna-t-elle avant de prendre une longue inspiration.

Susan l'enlaça quelques instants.

— Ça va bien se passer, Al. J'ai un bon pressentiment là-dessus.

Alécia sourcilla.

— Oh, je suis mal barrée. La dernière fois que tu as eu un bon pressentiment ; David, tu te souviens ? On s'est fait virer du bar.

— C'est sa pouffiasse qui a commencé à me chercher. Je n'y étais pour rien.

Alécia rit légèrement.

— Et tu sais quoi, Su ? N'aie jamais peur de me dire des choses comme ça, surtout sur le passé. Parce que tu as raison. Tu me connais, qui je suis maintenant, qui je suis, tout court. Alors, n'aie pas peur de me secouer un peu de temps en temps. Ça revigore.

— T'inquiète, la peur est un concept tout à fait inconnu chez moi. Comme la honte ou la subtilité.

Alécia rit pleinement cette fois.

— Je crois que tu t'entendrais super bien avec Kenzi.

Susan haussa les épaules avec un large sourire.

— Et si on allait se prendre un petit café, j'ai besoin de ma dose de réconfort.

— Il te faut vraiment un mec. Bon, OK, on y va !

Alécia se leva en saisissant la main offerte de Susan.

— Je vais te trouver du réconfort moi, et on ne se fera même pas virer du café. Il te va mon plan ?

— Parfait. Excellent, même.

Elles quittèrent les dortoirs en plaisantant.

***

Spencer grimaça à la troisième frappe sur sa porte d'entrée. Elle avait espéré que son silence aux deux premiers toc-toc inciterait le quelconque démarcheur de l'autre côté à repartir. Contrairement au soleil qui étincelait à l'extérieur de l'appartement, son humeur demeurait maussade. C'était une journée parfaite pour des photographies. À part se morfondre, elle n'avait pas accompli grand-chose cette semaine, malgré une météo très clémente.

— Je ne suis pas là ! finit-elle par indiquer, d'un souffle exaspéré.

Un léger quatrième toc-toc résonna suivi d'un « Spencer ? » à peine plus fort.

En moins de deux secondes, la jeune femme se tenait debout face à la porte. Elle prit une profonde inspiration puis l'ouvrit.

— Hey, fut tout ce qu'Alécia put dire.

Mille et une pensées se bousculaient dans l'esprit de Spencer, pourtant rien ne filtra. Elle enveloppa ses bras autour d'elle-même.

— Je peux entrer ?

La photographe secoua la tête, essayant de chasser l'envie lui brûlant les lèvres de les réunir avec celles d'Alécia. Elle finit par s'écarter.

— Euh, oui bien sûr. Oui, euh…

L'étudiante sourit quand Spencer ne put s'empêcher d'ajouter :

— Si je ne me transformais pas chaque fois en adolescente idiote à ton contact, ça serait mieux quand même.

39

La nervosité qu'Alécia avait ressentie toute la matinée disparut instantanément lorsque Spencer sourit. Comment pourrait-elle tourner le dos à un tel sourire ? Et la profondeur de ce regard noisette. Inconcevable. Ses propres pensées détendirent Alécia et, comme une réaction en chaîne, la photographe se relâcha également.

— Je ne savais pas que tu venais. Ce week-end, je veux dire.

— Je sais. Je pensais appeler, mais j'avais peur de ne pas trouver les mots au téléphone.

Spencer acquiesça légèrement, la gorge serrée.

— Tu n'avais pas besoin de te déplacer, tu sais. Je comprends tes raisons. Tu n'avais pas besoin de venir, ni même d'appeler. J'aurais compris.

Alécia prit le temps d'observer de nouveau la pièce à vivre. Son regard se promenant de l'écran plasma accroché au mur, à la table basse en face du canapé, puis en hauteur pour admirer les deux toiles de peinture contemporaine disposée entre différents portraits. Cela l'aidait à réfléchir.

Elle fixa ensuite Spencer.

— Et ça ne te ferait rien ?

La native de Boise sentit sa poitrine se serrer.

— Si, bien sûr. Je ne peux pas te mentir. Désolée.

Elle se tut un court instant, ses yeux toujours rivés dans ceux d'Alécia.

— Mais je comprends vraiment. Donc, et puis… ce n'est pas comme si je pouvais y changer grand-chose, n'est-ce pas ?

— Mon Dieu, tu es si belle…

Les mots sortirent de la bouche d'Alécia sans crier gare. Elle posa une main sur la joue de Spencer.

— Que fais-tu ? l'interrogea la brunette, couvrant la main d'Alécia de la sienne, sans aucun désir de l'enlever.

— Je te touche. Je rêve de toi chaque nuit depuis notre rencontre. Tu m'as manqué.

Spencer inspira profondément. Malgré tout, elle resta concentrée.

— Je veux tout sauf te faire souffrir, Al. Et la vérité c'est que je ne peux rien te garantir.

— Je souffre là, annonça l'étudiante, qui sourit. Enfin, je souffrais jusqu'il y a deux minutes.

Spencer lui caressa le visage. Elle n'osait pas croire en la signification de ces mots jusqu'à ce qu'Alécia déclare :

— Je veux être avec toi. Je suis incapable de dire où comprendre ce qu'il s'est passé entre nous ce jour-là au parc, dans ces premières secondes… et chaque moment après ça, mais c'est arrivé. J'ai *besoin* d'être avec toi.

La poitrine de Spencer se souleva par la grande inspiration qu'elle dut prendre à ses paroles. Elle se rapprocha doucement jusqu'à ce que leurs lèvres se touchent, enfin. Alécia l'étreignit comme si sa vie en dépendait. Elle en trembla. Rien n'avait jamais paru aussi bon. Un soupir satisfait s'échappa de ses lèvres quand la photographe l'embrassa dans le cou.

— Tu m'as tellement manqué, avoua Spencer, d'un souffle court, avant d'embrasser une nouvelle fois ses lèvres. Ses mains se posèrent dans le dos d'Alécia tandis que celles de l'étudiante glissèrent sous la chemise de Spencer, sur sa taille. Elle les remonta et commença à déboutonner le vêtement en question. Spencer n'en finissait plus de placer de délicats baisers dans son cou, sa gorge et l'espace entre ces deux zones, léchant parfois cette peau si tendre. Sentir le corps d'Alécia frissonner sous ses lèvres la rendait folle.

Elle haleta quand les doigts d'Alécia se posèrent sur ses seins, par-dessus son soutien-gorge. Elles s'embrassèrent de nouveau et les mains de l'étudiante glissèrent le long de ce ventre si plat. Alécia n'eut pas le temps de comprendre pourquoi Spencer se raidit d'un coup, car sa main rencontra une bosse inattendue sur l'estomac de la jeune femme qui se recula d'un petit centimètre.

Alécia scruta ce qu'elle avait touché. Son froncement de sourcils s'accentua. Elle n'avait aucune idée de ce que c'était. Cela ressemblait à une valve de bouée. Sa présence ici, implanté dans la douce peau de sa partenaire, restait un mystère pour elle, bien qu'elle devinât facilement un lien avec la mucoviscidose. Elle expira et leva les yeux vers Spencer.

Spencer paraissait incertaine, apeurée que ceci ait rompu la magie de l'instant. Alécia allait-elle changer d'avis, en fin de compte ?

— C'est, euh… ma sonde gastrique. Ça me permet d'avoir les nutriments dont j'ai besoin occasionnellement.

L'étudiante opina, examinant la sonde une nouvelle fois. Sa main se rapprocha et elle toucha délicatement la peau qui l'entourait.

— Ça te fait mal ?

Spencer répondit par la négative. Alécia acquiesça vaguement de la tête. Elle désirait poser plus de questions. Elle savait qu'elle le devrait, mais cela la stopperait-il pour autant ? Non. Un non définitif.

Elle leva les yeux pour trouver le regard inquiet de Spencer sur elle. Le sien rassura aussitôt la photographe. Ses mains se resserrèrent autour de la taille de l'étudiante. De savoir qu'Alécia n'allait pas s'en aller, Spencer la rapprocha et l'embrassa.

— J'ai tellement envie de toi, Al.

La réponse d'Alécia ne tarda pas tandis qu'elle défit les deux derniers boutons de sa chemise et la lui retira. Spencer la laissa bien généreusement faire avant de lui ôter son petit haut blanc. Elle dézippa ensuite le jean de l'étudiante tout en l'embrassant. Elle les guida vers sa chambre à coucher.

— Mais c'est, euh, tu peux… enfin, je veux dire…, balbutia Alécia tout en regardant la sonde.

Spencer s'en amusa. Avec n'importe qui d'autre, ce sujet aurait déjà brisé l'ambiance depuis longtemps, c'était arrivé par le passé, mais là, Spencer ne put s'empêcher un léger rire.

— Je peux faire l'amour autant que je le souhaite.

Alécia lui rendit son sourire joueur, tandis qu'elles s'allongèrent sur le lit. Spencer l'embrassa dans le cou et lui murmura au creux de l'oreille :

— Laisse-moi te montrer ça…

Très vite, elles se retrouvèrent nues l'une contre l'autre, se touchant, caressant le corps de l'autre, portant le corps de l'autre jusqu'à une béatitude paradisiaque. Spencer aimait beaucoup se tenir au-dessus de sa compagne, caresser, embrasser, lécher sa peau si alléchante. Pourtant, elle se donna complètement quand l'étudiante prit les commandes. S'abandonnant si volontairement que c'en était même effrayant. Elle ne s'était jamais autant mise à nue, dans tous les sens du terme, sans aucune retenue.

Chapitre Trois

Alécia était couchée sur le côté, un coude sur le matelas, la tête dans sa main. Elle observait Spencer dormir. De son autre main, elle lui caressait le dos. Elle n'essayait même pas de s'assoupir, trop de pensées la gardaient éveillée. Ce qu'elle venait de vivre avec elle allait au-delà de tout raisonnement, au-delà de tout. Elle avait du mal à l'appréhender. Ses nuits avec Laura avaient été tellement intenses ; son premier amour, et une fille qui plus est. Elle avait chéri ces souvenirs et la force de ces instants, cependant, soit sa mémoire lui faisait défaut, soit faire l'amour avec une femme différait beaucoup de faire l'amour avec sa petite copine de lycée. Elle n'était plus sûre de rien.

Sans doute que Spencer était tout simplement plus expérimentée. Mais alors pourquoi est-ce qu'elle-même avait su où et comment toucher, comme si ce corps allongé à ses côtés l'avait toujours été, lui *appartenait* depuis des années. Tel était son ressenti. Leur amour cette nuit-là lui paraissait aussi naturel que de respirer. Il n'y avait qu'une seule chose importante qu'elles n'avaient pas faite ensemble, et c'est quelque chose sur lequel Alécia s'était souvent interrogée, car elle ne l'avait jamais fait avec Laura non plus. Or, elle imaginait cela, à l'époque, comme l'acte sexuel principal entre deux femmes. C'était une des trop nombreuses pensées qui l'empêchait de fermer les yeux, quand Spencer ouvrit les siens. Alécia sentit son cœur se soulever dans sa poitrine face au regard de la photographe sur elle.

Spencer se tourna sur le côté, face à elle. Alécia ne put dissimuler un coup d'œil sur sa belle petite poitrine. La peau si pâle, elle paraissait encore plus fine sans vêtements, trop fine même. Alécia avait pris note, lors de l'exposition de Kenzi, que Spencer ne semblait pas au régime, vu la quantité avalée ce soir-là. L'étudiante sourit à ce souvenir, toutefois il s'estompa rapidement quand elle réalisa que sa maigreur provenait sûrement de sa maladie. Peut-être était-ce le rôle de la sonde, maintenant qu'elle y réfléchissait.

Elle soupira légèrement à cette pensée. Peu importe la raison, cela n'empêchait pas Spencer d'être la plus belle femme qu'elle n'ait jamais vue. Spencer repoussa quelques mèches rebelles du front d'Alécia. Elle lui caressa le visage.

— Tu es trop belle, murmura-t-elle.

Alécia sourit de plus belle ; les grands esprits se rencontrent.

— Ça va ? lui demanda ensuite la photographe.

L'attention réelle dans sa voix créa une vague de chaleur qui traversa le corps d'Alécia, pourtant elle frissonna. Son regard parlait de lui-même, de toute façon et Spencer lui sourit et se mordit la lèvre inférieure.

— Je n'ai jamais rien ressenti de tel de toute ma vie. C'est… je n'ai aucun mot pour décrire ce que tu me fais, Spencer.

— Moi non plus.

Sur ces mots, elle se rapprocha autant que possible. Alécia inspira profondément. Elle resta sérieuse.

— Mais et toi ? Tu vas bien ? Tu n'es pas fatiguée ou–

Spencer l'interrompit de ses lèvres sur les siennes avant de se reculer doucement.

— Je suis tout sauf fatiguée, assura-t-elle d'un ton chaud qui transpirait de désir.

Alécia sourit et s'approcha pour un baiser. Spencer prit rapidement l'initiative et se glissa subtilement sur sa partenaire, se tenant sur ses avant-bras. Elle se délectait de cette peau si douce sous sa langue, tandis qu'elle l'embrassait dans le cou avant de redescendre sur sa poitrine puis de nouveau sur ses lèvres. Ses mains, elles, parcoururent le chemin inverse et descendirent le long du corps de l'étudiante qui émit un gémissement de plaisir quand l'une d'elles s'insinua entre ses jambes. Elle resserra son étreinte dans le dos de Spencer. La photographe stoppa et la fixa.

Alécia s'étonna de l'expression quelque peu hésitante sur son visage.

— Que se passe-t-il ? Tu ne te sens pas bien ?

— Ssh, la rassura immédiatement Spencer. Je vais bien, ne t'inquiète pas. J'ai juste… j'ai envie de te goûter. J'en crève d'envie depuis le premier jour.

Alécia expira brièvement le trop-plein d'émotions, tandis que sa poitrine se souleva.

— J'en avais envie tout à l'heure, mais je ne savais pas si tu le voulais.

Alécia ne trouva pas les mots, toutefois son corps répondit pour elle, car elle frémit, et ses tétons se raidirent. Elle acquiesça de la tête. Spencer l'embrassa longuement et descendit le long de son corps jusqu'à son entrejambe.

L'étudiante ferma les yeux puis attrapa les draps d'une main aux premières sensations parcourant son corps. Elle ouvrit les yeux et le plafond sembla bouger, comme si elle s'était levée trop vite. Elle grogna presque quand Spencer intensifia sa *tâche*.

— Oh, mon Dieu, Spencer !

Elle prononça son nom plusieurs fois. Spencer lui caressait le ventre et les seins d'une main.

— Tu m'enivres de ton goût unique, révéla-t-elle d'un souffle en relevant la tête avant de continuer.

La respiration très saccadée d'Alécia couvrait pratiquement ces petits cris de plaisir alors qu'elle approchait de l'orgasme. Ses mains, campées sur la tête de Spencer, lui tiraient légèrement les cheveux, ses doigts serrant son crâne. Des soubresauts incontrôlables la saisirent quand elle jouit, comme les secousses d'un tremblement de terre.

Après quelques caresses et baisers sur l'intérieur de ses cuisses, la photographe remonta, le long de son corps, toujours délicatement, plaçant des baisers ici et là. La respiration de l'étudiante restait laborieuse, quand Spencer s'allongea à ses côtés, lui effleurant le visage.

Alécia ouvrit finalement les yeux et la contempla.

— Je t'aime…

Les mots sortirent de sa bouche avant même qu'elle ne puisse y réfléchir.

Sans savoir d'où elles venaient, quelques larmes coulèrent le long des joues de Spencer. Alécia la serra fort contre elle. Une fois que la photographe reprit ses esprits, elle fixa le vert intense des yeux d'Alécia et lui murmura à son tour :

— Moi aussi je t'aime, Al.

Alécia sourit. La réaction de Spencer et la brillance de son regard le lui avaient déjà indiqué… mais entendre les mots faisait tout de même énormément de bien.

Spencer laissa ses doigts se promener au creux de l'épaule de sa partenaire.

— Al, tu crois que c'est possible de rencontrer quelqu'un, de croiser son regard et d'être amoureuse, *juste comme ça* ?

— Si tu me demandes si je crois au coup de foudre, je… je t'aurais dit non il n'y a pas si longtemps. Si je ne l'avais pas vécu avec toi, *juste comme ça*. Donc oui, c'est plus que possible.

Spencer l'embrassa. Plus le baiser s'éternisait, plus il s'intensifiait et la belle brune avait tendance à monter de nouveau sur Alécia qui inversa les rôles.

— À mon tour, annonça-t-elle, le regard enflammé avant de se raidir d'un coup. Enfin, je veux dire, euh… je…

Elle cherchait ses mots.

Spencer sourcilla au soudain changement sur le visage de la jeune femme. Elle lui sourit.

— Détends-toi. Qu'y a-t-il, Al ?

L'étudiante s'assit sur le lit.

— Non, c'est juste… c'est mon tour, mais je ne voulais pas dire, enfin… je n'ai jamais fait *ça*. Bon sang, j'ai l'impression d'être une gamine !

Spencer se délecta de sa moue et s'installa à côté d'elle.

— Moi tout ce que je veux c'est que tu prennes du plaisir, que l'*on* prenne du plaisir, Alécia. Ensemble. Alors tu fais seulement ce que tu as envie de faire, parce que moi je prends mon pied, je t'assure. Ne pense pas que tu doives faire quoi que ce soit d'autre. On a le temps, la tranquillisa Spencer.

Elle lui releva le menton avec un doigt pour qu'elle la regarde enfin.

— OK ?

Alécia sourit et l'attira à elle jusqu'à ce que la jeune femme soit assise sur ses cuisses, puis elle l'embrassa. La photographe gémit sans cesser de l'embrasser, quand la main d'Alécia se glissa entre ses jambes pour des caresses intimes. Leurs poitrines frottaient l'une contre l'autre tandis que Spencer ondulait pour suivre le rythme de la main d'Alécia.

Elle haleta quand l'étudiante la pénétra d'un doigt, puis un deuxième peu après. Spencer poussa un cri bref à la façon dont elle les courba en elle, comme si elle touchait de nouvelles zones de plaisir dont Spencer ignorait même l'existence.

Un rictus satisfait dessina les lèvres d'Alécia qui la serra plus fort. Oui, il y avait des choses qu'elle n'avait jamais faites, et d'autres pour lesquelles elle était, en revanche, sacrément experte. Avec cette pensée en tête, elle ravit le corps de sa partenaire jusqu'à ce qu'elles soient toutes deux épuisées. Elles s'endormirent dans les bras l'une de l'autre.

***

Alécia se réveilla sous la douce sensation de caresses sur le dos. Elle ouvrit les yeux pour découvrir le regard noisette de sa Spencer rivé sur elle. Comment ce sourire et ce regard se fixant sur elle pouvaient-ils lui causer de telles réactions, alors qu'elle dut prendre une inspiration plus profonde ? Elle ne trouvait pas la réponse, pourtant c'était bel et bien le cas. Elle sourit, rarement dans sa vie s'était-elle sentie si détendue. Le temps pouvait s'arrêter là ; elle n'aurait aucun regret.

Sourire toujours aux lèvres, Spencer s'approcha et lui déposa un tendre baiser sur la bouche puis se rallongea sur le côté, tout contre elle.

— Hey, murmura-t-elle du bout des lèvres.

— Hey toi.

Alécia leva la main pour caresser le visage de son amour.

— J'ai l'air d'un vieux disque rayé, Spence, mais tu es trop belle.

— Tu vas me fais rougir.

Alécia effleurait le bras de sa petite-amie, du dos de sa main à son cou. Le petit son qu'émit la photographe quand la bouche d'Alécia remplaça sa main dans son cou confirmait son appréciation. L'étudiante se rapprocha pour embrasser sa nuque avant de revenir en arrière et placer un tas de doux baisers dans son cou. Elle l'embrassa un peu plus bas et s'attarda à un endroit. Spencer était perdue dans de si plaisantes pensées et sensations, qu'il lui fallut un moment pour en saisir la raison.

Elle bougea légèrement dans le lit afin de voir l'expression sur le visage d'Alécia. Elle ne constata aucune peur ou tristesse. Au contraire, l'étudiante lui souriait tandis que le bout de ses doigts caressait la fine cicatrice qu'elle venait d'embrasser si tendrement sur le haut de sa poitrine.

— Tu as eu un port…, commença-t-elle avec de s'interrompre cherchant le bon mot.

Spencer se retint de rire parce que c'était important. Si Alécia avait besoin de parler de sa maladie, elle devait lui répondre honnêtement et sérieusement.

— Un port-a-cath[9], PAC pour les intimes, et oui, j'en ai eu un.

Alécia hocha la tête, caressant toujours la fine cicatrice.

— Tu as fait tes recherches, je vois.

— Pas assez apparemment, déclara Alécia, jetant un coup d'œil plus bas à la sonde gastrique sur l'estomac de sa compagne. Je suis tombée sur un article qui mentionnait le cathéter à chambre implantable. Mais t'en as plus besoin maintenant, n'est-ce pas ?

---

[9] Chambre à cathéter implantable (CCI), aussi appelée chambre implantable percutanée ou PAC d'après la marque *Port-a-Cath*, est un dispositif médical permettant une voie veineuse centrale permanente pour les traitements injectables ambulatoires à longue durée comme la chimiothérapie, les transfusions répétées ou apporter de la nutrition par voie intraveineuse.

— J'ai connu une mauvaise passe il y a quelque temps et c'était plus simple, vu le nombre de médocs et d'injections auxquels j'avais droit. Mais non, j'en ai plus besoin.

La photographe vit le regard évidemment curieux d'Alécia se porter de nouveau sur sa sonde. Curieux et un peu inquiet. Spencer souhaitait la rassurer.

— Prendre du poids pour nous c'est parfois la croix et la bannière. Surtout avec mon type de muco.

De l'étonnement s'afficha aussitôt sur le visage d'Alécia, de ce fait elle précisa :

— Il existe des multitudes de mucos, tu sais. C'est tellement variable d'un malade à un autre. Mais on peut quand même grossièrement différencier deux principaux types que sont les mucos respiratoires des mucos digestives, mais elles sont liées de toute façon. Bref, j'ai une muco plutôt digestive. La mal-aimée du grand public, indiqua-t-elle avec un sourire, malgré un soupir.

En plaisanter l'aidait à parler de sa maladie plus aisément, et notamment de se sentir plus légère face à celle-ci. Toutefois, elle n'était pas prête à avouer à Alécia que ces dernières années, son corps avait grandement souffert. En ce moment, elle allait plutôt bien, mais ses fonctions respiratoires étaient dorénavant quasiment aussi affectées que ses fonctions digestives.

— En bref, je mange bien, mais je n'arrive pas à prendre du poids, j'en perds même. Ma sonde m'a vraiment aidé là-dessus et sauvé la vie on peut dire. Et je me sens réellement en forme ces jours-ci.

— Ravie d'entendre ça, répondit l'étudiante avec un sourire, néanmoins Spencer la vit baisser le regard une fraction de seconde.

Elle s'approcha pour un doux baiser. Alécia ferma les yeux et se laissa emporter par la sensation, oubliant la gravité de la maladie de sa petite-amie, ne serait-ce que pour cinq secondes.

— Je te promets que je vais bien, Al, murmura Spencer contre ses lèvres avant de s'avancer de manière à ce que le dos d'Alécia touche le matelas.

Elle monta partiellement sur elle en l'embrassant dans le cou et dans le creux de l'épaule.

Elle ne souhaitait plus parler mucoviscidose. Mieux, elle ne voulait plus l'avoir, surtout en ce moment. Il y avait tant de choses à dire, et si peu avaient suffi pour faire fuir la plupart de ses petites amies. Elle serra les draps à la pensée qu'Alécia puisse s'enfuir. Elle avait eu peu de relations sérieuses, une essentiellement, à dix-neuf ans, avec Ella. Sans doute la seule fois où elle avait été véritablement amoureuse avant Alécia. Mais la muco lui avait arraché ceci également. Entre les annulations de dernière minute, les week-ends romantiques interrompus par un passage aux urgences, les traitements très lourds, les inhalations, les rendez-vous chez le médecin, le régime alimentaire spécial… Tout cela avait finalement eu raison des sentiments d'Ella pour elle.

Bien sûr, certaines avaient prétendu pouvoir gérer, pouvoir rester à ses côtés. Spencer ne doutait pas qu'elles le pensaient, pourtant, elles s'étaient toutes volatilisées, relativement vite qui plus est. La photographe s'était donc habituée aux petites amourettes et autres aventures sans lendemain. Très souvent, sa partenaire ignorait même qu'elle souffrait de la mucoviscidose. Spencer passait rarement des nuits entières avec ces femmes qui ne la voyaient, de ce fait, jamais utiliser son nébuliseur ou prendre de quelconques cachets. Quant à ses quintes de toux, elle les expliquait facilement par un coup de froid. Elle vivait sa vie, ses partenaires, la leur, chacune occupée à ses activités et aucunes ne se souciaient vraiment des allées et venues de l'autre. Et cela marchait très bien jusqu'à présent. Enfin, cela fonctionnait dans le sens où elle ne passait pas trois cent soixante-cinq jours par an, seule.

Elle s'avança pour embrasser Alécia. Ce que l'étudiante évoquait en elle demeurait inexplicable. Elle n'avait jamais ressenti une attirance si forte envers qui que ce soit. Imaginer Alécia partir la rendait malade. D'habitude, elle ne ressentait pas grand-chose quand ses partenaires la quittaient, excepté Ella, avec qui elle avait partagé huit mois tout de même. En temps normal, tout ce qu'elle éprouvait était de la tristesse, de la déception et un peu de colère, sans que ça la touche. Plus maintenant en tout cas.

Alécia était toujours là, et très à l'écoute des caresses qu'elle lui prodiguait à ce moment-là. Elle n'était pas encore partie que ça blessait déjà Spencer. Elle savait qu'elle ne pouvait *pas* la perdre, voilà pourquoi elle ne désirait plus parler de la muco. Elle souhaitait même complètement ignorer sa maladie.

Elle ronronna quand Alécia lui serra les deux fesses en l'avançant plus près d'elle, de manière à ce que la photographe se retrouve entièrement sur elle. La main d'Alécia se rapprochait dangereusement de son entrejambe. Spencer frissonna aux subtiles caresses du bout des doigts de sa partenaire sur son bassin.

Alécia sentit une légère tension traverser le corps de Spencer qui se dégagea suffisamment pour ouvrir le premier tiroir de sa table de nuit.

L'étudiante sourcilla. Elle entendit, plus qu'elle ne vit, le pschitt du spray que Spencer utilisa. Une forte et délicieuse odeur d'orange fraîchement pressée envahit ses sens. Elle en aurait presque salivé si l'action en elle-même, surtout durant les préliminaires, ne la rendait pas si confuse.

La photographe reprit rapidement sa place et captura les lèvres d'Alécia dans un intense baiser.

— Ce n'est rien. J'aime cette odeur, indiqua-t-elle, haussant les épaules, face au regard perplexe de l'étudiante quand le baiser s'interrompit.

— Euh, oui, mais non. Là, il faut que tu m'expliques. On est chez toi, ça sent super bon avec toutes ces plantes. Qui achète ces belles roses d'ailleurs ? demanda Alécia, pointant du doigt un magnifique bouquet de roses blanches sur la commode contre le mur.

Spencer se réjouit.

— Mes parents, c'est parce que ce sont mes préférées. Les roses blanches, je veux dire. Et toi tu aimes quoi comme fleurs ?

— Les orchidées, ou les Lys, mais ne change pas de sujet. Il y a un truc à propos de ce déo. Et je veux savoir.

— Non, crois-moi tu ne le veux pas.

Alécia ne se vexa pas de la réponse à cause de l'immense tristesse qui emplit le regard de sa compagne, d'ordinaire si lumineux. Elle posa la main sur la sienne.

— Si, je le veux. S'il te plaît, parle-moi.

— Je t'en prie, Al, ne me fais pas faire ça. Je ne veux pas rompre la magie. C'est notre première nuit ensemble. Ne laisse pas la muco tout gâcher si rapidement.

Alécia sentait qu'elle devait savoir, maintenant encore davantage. Elle lui serra la main.

— J'ai fait mon choix. Je suis revenue pour de bon. Je ne vais pas me sauver.

Alécia détesta le fait que ses mots ne semblèrent pas rassurer Spencer et encore moins la convaincre. Que cela pouvait-il être pour qu'elle ait aussi peur d'en parler ? Après ce qu'elles venaient de vivre ensemble, comment pouvait-elle craindre de la faire fuir ? Une vie sans elle lui était dorénavant inconcevable. Elle avala sa salive à cette pensée puis secoua la tête. Spencer allait bien en ce moment, elles étaient ensemble et tout allait bien. Rien d'autre ne comptait.

— Tu peux me le dire, Spence. Ça va aller. Je te le promets.

La photographe se frotta le front. Ce n'était vraiment pas la conversation qu'elle souhaitait avoir à ce moment. En même temps, elle ne pouvait le cacher bien plus longtemps, de toute façon, ça ou le reste, d'ailleurs. Vu ce qu'elle ressentait pour Alécia, cela s'avèrerait impossible. Elle avait ce besoin, cette envie de construire quelque chose de solide avec elle.

Elle soupira en se résignant.

— Comme je te l'ai dit, j'ai une muco plutôt digestive, et occasionnellement…

Elle baissa la tête puis expira une nouvelle fois, presque énervée. Pas énervée contre Alécia, mais contre cette chose, cette maladie sur laquelle elle n'avait aucun contrôle.

— Parfois, j'ai des gaz dans le ventre. Ça fait super mal. Je ne peux pas les retenir la plupart du temps, et il ne vaut mieux pas, car c'est vraiment super douloureux sinon. Le pire c'est que…

Elle ne regarda pas Alécia dans les yeux en terminant sa phrase :

— Ils sentent aussi mauvais qu'ils font mal. Ce déo est le seul truc qui marche pour couvrir l'odeur.

Alécia resta silencieuse tandis que sa compagne était perdue dans ses pensées. En temps normal, elle n'avait pas peur de parler de sa maladie, elle n'avait pas honte des cicatrices sur son corps et ne s'en cachait pas. Cependant, cette partie-là lui rappelait toujours de terribles souvenirs d'enfance. L'école avait été un enfer, ses camarades de classe se moquaient, répétant qu'elle sentait mauvais, venant dans son coin pour ouvrir la fenêtre en commentant que cela sentait *l'animal en décomposition par ici*. Adolescente, elle l'avait difficilement supporté. En première au lycée, elle eut l'idée d'un aérosol. Puisqu'elle ne pouvait rien changer à sa maladie, elle tâcherait d'en limiter les effets néfastes autant que possible. Et elle y était parvenue. Elle avait mis un moment pour trouver *le* spray qui couvrirait quasiment entièrement ses odeurs. Depuis, elle ne sortait jamais sans.

Elle pressa ses lèvres l'une contre l'autre.

— Ouais, ça casse l'ambiance, n'est-ce pas ? déclara-t-elle.

Alécia entendit sa nervosité dissimulée derrière ce ton enjoué.

Elle n'avait toujours pas commenté et Spencer, ne tâchant plus d'alléger l'atmosphère cette fois, retint sa respiration en demandant :

— Trop pour toi ?

Et si ça l'était ? s'interrogea l'étudiante. Serait-elle capable de faire machine arrière maintenant ? La réponse était sans équivoque. Sa main couvrit le visage de Spencer, souhaitant désespérément en chasser l'inquiétude. Spencer reprit son souffle.

Non, ça ne serait jamais trop, ça ne serait jamais assez, pas quand Alécia sentait quelque chose en elle lui crier ; *voici l'amour de ta vie.* Pourtant elle ne pouvait pas lui dire cela, pas encore, pas quand elle ne savait se l'expliquer à elle-même. En même temps, comment expliquer l'amour ? On aime, c'est tout.

Tout ce qu'elle pouvait faire était s'avancer et chasser les peurs de sa partenaire par le biais d'un baiser. Et elle ne s'en priva pas, elle la toucha, la fit sienne et Spencer réciproqua. Et elle pleura des larmes silencieuses dues à l'émotion que la photographe créait en elle. Les baisers apaisants de cette dernière séchèrent rapidement ses larmes.

Plus tard, elles restèrent allongées l'une contre l'autre, dans un état presque second de contentement et de béatitude.

— C'est le paradis, murmura Spencer, caressant le visage de sa compagne.

— Oh oui. Bon sang ce que j'aimerais rester ainsi toute ma vie.

— Ça me paraît un bon plan.

Alécia sourit davantage, puis secoua la tête. Spencer fronça légèrement les sourcils.

— Pourquoi pas ? On peut rester comme ça toute la nuit, en tout cas.

— Si seulement, répliqua l'étudiante avec une petite grimace.

— Sérieux, tu ne restes pas ce soir ?

— J'ai promis à mes parents…

Spencer bouda ce qui amusa Alécia.

— Oh, mon dieu, tu es trop mignonne !

— OK, casse-toi de mon lit !

Spencer sourit en coin, mais la retint par la taille aussitôt qu'elle prétendit bouger.

Alécia rit avant d'expliquer :

— J'ai mangé avec Henry ce midi. J'aime trop ce gamin. Je t'ai déjà dit qu'il est comme mon frère, n'est-ce pas ? Il a même vécu chez nous pendant quelques années quand ses parents sont partis en Europe.

— Oui, tu m'en as parlé.

— Il étudie à Toronto maintenant et il était en ville aujourd'hui, donc on a déjeuné ensemble, enfin on s'est fait un gros p'tit déj', comme j'étais pressée de venir te voir. Il est sûrement passé saluer mes parents cet après-midi, d'ailleurs. Bref, comme je mangeais avec lui, je leur ai promis de dîner avec eux ce soir. Vingt heures tapantes.

Spencer grimaça.

— Euh bébé, utilise la BatMobile, dans ce cas.

Alécia fronça les sourcils puis regarda le radio-réveil derrière elle. Il était dix-neuf heures vingt. Il lui fallait plus d'une heure pour repartir à Port Townsend.

— Oh putain !

La photographe essaya tant bien que mal de dissimuler son rire.

Alécia se couvrit le front.

— Je n'arrive pas à croire qu'on ait…

Elle s'interrompit en fixant Spencer, apparemment très amusée par la situation.

— *Dormi* tout l'après-midi, termina-t-elle.

La voix de Spencer prit un ton sexy tandis qu'elle murmura, tout en lui caressant la cuisse :

— Et… que dirais-tu que l'on *dorme* toute la nuit ?

— Là, tu triches, annonça l'étudiante, sa poitrine se soulevant à la sensation des doigts de Spencer sur l'intérieur de sa cuisse.

Il lui fallut toute la volonté du monde pour s'asseoir sur le lit, et placer sa main au-dessus de celle de Spencer et l'empêcher ainsi de glisser plus haut entre ses jambes.

— Tu sais quoi ? Demain, je suis à toi toute la nuit. Si tu me veux, bien sûr.

Spencer enveloppa ses bras autour d'elle par-derrière.

— Oh oui, je te veux !

Le ton de la photographe portait autant cette déclaration implicite que son regard. Elles sourirent et s'embrassèrent. Spencer s'installa sur le lit à côté d'elle.

Alécia se leva par dépit et commença à regrouper ses vêtements. Spencer l'observait se rhabiller, n'effectuant aucun effort pour couvrir sa propre nudité, ce qui s'avérait une grande distraction pour l'étudiante. Elle eut du mal à retrouver l'envers de l'endroit de sa chemise.

— Quels sont tes plans demain ? Peut-être que je peux te rejoindre plus tôt et on passerait plus que la nuit ensemble ? Enfin, je veux dire, ça me plairait.

— J'aimerais bien, mais je dois passer à l'hôpital.

— Ça ne va pas ? se soucia Alécia en se rapprochant instinctivement.

— Non, ne t'inquiète pas. Juste la kiné et quelques exercices supplémentaires de respiration. On fait des examens de temps en temps. Ça va certainement me prendre toute la matinée.

— Oh…

Alécia cherchait ses mots.

— Je devrais, enfin je veux dire, je pourrais peut-être–

— Non, ne t'embête pas. Je ne veux pas que tu te prennes la tête avec ça. C'est long et chiant. On se retrouve après, OK ?

— Bientôt, je t'accompagnerais.

— Je t'assure, tu n'as pas…

Alécia saisit les mains de Spencer et lui signifia :

— Si. Et je le ferais. Je veux être avec toi et que cela me plaise ou non, c'est une partie de toi aussi. Et je veux être à tes côtés. J'en ai besoin. En plus, ça me permettra de mieux comprendre la muco, ce que ça implique dans ta vie. Je viendrais avec toi, bientôt. Là c'est juste… Je ne suis pas retournée à l'hôpital depuis Laura, hormis pour mon poignet, pas un super souvenir non plus… J'ai juste besoin d'un peu plus de temps.

Spencer lui serra les mains et lui offrit son fameux sourire à faire fondre la banquise.

— OK. Ça serait cool de t'avoir à mes côtés, j'avoue.

Alécia se pencha pour un baiser et se redressa avec un léger soupir.

— Ça me tue de devoir te laisser.

Spencer prétendit seulement désirer repousser une mèche des cheveux d'Alécia loin de ses yeux, ses doigts en profitèrent pour caresser sa joue, retardant au maximum le moment de la séparation.

— Demain, tu profites de ta matinée, tu manges avec tes parents, comme ça ils seront contents et on se retrouve au parc, mettons vers quinze heures ?

Alécia acquiesça.

— Et on passera le reste de la journée en balade en centre-ville et ensuite… ensuite, je te ramène ici et te montre à quel point tu m'auras manqué. Ça te va ?

L'étudiante l'embrassa pour confirmer à quel point ce programme lui plaisait.

***

— Désolée, désolée, désolée, répéta rapidement Alécia en sautant littéralement dans la cuisine, essayant d'aider autant que possible.

— Tu peux l'être. Le poulet est grillé.

Alécia soupira :

— Maman, tu te souviens que je ne mange pas de viande, n'est-ce pas ?

— Toujours pas ?

— Non, comme la semaine passée ou celle d'avant. Je n'ai pas mangé de viande depuis deux ans.

— Je pensais que c'était juste une phase…

Alécia choisit de ne pas répondre et saisit le sel que sa mère tentait désespérément d'atteindre.

— Pourquoi le mets-tu systématiquement là-haut, tu ne peux pas l'attraper ? Ce n'est pas comme si papa cuisinait.

— Hey ! lança son père, qui s'approcha pour placer un baiser sur le haut de sa tête. Parfois, je cuisine !

— Oui, papa… tu appuies sur le bouton du micro-ondes de temps à autre.

— Et cela donne des plats fabuleux, annonça-t-il avec un sourire que sa fille lui rendit. Plutôt que de te mettre en retard, pourquoi Henry n'est-il pas venu manger avec nous ?

— Oh, euh… je n'étais pas avec Henry.

Elle quitta aussitôt la cuisine, prétextant de mettre la table dans le salon alors qu'elle était déjà dressée.

— Où étais-tu dans ce cas ? Tu nous as dit que tu déjeunais avec lui ce midi.

— Oui, maman, on a mangé ensemble puis je suis allée voir Spencer.

Alécia visualisait d'ici sa mère se tourner vers ses placards. Un long silence suivit. Son père entra dans le salon avec le pain et une bouteille d'eau fraîche.

— Comment va ta nouvelle amie ? Toujours à prendre des photos ?

— Oui, papa.

Sa mère apporta la salade en les rejoignant. Elle fixa sa fille avec un sourire.

— J'ai entendu dire que Henry avait rompu avec sa petite amie…

Alécia jeta un coup d'œil à son père avant de regarder sa mère, avec un froncement de sourcils.

Stéphanie Moore haussa les épaules lorsqu'elle ajouta :

— Quoi ? C'est vrai. Véronica me l'a dit elle-même au téléphone. C'est son fils après tout, elle est bien placée pour le savoir. Il a dû t'en parler, chérie.

— Bien sûr qu'on en a parlé. Ce n'est pas une rupture, juste une petite coupure. Lola et lui, c'est toute une histoire, tu le sais bien. Ils font que ça, rompre et reprendre depuis deux ans. Dans quelques jours, ils seront de nouveau ensemble.

Sa mère secoua la tête avec une moue désapprobatrice.

— Cette Lola, elle n'est pas pour lui, et Véronica est d'accord. Elle avait l'air vraiment soulagée.

Alécia soupira et réarrangea les couverts autour de son assiette.

— Elle ne l'a vu que quelquefois, et toi tu ne l'as jamais vu, maman. Comment peux-tu dire qu'elle n'est pas pour lui ? Elle est très chou, très douce, comme lui et franchement ils forment un beau petit couple. Ça marche fort entre eux.

— Apparemment non, où ils n'auraient pas besoin de rompre tous les quinze jours. Toi et lui n'avez jamais eu ce genre de dispute. Jamais un mot plus haut que l'autre. Vous vous êtes toujours si bien entendu—

— Maman, s'il te plaît, arrête ! s'exclama Alécia avec une grimace. Tu veux me jeter des hommes à la figure dès que je mentionne Spencer ; pas de souci. Va pour Matt, ou le fils du docteur ou n'importe qui, mais pas mon p'tit frère, OK ? C'est… beurk.

— Oh chérie, Henry n'est pas ton frère.

Alécia soupira tandis que sa mère enchaîna :

— Et je ne *jette* rien.

— Si, maman. Je sais que ça ne te plaît pas, mais Spencer et moi sommes ensemble, en couple. Et non, ce n'est pas juste une phase. Tout n'est pas *juste une phase*, maman !

Alécia s'éloigna de la table et en direction du couloir.

— Alécia, ma douce, reste s'il te plaît, lui demanda son père.

— Étonnement, je n'ai plus faim, papa.

— Mais le poulet est archicuit, s'alarma Stéphanie.

— Je ne mange pas de viande, maman !

William soupira et Stéphanie haussa les épaules.

— Mais le poulet n'est pas de la viande, c'est juste… du poulet.

Alécia crut qu'elle allait s'arracher les cheveux. Elle sortit immédiatement de la pièce et monta s'enfermer dans sa chambre. Elle saisit son téléphone portable et appela Spencer.

La photographe ne décrocha pas tout de suite. Dès qu'elle entendit sa voix, les traits du visage d'Alécia se détendirent instantanément.

— Hey.

— Hey toi.

— Comment se passe le repas ?

— Très mal. Je n'aurais jamais dû partir.

— Je te l'avais dit.

Spencer resta silencieuse ensuite, de ce fait, Alécia demanda :

— Je crois que je ferais bien de repartir dès maintenant et passer cette fameuse nuit entière avec toi, qu'en dis-tu ?

Sa compagne mit plus de temps à réagir qu'Alécia ne l'aurait souhaité.

— Ne rends pas les choses plus difficiles avec eux, Al. Laisse-leur le temps de s'adapter. Et demain, on appréciera davantage. Sinon là, tu vas être contrariée, je le sais.

Ce n'était pas la réponse escomptée, néanmoins Spencer n'avait pas tort.

— Ouais, je sais. Tu vas me manquer ce soir.

— Toi tu me manques déjà, assura la photographe. Désolé bébé, je dois raccrocher. J'attends un appel de l'agence Getty Images pour une mission ponctuelle. Je dois te laisser.

— Oh, bien sûr, OK. À demain, donc ?

— Oui. Je t'aime, Al. Fais de beaux rêves, bébé.

— Toi aussi, mon ange, bye.

Spencer toussa aussitôt qu'elle raccrocha. Elle s'était retenue pendant leur conversation. Sa toux dura presque cinq minutes. Elle récupéra son nébuliseur pour reprendre son souffle. Elle était en train de s'en servir quand Alécia appela. Elle ne désirait rien de plus que son retour dans ses bras, malheureusement, elle ne se sentait pas véritablement en forme à ce moment-là et ses poumons lui faisaient mal, surtout après cette quinte de toux. Elle pensait que c'était un peu tôt pour qu'Alécia la voie malade, même si ce soir ne s'avérait qu'un petit aperçu des dégâts de la mucoviscidose. Quoi qu'il en soit, elle n'était pas en état de faire l'amour toute la nuit à Alécia, alors qu'elle ne rêvait que de cela.

Elle attendait impatiemment sa visite à l'hôpital le lendemain. Une batterie de tests l'attendait, mais surtout une longue série de kinésithérapie, et une autre séance de bronchodilatateur tel que celle qu'elle accomplissait matin et soir depuis son enfance. Elle savait qu'elle se sentirait *toute neuve* en sortant et pourrait passer la nuit de ses rêves ce soir-là. La patience était une vertu. Très irritante parfois, cela dit une vertu tout de même.

Alécia décida de travailler sur un exposé puis se coucha relativement tôt, ayant hâte de retrouver Spencer le lendemain. Elle espérait aussi que le repas de midi avec ses parents se passerait mieux que celui de ce soir.

***

Alécia marchait d'un pas ferme en direction de la cuisine, le sourire aux lèvres. Elle était déterminée à bien démarrer la journée et passer outre son accrochage avec sa mère. Elle se servit une tasse de café encore chaud, car son père savourait son petit déjeuner sous le porche. Café et brownies en main, elle le rejoignit.

Il l'accueillit avec un chaleureux sourire.

— Bonjour, ma douce.

Elle lui déposa un bisou sur la joue en s'asseyant à côté de lui. Elle but une gorgée de son café pendant qu'il lisait le journal. Ils entendaient Stéphanie prendre soin de ses fleurs dans le jardin sur le côté de la maison.

— As-tu bien dormi ?

— Oui, papa. Et toi ? Ton dos te fait encore mal ?

— Pas ces temps-ci, non. Il fait encore bon.

— Prépare-toi quand même, on sent bien l'automne désormais.

William sourit.

— Tu dois avoir faim, je suppose.

— Un petit peu, oui. Je suis désolée pour hier, papa.

— Ce n'est pas grave, je comprends. Ta mère était très contrariée.

— Et moi donc.

— Tu dois lui laisser un peu de temps, Alécia.

— C'est comme si elle n'écoute même pas quand je parle.

— Si, elle écoute.

— Oui et à l'évidence elle n'aime pas ce qu'elle entend, donc elle l'ignore et ça revient au même.

— Elle a juste... ce n'est pas facile, on nous a élevé d'une certaine manière, toi aussi d'ailleurs, et on fait des projets et–

— Toi non plus tu n'aimes pas ce que tu entends...

Alécia fixa la route au loin. Il lui prit la main dans les siennes.

58

— C'est vrai ; on fait des projets, on a nos idées pour nos enfants, mais finalement c'est ta vie. Ce sont tes choix, ce sont *tes* idées pour *ta* vie. Peu importe ce que tu choisis, où que tu ailles, tu auras toujours mon soutien et mon amour inconditionnel. Ça, tu l'auras éternellement.

Elle le serra fort dans ses bras.

— Merci, papa, j'avais vraiment besoin d'entendre ça.

— Maintenant mange ton brownie, car moi j'entends ton estomac gargouiller d'ici. Et laisse un peu plus de temps à ta mère. Elle s'y fera.

— Oui, papa.

Quand Stéphanie Moore s'approcha d'eux quelques instants plus tard, Alécia l'accueillit avec un grand sourire.

— Oh, ma chérie, tu es levée. Il faut vraiment que tu me pardonnes pour hier soir.

Alécia sourit davantage jusqu'à ce que sa mère ajoute :

— Je te promets d'apprendre autant de recettes végétariennes que je le pourrais, ma chérie. Est-ce que cela t'irait ?

Alécia jeta un coup d'œil à son père qui haussa les épaules. Elle rit discrètement.

— Oui maman, ça sera un bon début.

Stéphanie sourit et s'éloigna en annonçant :

— Je rapporte du café.

William put enfin laisser son rire s'échapper et père et fille rirent ensemble.

***

Spencer et Alécia se promenaient main dans la main au bord de l'océan dans le parc Warren G. Magnussen, inhabituellement calme, ce qui les arrangeait.

— Tu as eu une super idée, déclara l'étudiante, posant son autre main sur le bras de Spencer.

— Ça fait tellement longtemps que je ne suis pas venue ici. J'en avais presque oublié la vue.

Elles admirèrent les montagnes et la côte ensemble. La photographe ferma les yeux brièvement, serrant la main d'Alécia un peu plus fort. C'était un de ses endroits préférés. Bien sûr, elle adorait l'arboretum avec son mélange d'arbres, de plantes et de fleurs. Toutes ces couleurs. Elle y prenait tant de clichés. Toutefois, dans ce parc plus *sauvage*, elle se sentait plus proche de la nature. Il était même difficile de se croire au sein d'une si grosse ville telle Seattle. Un jour comme aujourd'hui était parfait, avec si peu de gens dehors. Imaginer se trouver au beau milieu de presque quatre millions d'habitants[10] paraissait impossible. Oui, plus sauvage était le mot que Spencer utilisait pour décrire cet endroit comparé à l'arboretum, si net en comparaison.

Elle leva les yeux vers le ciel qui s'assombrissait. Il pleuvrait avant la tombée de la nuit. Ses lèvres formèrent un sourire coquin tandis qu'elle observa Alécia.

— À vrai dire, Al, venir ici n'était pas le plan A.

Elle s'arrêta de marcher et plaça ses mains sur le visage de l'étudiante.

— Le plan original était de se retrouver à l'appart. Mais je me suis dit que j'aurai eu trop de mal à garder mes mains pour moi en privé, d'où la nécessité d'un endroit public. N'empêche que là tout de suite… annonça-t-elle, caressant la joue d'Alécia de ses pouces. Je me demande bien ce qui clochait avec le plan A.

— Absolument rien, murmura Alécia avant de s'approcher pour un baiser.

Elles s'embrassèrent longuement, quelques promeneurs les observèrent discrètement. Elles inspirèrent profondément quand elles se séparèrent.

Alécia glissa ses doigts à travers la chevelure soyeuse de Spencer cascadant dans son dos.

— J'attends ce moment depuis que je t'ai quitté hier soir.

— J'aurais vraiment dû m'en tenir au plan A dans ce cas. Je ne voulais pas que tu penses que je ne pouvais pas me contrôler.

Alécia ne put retenir un bref rire.

— C'est moi qui aurai été hors de contrôle. Plus sérieusement, tu as eu une bonne idée de me dire de te rejoindre ici, bien que j'ôterais volontiers tous tes vêtements, là sur-le-champ.

Elle inspira fortement avant de poursuivre :

— Mais j'ai aussi envie de faire plein de choses avec toi, même des trucs simples comme là ; marcher dans un parc main dans la main, et puis il y a encore tellement de choses que j'ignore sur toi. Par conséquent, marcher ainsi, discuter, c'est bien. J'aime ça aussi, tu sais. J'aime être avec toi.

---

[10] La ville de Seattle compte 737 015 habitants en 2020. L'aire métropolitaine de Seattle totalise 3 979 845 habitants.

— Moi aussi. Donc vas-y, je t'écoute, que veux-tu savoir ?

Alécia sourit.

— Eh bien, pour commencer, comment ça s'est passé ce matin à l'hôpital ?

— Bien. Question suivante.

Alécia ancra ses poings sur ses hanches, et Spencer sourit avant d'affirmer :

— OK, tu gagnes. Mais honnêtement, je vais bien. Ça s'est bien passé. Ça a pris cent ans, c'est tout. Mais je suis en forme. Promis.

— La prochaine fois, je viens avec toi.

— Tu sais, j'y vais assez souvent. Chaque semaine, en fait. Tu n'es pas obligée de venir.

— Je le souhaite. J'ai choisi d'être avec toi, pas seulement avec une partie de toi. La prochaine fois que tu y vas, si je suis en ville, je t'accompagne.

Elles prirent la promenade sur la droite.

— OK. Et toi alors, que s'est il s'est passé au dîner hier ?

— Rien. Question suivante.

Spencer rit.

— À ce point ?

— J'ai carrément sauté le repas, figure-toi.

— Vraiment ? Merde. C'est parce que tu étais en retard ? Je suis désolée, c'est de ma faute.

— Non, non. Ça n'avait pas de rapport. Ce n'était pas grand-chose en fin de compte et dès le lendemain au p'tit déj', tout allait bien. Tu vois ?

— Jolie petite histoire, mais si tu me racontais le début plutôt que la fin ?

— Si encore c'était la fin.

— Ah, tu vois. Donc, vas-y, dis-moi tout.

— C'est surtout ma mère, en fait. Chaque fois que ton nom surgit, elle me balance des *Matt a appelé*, ou *le fils du voisin est docteur*, et même Henry ! Tu le crois, ça, qu'elle me jette Henry au visage ?

— Ton frère. Enfin, je veux dire… tu vois ce que je veux dire.

— Si, tu peux le dire. Je le considère comme mon p'tit frère. Et mes parents c'est pareil, il est comme un fils pour eux, ils l'ont vu grandir et l'ont partiellement élevé. Comment peut-elle-même le suggérer ?

— Elle doit réellement me détester, là.

— Ce n'est pas vraiment toi. Ils sont cathos, et pratiquants. Ils ont cette idée dans leur tête de ce qui est bon pour moi, ou ce qu'ils veulent pour moi et à l'évidence, être lesbienne n'entre pas dans le cadre. Ça, je le conçois, mais ils me soutiennent. Mon père me l'a dit ce matin. Ils m'aiment et s'y feront. Parfois c'est juste chiant, triste même, de savoir que tu fais un truc qu'ils n'approuveront jamais totalement, au fond d'eux. Enfin bon, je ne vais pas te saouler avec ça.

Spencer s'arrêta de marcher pour se tenir devant elle, lui prenant les mains.

— Tu ne me saoules pas. J'aime que tu me parles de ta vie, de tes parents. Et puis, je comprends, crois-moi.

Un froncement de sourcils apparu sur le visage d'Alécia.

— Oui, c'est vrai ça, tu ne mentionnes pas souvent tes parents. Moi j'aurais pensé qu'ils voudraient passer du temps près de toi. Est-ce que vous vous entendez bien ? Ils ne sont pas OK avec ton orientation sexuelle ?

— Oh non, ce n'est pas ça. Je ne t'en ai jamais réellement parlé, en fait, pourtant je t'assure qu'ils sont bien présents dans ma vie...

Spencer rit légèrement, reprit sa promenade avec Alécia en continuant :

— Tu les verras bien assez, crois-moi. Et honnêtement, je crois qu'ils seraient un peu comme tes parents. Si je n'avais pas été malade, ils auraient eu plus de mal à l'accepter, je pense. Mon père surtout. Mais depuis toute gamine, les choses qui importent pour certains diffèrent de ce qui importe chez nous. Mes parents ont toujours été plus inquiets de savoir si je vivrais assez longtemps pour connaître une première fois, par conséquent ils étaient plus conciliants avec qui cette première fois aurait lieu.

Alécia sourit en retour face au sourire de Spencer.

— Ils ont toujours été corrects avec mes copines, même si je ne me suis jamais montrée trop démonstrative en face d'eux. En même temps, ce n'est pas comme s'ils en avaient vraiment rencontré beaucoup, ou qu'il y en ait eu beaucoup d'ailleurs.

Alécia leva un sourcil.

— Ouais c'est ça. Comme si avec un sourire pareil, et un regard aussi pénétrant tu n'avais pas une multitude de filles à tes pieds ? Arrête ton baratin, je t'ai grillé !

Spencer stoppa de nouveau et la prit par la taille.

— J'ai eu plus de rencontres d'un soir que de petites amies. Ce n'est pas évident d'avoir une vraie relation avec quelqu'un dont la vie est autant dictée par les traitements, hospitalisations, et autres pilules, sans compter la pensée de la mort, malheureusement très, voire trop présente dans nos vies. C'est beaucoup demander alors je le demande rarement, et quand je le fais, c'est encore plus rarement accepté.

Alécia inspira profondément. Spencer baissa les yeux au sol, mais l'étudiante lui releva la tête d'un doigt placé sous son menton.

— Parfait. Ça m'a libéré le terrain.

— Ouais, acquiesça Spencer avec le sourire.

Elles s'embrassèrent jusqu'à ce qu'Alécia se recule légèrement et murmure :

— C'est bon. On a discuté. On peut revenir au plan A maintenant ?

— Enfin ! répondit Spencer d'un souffle, en riant doucement.

Elles se retournèrent pour partir en direction de la station de métro la plus proche.

***

Spencer tâtonnait dans ses poches, refusant de lâcher les lèvres et le visage d'Alécia, même une demi-seconde pour mettre la main sur ses clés. Elle les trouva enfin, et, toujours en s'embrassant, elles entrèrent dans l'appartement, mains déjà placées sur boutons de jean et petits hauts pour s'en débarrasser. Spencer se trouvait déjà en soutien-gorge quand elles atteignirent la porte de sa chambre à coucher. Au lieu de l'ouvrir, elle plaqua Alécia contre.

L'étudiante haleta et l'attira tout contre elle. Sa chemise déboutonnée, Spencer ornait sa poitrine de baisers tout en finissant de défaire son jean. Alécia leva une jambe qu'elle entoura autour de la taille de Spencer. Elle grogna de plaisir quand la photographe glissa un doigt en elle.

— Oh mon dieu. Spencer, oh bon sang. Oui !

Elle continuait de l'attirer toujours plus près d'elle, comme si elle voulait qu'elle se fonde en elle. Chacun de ses gémissements donnait envie à Spencer de la pénétrer plus fort, plus profond, incapable de s'arrêter ou ralentir l'excitation qui s'élevait en elle. Elle accompagnait sa main de tout son corps. Alécia pouvait à peine respirer sous les sensations éprouvées.

— Oui ! Oui, oui, bon Dieu, oui !

Elle enfonça ses ongles dans les épaules de sa partenaire. Spencer la pénétra quelques fois encore, plus délicatement. Les muscles d'Alécia se contractant autour de son doigt la rendaient folle. Elle l'embrassa, laissant tout juste le temps à l'étudiante de reprendre son souffle après cet orgasme. Elle se recula juste assez pour ouvrir la porte, elles tombèrent sur le lit, ôtant le reste de leurs vêtements pour s'aimer librement.

***

Elles étaient couchées côte à côte, quelques perles de sueur encore présentes sur leur corps, tandis qu'elles s'observaient, un sourire béat aux lèvres, dans un paisible silence. Alécia leva sa main au visage de Spencer pour lui caresser la joue. Elle inspira si fortement que sa poitrine se souleva.

— C'est toujours aussi intense avec toi ?

Spencer sourit.

— J'allais te poser la même question, Al.

La photographe retira la main d'Alécia de sa joue pour l'amener à sa bouche et placer un doux baiser au dos de celle-ci.

— Je n'ai jamais rien ressenti de tel, de toute ma vie, ajouta-t-elle, sans hésiter.

— Ça me rappelle mon poème préféré.

— Vraiment, c'est lequel ?

— Ce n'est pas un poème connu. Il fait partit d'un recueil de poésie non autorisé de Jillian Waters et… quoi, qu'est-ce qu'il y a ? Pourquoi souris-tu ainsi ?

Spencer mit un moment pour répondre, tentant de chasser le sourire de ses lèvres.

— Tu aimes son œuvre ?

— J'adore. Enfin, je veux dire, je n'étais pas trop poésie à la base. Mais ses poèmes sont vraiment magnifiques. J'ai lu tous ses romans, son blog de voyage et bien sûr l'essai environnemental qu'elle a écrit pendant ses années à Stanford. C'est après l'avoir lu que je suis devenue végétarienne, d'ailleurs. Quoi ?

Spencer ne pouvait s'empêcher de rire légèrement.

— Qu'est-ce que j'ai dit ? Allez, dis-moi ?

— Non, non, c'est rien.

— Oh sérieusement, tu ne peux pas faire ça, Spence.

64

— Un jour peut-être que je te le dirai.

Alécia allait protester quand Spencer continua :

— Donc ce poème qui te fait penser à moi, c'est lequel ?

Alécia haussa les épaules, avec le sourire néanmoins.

— En fait, il ne me fait pas penser à toi, mais plutôt l'intensité avec toi. Ça s'appelle *La Cascade*, tu le connais ?

Spencer signifia non de la tête.

— Tu connais un peu son œuvre ou pas du tout ? Oh et arrête avec ce petit sourire ou je te fais cracher le morceau de suite.

Spencer tâcha de rester sérieuse face à la mine boudeuse d'Alécia.

— J'ai lu ses romans. Certains de ses poèmes, mais la poésie n'est pas mon truc, j'avoue. Ce titre ne me dit rien. Qu'a-t-il de particulier ?

Alécia inspira profondément en scrutant brièvement le plafond. Les mots du poème défilaient dans son esprit, l'envahissant à ce moment précis. Instinctivement, elle posa sa main sur la taille de Spencer et caressa ses fines courbes.

— Tu t'en souviendrais si tu l'avais lu. Comme je disais, il fait partie d'œuvres personnelles volées dans sa chambre universitaire à Stanford, quand sa carrière littéraire décollait en parallèle à ses études. Je crois qu'elle a dit, dans une des *très* rares interviews qu'elle a données, que ces poèmes-là n'étaient à la base pas destinés à la publication. C'était privé et je comprends pourquoi. Ils ont d'abord fuité sur le Net, anonymement, puis elle les a publiés quelques années plus tard finalement, dans son livre <u>Book of Secrets</u>[11]. *La Cascade* est tellement intense. L'eau, aussi claire que du cristal, aussi pure que les émotions et l'innocence des mots qu'elle choisit très efficacement. Tous les mots ont une raison d'être précise. La façon dont l'eau plonge dans le lac pour ne faire plus qu'un ; ce poème entier est une métaphore de l'amour.

Elle fronça les sourcils, apparaissant insatisfaite.

— Non, pas de l'amour, une métaphore de la première fois. Ce poème c'est une première fois. Celle de l'auteure, je suppose. Je le ressens ainsi, en tout cas, corrigea-t-elle.

Alécia saisissait complètement pourquoi c'était si privé et intense, et en même temps, elle ne pouvait s'empêcher de se réjouir que quelqu'un les ait subtilisés et envoyés sur le Net.

---

[11] Anglais : Le Livre des Secrets.

— Il y a des histoires merveilleuses dans ce livre, mais rien que pour ce poème-là, il vaut le coup.

La première fois qu'elle avait lu ce poème, Alécia avait tout de suite songé à Laura et elle, et à l'intensité de toute leur intimité. Mais là, allongée à côté de Spencer après avoir longuement fait l'amour, et ce poème en tête, elle devait redéfinir le mot intense.

— Tu es extraordinaire, Al, j'espère que tu le sais. Et je comprends pourquoi tu étudies ce que tu étudies. C'est ton monde tout ça. La façon dont tu viens d'en parler. Je crois que je vais lire de la poésie très bientôt. En tout cas, j'aimerais beaucoup lire tes textes.

Alécia baissa légèrement les yeux, avec un haussement d'épaules.

— Je n'ai rien écrit depuis un moment.

— Tu devrais t'y remettre. Ces mots, ces émotions que tu décris, j'aimerais les voir sur du papier.

— Tu sais, je n'écris pas de poésie.

— Encore mieux. Moi j'aime les romans. S'il te plaît… Me laisseras-tu lire quelques-uns de tes écrits ? Même des vieux trucs de lycée ou autres ?

Alécia se rapprocha et l'embrassa tendrement.

— C'est un oui, n'est-ce pas ? demanda Spencer avec un petit rire.

L'étudiante glissa sur elle, entre ses jambes. Elles passèrent le reste de l'après-midi au lit. Elles sortirent dîner et se rendirent au cinéma par la suite. Alécia passa la nuit avec elle ainsi que toute la matinée puis rentra pour déjeuner avec ses parents. Elle accorda autant de temps que possible à sa mère avant de repartir lundi soir pour la Californie.

Chapitre Quatre

Susan travaillait sur un exposé, installée à son bureau dans leur chambre à Berkeley. Elle n'avait rien écrit depuis dix minutes, trop occupée à observer Alécia. La jeune femme était assise sur son lit, dos contre le mur, un livre sur les genoux, ouverts à la même page depuis cinq minutes.

Susan soupira sans que sa colocataire le remarque. Elle scruta sa montre, puis de nouveau Alécia.

— Ce n'est pas l'heure de ta présentation ?

— Mmm ?

La native de Seattle leva finalement les yeux du livre qu'elle ne lisait pas, afin de regarder sa meilleure amie.

— La présentation de ton prof, ce n'est pas maintenant ?

Alécia vérifia l'heure sur son téléphone portable.

— Encore dix minutes.

— Dommage, marmonna Susan.

Les lèvres d'Alécia se plièrent en une moue tandis que ses sourcils se dressèrent.

— Bah, ça veut dire quoi ça ?

— Oh, rien. Il est bien ce livre ?

— Euh…

Alécia dut jeter un œil à la couverture pour se remémorer ce qu'elle feuilletait. Un sourire moqueur l'accueillit quand elle regarda de nouveau sa colocataire.

— Quoi ?

— Ahh, les jeunes amours, ça me rend… *grrr*, tu vois ?

Alécia rit aux grimaces de son amie.

— Pas du tout. Je lis, je ne fais rien de mal.

Susan leva les yeux au ciel.

— Tu n'as pas tourné une page en dix minutes, et tu as ce sourire béat aux lèvres. Yeurk… Ça me dégoûte.

Très amusée, Alécia affirma :

— Il *faut* qu'on te trouve un mec. Ça devient urgent !

Susan bondit et s'agenouilla au pied du lit d'Alécia, ses coudes sur le matelas et ses mains jointes comme une prière.

— Oui, oui, oui s'il te plaît, s'il te plaît. Tu m'aideras ?

Alécia s'esclaffa. Sa meilleure amie se releva pour s'asseoir à côté d'elle, un large sourire aux lèvres.

Alécia secoua la tête en haussant les épaules.

— Tu es vraiment trop, Su. Tu es célibataire depuis à peine trois mois.

— Trois mois, c'est toute une vie à vingt-deux ans. Et puis c'est notre dernière année de licence et je n'ai pas l'intention de la passer célibataire. Surtout maintenant que t'es toute love-love et ne restera plus aucun week-end ici avec moi.

— Je ne suis pas *love-love*. C'est nul cette expression, en plus. Et c'est toi qui m'as poussé dans ses bras, d'abord. Ça t'apprendra.

Susan s'installa confortablement sur le lit.

— Plus sérieusement, tu as l'air si calme, Al. Je veux dire bien, calme-heureuse, sereine, tu vois ?

— Oui, et je le suis. C'est étonnant ce sentiment, effrayant presque de se sentir si bien. Tout est facile avec elle, tout vient de manière innée.

— Tu as de la chance. Et je suis sincèrement contente pour toi. Encore plus contente puisque, de ce que tu m'as dit à midi avant que Tanya n'arrive, ça a l'air de se passer aussi bien physiquement qu'émotionnellement, n'est-ce pas ?

— Oh oui, bien davantage.

— Allez vas-y, raconte. Tanya nous a interrompues au meilleur moment.

— Non. Je n'aurais rien dit de plus, de toute façon.

— Oh Al, allez ! J'ai besoin de mon sexe par procuration ! En plus, moi je te raconte toujours tout.

Alécia rit avant de déclarer :

— Ce dont je me passerais bien, d'ailleurs, sachant qu'on partage la même chambre. J'entends bien suffisamment !

Susan croisa les bras sur sa poitrine, toutefois elle sourit et posa la main sur le bras de son amie.

— Je suis vraiment, vraiment heureuse pour toi, Al. Et j'espère pouvoir la rencontrer très vite ta Spencer.

— Tu vas l'aimer tout de suite. Il faudrait que tu viennes un de ces week-ends. Je sais qu'elle va t'adorer elle aussi. Toutes les deux, vous avez la même passion pour la vie-euh, désolée, la même passion pour faire des choses folles la plupart du temps. Tu sais qu'elle était avec ces jeunes qui ont fait du saut à l'élastique illégalement dans la Monument Valley ?

— Sérieux ? Putain c'te chance !

Alécia haussa les épaules.

— Qu'est-ce que je disais ? Vous êtes folles. Enfin, sur ce coup-là, c'était l'idée de Kenzi évidemment. Tu vas l'adorer elle aussi, c'est obligé. Et puis, Spencer et moi, on a un pari sur vous deux.

— Ah oui ? s'étonna Susan en la fixant ce qui amusa Alécia. Bah alors, c'est quoi ce pari, vas-y dit ? Kenzi c'est sa meilleure amie, c'est bien ça ?

— Oui.

— Désolée pour elle, mais Kenzi va perdre lamentablement, car je suis la meilleure meilleure amie, indiqua-t-elle avec de grands gestes avant d'annoncer avec un clin d'œil :

— Tu vois, tu as gagné ton pari !

Alécia s'arrêta de rire juste assez pour parler.

— C'est presque ça. En fait, on se demandait simplement laquelle de vous deux était la plus barjo. Et crois-moi, Kenzi est une sacrée concurrente.

— Oh toi !

Susan se leva, feignant l'offense. Alécia se retenait de rire. Sa colocataire acquiesça de la tête.

— Comme dirait mon personnage de télé préféré : challenge accepté !

Alécia s'esclaffa. Elle se prépara ensuite pour la présentation d'un de ses professeurs et, après son retour, Susan et elles allèrent boire un verre sur le campus, espérant trouver un bel étudiant pour occuper Susan.

***

Spencer et Alécia se retrouvèrent à onze heures au marché de Pike Place ce vendredi matin. Elles ne s'étaient pas vues depuis trois jours, pourtant de la façon dont elles s'enlacèrent, les passants auraient parié sur des mois de séparation. Aucun texto et coup de fil échangé ne remplaçait la sensation de leurs corps pressés l'un contre l'autre.

L'étreinte se prolongea et se transforma en un baiser fougueux. Elles rirent après s'être enfin éloignées de quelques centimètres, tout en

69

continuant de s'observer intensément. Elles s'embrassèrent encore, plus délicatement cette fois-ci.

— Salut.

— Salut toi, répondit l'étudiante en saisissant la main de spencer, se forçant à reprendre un peu ses esprits, sinon elle ne résisterait pas et l'embrasserait de nouveau.

— Alors, dis-moi, quel est le programme aujourd'hui, Spence ?

La photographe fronça les sourcils.

— Ah, il me fallait un programme ? Te ramener à l'appart dans mes draps tout neufs n'en est pas un ?

— Ne me tente pas.

Spencer acquiesça. Ses lèvres semblaient cousues en un sourire permanent aussitôt qu'Alécia se trouvait dans son champ de vision.

— OK, je plaisantais de toute façon. Enfin, à moitié. Mais non, je me disais qu'on pourrait prendre un ferry pour l'île de Vancouver[12]. J'adore traîner là-bas et prendre des photos. Je kifferais trop de te photographier dans ce paysage-là. Qu'en penses-tu ?

— Je n'y suis pas allée depuis plus d'un an, voire deux. C'est une super idée. Pas les photos en revanche ; ne gâche pas plus de pellicules sur mon gros cul.

— Arrête de dire ça. Ton cul est d'enfer !

Spencer ne se retint pas d'y jeter un coup d'œil par la même occasion.

Alécia rougit et la Seattelite la rapprocha par la taille pour lui murmurer à l'oreille : j'aime trop ton cul, tes cuisses, et tes seins exactement tels quels. J'aimerais tellement pouvoir y mettre mes mains là, juste maintenant…

Elle resserra son étreinte autour de la taille d'Alécia.

— Ma belle lady. Il n'y a pas un centimètre de ton corps sur lequel je ne poserais pas mes mains… ou ma langue. Je mouille rien que d'y penser, bébé. J'adorerai te photographier nue.

Un rouge écarlate teintait les joues d'Alécia.

— Je vais te photographier si souvent que tu vas nous maudire, lui et moi, termina Spencer en pointant du doigt son appareil, pendant sous son épaule.

Alécia prit son temps pour répondre, car elle craignait qu'un petit gémissement ne s'échappe de ses lèvres pour toute réaction. La

---

[12] Grande île côtière du nord-ouest pacifique. Elle est actuellement gouvernée par la Colombie-Britannique, la province du côté pacifique du **Canada**.

température de son corps avait considérablement augmenté depuis cinq minutes, et le ton chaud de Spencer n'atténuait en rien les paroles coquines qu'elle venait de lui murmurer à l'oreille.

L'étudiante agita la tête, comme pour secouer cette sensation. Elles devaient absolument passer plus de temps hors de la chambre à coucher.

— OK, tu peux me photographier autant que tu veux. Mais je garde mes vêtements. Peut-être qu'un jour on fera du porno, à la maison… peut-être.

Spencer rit et effleura du bout des doigts les lèvres de sa compagne.

— De l'art, pas du porno. Le corps d'une femme, surtout le tien, c'est de l'art, bébé.

— Si tu le dis.

Elles sourirent et Alécia ne résista pas à l'appel des lèvres de la photographe. Après un autre baiser ardent, elles s'en allèrent en direction du port le plus proche.

***

Des mouettes volaient aux alentours de l'endroit où elles s'étaient assises, avec vue directe sur l'océan, dans la réserve naturelle de l'île du Sidney Spit[13].

— Comment ai-je pu oublier à quel point cet endroit était magnifique ?

— Je me le demande bien. Ils vous lavent le cerveau à Berkeley ?

Alécia baissa les yeux au sol au lieu de répondre.

— Ça ne va pas, bébé ?

L'étudiante prit sa main en s'excusant :

— Désolée, je ne voulais pas rêvasser de cette manière.

— C'est rien. Mais où es-tu *partie*, là ? s'inquiéta Spencer.

Alécia sourit intérieurement ; la photographe lisait à travers elle.

— Plus jeune, je me promenais souvent ici, ou au centre-ville et à Olympia[14]. Mais, la dernière fois que je suis venue sur l'île, c'était avec…

— Oh, Laura.

---

[13] L'une des îles Gulf du sud situées entre la côte sud-ouest de la Colombie-Britannique et l'île de Vancouver, près de l'île James.

[14] Olympia est une ville des États-Unis, capitale de l'État de Washington et siège du comté de Thurston. 55 min de Seattle.

71

Spencer regarda au loin les otaries qu'elle distinguait légèrement.

— Désolée, Spence, je ne voulais pas te mettre mal à l'aise.

— Je ne suis pas mal à l'aise, c'est juste… Je suppose que c'est un sujet sensible pour toi.

Alécia observa les otaries elle aussi en acquiesçant.

— Oui, mais pas comme tu le penses. Je suis trop contente de me retrouver ici avec toi, assura-t-elle en la fixant de nouveau dans les yeux.

Elle glissa son bras autour de celui de sa petite-amie.

— Heureuse d'être revenue ici, et surtout avec toi. Je me souvenais simplement de ces cinq dernières années. Je venais souvent avant, puis tout est parti en couille, si tu me permets l'expression. Et quand j'ai été *mieux*, je me suis barrée aussi vite que j'ai pu. Sérieusement, je me suis vraiment enfui, quasiment. Pour te dire la vérité, je n'ai mis les pieds à Port Townsend que trois ou quatre fois durant mes deux premières années d'université.

— Sérieux ?

Le froncement de sourcils de Spencer traduisait toutes ses difficultés à le croire.

— Ouais. La communication avec mes parents était quelque peu compliquée et puis toute la zone, Seattle inclus, me rappelait trop de souvenirs à ce moment-là. Les blessures n'étaient pas encore cicatrisées, je suppose. Pas suffisamment en tout cas.

— Et les étés et les vacances scolaires ?

— Le premier été, je l'ai passé sur un trek avec Henry et Matt. On s'est bien marré. Mes parents venaient me voir pendant les vacances parfois. Ils m'ont rendu quelques visites-éclair surprises une fois ou deux également. Matt était leur *espion volontaire*, si je puis dire, pendant cette période-là. C'est lui qui les tenait au courant de ma vie à Berkeley, comment se déroulait mes études, comment j'allais. Il a même pris un boulot à San Francisco pendant ma deuxième année, pour se rapprocher.

Elle marqua une courte pause.

— Autrement je restais délibérément occupée, j'ai passé beaucoup de temps en bénévolat dans différents refuges, pour aider les animaux, et un centre pour femmes battues. Et je bossais gratuitement pour un journal local aussi. Ça m'occupait bien et me donnait les excuses dont j'avais besoin pour ne pas revenir ici.

— Ouah, ça a vraiment changé.

Alécia ne put s'empêcher un petit rire face au regard de Spencer. Elle ne pouvait qu'opiner pourtant.

— Je sais. À l'heure actuelle, on dirait plutôt qu'on n'a pas coupé le cordon ombilical mes parents et moi, n'est-ce pas ?

— Disons…

Alécia rit d'embarras et Spencer lui caressa le visage avant d'admettre :

— J'avoue qu'au début, j'ai un peu pensé ça, oui. Tes retours chaque week-end, et les obligations de repas, etc., puis j'ai vite réalisé qu'il y avait bien plus à dire là-dessus. Peut-être beaucoup de non-dits avec eux.

— Oui. Le deuxième été je l'ai passé avec Susan, Dawn et Tanya, deux autres amies de Berkeley. Un bref stop au Mexique et direction le Venezuela un bon mois, car Tanya y a de la famille, puis on est remonté très vite par les îles ; escales à Porto Rico, la République dominicaine, Cuba et retour au pays par Miami. C'était tellement génial.

— OK, l'été prochain, il *faut* qu'on bouge toi et moi !

Alécia repoussa une mèche des fins cheveux de son amour derrière son oreille, pour mieux apprécier son regard :

— Je devine : Rio et la cordillère de Darwin.

— Tu t'en souviens ? répondit Spencer, surprise.

Les doigts de l'étudiante, toujours près de son visage, lui caressèrent la joue.

— Comme si je pouvais oublier une seule de tes paroles.

La photographe s'avança pour un chaste bisou sur la bouche.

— Enfin bon, pour en revenir à ta famille, Al. Qu'est-ce qui a changé ça, en fin de compte ?

L'étudiante inspira profondément, se rappelant ses deux premières années d'université. Elle expliqua que durant cette période, Matt était quasiment le seul lien entre ses parents et elle. Ils lui avaient laissé du temps, et de l'espace. Du moment que les *rapports* de Matt n'indiquaient pas de dépression ou de prise de substance illicite ou d'alcool, ils n'avaient pas cherché à forcer la communication.

Alécia allait réellement bien. Elle avait juste eu besoin de changer d'air, comme elle l'avait dit à l'époque. Autrement, sa vie s'était remise en place ; ses cours lui plaisaient et elle s'en sortait parfaitement, la vie universitaire la satisfaisait pleinement, de nouvelles rencontres avec des jeunes de tous bords et de toutes cultures. Elle se construisait une super vie, tel qu'elle l'indiquait.

Le seul point négatif, qu'elle avait ignoré un certain temps, était que ses parents souffraient de son absence et son silence. Et à un moment donné, elle se rendit compte qu'elle les punissait pour quelque chose dont ils n'étaient pas véritablement responsables. *Elle* avait commis des erreurs et ce n'était pas de leur faute, pas plus que la mort de Laura ne l'était.

C'était la vie. Parfois, en un claquement de doigts, un évènement chamboule tout, mais la roue continue de tourner et on continue d'avancer, raconta-t-elle.

De ce fait, un jour elle avait décidé de rompre la glace et qui d'autre que Susan pour cela ? Elle était par conséquent rentrée à Port Townsend accompagnée de sa meilleure amie. Ce week-end-là, ils n'avaient pas parlé du passé, juste de Berkeley, du dortoir, de sa vie actuelle, des plantes de sa mère et des choses banales.

Alécia expliqua que Susan s'était montrée fantastique, auprès de tous. Elle avait beaucoup aidé, et Matt avait été adorable lui aussi. Tout s'était si bien déroulé qu'elle s'était sentie très coupable de leur avoir imposé la loi du silence pendant si longtemps. Toutefois, elle ne s'était pas attardée sur ce sentiment et avait décidé au contraire de se rattraper en revenant régulièrement.

— Je pense que le passé doit rester dans le passé, par contre. À l'évidence, on n'est pas doués pour en parler. Eux surtout. Je crois que de te rencontrer a remué une partie de ce passé et c'est un peu dur de garder certaines choses à l'intérieur.

— Peut-être parce que tu ne le devrais pas ?

Alécia acquiesça.

— D'être avec toi ça me libère de ce passé, j'ai l'impression. Mes parents font ce chemin-là aussi, je pense. Enfin bref, j'ai commencé à revenir plus fréquemment, avec Susan occasionnellement, et je me suis encore rapprochée de Matt. Ils le connaissent depuis si longtemps, presque autant que Henry. Mais tout a toujours été plus facile avec Henry.

— Parce qu'il est plus jeune ?

— Peut-être. Ou sans doute parce qu'on a vécu sous le même toit un petit moment et qu'il était vraiment comme un p'tit frère. Il n'a jamais eu d'autres idées en tête avec moi.

— Matt te manque, n'est-ce pas ?

— Quoi ?

La façon dont Spencer lisait si facilement en elle la troublait.

— Non, je… Ne va pas te faire de fausses idées, Spence.

— Ce n'est pas le cas. On discute c'est tout. Et j'aime assembler le puzzle de ta vie. Dans ma tête, en tout cas. Tu es régulièrement au téléphone avec Henry ou Susan, pourtant je te vois le regarder parfois quand il sonne, espérant sans doute un autre appel. Vous passiez beaucoup de temps ensemble. Alors je suppose qu'il te manque.

— Oui et non. On a besoin d'espace. Moi en particulier, et de temps pour lui. Mon ami me manque, mais surtout, j'aimerais que cette *nuit* ne soit pas arrivée. Comme je regrette. Ça a rendu les choses plus difficiles pour lui. Mais il est juste un ami pour moi ; je ne l'ai jamais vu autrement, je t'assure.

— Tu n'as pas besoin de me convaincre, tu sais.

Spencer repoussa à son tour une mèche de cheveux des yeux d'Alécia, lui caressant le visage tendrement au passage.

Alécia lui rendit son sourire avant de murmurer :

— Il n'y a pas d'autre endroit, et surtout personne d'autre avec qui je préfèrerais être à ce moment précis.

La main de Spencer se posa sur la nuque d'Alécia qu'elle attira plus près pour l'embrasser.

— La nuit tombe, affirma l'étudiante d'une voix basse.

Spencer sourit en regardant le ciel relativement bleu et le soleil qui brillait, pas très haut, néanmoins bel et bien présent.

— Bientôt, ajouta Alécia. Il est l'heure de rentrer, tu sais…

Souriant grandement, Spencer murmura contre ses lèvres :

— Tu as raison, on ne voudrait pas se retrouver dehors à la nuit tombée. Ça pourrait être dangereux.

— Très.

Elles se levèrent avec un petit sourire de connivence et marchèrent main dans la main en direction du ferry.

***

La nuit tomba pendant leurs ébats. Nue, Spencer se dirigea vers la fenêtre de sa chambre pour tirer les rideaux. Elle retourna vite au lit retrouver Alécia, admirative de son manque de pudeur. Elle aimait la voir aussi à l'aise avec son corps. Elle ne semblait pas éprouver le moindre embarras ou la moindre honte de ses petites cicatrices, ici et là, ou encore de sa sonde gastrique. L'étudiante réalisa à ce moment-là qu'elle-même ne tiquait plus à la vue de celle-ci ni des côtes saillantes de sa partenaire, dues à ses difficultés nutritives.

Alécia se mordit la lèvre inférieure et Spencer en sourcilla.

— Tu ne m'avais pas l'air si coquine la première fois que je t'ai rencontrée, dis-moi.

— C'est toi qui m'as rendu ainsi.

— C'est ce qu'on dit.

— OK, *ce corps* m'a rendu ainsi, déclara Alécia, l'attrapant par la taille jusqu'à ce que la photographe soit couchée sur elle. Cependant, Spencer s'éloigna suffisamment pour s'asseoir, et secoua la tête de manière réprobatrice avant de souligner :

— Il y a un truc qui ne va pas là, entre nous. Avant que la jeune femme ne cogite trop, Spencer tira le drap que l'étudiante utilisait pour couvrir sa nudité.

— Ne sois pas si timide, et encore moins complexé par ton corps, Al.

Spencer la dévora d'un regard brûlant. Alécia en frissonna. La belle brune se coucha de nouveau sur elle, émettant un léger son de plaisir à la sensation de leurs peaux réunies. Elles s'embrassèrent langoureusement en se caressant le visage et les seins, puis s'allongèrent sur le côté, face à face.

— Tu fais quoi pour Halloween, Al ?

Alécia allait répondre quand Spencer grimaça en ajoutant :

— Et je viens juste de faire ça, n'est-ce pas ?

— De faire quoi ?

Le froncement de sourcils d'Alécia dénonçait son questionnement.

— T'inviter pour une fête alors qu'on s'est rencontrées il y a tout juste deux semaines, ne s'étant vues en tout et pour tout que sept jours. Pour beaucoup de lesbiennes, c'est un faux pas. Tu vois, du style, présenter sa nouvelle chérie à ses amis le deuxième ou troisième rencard. Ce n'est pas le bon plan, ces trucs-là.

— J'ai rencontré Kenzi sur notre premier rencard.

— Techniquement, on ne sortait pas encore ensemble, et ce n'était pas prévu en plus.

Alécia ne put s'empêcher de sourire en indiquant :

— Tu sais, je n'ai jamais fait partie de la *communauté,* donc je ne connais pas les codes. Tout ce que je sais c'est que sept jours… J'ai l'impression de t'avoir toujours connu. Et je passerai n'importe quelles fêtes avec toi, très volontiers même.

Alécia sourcilla et ajouta :

— Et je suppose que ce n'est pas non plus le genre de déclaration à faire au bout de sept jours, n'est-ce pas ?

Spencer l'embrassa tendrement pour toute réponse. Sourire aux lèvres, elle lui murmura ensuite :

— Les codes et les non-dits, cela n'a jamais été mon truc non plus. Et je ressens la même chose que toi de toute manière.

Elle plaça un doux baiser sur ses lèvres avant de le lui redemander plus sérieusement :

— Halloween, ça te botte, alors ?

— Bien sûr.

— Cool, parce que mon vendredi–

— Oh non, putain j'peux pas !

— OK, euh–

— Enfin si, je peux, mais–

— Tu sais que tu peux être très bizarre parfois, Al ?

Alécia se retint de rire avant d'expliquer :

— C'est impressionnant comme j'oublie tout quand je suis avec toi, Spence. Mais Henry vient. Le truc c'est qu'Henry et moi, on est des fous d'Halloween. C'est le jour de l'année qu'on préfère. On a toujours fêté Halloween ensemble depuis qu'on se connaît, excepté deux fois, je crois. Ados, on planifiait les pires blagues ou pièges, pour ses parents, les miens ou pour nos amis. Crois-moi que quand on nous a dit, pas si gentiment que ça d'ailleurs, qu'on était devenu trop vieux, *moi surtout*, pour ce genre de chose… on a fait la gueule. En grandissant, les maisons de l'horreur et puis évidemment la fête ont pris le pas, surtout depuis qu'il est à l'université lui aussi.

— Dans ce cas, la fête de mon amie devrait lui plaire. Elle loue et aménage ces gigantesques manoirs, les transforme en labyrinthe géant dans lequel il faut se frayer un chemin à travers différentes pièces de l'*horreur*. Araignées, serpents, les fausses toiles d'araignées, sons et lumières, les raisins pelés en guise d'yeux, etc. Si tu *survis* au labyrinthe, tu arrives enfin à la méga salle de fête. C'est toujours assez sympa. J'adorerai que tu puisses m'accompagner. Tu penses que ça pourrait lui plaire ? Si vous avez déjà des plans, ne t'inquiète pas, je comprends. C'est dans deux semaines seulement.

— Non, non, pas de plans spécifiques, juste qu'on soit ensemble et qu'on s'éclate. Lola sera là aussi. Ils se sont remis ensemble donc Henry baigne dans le bonheur, tout lui ira. Une soirée comme celle-ci sera la

cerise sur le gâteau pour lui. Ça a l'air vraiment génial effectivement.
S'ils sont les bienvenus, j'accepte très volontiers.

— Bien sûr qu'ils sont les bienvenus. J'ai même hâte de les
rencontrer, surtout lui.

— Crois-moi ; il a hâte aussi. Ça le rendra encore plus enthousiaste
de venir. Il espérait vraiment pouvoir te croiser pour ce long week-end
de la Toussaint, par conséquent ça tombe bien.

— Ça y est j'ai la pression d'un coup.

— Non, ne t'inquiète surtout pas pour lui. C'est un tel amour, tu vas
voir. Avec lui pas de second degré ou de phrases du genre « tu la
blesses, je te brise les os » ou autre. Je t'aime et tu me rends heureuse.
Lui ne regarde pas au-delà. C'est pour ça qu'il veut te connaître. Parce
que tu me rends heureuse et que tu fais partie de ma vie désormais, lui
aussi, donc il faut que vous vous rencontriez. Tu vas l'adorer de toute
façon. Je n'ai aucun doute là-dessus.

— Je te crois.

— Super. Donc, ne sois pas nerveuse. Garde ça pour le jour où tu
rencontreras mes parents.

Spencer sourcilla.

— Jour qui sera dans très, très longtemps, n'est-ce pas ?

L'étudiante sourit.

— Ouais, aussi longtemps que j'arriverais à m'en sortir. Mais ils me
posent des questions sur toi, tu sais. Enfin, mon père, de temps en
temps, donc un jour, il faudra bien–

— Ouais, un jour… dans très, très longtemps, hein ? *N'est-ce pas ?*

Elles rirent et s'embrassèrent.

***

Alécia s'étira dans le lit, elle sourit et ouvrit les yeux. Elle les ferma
de nouveau quand l'odeur de Spencer l'enivra, lui rappelant vivement
les souvenirs de cette nuit d'amour. Elle rouvrit les yeux. Un
froncement de sourcils remplaça son sourire ; elle était seule sous les
draps. Elle s'assit et regarda vaguement autour d'elle. Non, elle n'avait
pas rêvé ; elle se trouvait *bien* chez Spencer, dans son lit.

Elle jeta un œil sur le côté et ne put s'empêcher un petit *wow* en
découvrant qu'il n'était pas encore six heures du matin. Elles avaient
passé quasiment toute la soirée à faire l'amour avant de visionner un
film, tard dans la nuit en grignotant, tendrement enlacée l'une contre

l'autre sur le canapé. Elles s'étaient de nouveau abandonnées à quelques caresses intimes en se recouchant et s'endormirent paisiblement, passé une heure du matin.

Alécia ne s'attendait pas à se réveiller avant au moins dix heures. Elle supposa que l'absence de Spencer dans le lit l'avait réveillée.

Spencer. Les plis sur le front d'Alécia ne s'estompèrent pas tandis qu'elle ne revenait pas. Elle se leva, il lui fallait savoir où elle était. Elle entra dans le salon et le trouva vide. La salle de bain était allumée, la porte entrouverte. Elle s'avança et entendit un léger son qu'elle ne reconnut pas. Elle poussa la porte délicatement en appelant Spencer. La brunette l'accueillit avec un large sourire tout en rangeant quelque chose dans un tiroir. Elle s'approcha pour un rapide baiser sur les lèvres de l'étudiante avant de la prendre dans ses bras.

— Je t'ai réveillé, bébé ?

— Euh, non, ça va toi ? C'était quoi ? s'enquit Alécia en pointant le tiroir du doigt.

— Oh rien ; juste un changement de PQ.

— Tu es sûre que ça va, Spence ?

— Oui bien sûr. Viens vite, retournons nous coucher. J'ai bien l'intention de faire une bonne grasse mat' ce matin.

— Tu as toujours les meilleures idées.

Malgré le clin d'œil qu'elle lança à sa compagne en lui parlant, Alécia avait le sentiment que quelque chose clochait. Toutefois, elle repoussa ce ressenti au plus profond d'elle. Spencer allait bien, n'était-ce pas son souhait, après tout ? Par conséquent, elle choisit d'ignorer ce sentiment.

Elles se rendormirent après de nombreuses caresses et baisers. Après le petit déjeuner, elles profitèrent d'une longue douche sensuelle. Elles quittèrent l'appartement aux environs de midi et se promenèrent dans le centre de Seattle, retournant au cinéma, dégustant un café au Black Coffee Co-Op sur Pine Street. À part les fréquentes quintes de toux de Spencer, Alécia se sentait au paradis.

Elles se trouvaient dans la Ford Focus de la photographe, prêtes à repartir en direction du restaurant végétarien Cyber Dogs, quand le téléphone de cette dernière sonna. Spencer jeta un coup d'œil à l'écran sans prendre l'appel.

— Tu ne réponds pas ?

— Quoi ? Oh non, ce n'est pas important.

— C'est le troisième appel en une demi-heure. *Grace* paraît très déterminée.

Spencer sourcilla et l'étudiante haussa les épaules.

— Désolée, je ne pouvais pas le rater.

Tâchant de cacher sa curiosité mêlée d'anxiété, Alécia fixa le parebrise en poursuivant :

— Donc euh… ex-petite amie, je suppose.

L'éclat de rire de Spencer résonna encore plus fort dans la voiture, maintenant que le téléphone avait cessé de sonner. Alécia s'en étonna.

— O.K.A.Y. Pas une ex, a priori.

— Vraiment pas. À moins que je ne sois intéressée par les grand-mères couguars, si tu vois ce que je veux dire…

Alécia sourit involontairement tandis que la photographe précisa :

— Grace c'est, disons, elle est comme une seconde mère pour moi. Ma mère médicale. C'est mon infirmière à UWMC[15].

— Oh, OK. Pourquoi ne réponds-tu pas dans ce cas ? Tu es sûre que tout va bien ?

— Oui. S'il te plaît, arrête de t'inquiéter comme ça.

— C'est juste… tu as l'air vraiment fatiguée. Et tu tousses bien plus qu'avant.

Spencer lui offrit son sourire le plus séducteur.

— Ma fatigue n'a rien à voir avec ma muco, et tout à voir avec une certaine étudiante, ici présente… Et j'adore ça !

Alécia rougit et lui prit la main posée sur sa cuisse.

— Désolée. Je te crois.

La photographe jeta un coup d'œil à son téléphone portable, un voile de culpabilité lui traversa le visage, mais disparut avant qu'Alécia ne puisse l'entrevoir.

— C'est juste des médocs que j'étais censée récupérer et Grace termine son service dans… maintenant, en fait, signala-t-elle en regardant son tableau de bord. Tu sais quoi ? On a qu'à faire un crochet par l'hôpital. Annie me les donnera. Ainsi, tu seras rassurée et j'enverrais un message à Grace pour lui dire que je suis passée. Qu'en penses-tu ?

— C'est parfait.

***

---

[15] Centre Médical de l'université de Washington, à Seattle. Affilié à la faculté de médecine de l'université.

80

Le téléphone d'Alécia affichait vingt heures vingt-cinq, quand Spencer ressortit de la clinique pour adultes atteints de mucoviscidose du centre hospitalier de l'université de Washington. Un large sourire aux lèvres, elle secoua le petit sac qu'elle tenait dans ses mains pour le montrer à l'étudiante.

Alécia baissa la fenêtre de la Ford, lui rendant son sourire, quand elle vit Spencer se raidir et s'arrêter net à quelques mètres de la voiture. Elle ne comprit que lorsque la photographe se retourna. Une femme d'une bonne soixantaine d'années, selon son estimation hâtive, marchait rapidement en direction de la jeune femme.

— Bah alors, ma chérie. Tu passes et ne dis pas bonjour ?

Spencer et elle s'étreignirent avant de se séparer.

— Salut, Grace, je ne pensais pas que tu serais encore là. Tu aurais dû finir y a au moins vingt minutes.

L'infirmière ancra ses poings sur ses hanches.

— C'est bien ce que je dis : tu m'évites. Tu ignores mes appels, en tout cas. Que se passe-t-il, ma belle ?

Tout en parlant, elle plaça ses mains de manière professionnelle sur la jeune femme, comme si elle l'examinait.

Spencer se défit de son attention.

— Je vais bien, Grace. Je n'ai juste pas eu beaucoup de temps. Je ne pouvais pas te répondre parce que je conduisais.

Alécia ne ratait rien de la conversation. Un froncement de sourcils apparut sur son front.

— Tu dois manquer de certaines gélules depuis plusieurs jours déjà. Surtout le Kalydeco. Qu'essaies-tu de faire là ? Revenir ici comme le mois dernier ?

L'infirmière remarqua Spencer jeter un regard de côté.

— Non, je te jure. J'ai juste oublié.

Grace observa derrière la brunette et aperçut Alécia dans la voiture.

— Effectivement. C'est moi qui ai oublié, déclara l'infirmière qui s'avança vers la passagère.

Alécia n'osa pas bouger, mais elle lui tendit la main.

— Tu dois être la fille du parc. Alécia, n'est-ce pas ?

— Oui, madame, répondit-elle en lui serrant la main.

— Appelle-moi Grace, s'il te plaît.

Spencer s'était rapprochée d'elles maintenant et l'infirmière la fixa.

— Et bien ma grande, ravie de voir que pour une fois tu es occupée à autre chose que tes photos. Néanmoins, tu ne peux pas sauter ton traitement ainsi, ne serait-ce qu'un jour. Tu n'es plus une enfant après tout, je ne devrais même pas avoir à te le dire.

Grace parut figée d'un coup. Confuse, elle regarda Spencer qui opina.

— Elle sait, t'inquiète.

— Ah, bien…

L'infirmière lâcha l'expiration qu'elle retenait, craignant d'avoir commis un impair. Elle reprit vite sa constance et s'abaissa pour être à hauteur d'Alécia.

— Assure-toi qu'elle prenne bien toutes ses gélules, et ses inhalations surtout. Elle doit pratiquer sa physio deux heures matin et soir. Bon, minimum une heure, même quand elle est pressée. Elle n'y manque pas, au moins ?

L'étudiante jeta un rapide coup d'œil en direction de sa petite-amie qui se frotta le front. Alécia sourit à Grace en acquiesçant de la tête.

— Pas un jour.

Satisfaite, Grace se redressa.

— J'ai été ravie de te rencontrer, Alécia. Prends soin de ma puce.

Elle enlaça Spencer brièvement.

— Retourne vite à l'intérieur, il va pleuvoir. Oh et j'espère que tu pourras venir voir les gosses la semaine prochaine. Tu leur as vraiment manqué.

Spencer sourit avec un hochement de tête avant de contourner la Ford Focus tandis que l'infirmière regagnait la clinique. Alécia resta silencieuse alors que Spencer s'installa au volant. La photographe ne savait pas par où commencer.

— Voilà, tu as rencontré Grace. Charmante, n'est-ce pas ? Bon OK, un peu envahissante, plaisanta-t-elle, tâchant d'évacuer la tension qui régnait dans l'habitacle.

Alécia ne paraissait en rien amusée.

— Elle tient à toi.

Le ton de sa voix renforça le sentiment de culpabilité qu'éprouvait Spencer à ce moment-là.

— Et moi aussi, ajouta l'étudiante. Tu ne peux pas me faire ça. Ou à elle. Ou à n'importe quelle autre personne qui tient à toi.

— Je sais, je sais, c'est jus–

— Ce matin, c'est ça que tu faisais, debout si tôt. Ton nébuliseur ou inhalateur peu importe le nom. C'est ça que tu as caché quand je suis entrée dans la pièce.

L'étudiante n'attendit pas la confirmation de Spencer. Pourquoi ne m'as-tu rien dit ?

— Je ne voulais pas t'embêter, c'est tout.

Alécia écarquilla grand les yeux.

— M'embêter ?

Elle regarda les voitures garées devant la leur, sans réellement les voir.

— Bon Dieu, mais c'est… Je n'arrive même pas à y croire. Et ces pilules ? Pourquoi est-ce qu'on n'est pas passées les récupérer plus tôt ? Hier, par exemple, l'interrogea Alécia, droit dans les yeux.

— Je ne voulais–

— Pas m'*embêter*. Comment ça pourrait m'embêter puisque ça te sauve la vie ?

— Tu ne comprends pas, Al. C'était notre premier vrai week-end entier ensemble. Je voulais que tout soit parfait et que rien ne se glisse entre nous, surtout pas la muco.

— Je… je ne peux pas vraiment t'en vouloir de ça. Mais je suis vraiment en colère. En colère ne résume même pas le truc, en fait.

— Je sais, mais–

— Et ce n'est pas que ces deux jours. Je t'ai vu prendre des gélules, au repas ou autre, par contre je ne t'ai jamais vu prendre ton nébuliseur, aucun des soirs et matins où j'étais là. Et tu n'as jamais effectué d'exercices respiratoires ou de *physio*, je ne sais même pas ce que c'est d'ailleurs. Tu es fatiguée Spence, je m'en rends bien compte et la nuit dernière n'explique pas tout. Certainement pas pourquoi tu as toussé à t'en étouffer pendant dix minutes ce matin et pourtant tu m'as regardé droit dans les yeux en me disant « tout va bien ». Tu ne peux pas me mentir ainsi. Tu ne peux pas !

Alécia sentait ses larmes lui monter aux yeux, elles s'entendaient dans sa voix en tout cas.

— J'ai juste… je ne veux pas que tu partes, admit la photographe avant de continuer : je sais que j'ai dit que je ne voulais pas te blesser, et que je comprendrai si tu ne pouvais pas supporter ça, mais je ne veux pas que tu me quittes.

— C'est toi qui me quittes ! s'exclama l'étudiante qui posa les mains sur son front. Tu sais quoi ? Tu as sans doute raison, peut-être que je ne peux pas le gérer, en fin de compte.

Sur ces paroles, elle sortit de la voiture, en restant à côté, tâchant de se calmer et repousser ses sanglots. Spencer en revanche ne put contenir les siens, toutefois Alécia rentra très vite à l'intérieur de la Ford.

— Tu sais quoi ? Je le peux. Je ne vais pas m'évanouir dans la nature, alors tu as intérêt à en faire de même. Et ça veut dire que tu ne me dis pas que tu vas bien quand ce n'est pas le cas !

Spencer acquiesça de la tête, en silence sinon elle ne parviendrait pas à stopper ses larmes.

Alécia lui prit la main.

— Que tu me mentes est la seule chose que je ne puisse gérer, Spence. Je suis là, lui assura-t-elle d'un ton bien plus doux, plaçant son autre main sur celle qu'elle tenait.

Elle resserra son emprise.

— Et je serais là jusqu'au bout. Donc tu vas tout me dire, tout me montrer, tout ce que tu fais, dois faire, tout ce que tu subis, jour après jour, heure après heure et je le ferai avec toi ou resterai à tes côtés chaque minute de chaque traitement.

Spencer lui serra la main en retour.

— Ce sont des traitements lourds, tu sais. Très envahissants, parfois.

— Une partie de moi le sait ça, au fond de moi, je le sais. Du moins, je le savais et je n'ai rien demandé, alors c'est en partie ma faute, ce qu'il vient de se passer. C'est ta vie et on ne va pas jouer dessus. *Je* ne jouerais pas dessus. Je vais effectuer toutes les recherches dont j'ai besoin.

— Pas la peine, je te dirais tout. Je te le promets. Le week-end prochain, je te donnerai un cours particulier ; *la muco pour les nuls*, OK ? indiqua-t-elle avec un sourire. Mais ce soir, à part mon traitement, je n'ai pas envie d'en parler. Demain, tu dois rester avec tes parents comme ta tante vient à midi et lundi j'ai ma séance photo à Victoria. Je veux que ce soir soit spécial. Juste toi et moi, et rien de déprimant.

— Tout avec toi est spécial, Spence. Et puis ce n'est pas comme si j'allais en pension à l'autre bout du pays. Je serais de retour jeudi soir. Bon, c'est sûr, il faudra quand même que je passe un peu de temps avec mes parents, de temps à autre, mais on aura beaucoup d'autres week-ends comme celui-ci. Dès que tu veux de moi, je serais là.

Spencer lui caressa le visage et repoussa une mèche de ses cheveux.

— Je ne veux même pas que tu partes alors… tout le temps. Je te veux tout le temps.

Alécia s'avança pour l'embrasser. La photographe démarra le moteur une fois qu'elles se séparèrent.

— Il va y avoir un sacré orage ce soir, on ferait mieux d'y aller. On se commande une pizza plutôt que le resto ? Qu'est-ce t'en penses ?

— Très bonne idée, répondit Alécia avec un chaleureux sourire, tout en serrant la main de sa compagne une fois de plus.

Spencer plaça un doux baiser sur ses lèvres puis sortit du parking de l'hôpital.

***

Plus tard ce soir-là, elles entrèrent dans la salle de bain. Spencer sortit un objet du tiroir sous le lavabo.

— Je te présente mon meilleur ami, eFlow. Mon nébuliseur, ou inhalateur. Je le hais, mais il me sauve la vie alors… je lui suis redevable. Je prends mon traitement Pulmozyme avec. En principe, j'attends une demi-heure que cela fasse effet. Puis, je respire dans ce petit truc, mon Acapella, qui envoie des vibrations dans mes poumons, ce qui décolle le mucus pour que je puisse ensuite l'expulser. La plupart du temps, je fais cinq séries de dix respirations pour libérer le mucus, puis un nouveau coup d'inhalateur de Ventoline mélangé à de la Proximin, c'est un antibiotique. Je passe aussi une fois par semaine à l'hôpital pour une séance avec un kiné. Davantage si ça ne va pas.

— Ouah, déclara Alécia, absorbant ces informations. Combien de fois ?

Elle observait attentivement les objets que tenait Spencer.

— Quand tout va bien ça me prend un peu plus d'une heure, matins et soirs, comme l'a dit Grace. D'une heure et demie à deux heures selon mon état de forme. Ce qui est chiant c'est qu'il faut autant de temps pour nettoyer tout ça après chaque utilisation. Ça me gave. Enfin bon, sinon, quand ça ne va vraiment pas, ça peut aller jusqu'à cinq ou six heures par jour, mais en principe à ce moment-là, je suis déjà à l'hôpital et tout se passe là-bas. En cas d'infection ou autre, je suis hospitalisée direct, quasiment chaque fois avec perfusion et tout le tralala.

— Ça arrive tous les combien ? Et que s'est-il passé le mois dernier ?

Spencer aurait bien aimé qu'Alécia ne porte pas autant d'intérêt aux paroles de Grace. En même temps, elle ne pouvait pas lui en vouloir d'avoir écouté attentivement les propos de l'infirmière. La seule chose à faire à présent était de lui expliquer et la rassurer autant que possible.

— C'était il y a deux mois en fait, vers la fin du mois d'août, mais j'ai été hospitalisée tout le début du mois de septembre, c'est vrai. C'était juste une pancréatite. J'y suis abonnée.

Spencer rangea son matériel tout en poursuivant :

— Et à quelle fréquence j'en arrive là ? Disons, ce sont des trucs comme ça qui se passent ; pancréatite, obstruction intestinale... Mon corps est fragile, surtout mes fonctions respiratoires et digestives. Les inhalations et les gélules m'aident à désépaissir le mucus que mon corps produit, comme je t'avais dit une fois. Tu sais que c'est ça la base du truc en fait, n'est-ce pas ?

— Oui, mais j'avais cru comprendre que c'était lié au génome ?

— Oh mon dieu, pas le génome. Je ne pourrais pas t'expliquer ça, il y a tellement de mutations différentes. Trop, indiqua Spencer, les yeux au ciel.

Pendant qu'elle préparait son nébuliseur, Spencer lui enseigna tout de même que la mucoviscidose était effectivement une maladie génétique, se transmettant seulement si les deux parents portent le gène atteint. La plupart du temps, les individus ne savent pas qu'ils sont porteurs de la maladie. Les parents de Spencer l'avaient d'ailleurs appris à sa naissance, au diagnostic. Le génome est la cause, et sa conséquence principale étant que les personnes qui déclarent la maladie n'arrivent pas à expulser le mucus que tout le monde produit naturellement. Il obstrue progressivement chaque organe, à commencer par les organes respiratoires et digestifs. Puis l'ensemble des organes finissent par être touchés, d'où la nécessité de traitements, même lourds, mais sans lesquels les patients ne dépasseraient pas les vingt ans, en étant généreux.

Alécia acquiesça de la tête, un air grave sur le visage.

— Je sais. Trop n'atteignent toujours pas cet âge, ou leurs trente ans. Il faut que tu comprennes que la muco varie beaucoup d'un malade à un autre. Il existe tellement de mutations du génome. Ce qui importe le plus on va dire c'est ta VEMS.

— C'est quoi ça ?

Spencer sourit, elle prit Alécia dans ses bras pour l'embrasser tendrement.

— Gardons cette leçon pour la semaine prochaine. Ce soir, c'est juste toi, moi, et mon lit, lui murmura-t-elle à l'oreille.

Alécia sourit, toutefois elle se recula légèrement.

— Pas si vite, mademoiselle. Tu n'aurais pas un truc à faire, là ?

Spencer lui posa un délicat baiser sur les lèvres puis se recula, un sourire sur les siennes.

— Oui.

— Prends le nécessaire avec toi. On va se mettre les infos un peu ou ce qu'il y aura à la télé pendant que tu te reposes et que tu fais tes inhalations. Je commande les pizzas, elles seront là d'ici que tu termines. Ensuite, *seulement* si t'es sage, on verra ce qu'on peut faire avec ton histoire de lit.

Spencer l'embrassa passionnément.

— Bon sang, pourquoi ne t'ai-je pas rencontré plus tôt ?

L'étudiante lui caressa le visage.

— Je suis là maintenant. Et je n'irais nulle part. C'est parti !

Elle prit Spencer par la main pour la guider au salon.

***

Plus tard cette nuit-là, elles étaient couchées, se caressant tendrement tout en discutant et s'embrassant. Alécia fronça les sourcils à un moment. Elle posa son coude sur le lit et sa tête dans sa main en scrutant Spencer avec un intérêt renouvelé.

— De quoi parlait Grace en disant que tu avais manqué aux gosses ?

Spencer repoussa la frange de sa partenaire hors de ses beaux yeux verts.

— D'ordinaire le vendredi, ou parfois le mercredi aussi, je passe beaucoup de temps à l'hôpital pour enfants de Seattle, sur la branche muco. C'est à cinq minutes de la clinique de l'hôpital. Grace y travaille bénévolement dès qu'elle peut. Je n'ai pas pu y aller la semaine passée et hier non plus, à l'évidence.

— T'aurais dû me le dire, déclara Alécia, sur un ton doux, loin de celui de ses reproches dans la voiture.

— T'inquiète, j'irai la semaine prochaine. Je trouverai un moyen de les voir eux et toi.

— Pourquoi pas les deux en même temps ? Je veux, je pourrais venir, tu penses ? Tu y fais quoi, d'ailleurs ? Tu les motives, ou les aides avec leurs exercices respiratoires ?

— Non. Quand tu as la muco, crois-moi, tu as plus que ton lot de médecins et de discussion de traitements et d'essais, et de tests de respirations et tout le tralala. Nos visites sont plus d'ordre social. C'est... disons mon attitude d'aujourd'hui... Pour moi, c'est exceptionnel, je t'assure, j'ai rarement été aussi imprudente avec mes soins et encore une fois, je te promets que je ne recommencerai pas. J'ai toujours accepté ma maladie plus ou moins facilement, mais les gamins, les ados, c'est là que c'est le plus dur. Ça paraît tellement injuste des fois, et ce sentiment d'injustice est difficile à gérer, surtout à cet âge. L'adolescence normale est déjà compliquée.

Alécia lui serra la main quand elle la vit partir dans ses pensées.

Spencer sourit faiblement, un voile triste assombrit son magnifique regard.

— Si quelqu'un avait pu communiquer avec mon frère de la sorte, peut-être qu'il serait encore là.

— Comment ça ?

La photographe inspira fort et trouva la force en elle de sourire à Alécia en lui répondant :

— Il s'est cramé en quelque sorte. Il a refusé les traitements les plus lourds. Il ne recevait les meilleurs soins que lorsqu'il était trop faible pour protester, ou quand il était petit, évidemment. Il ne faisait pas suffisamment d'inhalations, quand ça lui prenait en fait, encore moins de thérapie physique. Il était tellement amer vis-à-vis de ça. Il souhaitait juste une vie normale, des petites copines, faire des trucs stupides avec ses potes. Donc il a fait tout ça… pendant seize ans seulement, presque dix-sept. Il serait mort à dix ans si mes parents n'avaient pas été derrière lui toute son enfance. C'est vraiment à l'adolescence qu'il a pratiquement tout envoyé balader. Je crois que c'est la raison pour laquelle je vais parler à ces gamins.

Elle hocha la tête et poursuivit :

— En fait, c'est ça, on échange principalement. Ils voient que je vis relativement normalement même en accomplissant quand même tous mes traitements et autres corvées liées à ma muco. On discute beaucoup, mais occasionnellement on joue au foot, on marche, on court pour ceux qui le peuvent, plein de petites choses comme ça. Ce n'est pas toujours évident à planifier. On est plusieurs à donner de notre temps, mais il n'y a que les infirmières ou autres non-mucos qui peuvent y être tout le temps, car parfois, je ne suis pas autorisée.

Alécia aurait aimé saisir de suite la signification de ces paroles, malheureusement ce n'était pas le cas, conséquemment elle n'hésita pas à lui demander. Spencer parvenait difficilement à trouver les mots pour expliquer la mucoviscidose. Elle choisit de révéler ses sentiments dessus, trouvant cette maladie extrêmement cruelle. Les maladies génétiques le sont toujours, mais la solitude était la chose la plus dure à gérer, selon elle. Les seules personnes capables de véritablement comprendre ce qu'un malade ressent, les malades eux-mêmes, représentaient des dangers les uns pour les autres, et ne pouvaient réellement se mélanger et passer du temps entre eux.

Spencer lui expliqua que lorsqu'elle était jeune, elle s'asseyait volontiers sur le lit d'autres malades, ou de son frère. Ils regardaient la télévision ou jouaient et discutaient librement, puis le corps médical s'était aperçu des dégâts que cela causait.

Entre eux, ils se transmettent très facilement de dangereuses bactéries qui pouvaient devenir mortelles.

Voilà pourquoi les médecins n'étaient pas tous ravis de l'initiative lancée par Grace et d'autres infirmières, avec ces petites visites du vendredi. D'ailleurs, les enfants hospitalisés n'y avaient pas forcément tous droit. Spencer déplorait que ceux qui en bénéficieraient le plus n'y participaient sans doute pas. Même avec le masque médical, certains n'étaient pas du tout autorisés à rejoindre les autres.

Spencer plissa les lèvres en inspirant.

— Tu sais que certains frères et sœurs décident carrément de ne plus se voir du tout parce que l'un ou les deux sont un danger pour l'autre. Je connais quelques familles comme ça et… mon frère. Il avait une sale mutation. Ça ne nous a pas empêchés de rester proches, même si mes parents nous séparaient autant que possible, suivant les conseils du staff médical. C'était très injuste pour lui, alors je n'étais pas d'accord, mais c'était nos parents, et il paraît que c'était ce qu'il y avait de mieux pour notre santé, surtout la sienne. Pourtant je ne peux m'empêcher de penser que si l'on avait pu passer autant de temps ensemble pendant notre adolescence que quand nous étions enfants, avant les dernières *avancées* médicales… Si j'avais pu passer plus de temps avec lui… J'étais la seule à qu'il pouvait vraiment s'identifier.

Spencer savait que c'était en grande partie la raison du détachement de Liam, son frère, avec tout ce qui touchait de près ou de loin la mucoviscidose. C'était aussi la raison pour laquelle elle-même avait autant insisté auprès de Grace pour que cela se réalise. L'hôpital mettait à leur disposition l'une des plus larges salles disponibles, afin de respecter au maximum des conditions médicales sécurisées en évitant trop de contact physique. Les enfants ou adolescents se confiaient parfois difficilement, assis à l'opposé d'une grande pièce, toutefois c'était bien mieux que rien du tout. Il y avait tout de même des activités, ou des moments bien plus intimes, cela variait de semaine en semaine, et de patient à patient, bien évidemment.

— Ils sont tellement courageux ces gamins, tu sais. J'aimerais pouvoir faire davantage, passer plus de temps avec eux, même les plus malades, en attente de greffe ou autre, mais ça m'est impossible.

Alécia hocha la tête, silencieuse avant de finalement demander :

— Je comprends mieux maintenant. Dis-moi, tu crois que je pourrais t'accompagner la semaine prochaine ?

Spencer ouvrit la bouche pour répondre, mais la referma instantanément. Elle caressa le bras d'Alécia et lui sourit.

— Oui, je pense que ça serait cool. Ça leur plairait.

— On verra vendredi, je suppose. Je ne veux déranger personne, aucun protocole ou autre. Je t'observerai simplement, je pense.

— Ne te défile pas, ma belle. Cette fois, ils vont me voir avec une petite-amie, pour de vrai. Ça va valoir son pesant d'or. Vie sociale *normale* est le maître mot, n'est-ce pas ?

Alécia sourit avec un léger levé de sourcil.

— Je pourrai donc t'embrasser en public ?

— Tu auras plutôt intérêt, sinon ils vont croire que je t'ai loué à la journée, pour l'image.

Alécia rit doucement avant de l'attirer à elle.

— On ferait mieux de s'entraîner dans ce cas. Je ne voudrais pas qu'ils nous prennent pour une imposture.

— Excellente idée.

Elles s'embrassèrent avec une telle passion qu'Alécia était à bout de souffle quand la photographe s'écarta de quelques centimètres. Elle plaça un nouveau baiser sur les lèvres de Spencer avant de s'avancer sur elle.

Chapitre Cinq

Le mardi de la semaine suivante, Susan soupira lourdement en posant son stylo. Elle ferma un livre et le rangea sur son carnet de notes. Elle se tourna en direction d'Alécia. Assise à son bureau, sa colocataire paraissait prise dans ses cours et ses révisions.

— J'aimerais bien que mes exposés soient aussi intéressants que les tiens. Quel est le sujet ?

— Mmm, juste un peu de recherches, en fait, répondit Alécia de manière distraite, le visage fixé sur son écran d'ordinateur.

Susan se leva et s'étira.

— Anglais ?

— Non.

Le ton évasif d'Alécia intrigua son amie qui se rapprocha pour lire par-dessus son épaule.

— Je vois. Et moi qui te pensais repartie comme ta première année, à trop étudier.

L'ébauche d'un sourire dessina les lèvres d'Alécia, toutefois elle continua de consulter les informations sur son écran, concernant la mucoviscidose.

— Vous n'en avez pas parlé ce week-end ?

— Un peu si, mais on n'a pas tout vu.

— Elle t'a dit bien qu'elle t'en dirait plus, non ?

Alécia soupira et leva les yeux du moniteur pour regarder sa meilleure amie.

— Voilà, tu es contente ? Je me sens coupable maintenant.

Susan sourit et s'accroupit en face des genoux d'Alécia.

— Alors, arrête. Elle t'en parlera, OK ?

— Je voulais juste voir un truc en particulier… et de là, j'ai été happée.

— C'est quoi la VEMS ?

Alécia agrandit la fenêtre.

— C'est ce que je cherchais à la base. Le volume maximal expiratoire par seconde. Ce sont des tests de spirométrie, je ne savais même pas que ce mot existait. Pourtant c'est super important. Apparemment, tant que leur VEMS est bonne, tout va *bien*. Ça se complique quand la VEMS baisse.

— Basse à quel point ? À combien est celle de Spencer ?

— Elle ne me l'a pas dit, annonça Alécia, avec un hochement négatif de la tête.

Elle expira fort, ce que ne manqua pas sa meilleure amie.

— Elle va bien, OK ? Et plus que ça même. Vous avez passé deux jours au pieu, comme deux nymphos, et elle allait bien. Je suis sûre que sa VEMS est au plafond.

Alécia ne put s'empêcher de rire avant d'éclater en sanglots.

— Hey, tu me fais quoi là ?

Susan la prit dans ses bras.

Alécia tâcha de stopper ses larmes pour cliquer sur une autre fenêtre qu'elle avait sauvegardée. Susan lut rapidement et comprit aussitôt.

— C'est juste une moyenne, Al. Ça ne veut pas dire qu'elle va mourir à vingt-cinq ans. Et lis plus bas, chaque année leur espérance de vie s'accroît. Chaque année, Alécia. Regarde, quelques décennies en arrière, ils ne dépassaient pas les dix ans. La science avance super vite. Et là c'est marqué quarante ans sur cet article, tu vois ? Certains vivent bien au-delà de cinquante ou soixante ans même. C'est indiqué là, ça aussi.

— Son frère est mort à seize ans.

— OK, OK, arrête ça tout de suite. En plus, tu m'as dit toi-même qu'il ne s'est pas battu comme elle.

Susan éteignit l'ordinateur de son amie. Elle la prit par la main pour la guider sur le lit, sur lequel elles s'assirent côte à côte.

— Pourquoi te tortures-tu ainsi, Al ? On est déjà passé par là. C'est trop tard pour faire marche arrière maintenant, n'est-ce pas ? demanda Susan, un tantinet inquiète.

— Oui. Oui, bien sûr. Jamais je ne lui tournerai le dos. C'est juste, j'ai besoin de plus de temps avec elle.

— Elle est là, Al. Elle est en vie et elle va bien. Il faut que tu arrêtes, tu te fais du mal.

— Je sais, mais je ne peux pas m'en empêcher. Je ne voulais pas lui avouer, mais ce qu'elle m'a dit, ce qu'elle ressent… Ça l'a rendue folle d'une certaine manière, ne pas prendre tous ses médocs, ne pas faire ses exercices et ses inhalations régulièrement simplement pour qu'on passe *le* week-end parfait. Et bien ça me rend folle moi aussi. Et je ne voulais pas lui dire que je l'aime juste autant. Je sens que ce n'est pas assez, le temps qu'on aura ensemble, ça ne sera pas assez. Une vie entière avec elle ne serait pas assez alors comment est-ce qu'une poignée d'années…

Ses larmes surgirent instantanément et la suffoquèrent si bien qu'elle ne put continuer. Susan l'enlaça jusqu'à ce qu'elle se calme. Alécia prit de longues inspirations et poursuivit enfin :

— Et aussi, une partie de moi se dit que c'est fou. De ressentir ça pour quelqu'un que l'on connaît depuis trois semaines. Quelques jours seulement si l'on enlève les jours où je suis ici ou chez mes parents. On a une telle connexion. On vient de se rencontrer, mais on savait, on *sait*. « Boom, c'est elle, c'est *la* bonne ».

Alécia inspira profondément avant d'ajouter :

— Le truc c'est qu'elle va me quitter un jour et moi je devrais continuer toute ma vie *sans* mon grand amour.

Susan lui frotta doucement les épaules, ignorant comment la réconforter. Alécia prit sa tête dans ses mains.

— Tu dois penser que je suis barjo.

— Absolument pas. Mais je ne sais pas quoi te dire. Je ne sais pas comment te faire rire, ou même sourire à ce moment précis, car oui, un jour, elle ne sera plus là. Une fois de plus, je pourrais te dire que « boom », un chauffard ou un simple virage raté et c'est toi qui pourrais partir avant elle. Où que l'on ne sait jamais ce que la vie nous réserve, mais je sais que rien que je dise ne calmera tes angoisses pour le moment. Que veux-tu faire ? Rompre ?

— Non. Pas du tout. Je n'aurai déjà pas assez de temps avec elle, alors je ne vais pas m'en priver d'un peu plus. Peut-être que je devrais prendre une année sabbatique et la passer avec elle ?

— Je ne sais pas, Al. C'est une grosse décision… peut-être que tu devrais lui en parler, d'abord ? Tu lui as demandé de ne pas te mentir là-dessus. Fais-en autant. De toute évidence, tu n'es pas OK avec tout ça, donc parle-lui-en. Que tu pètes un câble ne signifie pas que tu vas la larguer, elle comprendra, je suis sure.

— Oui, elle comprend. Et oui, on va en discuter. Mais je *suis* OK avec cela. Bien sûr, parfois je vais paniquer un peu comme aujourd'hui, mais c'est juste parce que je ne veux pas la perdre, autrement je vais bien. Et je n'abandonnerais pas. Et elle non plus. Je vais faire en sorte qu'elle augmente cette moyenne en vivant au moins jusqu'à quatre-vingts ans.

— Quatre-vingts ans ? Si le sexe est toujours aussi bon à cet âge-là, pourquoi pas ?

Alécia leva les yeux au ciel en tapant gentiment Susan sur l'épaule puis l'étreignit.

— Bon sang, que deviendrais-je sans toi, Su ?

— Tu serais toujours cette obsédée du boulot sans aucune vie sociale, passant ses samedis soir à mater des rediffs de X-Files. Un beau gâchis, c'est sûr.

Alécia rit davantage.

***

Alécia devait effectuer des recherches pour un de ses cours, de ce fait elle resta à Berkeley jeudi soir. Son vol atterrit vendredi à huit heures du matin à l'aéroport international de Seattle-Tacoma[16]. À neuf heures, la navette aérienne toucha terre au Jefferson County International Airport, à six kilomètres cinq cents au sud-ouest de Port Townsend. Elle s'étonna de voir Matt l'attendre.

— Matt ?

— Salut, ma beauté.

Ils s'étreignirent, puis elle recula, sourcils levés.

— Mes parents vont bien ?

— Oui, oui, t'inquiète. Ta mère m'a invité déjeuner. Je lui ai dit que je te récupérais. Ça l'arrangeait comme elle avait du ménage et des plantes à aller chercher à Hennery Garden Center.

Alécia sourit et ils marchèrent en direction de sa jeep.

— C'est super. Ça me fait plaisir de te voir, Matt.

Il la prit de nouveau dans ses bras.

Une fois dans la voiture, il mit le chauffage et baissa un peu le niveau de la musique en démarrant.

— Hey, je me disais, Al ; si on sortait ce soir, juste toi et moi ? Comme amis, promis. On pourrait se faire un ciné ou autre.

Elle prit le temps de penser sa réponse, en partit dû au ton empli d'espoir de son ami.

— Ça aurait été super oui, et on le fera bientôt, mais j'ai déjà un truc de prévu ce soir avec Spencer.

Matt garda les yeux sur la route. Il resta silencieux un moment en réfléchissant.

— OK. Et demain matin ? Je passe te récupérer, comme ça ton épave peut rester chaudement dans le garage de ton père, plaisanta-t-il avec un clin d'œil.

---

[16] Également connu en tant que Sea-Tac Airport, il est l'aéroport le plus important de la région du nord-ouest pacifique d'Amérique du Nord.

94

Elle allait répondre quand il ajouta :

— On pourrait manger en ville.

— Peut-être un autre jour, Matt.

— Juste en tant qu'amis, comme avant, promis.

— Je sais, mais j'ai déjà des plans pour le week-end. Je ne serais même pas à PT[17] demain matin.

Alécia se demanda pourquoi il avait l'air de tomber des nues.

— Bah, tu seras où ?

— À ton avis ?

— Chez elle ? Si tôt ?

Alécia soupira. `

— Sérieusement, tu *couches* avec elle ?

Vu qu'elle ne répondit pas, il fixa de nouveau la route. Alécia apercevait les lignes de sa mâchoire se tendre. Le silence devenait pesant dans la voiture, jusqu'à l'arrivée à Port Townsend, qui parut se situer à des milliers de kilomètres de l'aéroport. Il se gara le long du trottoir devant la maison, sans couper le moteur.

— Dis à tes parents que je ne peux pas rester manger.

— Quoi ? Allez, Matt, ne fais pas ça.

— Le truc c'est que je n'ai pas l'impression de faire quoi que ce soit et pourtant je suis énervé. Je ne serai pas de bonne compagnie. Et je ne veux pas les embarrasser.

— Super, lança-t-elle d'un soupir.

Il resta silencieux, attendant simplement qu'elle sorte de la voiture, sans autre mot. Alécia secoua la tête et descendit de sa jeep. Elle ferma la porte d'un coup sec.

Essayant de retrouver le sourire, elle s'approcha de la maison familiale alors qu'il s'en allait.

— Pourquoi Matt est-il reparti ? l'interrogea sa mère. Revient-il ? J'ai préparé des lasagnes à la bolognaise, ses préférées.

— Salut maman. Oui, merci je vais bien. Et toi ?

— Mais oui, ma chérie. Je suis très contente de te voir.

Sa mère la prit dans ses bras en indiquant :

— Spécialement pour toi, j'ai cuisiné des lasagnes chèvres épinard également.

— Ouah, maman, merci. Je vais me régaler. Quant à Matt, il a oublié un truc à récupérer en ville.

[17] Port Townsend

Son père entra dans la pièce à ce moment-là.

— C'est curieux, il avait des projets pour vous deux cet après-midi.

Les lèvres de William Moore devinrent grimace quand il perçut le regard fuyant de sa fille.

— Sois plus gentille avec lui, ma douce. Il mérite mieux.

— Je n'ai rien fait ! J'avais d'autres choses de prévues, c'est tout. Je ne peux pas tout annuler parce qu'il a organisé un truc sans m'en parler. Il aurait dû m'appeler avant, c'est tout.

— Et quelles sont ces autres *choses* que tu as prévues ? Tu ne restes pas avec nous ?

— Comme je t'ai dit au téléphone hier encore, maman. Je ne serais pas là ce week-end. Je reviens tôt lundi donc on aura la journée, plus ce matin. Je t'en avais bien parlé ?

— Oui, mais après ton père m'a dit que Matt t'emmenait en ville, alors je me suis dit–

— Ça va être comme ça tous les week-ends, maman ?

— Tu ne peux pas nous en vouloir d'avoir pensé ainsi. Ce n'était pas rare que tu passes du temps avec lui les week-ends, alors on a pensé–

— Je sors avec Spencer, pas Matt.

Stéphanie soupira et son mari prit le relais :

— On sait, ma douce. On a juste pensé–

— Et bien, arrêtez. *Elle* est ma petite-amie. Je veux passer du temps avec elle donc elle passe en premier. Si c'est trop compliqué pour vous, je peux me rendre directement chez elle chaque week-end, et venir vous voir pour un repas occasionnellement, si vous préférez.

Stéphanie prit le bras de sa fille pour marcher bras dessus, bras dessous jusqu'au patio.

— Ne dis pas de bêtises, ma chérie. Tu ne vas pas passer des week-ends entiers chez ton *amie*. Ta maison est ici.

Alécia sentit un soupir lui monter rapidement aux lèvres, toutefois sa mère poursuivit :

J'étais sur le point de partir pour Hennery, souhaites-tu m'accompagner ? Je vais choisir de nouvelles fleurs pour l'arrière de la maison.

Alécia allait décliner quand elle aperçut le regard plein d'espoir de son père.

— D'accord, maman. Et peut-être que j'en profiterai pour prendre un truc sympa pour l'appart' de Spencer. Des roses blanches, si possible. Ce sont ses préférées.

Alécia retint son souffle en attendant la réponse de sa mère.

— Je t'aiderai à chercher, ma chérie, déclara-t-elle avec un sourire.

Alécia le lui rendit.

***

Alécia roula jusqu'à Bainbridge Island, et se gara sur Madison Avenue près de l'appartement de sa petite-amie. Elle se jeta dans ses bras aussitôt que la photographe ouvrit la porte. Spencer sourit et la serra fort en retour, laissant sa tête reposer contre l'épaule d'Alécia. Son sourire grandit au fur et à mesure que les secondes passaient sans que l'étudiante paraisse pressée de bouger.

Au bout d'un moment, quand même, elle se recula.

— Toi aussi tu m'as manqué, Al

Un air d'admiration pur s'afficha sur le visage d'Alécia qui prit la main de Spencer dans les siennes et murmura :

— Je t'aime.

Spencer inspira profondément et combla l'écart qui les séparait pour un baiser. Toujours en l'embrassant, elle la guida jusqu'au salon, et plus précisément le canapé sur lequel elles s'installèrent pour de tendres baisers et caresses, avant de finalement rejoindre la chambre à coucher.

Un peu plus tard, Alécia reprenait son souffle, elle secoua la tête malgré un large sourire.

— Roh la vache, je suis vraiment désolée. Je ne voulais pas... Je désirais tellement te voir. Te prendre dans mes bras, te tenir, juste être avec toi.

Spencer laissa ses doigts se promener entre les seins de sa partenaire.

— Il me semble que tu étais avec moi, très avec moi-même, il y a encore une minute.

L'étudiante sourit et se mit sur son côté pour mieux la regarder.

— Tu m'as comprise. Je n'avais pas prévu de te sauter dessus comme une nympho dès mon arrivée.

Spencer prétendit se concentrer, front plissé.

— Cela me dérange-t-il vraiment ?

Alécia rit bêtement avant de lui caresser le visage. Elle plaça un doux baiser sur ses lèvres puis se réinstalla sur le dos, fixant le plafond.

— Tu as l'air perdue dans tes pensées d'un coup.

Alécia acquiesça.

— C'est juste que j'ai des trucs en tête, des questions pour toi, et je suis là, à te sauter dessus dès que je te vois.

Spencer continua de lui sourire tout en déclarant :

— Bon, je suppose que c'est l'heure de ton cours de muco, n'est-ce pas ?

Alécia plaça sa main par-dessus celle de son amour.

— Non, oui enfin, pas tant que ça, en fait. J'ai beaucoup recherché sur le sujet cette semaine. J'ai surtout une question là tout de suite.

Spencer hocha la tête :

— Je t'écoute.

— C'est quoi ta VEMS ?

La photographe continua de sourire, toutefois ce sourire-là n'illuminait pas son visage comme d'habitude.

— Effectivement, tu as fait des recherches…

Alécia ne commenta pas, elle se mordit la lèvre tandis que Spencer poursuivit :

— Déjà, il faut que tu saches que la VEMS peut monter autant qu'elle peut descendre, OK ?

— Sérieux ? Je n'ai pas vu ça.

— C'est pourtant vrai. Faire beaucoup d'inhalation, de kiné respiratoire, de drainage et aussi de l'exercice physique comme courir, nager, du trampoline et plein d'autres trucs, aide à l'améliorer. Il y a deux ans, ma VEMS était si basse qu'on pensait à une transplantation.

— Tu étais à trente pour cent ?

Un sourcil se dressa sur le front de Spencer.

— Bon sang, tu as *vraiment* fait tes recherches, dis. Je m'en rapprochais dangereusement, on va dire, et rapidement, mais je suis remontée jusqu'à soixante-quinze.

— OK, super. Et là, tu es à combien ?

— Cinquante-huit pour cent.

Alécia opina en détournant néanmoins le regard. Spencer serra sa main.

— Cinquante-huit c'est pas mal, tu sais. Fin août, j'étais descendue à cinquante avec ma grosse pancréatite, et je suis remontée, tu vois. Presque dix de mieux en deux mois, alors que j'ai été imprudente ce mois-ci. Je vais bien, et je vais remonter encore. Alors bien sûr, si je pouvais arrêter de me choper tous les virus qui passent par là, ça serait du bonus. J'ai été pas mal malade ces derniers mois, c'est chiant, il y a des périodes comme ça ou tu enchaînes les séjours à l'hosto. Et là, l'hiver arrive.

Alécia hocha la tête.

— Mais alors, l'état de Washington ce n'est peut-être pas le top, non ? Pour ta santé, je veux dire.

Spencer respira profondément.

— J'adore cet endroit. Mais parfois je pense à bouger plus bas, oui. Juste en hiver. Peut-être que je ferais ça cette année.

— Hey, tu pourrais rester à SF[18]. On serait à côté, s'enthousiasma Alécia avant de hausser les épaules. Ouais, je sais, pas assez au sud. Point de vue de la chaleur, il te faudrait sûrement plutôt LA[19], non ?

— Trop chaud ce n'est pas bon non plus, tu sais. En visite chez de la famille en Floride, en plein été, j'ai fini sous oxygène. Crois-moi, ce n'est pas la meilleure sensation. En plus, à Los Angeles, je risque de choper plus de virus qu'ici. Trop de monde, de pollution surtout, et franchement, la qualité de vie ne vaut pas la nôtre. San Francisco me paraît un bon compromis.

Le regard d'Alécia s'illumina.

— C'est vrai, tu viendrais ?

— Disons que j'ai encore plus de raisons de bouger maintenant.

L'étudiante lui déposa un petit bisou sur la bouche.

— Bon sang comme j'aimerais ! Je ne fais qu'y penser en ce moment. J'ai même survolé les annonces dans le coin et je me disais qu'on pourrait se trouver un p'tit truc sympa. Enfin, peut-être ?

Spencer ouvrit grand les yeux.

— Sérieusement ? Tu quitterais le campus pour t'installer avec moi ? Ces mots sonnaient étrangement pour Spencer.

Alécia se sentit également un brin maladroite.

— Eh bien, euh… oui, enfin je veux dire… oh désolée, je vais sans doute un peu vite, n'est-ce pas ?

— Non, non, commença Spencer, qui lui serra le poignet. J'adorerais ça. Vraiment.

Alécia sourit.

— Alors je peux étudier les annonces plus sérieusement ?

— Oui, répondit Spencer sans hésitation.

<hr>

[18] San Francisco
[19] Los Angeles

Le sourire d'Alécia grandit, puis la photographe ajouta soudainement :

— Enfin non.

— Non ?

Spencer sourit à la légère crainte dans le regard de sa partenaire, sans laisser la déception s'installer toutefois.

— Je veux dire, non ne le fais pas, *je* vais m'en occuper. Une de mes amies a pas mal de propriétés et d'appartements dans cette région, elle peut sûrement nous trouver un truc sympa. Là-bas ou n'importe où, d'ailleurs. C'est la même personne qui organise la fête d'Halloween dans le manoir. Je lui demanderais à cette occase si elle aurait quelque chose pour nous, ou plutôt, juste si elle peut m'héberger jusqu'en mai seulement, vu qu'*à priori* ce serait ta dernière année à Berkeley. Ça aurait plus de sens que de prendre un appart de manière plus permanente puisque tu sembles vouloir revenir à Seattle après la remise des diplômes.

— Oh bon sang ! Tu n'es pas subtile, Spence. Oui, c'est ma dernière année. Une licence c'est très bien. Pourquoi partir sur un master alors que j'ai déjà un boulot qui m'attend, ici, à Seattle, un travail qui me plaît bien, d'ailleurs ? Tu es ici, ma famille est ici, le job est ici, c'est tout bonus.

— Si tu le dis.

— Oui. Enfin bref, reparlons de cette fameuse amie. Elle est lesbienne, j'imagine ?

Spencer hocha la tête et ne put s'empêcher de rire à l'expression sur son visage.

— Ne t'inquiète pas ; elle est très amoureuse de sa compagne depuis six ans déjà. Sa partenaire est aussi canon qu'elle, en outre.

— Donc tu la trouves canon.

Spencer rit brièvement avant de déclarer :

— Ce n'est pas que *je* la trouve canon, c'est qu'elle l'est, c'est tout. Je ne vais pas mentir, mais c'est de toi que je suis amoureuse.

— Trop tard, *elle est canon*, tu as interdiction de la voir ou lui parler. Tu peux d'ores et déjà annuler Halloween.

Spencer sourit et l'embrassa. L'étudiante sourit également une fois qu'elles se séparèrent, cependant la légère plissure au-dessus de ses sourcils traduisait sa curiosité.

— C'est une ex, non ?

— Bébé, tu n'as *véritablement* rien à craindre.

Sur ce, Spencer l'embrassa.

— Je n'arrive toujours pas à croire que tu aies pensé à tout ça, Al. Ça me plaît, mais ça me met sur le cul aussi, ajouta-t-elle après leur baiser.

— J'ai pensé à ça et à bien davantage. Tu sais, tu as dit que tu avais un peu pété un câble l'autre fois, et je veux que tu saches que moi aussi, enfin je comprends ton ressenti. Ces derniers jours, j'ai même considéré quitter la fac pour une année sabbatique avec toi.

Spencer s'installa sur le lit et lui prit la main.

— Je t'arrête ici, Al.

L'étudiante s'assit également pour détailler :

— On pourrait voyager, voir le Corcovado et toutes ces choses qui te font envie.

Spencer sourit.

— Bon, il faut vraiment que je t'arrête là, en effet. Ce n'est pas que ça ne me tente pas. Mais je ne suis pas sur mon lit de mort. On doit continuer à vivre. Tu dois continuer de vivre et d'avancer dans ta vie. Il te reste sept mois avant d'obtenir ta licence. Tu as ce bon job d'assistante d'éditions qui t'attend à Harper Collins. Même si tu pourrais également continuer d'apprendre, ce que tu aimes par-dessus tout, le temps d'un master, indiqua-t-elle en levant les mains innocemment face à la grimace d'Alécia.

Avec un clin d'œil, elle poursuivit :

— Bon, bref, ils t'attendent avec impatience… dès juillet.

— Hors de question que j'attaque dès juillet finalement. Je vais les contacter à ce sujet-là. Cet été, toi et moi on part en vadrouille.

— OK. On verra ça en temps voulu. En attendant, hors de question que tu quittes la fac. Tu ne vas pas tout foutre en l'air sans raison. Je sais à quel point tu aimes tes cours.

Alécia plongea le vert intense de son regard dans celui de Spencer.

— Je t'aime plus encore, et ce ne serait pas sans raison.

Spencer plaça un délicat baiser sur les lèvres de sa petite amie, tandis que sa main se perdit dans ses cheveux. Elle se recula très légèrement.

— Comme je l'ai dit, je ne suis pas sur mon lit de mort, Al. Ne précipite pas tout parce qu'on a plein de temps pour profiter l'une de l'autre. Deux ans en arrière, quand même mes parents pensaient que c'était la fin, là je t'aurai dit, *OK, allons-y tant qu'on le peut*. Mais ce n'est pas le cas, je vais bien. J'ai inversé tout cela. Je suis toujours là et j'ai bien l'intention d'y être encore pour un bout de temps. Je n'ai pas encore possédé ton corps de toutes les façons possibles et imaginables.

Alécia ne put s'empêcher un léger rire. Spencer mit un doigt sous son menton pour lui relever doucement la tête en ajoutant :

— Il y aura des moments flippants. Tu verras des allers-retours à l'hôpital, très certainement aux urgences, car ma vie est ainsi. Ça ne voudra pas dire que je vais mourir chaque fois que je ne peux plus respirer, ou que je tousse tellement et vomis tout ce que je sais, car plus rien ne passe. Oui, on est de retour au cours de muco. C'est effrayant parfois, mais ça ira tant que je suis prudente et que je t'ai à mes côtés. J'irai toujours bien et je ressortirai toujours de ce putain d'hôpital.

Alécia acquiesça, même si ses yeux brillaient de larmes dissimulées. Spencer l'embrassa et elles s'enlacèrent.

— Tout va bien se passer, murmura Alécia. Je vais prendre soin de toi.

— Et moi de toi, répondit Spencer en plaçant un baiser sur son front.

***

Spencer rangea son nébuliseur dans le tiroir de la salle de bain après l'avoir rincé. Elle retourna dans la pièce à vivre et se rassit sur le canapé, dans les bras d'Alécia qu'elle avait quittés pour aller nettoyer ses appareils après son traitement effectué, bien câlinée par l'étudiante. Jamais session n'avait été aussi agréable par le passé. Elle n'en finissait plus de sourire.

— J'ai raté quoi ?

— Oh, euh… rien, enfin juste le gars kidnappe la fille et, euh… se cache.

Spencer sourit. Elle pointa l'écran du doigt.

— Cette petite fille-là, sur les genoux de son père ?

— Euh, oui, cette fille. Elle a dû s'échapper.

Spencer rit brièvement.

— Tu veux changer de chaîne ?

Alécia glissa sa main sous la chemise de la photographe.

— Pas vraiment. Ça me plaît, ça.

Spencer ronronna de plaisir quand ladite main enveloppa son sein gauche. L'étudiante la retira promptement et recula légèrement.

— Bon sang ! Il faut que j'arrête d'agir comme une nympho.

Spencer rit tandis qu'Alécia poursuivit :

Tu as sûrement envie de voir la fin du film. J'arrête, promis.

Alécia sourcilla quand elle entendit comme un léger grognement de la part de sa partenaire.

La brunette se leva soudainement et tira Alécia par la main jusqu'à ce qu'elle se tienne debout face à elle.

— Ils arrêtent le méchant, et le film est fini.

Elles rejoignirent la chambre, le son de leur rire couvrant celui de la télévision.

Elles commencèrent à se déshabiller, face à face, s'embrassant sur la bouche, le cou, la poitrine… pendant que leurs mains caressaient le reste de leur corps. Spencer poussa gentiment une Alécia torse nu jusqu'à ce qu'elle soit couchée au bord du lit, ses pieds touchant toujours le sol. La photographe portait encore son soutien-gorge, tandis qu'elle déboutonna le pantalon de sa compagne et le descendit, la petite culotte avec. Elle écarta doucement les jambes d'Alécia, dont les tétons durcirent aussitôt à la pensée de ce qui allait suivre.

— Oh mon Dieu, murmura l'étudiante aux premières sensations de la langue de Spencer sur son intimité.

Alécia passa la main dans la chevelure de son amante et la caressa. Elle gémit au plaisir qui s'intensifiait.

— Spencer, chérie ?

Elles se redressèrent d'un coup.

— Spencer, on est là !

— Oh putain !

La photographe enfila son t-shirt en moins de deux secondes alors qu'Alécia tâtonnait pour trouver ses vêtements. Spencer sauta littéralement sur la porte avant qu'elle ne s'ouvre, et la maintint close.

— J'arrive maman, juste une minute !

Elle s'essuya rapidement la bouche avec sa manche et, après une profonde inspiration, sortit de la chambre en vitesse. Elle referma la porte derrière elle, laissant Alécia se rhabiller, et ses joues rouge écarlate, rependre leurs couleurs habituelles.

— Maman, salut.

Elle embrassa sa mère, Olivia, puis son père, Anthony, qui se tenait à ses côtés, observant l'appartement avec un froncement de sourcils.

— Bonsoir, ma douce. Tu es déjà couchée ? Tout va bien ? s'enquit-il d'un air curieux.

— Non, non, j'étais, euh… je lisais.

— Tu n'es pas malade n'est-ce pas ? Tu as l'air un peu fiévreuse, s'inquiéta sa mère en touchant son visage quelque peu rosé.

— Non, maman, je vais bien, je t'assure.

Son père acquiesça de la tête, toutefois il regardait derrière elle, à la porte de sa chambre. Impressionnant de carrure, malgré une taille moyenne pour un homme, sa carrière de militaire lui conférait une posture fière et toujours aux aguets. Il scrutait systématiquement ses environs, comme si un danger pouvait survenir à n'importe quel moment. Olivia Davies, à l'inverse, semblait de nature beaucoup plus insouciante, l'anxiété ne marquant son visage que lorsqu'elle angoissait pour sa fille.

— Je t'ai déjà dit de ne pas laisser la télé allumée quand tu vas te coucher, ma chérie.

— Je t'ai dit, je n'étais pas couchée, maman, je l'aurais éteinte.

— Pourquoi deux bières ? Tu ne bois pas beaucoup en temps normal.

Spencer allait répondre à son père quand il ajouta :

— Tu avais bien faim ce soir, dis-moi.

Elle plissa les lèvres tandis qu'il scrutait les deux boîtes de nourriture asiatique à emporter sur la table basse.

— A-t-on interrompu… quelque chose ?

Le ton de sa mère donna vraiment l'impression à Spencer d'avoir été prise en flagrant délit.

Si elle avait ouvert la porte une demi-seconde plus tôt…

Elle sourit quand la porte de sa chambre s'ouvrit et qu'Alécia, habillée, en sortit lentement. La lumière de la pièce parut se refléter sur Spencer tant elle brillait en la regardant. Elle saisit la main de sa belle pour l'approcher.

— Maman, papa, je vous présente Alécia, ma petite-amie.

— Oh. Bonjour, Alécia.

L'étudiante fut soulagée de la chaleureuse poignée de main qu'Olivia lui tendit. Elle se mordit légèrement la lèvre inférieure, de nervosité face à l'imposant Anthony Davies. Elle se détendit quand il lui sourit et lui serra la main avec autant d'entrain que sa femme.

— Pourquoi ne nous as-tu rien dit, Spencer ?

— Papa, je t'aime fort, mais je ne vais pas te raconter chaque seconde de ma vie non plus. Vous avez Grace pour ça.

Olivia posa ses poings sur ses hanches avec une moue boudeuse.

— Oui d'ailleurs, elle nous a informés que tu n'es pas venu chercher tes médicaments la semaine passée et—

— Tu vois ce que je veux dire ? déclara Spencer, interrompant sa mère en regardant son père.

Elle se retourna de nouveau vers sa mère.

— Ne t'inquiète pas, maman. C'était un oubli exceptionnel. Et oui, je vais bien, maman. En plus, je me suis déjà fait engueuler à cause de ça, admit-elle, avec un coup d'œil sur l'étudiante. Ça ne se reproduira plus.

Alécia sourit timidement de l'approbation dans le regard qu'Anthony lui offrit. Spencer observa autour d'eux.

— Où est Lily ?

Sa mère soupira.

— Ne m'en parle même pas ! Elle dort chez son amie Janice.

La photographe sourit.

— Tu vas devoir t'y habituer, maman, elle arrive pile dans cet âge-là. Estime-toi heureuse que ce ne soit pas une excuse pour aller flirter avec les garçons !

Alécia sursauta quand Anthony Davies fit craquer ses doigts.

— Ce n'est pas près d'arriver. J'ai tout vérifié moi-même.

— Oh ça je n'en doute pas, papa. Je suis trop contente de ne jamais m'être intéressée aux mecs ; seul moyen pour moi de ne pas mourir vierge.

Alécia aurait aimé pouvoir rire comme elle, même si ce n'était qu'une *blague*. Ses parents ne sourirent que légèrement et elle comprenait qu'ils pensaient tout comme elle.

— Je vous sers un truc à boire ?

— On ne va pas vous déranger plus longtemps. En plus, Tiger est dans la voiture.

— C'est notre chien, précisa Spencer à sa petite-amie.

— Je voulais juste m'assurer que mon bébé allait bien. Oh et j'ai une faveur à te demander, ma chérie.

— Dis-moi tout.

— En fait, ce n'est pas tellement à toi, c'est une requête pour ta riche amie.

Alécia entendit le soupir caché de Spencer, tandis qu'Olivia continuait de parler :

— Penses-tu qu'elle pourrait nous avoir des tickets VIP pour le concert des One Direction à Barcelone le 8 juillet prochain ? Nous serons en Espagne à ce moment-là. Cela ferait un tel cadeau de Noël pour Lily. Si elle pouvait lui obtenir une petite rencontre avec eux, ce serait merveilleux. Ça ne devrait pas l'embêter, n'est-ce pas ?

— Si tu l'appelles ma *riche amie*, si, ça va beaucoup l'embêter, maman.

— Très bien, ton amie qui a des *contacts*. Quoi ? Elle *est* riche, et elle a des contacts. Sûrement qu'elle peut obtenir un pass VIP pour n'importe quel spectacle, non ?

— Je verrais ce que je peux faire, maman.

— Il faudrait que je sache au plus tôt tout de même, sinon je devrais réfléchir à un autre cadeau pour Noël. Mais ça lui ferait tellement plaisir.

— Et Dieu nous est témoin, que l'on gâte Lily autant que possible, cette petite démone, souligna Spencer, souriant toutefois. Je la vois pour Halloween, maman. Je lui demanderai.

Olivia prit sa fille dans ses bras.

— Lily va être aux anges.

— Ouais, comme il y a trois ans avec Bieber et maintenant elle ne déballe même plus les CDs qu'on lui offre de lui.

— Tu te souviens certainement de toi à son âge, Spencer, n'est-ce pas ?

Spencer hocha la tête pour répondre à son père et elle ajouta :

— J'ai dit que j'allais demander. Et je ne pense pas que cela posera de problème.

— Parfait. Bon, allez, on ferait bien d'y aller, Tony. Je ne veux pas que Tiger meure de froid. J'oublie toujours à quel point il peut faire froid ici à cette époque de l'année.

— C'est vrai qu'à Boise il fait tellement plus chaud à cette époque-ci.

Sa mère posa de nouveau ses poings sur ses hanches, puis mère et fille échangèrent un regard complice. Olivia l'étreignit une fois de plus avant d'enlacer l'étudiante, surprise par ce geste.

— J'ai été enchantée de te rencontrer, Alécia. Nous organisons un repas le week-end d'Halloween, tu es cordialement invitée. Nous aimerions bien te connaître mieux.

— Euh, merci. Il faut que je voie où je serais ce jour-là.

— Alécia étudie à Berkeley, maman. Elle boucle sa licence cette année.

La fierté dans la voix de Spencer ne battait que très légèrement l'approbation dans les yeux de ses parents.

— Félicitations. Une université si prestigieuse, qui plus est. Je me réjouis que ma fille ait aussi des amies décentes comme toi. Tous ces artistes…

Alécia ne savait pas quoi répondre, néanmoins le regard amusé de Spencer semblait indiquer qu'elle était habituée à ce genre de remarque.

— Allez. Cette fois, nous vous laissons tranquille.

— Ravie de t'avoir rencontré effectivement, et comme l'a dit ma femme, tu es plus que bienvenue chez nous pour ce repas ou n'importe quand, affirma Anthony Davies.

Il posa sa main sur l'épaule d'Alécia.

— Prends soin de ma fille, glissa-t-il tout bas.

Alécia ne put que hocher de la tête face à l'intensité de son regard.

Une seconde plus tard, ils étaient partis. Alécia s'assit dans le canapé.

— C'était quelque chose.

— Je t'avais dit que tu les rencontrerais bien assez tôt. Vraiment désolée. Tu verras que bien souvent dans les familles de muco ; aucune intimité.

Elle expliqua brièvement qu'ils avaient l'habitude d'aller et venir dans les chambres de leurs enfants pendant tant d'années, s'assurer qu'ils respiraient toujours. Même adulte, quand ses parents passaient au milieu de la nuit pour l'emmener aux urgences, si elle n'avait pas déjà appelé une ambulance elle-même.

— Donc ouais, à l'évidence ils ont la clé de l'appart et puis… j'ai toujours été seule, enfin, de ce qu'ils ont vu. Ils ne m'ont jamais vu avec quelqu'un de manière très sérieuse. D'ailleurs, c'est la première fois qu'ils invitent une de mes connaissances, amie ou petite-amie. C'est vraiment une première.

— C'est parce que je ne suis pas une artiste, plaisanta Alécia.

— Ils devraient lire tes textes dans ce cas ; ils changeraient d'avis.

L'étudiante secoua la tête négativement tout en souriant. Spencer l'attira à elle.

— Et oui, très chère, tu es une artiste. Tes mots sont de l'art. Et même sans ça, les trucs que tu me fais avec tes mains, tes doigts… Si ce n'est pas de l'art, je ne sais pas ce que c'est.

Alécia se retint de rire et Spencer lui murmura à l'oreille :

— D'ailleurs, où en étions-nous ?

Alécia lui ôta son t-shirt.

— Quelque part par-là, non ?

Spencer lui mordilla le lobe de l'oreille avant de susurrer :

— Je crois que c'était plutôt…

Elle défit les boutons du jean d'Alécia et commença à l'abaisser…

— Ici, termina-t-elle, en allongeant l'étudiante sur le canapé.

***

Spencer était allongée sur le côté, son corps parfaitement calé contre celui d'Alécia. L'étudiante traçait d'imaginaires dessins sur les bras de son amante, tandis qu'elles profitaient de cette grasse matinée au lit.

— Ça me plaît, tu sais. Ça illumine la pièce.

Alécia contempla la plante que sa compagne regardait, posée sur son bureau contre le mur.

Elle rit légèrement par-dessus son épaule.

— C'est ma mère qui l'a choisi. Je voulais te prendre un bouquet de roses blanches, ils en avaient de splendides, super grandes. Elle a insisté en disant qu'une compo florale tiendrait mieux. Voilà pourquoi tu te retrouves avec cette minuscule rose blanche, perdue dans toute cette verdure. Parfois, tu sais, ça ne vaut juste pas la peine de se disputer avec elle.

Spencer sourit.

— Elle a raison, n'empêche. Si tu en prends bien soin, tu les gardes des années les compos florales. La rose va mourir, bien sûr, mais je peux la remplacer. C'était une très bonne idée, tu la remercieras de ma part et tu lui diras que j'adore.

— Super. Ça lui fera plaisir. Et maintenant que j'y pense, pourquoi les roses blanches ? Ne te méprends pas, je les trouve magnifiques, mais tu es si pleine de vie et flamboyante et… colorée comme personne, tu vois. Pourquoi les roses blanches ?

— Je ne sais pas vraiment. Ça m'apaise, je crois. Chaque fois que je suis à l'hosto et que j'aie peur ou vraiment très mal, ou même tout simplement quand je me sens seule, je les regarde et… ça m'apaise oui. C'est comme si elles me transportaient ailleurs, dans un endroit paisible. Ouais, c'est le mot, je les observe et tout semble paisible autour et en moi. C'est bizarre, non ?

Alécia lui caressa le côté du visage en murmurant :

— Non pas du tout.

Spencer sourit puis se racla la gorge et toussa.

— Tout va bien avec ta mère donc ? s'enquit-elle avant qu'Alécia ne puisse lui demander si ça allait.

— Elle a ses moments. Tous les deux d'ailleurs, mais l'un dans l'autre ça va. Enfin bon, tu sais comment c'est avec les parents.

— Oh oui, répondit la photographe en riant.

Alécia mit sa main sur son front.

— Imagine que ta mère ne t'ait pas appelé avant ? Qu'elle ait débarqué cash, ouvert la porte pour trouver la tête de sa fille entre mes jambes ?

— Oh, non, non, s'il te plaît. Je préfère ne pas l'imaginer.

— Ou ton père ?

Spencer s'esclaffa en visualisant la scène.

— Encore moins.

Alécia resta silencieuse un bref instant seulement.

— Ils ont l'air sympathiques, j'avoue. Et ta sœur ? Tu n'as pas l'air trop d'accord avec le choix de cadeau, ou j'ai mal compris ?

— Non, ce n'est pas ça. Ils la pourrissent un peu, c'est tout. Ouais, elle devient pourrie gâtée cette môme. En fait, c'est juste l'âge, tu vois.

— Ouais, la période ado où tu as juste envie de les étrangler.

Spencer confirma de la tête.

Alécia réfléchit un moment.

— Elle a quinze ans, c'est bien ça ?

— Presque.

— Je...

L'étudiante s'interrompit aussitôt.

— Quoi ?

— Non, ce n'est rien.

Spencer se retourna pour être face à face avec elle.

— Vas-y, qu'allais-tu dire, bébé ?

— Je ne veux pas te blesser.

— Aucune chance.

Alécia sourcilla, puis finit par parler :

— C'est juste, je pensais simplement à tes parents et toi. Enfin, euh, ils t'ont eu et tu étais malade, et ton frère aussi et, je suppose... je ne comprends pas qu'ils aient pris de nouveau ce risque. Enfin, je veux dire, oh je suis désolée, je suis allée trop loin là.

Spencer s'exprima calmement :

— Penses-tu que je n'aurais pas dû naître ?

— Non, non. Pas du tout. Je... tu as raison, c'était une question stupide.

— Je n'ai pas dit ça non plus.

La photographe gardait le même calme, en caressant le visage de sa compagne.

— Je sais que c'est dur à comprendre de l'extérieur, mais on vit, on passe du temps sur cette planète, on touche d'autres vies, on–

— Oh que oui !

Spencer plaça un doux baiser sur les lèvres d'Alécia et admit que c'était un sujet délicat chez les patients. Beaucoup de porteurs du virus, sain ou déclaré, décidaient de ne pas avoir d'enfants par crainte de le leur transmettre.

— Honnêtement, même moi je ne sais pas à l'heure actuelle si je choisirai de le tenter. Pourtant, je comprends complètement pourquoi d'autres ne laissent pas ceci entraver leur rêve de famille. Quant à mes parents, à dire vrai, si Lily n'était pas née avant que la santé de Liam ne se dégrade et qu'il en meurt, ils ne l'auraient sans doute pas eu. Le perdre a été si dur… et un jour je ne serai plus là non plus, mais ils auront toujours Lily. Oui, elle aurait pu être malade aussi, mais ce n'est pas le cas.

Alécia inspira pour garder le sourire. Spencer l'embrassa affectueusement avant d'annoncer sur un ton plus joyeux :

— Ce p'tit diable nous enterrera tous, ça, c'est sûr !

Elle l'embrassa ensuite plus passionnément afin de chasser ces pensées-là de l'esprit de son amour. Alécia caressa la peau si tendre entre ses seins. Sans doute était-il temps de changer de sujet, effectivement.

— Tu ne m'as jamais vraiment parlé de ta *riche amie*. Ce n'est pas un peu bizarre que tes parents la nomment ainsi ?

— C'est parce qu'ils ne l'aiment pas.

— Pourquoi ?

Spencer parut chercher les mots pour sa réponse. Quand elle mit trop de temps à les trouver, Alécia anticipa, sa curiosité prenant le meilleur d'elle-même :

— Ex-copine qui t'a brisé le cœur ?

Spencer la fixa.

— Ce n'est pas une ex. Mais continue ; j'aime quand tu es jalouse, Al.

— Moi, jalouse ? Je suis juste curieuse, c'est tout. Tu restes toujours super évasive à son sujet.

— Non, tu as ce ton, tu sais. Tu es jalouse, savoir te démange.

— Oui, et encore une fois, ça s'appelle de la curiosité. N'empêche que si tu veux de la jalousie, tu vas en avoir, car mine de rien, tu n'as toujours pas répondu, donc là je me fais vraiment des idées.

La photographe sourit.

— Ils ne l'apprécient pas, tout simplement. Au début, ils ont pensé que c'était elle qui m'avait *rendue gay*. Maintenant, ils savent parfaitement que personne ne m'a *converti*. J'étais qui j'étais, c'est tout.

— Elle n'est vraiment pas une ex pour qu'ils pensent ça ? C'est étonnant quand même.

Spencer rit :

— Oh bon sang ! Mais tu es *réellement* jalouse en plus ? J'adore ça, bizarrement. Ne le sois pas trop quand même, car tu n'as tellement rien à craindre. C'est toi la femme de ma vie.

L'étudiante inspira profondément, leurs doigts glissèrent les uns contre les autres quand elles joignirent leurs mains qui se trouvaient sur le matelas avant de s'embrasser. Elles se caressèrent longuement avant de se lever pour déguster un bon petit déjeuner. Spencer prit ses médicaments et accomplit son traitement de kiné puis elles sortirent se promener dans un parc avoisinant. Elles pratiquèrent même un court footing.

D'abord perplexe, Alécia se réjouit quand sa petite-amie lui assura que sa VEMS était suffisamment bonne pour qu'un petit footing lui soit au contraire bénéfique. Elles flânèrent en centre-ville après avoir mangé dans un restaurant italien. Plus tard dans la journée, elles passèrent un moment avec Kenzi et d'autres amis. Le groupe termina la soirée dans un pub, même si le couple les abandonna relativement tôt, trop pressé de se retrouver de nouveau seul.

En outre, Spencer évitait de rester trop longtemps dans des endroits peuplés. Elle attrapait bien trop facilement tout type de virus, surtout à cette époque de l'année. La plupart du temps, d'ailleurs, ses médecins lui recommandaient de sortir avec son masque médical dès qu'elle côtoyait un nombre important de personne, lieu public, transport en commun, etc.

***

Spencer posa son nébuliseur sur sa table de chevet et observa Alécia qui se tenait en face d'elle.

— Tu crois que c'est normal que je n'arrive absolument pas à garder mes mains loin de ton corps ? demanda-t-elle en la prenant par la taille pour l'attirer à elle.

La photographe était assise sur le bord du lit, Alécia se trouvait désormais debout entre ses jambes. Les paumes de l'étudiante glissaient déjà sur les épaules et le visage de Spencer qui ajouta :

— Non parce que vraiment, je me pose sérieusement la question, là.

Alécia retint un petit rire.

— Et moi donc. Je n'arrivais pas à comprendre un mot des explications de Debbie avant qu'on parte. Le pire c'est que c'est moi qui l'avais interrogé sur ses sculptures. Je suis bonne pour lui redemander la prochaine fois. C'était comme si mon cerveau refusait de se concentrer sur autre chose que le besoin de t'avoir nue dans mes bras.

Spencer leva un sourcil provocateur avant de soulever tout doucement le haut de sa compagne et de placer de chauds baisers sur son estomac. Alécia ferma les yeux.

— Tu m'as manqué, Spence. Bon sang ! Tes lèvres sur moi… Sérieusement, je crois que j'en ai rêvé toute la journée. Je t'assure que parfois je suis avec toi et pourtant je rêve éveillée de toi, en plus. C'est fou. Alors, imagine comment je suis en classe ces derniers temps.

Spencer rit contre la peau d'Alécia qui en frémit. Les mains de la photographe glissèrent dans son dos puis remontèrent en même temps que Spencer se redressa. Elle embrassa Alécia qui leva les bras pour qu'elle finisse de lui ôter le vêtement qui atterrit au sol. La native de l'Idaho l'attira contre elle dans un fougueux baiser avant de reculer de quelques centimètres seulement.

— J'adore ces week-ends de quatre jours. Il nous reste encore deux jours et je te préviens tout de suite ; on va les passer au pieu.

Alécia sourit.

— Je n'aurai pas établi un meilleur programme…

Elles s'embrassèrent et le soutien-gorge d'Alécia rejoignit rapidement son haut sur le parquet, suivi peu de temps après par le débardeur de la photographe. Spencer descendit le long du corps de sa partenaire en embrassant chaque centimètre de celui-ci, jusqu'à ce qu'elle soit de nouveau assise. Elle passa plus de temps autour du nombril d'Alécia, tandis que ses mains remontèrent à ses seins.

L'étudiante gémit de plaisir et leva la tête de Spencer avec une main sous le menton, en se penchant pour l'embrasser. La belle brune reprit ses caresses du ventre d'Alécia alors que ses mains déboutonnèrent son jean qu'elle abaissa. Alécia haleta quand elle l'embrassa par-dessus sa petite culotte.

Les mains de Spencer disparurent à l'intérieur du jean, sur ses fesses et elle termina de le descendre à ses chevilles. L'étudiante décala une jambe pour s'en débarrasser. La photographe l'attira jusqu'à ce qu'elle soit assise sur ses cuisses. Elle promena son pouce très légèrement sur l'intimité d'Alécia par-dessus sa culotte. La Seattleite l'embrassa et Spencer se pencha de manière à l'allonger sur son dos pendant qu'elle se releva. Elle resta un moment immobile, admirant le corps de sa compagne, offert à son regard.

Ses mains suivirent le chemin que son regard venait de prendre sur le corps d'Alécia, jusqu'à ce qu'elles atteignent ses seins qu'elle saisit avec ferveur puis massa délicatement quelques instants. Alécia couvrit lesdites mains par les siennes.

— J'aime tellement tes seins.

— J'ai pris du poids, n'est-ce pas ?

Spencer émit un petit couinement de plaisir en continuant de les palper sensuellement.

— Mmm, juste parfait, juste comme je les aime.

Elle se baissa davantage pour saisir l'un, puis l'autre dans sa bouche et glisser sa langue autour des mamelons durcis de son amante. Alécia arqua le dos à la sensation. Spencer pressa une main entre les jambes de l'étudiante, sentant son désir vibrer dans tout son corps. Elle l'embrassa sur les lèvres en même temps que ses mains lui ôtaient finalement sa culotte.

— Bon sang, ce que ce corps m'a manqué !

Tout en parlant, Spencer quitta le lit très rapidement.

Le froncement de sourcils d'Alécia disparu instantanément lorsqu'elle se défit de son pantalon. L'étudiante sourcilla de nouveau quand elle la vit prendre son appareil photo digital.

— Pour mes nuits sans toi, annonça-t-elle en sautant la rejoindre, s'installant sur ses cuisses.

— Sérieusement ? Même au lit ?

— Comme je l'ai dit ; ce corps m'a trop manqué.

Alécia rit tandis que Spencer commença à la photographier.

— Je n'arrive pas à croire que l'on fasse ça. J'espère bien ne pas retrouver ses clichés sur le Net, n'est-ce pas ?

Spencer rit à son tour, levant les yeux de son appareil un instant.

— Tu crois que je veux te partager avec le reste du monde ? Tu es à moi, bébé, rien qu'à moi !

Alécia inspira profondément quand sa partenaire s'avança sur elle, ses coudes de chaque côté pour ne pas l'écraser. Non pas qu'Alécia risquait grand-chose vu son poids.

Spencer embrassait et léchait la peau fine de son ventre. Alécia entendait le *click* de l'appareil photo entre deux baisers, coups de langue ou encore fausses morsures. Étrangement, cela se fondait parfaitement dans l'ambiance sexuelle qui s'intensifiait entre elles par ce jeu. L'étudiante sentait monter un désir extrêmement puissant dans son corps. Se sentir doublement épiée par son amante l'excitait encore davantage.

Spencer continuait sa descente le long de son corps, mais le *click* de l'appareil ne cessait pas pour autant. Alécia s'arqua d'un coup quand la bouche de sa partenaire atteignit sa destination entre ses jambes.

Elle ne put retenir un léger rire en entendant un autre *click*.

— On fait vraiment du porno.

Spencer recula comme elle riait également. Alécia l'observa en train de la photographier de sa position.

— C'est de l'art, bébé, pas du porno.

— La ligne est très fine là, j'avoue.

Spencer sourit.

— Tu es tellement belle. J'ai juste envie de capturer cette beauté de toutes les manières possibles.

Alécia se cambra une nouvelle fois, quand Spencer reprit ses attentions sur son entrejambe bouillonnant. Elle mit une main sur son visage, la langue de Spencer lui faisait perdre la tête, et presque conscience. La photographe laissa rapidement son appareil sur le côté, afin de se concentrer sur sa belle, dont elle écarta les jambes plus amplement.

— Tu es insaisissable, Al. Je ne peux pas capturer ton essence, je peux seulement la goûter. Tu m'appartiens de toute façon.

— Corps et âme, murmura Alécia au fil de plusieurs courtes expirations.

Ses doigts agrippèrent les draps fortement avant de les lâcher pour attraper le bras de sa petite-amie et sa tête afin de s'ancrer et s'abandonner dans les plus merveilleux abysses. Elle se sentait flotter, l'image de Spencer tout autour d'elle.

Un long moment plus tard, Spencer s'éveilla peu à peu aux sensations de caresses sur son corps. Une fois complètement réveillée, elle reconnut le bruit familier de son appareil photo. Elle sourit et se retourna sur le dos. Alécia ne perdit pas une seconde et s'assit sur son bassin. *Click, click.* Spencer sourit davantage et ouvrit les yeux.

— Dis ouistiti.

Spencer se retint de rire. À la place, elle tira la langue à l'appareil photo fixé sur elle.

— J'accepte l'invitation, s'enthousiasma l'étudiante en se penchant.

Spencer rit jusqu'à ce qu'Alécia l'embrasse, la goûtant comme si c'était leur premier baiser.

— Mmm, ta langue…

Elle ronronna en se reculant de nouveau. Spencer toussa.

— Comment cela se fait-il que tu aies toujours ton soutif, Spence ?

Sa partenaire haussa les épaules.

— Je suppose que tes mains étaient bien trop occupées ailleurs. Les miennes l'étaient en tout cas.

Alécia lui massa les seins par-dessus le sous-vêtement. La photographe leva légèrement son dos quand elle glissa une main derrière pour le dégrafer.

— Ah, bien mieux, affirma l'étudiante, faisant tourner le soutien-gorge autour de son doigt avant de le lancer à l'autre bout de la pièce.

Elle reprit l'appareil photo et recommença à mitrailler sa compagne.

— Voilà. Ça, ça vaut le coup d'être photographié.

— Permets-moi de ne pas être d'accord.

Tandis qu'elle parlait, Spencer glissa ses mains le long du corps d'Alécia jusqu'à attraper ses seins.

— Bon sang ! Ce que j'aime tes seins !

L'étudiante sourit.

— Si je t'assure, déclara Alécia, revenant à la discussion. Tu pourrais faire des photos de mode, Spence.

— Je ne suis pas très grande, et franchement trop fine. Sans compter mes cicatrices, et n'oublions pas ma sonde. Mais toi tu pourrais, Al.

— Je suis trop grosse. Et je ne suis pas si grande que ça.

— Trop grosse ?

— Arrête, j'ai au moins cinq ou six kilos à perdre, au minimum. Toi, en revanche, tu es parfaite, Spence.

— Tu ne le vois vraiment pas, n'est-ce pas ? À quel point tu es belle, Al. Moi je n'ai pas de seins, pas de taille, je suis comme un rectangle. Sérieux, tes formes me rendent folle. Tu as tout ce qu'il faut, *exactement* où il faut.

Elle pressa subtilement les seins de l'étudiante pour appuyer ses dires.

Alécia s'avança sur elle et posa ses lèvres autour de l'un de ses mamelons. La photographe haleta.

— Tu *as* des seins. Ils semblent faits juste pour mes mains… et ma bouche.

Spencer émit un petit gémissement quand Alécia suça son téton puis le mordilla très délicatement. Elle saisit de nouveau l'appareil et prit quelques clichés avant de le reposer sur la table de chevet. Spencer ouvrit les yeux face au soupir frustré de sa partenaire.

— C'est vraiment ton truc à toi, indiqua-t-elle. Moi il me faut tout, mes yeux, mes mains, ma bouche… tout, sur toi.

Spencer n'allait pas s'en plaindre, surtout pas maintenant que la bouche de sa compagne s'occupait à nouveau de ses seins. Elle sentait monter le désir en elle, la chaleur qui émanait d'entre ses jambes semblait la consumer au fur et à mesure qu'Alécia continuait sa descente le long de son corps en léchant sa peau si sensible.

La jeune femme s'attarda sur la peau qui entourait la sonde gastrique. Elle plaça énormément de baisers humides sur cette zone. Spencer se tendit légèrement quand Alécia s'installa au pied du lit. Elle la fixa en sourcillant.

— Bébé ?

Le regard d'Alécia confirmait les pensées de Spencer.

— Tu n'es pas obligé, Al. Ça me va, tout le reste, tu sais. Tout ce que tu me fais me va tellement, Al. Reviens par ici.

L'étudiante secoua la tête négativement.

— J'en ai envie. Tu ne peux pas savoir à quel point. Je te veux, Spence.

Spencer s'assit sur le lit et l'embrassa passionnément. Puis, gardant ses mains dans celles d'Alécia, elle se laissa retomber sur le matelas. Elle se lécha la lèvre inférieure et inspira. Au premier souffle de sa partenaire sur son intimité, elle se détendit. Alécia était précisément où elle souhaitait être, et accomplissait exactement ce dont elle avait envie. Il n'y avait aucun doute dans sa tête.

Les premières sensations de sa bouche sur elle firent tourner la tête de Spencer, comme une sorte de raz-de-marée submergeant une plage. Elle s'arqua contre la bouche d'Alécia qui ronronna, et intensifia ses baisers intimes. Elle grogna quand les dents de l'étudiante effleurèrent son clitoris engorgé. Spencer laissa un cri s'échapper, quand la jeune femme suça le petit bout de paradis.

Les paumes d'Alécia, tout comme sa bouche, avaient la main mise sur elle ; elle agrippait ses cuisses, écartant toujours plus largement ses jambes. Les mains de Spencer élurent domicile dans la belle chevelure blond foncé d'Alécia tandis que sa petite-amie l'emmenait sur la voie du plus puissant orgasme qu'elle ait connu.

Elles se tenaient sur le côté, se caressant nonchalamment jusqu'à ce que chaque inspiration, semble-t-il douloureuse, de Spencer se termine en toux.

— Je te l'amène, bébé.

Spencer la retint.

— On est si bien là, reste un…

Elle toussa de nouveau.

Alécia lui sourit tendrement. Elle repoussa une mèche de ses cheveux foncés loin de ses yeux.

— Une fois que c'est fait, on se remettra dare-dare à bosser sur ton super programme du week-end, qu'en penses-tu ?

— C'est vrai qu'il est super mon programme, n'est-ce pas ?

Elles rirent. Spencer toussa de nouveau et dut s'asseoir. Elle aimait voir que le sourire d'Alécia ne s'estompe pas malgré cela.

L'étudiante lui caressa les épaules.

— Commence, et pendant ce temps je nous fais le petit-déj des championnes. On a besoin d'énergie pour le reste du week-end. Ça te va ?

— Parfait.

La voix de Spencer était rauque et elle paraissait essoufflée.

Alécia lui déposa un baiser sur les lèvres puis lui prit la main et elles se levèrent. Spencer se dirigea à la salle de bain et l'étudiante à la cuisine. Elles passèrent un dimanche douillet à la maison. Le lundi, elles partirent pour une longue randonnée.

Spencer la conduisit à l'aéroport en fin d'après-midi. Elles ne seraient séparées que deux jours cette semaine puisqu'Alécia reviendrait mardi soir après ses cours comme les classes de jeudi et vendredi avaient *sauté*, ses professeurs s'autorisant une sorte de grand pont d'Halloween/Toussaint. Alécia s'en réjouissait, tout en angoissant légèrement, car ce mercredi-là, elle accompagnerait Spencer à la branche mucoviscidose de l'hôpital des enfants de Seattle.

Chapitre Six

Alécia observait les murs de la clinique pour enfants de l'hôpital de Seattle, tandis que Spencer la guidait. Beaucoup de couleurs, notamment des variantes de jaune et beige dominaient, ainsi que des bleus vivifiants, des dessins d'enfants, d'animaux et de paysages. Elle prenait un grand plaisir à les admirer.

Elles aperçurent plusieurs soignants qui discutaient dans une pièce privée. Alécia reconnut Grace, l'infirmière de Spencer, qui les salua de la main puis sortit les accueillir. Elle étreignit Spencer, brièvement seulement, pour raisons médicales, néanmoins Alécia devinait qu'elle tenait énormément à sa patiente.

— Je suis vraiment contente que tu aies pu venir aujourd'hui, Spencer. J'ai une surprise pour toi. Enfin, deux.

Les sourcils de Spencer se dressèrent aussitôt.

— Ouais, j'aime les surprises !

Elle se frotta les mains.

— La nouvelle VEST[20] est arrivée.

Le sourire de Spencer se changea illico en une grimace.

— C'est ça ta surprise ? Merci… mais non merci, Grace.

— C'est quoi cette veste ?

— C'est rien.

Grace secoua la tête d'un air réprobateur. Un rien qui te serait bénéfique, Spencer. Pourquoi ne referais-tu pas un essai ?

— Oh non ! J'avais l'air d'une naufragée dans son bateau avec ce truc-là. Et puis ça ne marche pas pour moi.

— Tu l'as à peine mise, et tu n'étais pas en état. À l'heure actuelle, couplé avec ton PEP[21], ça te ferait du bien et t'éviterait de passer toutes les semaines.

Le regard de Spencer indiquait que Grace avait marqué un point. L'infirmière conclut son *plaidoyer* :

— Alors, ne sois pas têtue, refais un essai, surtout si tu veux la surprise numéro deux.

---

[20] Gilets d'oscillation de la paroi thoracique à haute fréquence (HFCWO), systèmes de dégagement des voies aériennes.

[21] Les appareils de **P**ression **E**xpiratoire **P**ositive (PEP) fournissent une contre-pression aux voies respiratoires pendant l'expiration. Celle-ci peut améliorer le dégagement des voies par accumulation de gaz derrière le mucus au moyen d'une ventilation collatérale et d'une augmentation temporaire de la capacité résiduelle fonctionnelle.

Alécia ne put dissimuler son sourire. Grace connaissait parfaitement sa patiente, et savait s'y prendre avec elle. L'étudiante se retint de rire à la moue boudeuse de sa compagne, telle une enfant. En même temps, cette moue lui donnait terriblement envie d'embrasser ses lèvres. Elle secoua la tête, ce n'était pas le moment de penser à ces choses-là, particulièrement en présence de Grace. Elle se sentit rougir d'un coup.

— OK, je referais un essai tout à l'heure, mais je ne la veux pas pour l'instant. Enfin, je te promets d'y réfléchir. Dans quelques mois, on verra peut-être.

La soignante acquiesça.

— Très bien. On la testera dans quelques minutes. Avant ça, tu peux monter voir Ben, déclara-t-elle en lui tendant un masque médical.

Spencer ouvrit grand les yeux.

— Il a eu sa greffe ?

Grace opina et Spencer ne put s'empêcher de la prendre dans ses bras.

— Sérieux, je peux le voir ?

— Tu restes sur le pas de la porte et tu n'enlèves pas ton masque, mais tu sais tout ça. Il sera tellement heureux de te voir, même s'il est encore un peu *groggy*. Il a beaucoup demandé après toi ces derniers temps.

— Oui bien sûr, je ne prendrai pas de risque, confirma-t-elle en saisissant le masque médical.

Elle se tourna en direction d'Alécia.

— Je n'en ai pas pour longtemps, je te promets, et on ira voir les autres.

Pivotant de nouveau vers Grace, Spencer l'interrogea :

— Combien en a-t-on aujourd'hui ?

— Au moins dix-neuf pour la semaine. Aujourd'hui, les chambres sont quasiment toutes pleines. La saison hivernale est bien lancée, les virus s'annoncent costauds cette année. Il va falloir bien porter ton masque cet hiver, ma douce.

La photographe hocha la tête avant de se rapprocher de sa petite-amie et lui déposer un baiser sur le coin des lèvres. Elle lui prit la main.

— Je n'en ai vraiment pas pour longtemps.

Alécia ne put se retenir de lui caresser la joue en lui glissant une mèche de cheveux derrière l'oreille. Ce besoin de la toucher restait plus fort qu'elle. Ce sentiment, ce désir inexplicable et en tous les cas, inarrêtable.

— Je t'en prie… prends ton temps.

— Ne t'inquiète pas, Spencer, je reste avec Alécia, indiqua l'infirmière.

— Cool. Mais je n'en aurais pas pour longtemps de toute façon.

Malgré son désir d'aller voir le jeune Benjamin, Grace percevait aisément à quel point rien que lâcher la main d'Alécia s'avérait difficile pour sa patiente. L'étudiante sourit à son amour en lui serrant la main, comme pour l'encourager.

— Je ne bouge pas d'un poil. Va vite, mon ange.

Spencer sourit et lâcha finalement sa main.

Grace étudia le regard d'Alécia qui l'observait s'éloigner.

— Ce n'est donc pas qu'elle, déclara la soignante.

— Euh, pardon ? s'étonna Alécia en retournant son attention sur Grace qui lui souriait.

— Tu sembles tenir à elle autant qu'elle tient à toi.

— Oui, répondit l'étudiante, tout en changeant de pied d'appui.

Soudainement, elle se sentait toute petite, comme une adolescente qui rencontre les parents de sa petite-amie pour la première fois.

— Vraiment, insista-t-elle.

Grace observa le couloir où Spencer venait de disparaître.

— C'est une bonne chose qu'elle t'ait amenée aujourd'hui.

— Oui. Je désire réellement faire partie de sa vie, toute sa vie.

— Je comprends. Mais plus encore, aujourd'hui tu sauras si c'est quelque chose que tu peux véritablement supporter.

Les traits subitement tendus, Alécia se tourna pour se tenir face à Grace.

— Que voulez-vous dire ?

— Tu vas voir beaucoup de choses aujourd'hui, entendre beaucoup de choses et tu vas devoir y réfléchir, très sérieusement, à ce que tu veux vraiment, pour *ta* vie. Car tu peux encore faire marche arrière.

Alécia se tint droite.

— Le souhaitez-vous ?

Grace lui sourit tendrement.

— Pas le moins du monde. Je n'ai jamais vu cette expression sur son visage. Elle a l'air si épanouie. Elle est heureuse et je ne voudrais lui enlever ça pour rien au monde.

— Donc, enfin, que voulez-vous dire dans ce cas ?

Alécia tâchait de se détendre, toutefois sa posture la montrait clairement sur la défensive.

— Il s'agit de toi, et de ta vie également. Je ne pense pas que tu comprennes exactement l'énormité dans laquelle tu t'engages. C'est de ça que je parle. Ce n'est en rien une critique. Tu ne serais pas la première à abandonner. J'en vois tous les jours.

Alécia secoua la tête.

— Je ne l'abandonnerai jamais. Et je ne la connais pas depuis si longtemps que ça, oui, pourtant j'ai déjà une bonne idée de ce que lui coûte la muco, et aux personnes qui partagent sa vie. Et ça ne m'effraie pas. Je ne vais pas m'enfuir.

Grace posa une main sur l'épaule de l'étudiante qui se détendit instantanément sous son regard amical.

— Je ne t'attaque pas, Alécia. Je vois que tu l'aimes. Et je sens ton implication dans sa vie. Mais en réalité, je ne parlais pas juste de sa vie en tant que patiente… Je parle de la voir mourir.

Alécia laissa échapper un souffle ; elle ressentit ces mots comme un coup de poignard dans le ventre. Elle ne souhaitait pas entendre de telles paroles.

Malgré son sourire le plus compatissant, Grace poursuivit :

— C'est de cela que je parle, Alécia. Es-tu prête à la voir mourir ?

— Je…

Alécia ne put prononcer un mot de plus et fixa le mur devant elle. Grace s'apprêtait à parler de nouveau, quand Alécia réagit :

— Elle va bien en ce moment, et elle fait son possible pour se maintenir. Sa VEMS augmente encore et la science progresse tous les jours. Et il y a toujours la greffe si plus rien ne marche.

Grace inspira profondément.

— La pensée positive est un excellent remède, donc je ne te dirai jamais de penser autrement, à Spencer non plus, d'ailleurs. Néanmoins, il faut aussi garder la réalité à l'esprit.

Elle marqua une courte pause avant d'ajouter, bien que cela lui coûte de le dire :

— La science ne la sauvera pas.

— Vous n'en savez rien !

Malgré sa réponse instinctive, Alécia déglutit. Grace travaillait dans ce milieu depuis si longtemps, elle avait vu tellement de cas, de situations de ce type. Elle savait de quoi elle parlait, et pourtant Spencer, sa Spencer, ne pouvait *pas* être comme les autres, n'est-ce pas ?

— Elle ne va pas bien, en fait.

Ce murmure d'Alécia n'était pas une question.

Grace lui frotta les épaules.

— Elle va bien. Elle ne sera jamais au top, c'est sûr. Il y a un peu plus de deux ans, elle a attrapé le Pseudomonas Aeruginosa et fut hospitalisée pendant plus de quatre mois. On a bien cru la perdre, j'avoue. Et depuis malheureusement, sa santé est en dents de scie, bien plus qu'auparavant. Beaucoup d'allers-retours aux urgences. La muco a causé des dommages irréparables à son corps, peu importe le nombre de pilules, de PEP, d'inhalations, de kinés, de drainages. Son corps est fatigué. Je souhaite simplement que tu le gardes à l'esprit. Alors s'il te plaît, aime-la, aime la vie avec elle et rends-la-lui la plus belle possible. Mais ne vis pas dans une bulle ; tu pourrais ne jamais t'en relever…

— Quand elle partira, murmura Alécia, terminant la phrase de Grace, un nœud à la gorge.

Elle se redressa.

— En attendant, elle est là. Et non, je ne l'abandonnerai pas et… merci. Je comprends ce que vous me dites.

Grace lui sourit.

— Veux-tu un café ? On a du thé également.

L'étudiante hocha la tête. Le sujet était clos et ne serait sans doute pas rouvert.

— Oui, bien volontiers.

Elles entrèrent ensemble dans la salle de repos des infirmières.

— Que vouliez-vous dire par la saison démarre ?

— Nous avons énormément d'hospitalisations aux mi-saisons, sur la fin du printemps et à l'approche de l'hiver. La grippe et les coups de froid se propagent, et les mucos sont beaucoup plus sensibles à ces virus, et surtout, les conséquences sont plus terribles pour eux, bien sûr. Tout devient plus important qu'un simple coup de froid avec la mucoviscidose, malheureusement. Je passe plus de temps ici sur ces périodes-là.

Alécia hocha la tête. Spencer l'avait prévenu que l'hiver était chargé. Grace lui expliqua qu'ainsi, Spencer et les autres qui donnaient de leur temps pouvaient interagir avec plus de patients à la fois. Il arrivait sinon qu'elle ne vienne que pour un ou deux enfants ou adolescents.

— Honnêtement, elle serait ravie de venir pour rien si cela signifiait qu'ils étaient tous suffisamment en forme pour rester chez eux. J'aimerais tellement que nous possédions un vrai local pour ces rencontres essentielles pour ces ados. Car même quand ils ne sont pas hospitalisés, ils auraient besoin de se confier, besoin de ce contact-là, avec ces jeunes, Spencer et les autres, qui les comprennent mieux que quiconque. Il y a la Cystic Fibrosis Foundation[22], bien sûr. Elle accomplit de très grandes choses, mais parfois ce n'est pas assez.

Alécia acquiesça. Elles sirotèrent leurs cafés tranquillement en conversant sur d'autres sujets. Grace lui montra et expliqua le fonctionnement d'une VEST, puis Spencer réapparut. Peu après, elle commença ses visites des chambres d'enfants atteints de mutations *légères* de la maladie, certains portaient quand même leurs masques médicaux pour rester entre eux.

Alécia observa en silence, écoutant les échanges entre les enfants, adolescents et Spencer. Ils évoquèrent peu la mucoviscidose, les derniers médicaments sur le marché ou la progression de la recherche. Les enfants avaient plutôt hâte de lui parler de ce qu'ils avaient fait cette semaine, ou du dernier Hunger Games qui venait de sortir sur les écrans de cinéma. Spencer prêta un livre à une petite fille qui lui rendit celui qu'elle lui avait prêté la visite précédente, et elles en discutèrent pendant dix minutes. La photographe donna quelques conseils relationnels à un adolescent, ce qui amusa énormément Alécia. Spencer passa plus d'une heure avec un garçon qui se nommait Jimmy. La photographe l'avait mentionné parce qu'il lui rappelait beaucoup son frère. C'était la seule conversation sérieuse qu'Alécia avait entendue, bien qu'elle les ait laissés tranquilles, vu le sujet. Jimmy avait seize ans et venait de vivre une année assez chaotique avec ses parents et son entourage, dans la mesure où il avait des envies d'envoyer tout balader, à commencer par le lycée.

L'étudiante observa sa compagne tout l'après-midi, de chambre à chambre. Spencer enfilait régulièrement son masque médical. Alécia se sentait quelque peu confuse de voir ses jeunes parler et rigoler, agir totalement naturellement alors que certains portaient leur bouteille d'oxygène avec eux. D'autres étaient même alités, avec des canules nasales et pourtant ils riaient et discutaient tels des adolescents typiques sans aucun souci au monde, autre que d'obtenir un rendez-vous pour le bal de fin d'année. Ce décalage interpellait parfois l'étudiante et la rendait effectivement confuse. De toute la journée, elle ne se souvenait avoir entendu qu'une seule plainte, et qu'une seule petite fille pleurer dans les bras de Spencer.

---

[22] Association à but non lucratif fondée en 1955 aux États-Unis afin de promouvoir la lutte contre la mucoviscidose - Cystic Fibrosis en anglais.

Spencer jetait sans cesse de furtifs coups d'œil à Alécia durant leur marche jusqu'à la porte de son appartement. La route de l'hôpital à Madison Avenue s'était déroulée dans un silence que la photographe avait désiré maintes fois briser, sans y parvenir ; une boule à l'estomac l'en avait empêché. Alécia allait rompre ; c'était trop pour elle. Spencer ne pouvait s'ôter cette pensée de l'esprit, et finalement elle ne souhaitait pas savoir. Du moins, elle repoussait l'échéance.

Les larmes qu'Alécia avait tenté de contenir tout au long du trajet n'avaient pas échappé à son regard. Elle était pourtant restée aussi silencieuse qu'elle, trop paniquée à l'idée d'entendre ces mots-là : *je ne peux pas.* Alécia en aurait parfaitement le droit. Spencer le lui avait assuré elle-même. Mais non ; elle ne pouvait pas la quitter. La photographe savait qu'elle ne supporterait pas de la perdre.

Tandis qu'elles pénétrèrent dans l'appartement, Spencer pâlit. Alécia se tenait au milieu de la pièce et ne retiendrait plus ses larmes bien longtemps.

— S'il te plaît, Al, ne me quitte pas…

Les mots sortirent de la bouche de Spencer comme le dernier souffle d'un mourant.

Un bref voile de confusion passa dans les yeux d'Alécia avant qu'elle ne la prenne dans ses bras, l'enlaçant aussi fort que possible. Spencer la serra en retour et l'étudiante se mit à sangloter toutes les larmes de son corps.

D'une certaine manière, l'angoisse de la photographe disparut à cet instant. Cela n'avait rien à voir avec elle, cela n'avait même rien à voir avec elles deux. Alécia avait besoin d'elle, maintenant, donc elle était là pour elle, peu importe le trouble qui l'affectait visiblement à ce moment. Elle l'étreignit le temps nécessaire pour qu'elle reprenne ses esprits.

— Je suis désolée pour ça, déclara l'étudiante en hoquetant légèrement.

Spencer saisit un mouchoir de la table basse pour le lui donner. Alécia se moucha et elles s'installèrent côte à côte sur le canapé.

— Je suis désolée, répéta la jeune femme, j'ai vraiment essayé de ne pas craquer, et puis…

— Dis-moi. Ça avait l'air d'aller à l'hôpital. Est-ce que quelqu'un t'a dit quelque chose ?

Sa conversation avec Grace résonna brièvement dans la tête d'Alécia, mais elle prit une profonde inspiration ; elle resterait forte. L'infirmière ne lui avait rien appris qu'elle ne sache pas déjà, au plus profond d'elle. Ceci n'était pas la vraie raison de son mal-être actuelle.

— Je me sens si… ma vie est un gâchis, Spence.

— Je ne comprends pas, bébé, désolée. Tu me perds là, admit-elle en serrant la main de sa compagne, espérant un indice.

— Ces gamins se battent tellement fort pour rester en vie et moi… j'ai tenté de me suicider.

Spencer relâcha sa respiration, saisissant enfin.

— Mais non, Al, ne te fais pas du mal ainsi. C'était différent. Et puis tu n'as pas réussi, fort heureusement, et tu as continué de te battre et tu es passée outre cette mauvaise période.

— Parce que mon père m'a trouvé ! J'ai survécu simplement parce qu'il est rentré à l'improviste ce jour-là. J'ai tellement manqué de respect à la vie, ce n'est pas juste. Ces gamins… tout ce qu'ils veulent c'est vivre et ils ne peuvent pas ! Et moi j'ai presque tout jeté par la fenêtre, et il y en a tant qui foutent tout en l'air sans personne pour rattraper le coup derrière, et après c'est trop tard.

Spencer tenta de calmer sa détresse par de douces caresses sur les joues.

— Ssh, ne le vois pas de cette manière. On a tous notre propre histoire. On trace notre propre route dans cette vie. Et pense à mon frère. Il ne s'est pas battu si fort que ça. D'une certaine manière, il s'est suicidé lui aussi. Cela n'a rien à voir avec la muco, bébé, c'est la vie qui ne tourne pas rond parfois. Il y a des hauts et des bas. Tu ne dois pas t'en vouloir parce que ces gamins ou moi sommes malades. Tu ne peux pas t'imposer ça, Al, ou tu vas te sentir injustement misérable.

Alécia hocha la tête avant de répondre :

— Je sais. N'empêche que je ne veux plus gâcher ma vie ainsi.

— Arrête de dire ça, ta vie est loin d'être du gâchis.

— Et qu'est-ce que j'en fais de si bien ?

— D'une, tu m'aimes. Tu n'as pas idée à quel point ça change ma vie. Je ne pensais jamais ressentir ce sentiment-là, vivre ces choses-là.

Avec un sourire retrouvé, Alécia plaça un doux baiser sur les lèvres de sa petite-amie. Elles restèrent un moment, front contre front, à se caresser le visage et se tenir la main. Alécia s'écarta légèrement quelques instants plus tard.

— Oui, je t'ai, Spence, mais j'ai besoin de sentir que je fais quelque chose d'utile.

— C'est le cas.

— Non. J'étudie l'anglais, l'écriture, les romans et tout un tas de trucs qui ne servent strictement à rien dans ce monde. Et si ça se trouve, je vais finir dans un boulot à l'opposé de mes études, parce qu'au fond, je ne sais même pas vraiment ce que j'ai envie de faire. J'ai juste suivi le mouvement puisque ça me plaisait, sans aucun plan.

— C'est ton truc. Tu étudies ça, car tu as un don avec les mots. Tu ne le fais pas pour rien.

— Mais ça ne va pas révolutionner le monde, le rendre meilleur, aider ces gamins, ou toi. Bon sang ! J'aimerais être physicienne d'un coup, ou étudiante en médecine. Je me décarcasserai pour trouver un remède.

Spencer sourit.

— Les lunettes t'iraient bien. Ouais, sexy, même.

— Quel vieux cliché !

Spencer se réjouit que son *cliché* tire enfin un sourire des lèvres de sa compagne. Elle s'approcha et l'embrassa.

— Cliché ou pas, ça me rend toute chose, rien que d'y penser, insista-t-elle avant d'ajouter plus sérieusement :

— Il y a plein de docteurs qui se décarcassent, comme tu dis. Et ils vont y arriver, tu sais, un jour ils vont trouver. Je ne m'inquiète pas là-dessus. Toi, tu n'es pas une scientifique. Tu as un don. Tu veux changer le monde, commences par toi-même. Si vraiment ce que tu fais ne te satisfait plus, change. Mais moi j'aime quand tu me parles de tes cours, j'aime lire tes anciens textes, les mots que tu emploies et les émotions qu'ils évoquent en moi. Ta passion ressort énormément à travers, comme moi avec mes photos. C'est juste que toi tu n'en es pas encore convaincue, pourtant je doute que cette maison d'édition t'ait proposé ce poste après un simple stage s'ils n'avaient pas repéré d'office ton potentiel. En plus, tu l'as dit toi-même, ce stage c'était le top. Alors, ne dis pas que tout est du gâchis.

— Je..., commença Alécia avant de marquer une courte pause. Peut-être que tu as raison, c'est juste que je voudrais faire davantage. Je souhaiterais aider ces enfants, ces ados.

— Qu'est-ce qui t'en empêche ? Regarde, je prends mes photos et je passe du temps avec eux. Tu peux faire pareil.

— J'ai l'impression de pouvoir faire plus. Enfin, je veux dire, OK, je m'emporte un peu là. J'y verrais plus clair demain, sans doute.

— Non, non, vas-y, qu'allais-tu dire ?

— Non rien, enfin, je réfléchissais juste que… peut-être qu'ils devraient se rencontrer ? Les gamins à l'hôpital, et des jeunes qui se sentent tels que moi à cette époque. Des jeunes LGBTQ+, les gamins que l'on harcèle à l'école, ou qui sont confus, ou déprimés comme on l'est si souvent à l'adolescence. Peut-être que s'ils voyaient comment les mucos se battent pour vivre, ils réaliseraient à quel point elle vaut la peine de s'y accrocher. Ça leur permettrait de voir au-delà de leurs propres problèmes. Et inversement pour les mucos, ils mettraient en perspective leur vie, tellement dictée par la maladie, et verraient le reste du monde, et les difficultés des *autres jeunes*. Et même *étoffer* leurs réseaux d'amis en dehors du cercle vicieux de la maladie. Je ne sais pas, mais on pourrait commencer quelque chose de nouveau, de différent.

— Pas « on », *toi*. Ça va être ton truc, bébé. Et tant que j'y suis, je trouve l'idée excellente.

— Ce n'est pas une idée. C'est l'ébauche d'une idée.

— Dans ce cas, écris-nous un bon premier jet qui tienne la route, pour que l'on découvre l'ampleur de ton idée géniale, que tu pourras dès lors peaufiner en un vrai plan. Ça, je le garantis.

Alécia sourit.

— On verra bien.

La photographe l'embrassa.

— OK. Je vais chercher mon *néb* et toi tu commences le repas, car j'ai grave la dalle.

— Faut absolument que je t'apprenne à cuisiner, Spence.

— Surtout pas ! C'est bien meilleur quand c'est toi qui cuisines.

Elle se leva, tendant la main à Alécia qui la saisit pour se redresser également. Elles s'embrassèrent tendrement avant de se séparer. Spencer dressa un sourcil séducteur.

— Et après, au lit direct.

— Pour dormir.

Alecia rit de la moue boudeuse de sa compagne.

— Tu es incorrigible, Spence. On a besoin d'un peu de repos. Et puis aujourd'hui c'était quand même fort, émotionnellement parlant, et demain c'est Halloween. La nuit sera longue. En plus, je ne dois pas arriver en retard demain matin sinon ma mère me tue. Elle a sauté sur l'occasion que j'avais un jour de plus ici cette semaine pour me culpabiliser de l'accompagner à son groupe de lecture, *comme j'ai le temps,* m'a-t-elle si bien répété. Apparemment, le fils de sa *nouvelle* meilleure amie lit demain. *Et il est avocat, tu sais.* Et paraît-il qu'il est beau gosse en plus.

Spencer dressa les sourcils et Alécia leva les yeux au ciel en continuant :

— Je sais. Mais elle avait l'air tellement contente que je vienne, je n'ai pas eu envie que ça se termine en dispute. Je serais de retour pour midi, OK ? Même que je cuisinerai pour toi.

— Tu sais parler aux femmes, n'est-ce pas ?

Alécia rit, et Spencer poursuivit :

— Mais parle tout ce que tu veux, ce soir… on ne sera pas couchées, euh… endormies tôt, crois-moi. Je vais te donner de quoi réfléchir pendant que tu écouteras ton bel avocat réciter.

— Je savais que je pouvais compter sur toi.

Sur ces belles paroles, Alécia l'attira à elle pour l'embrasser.

***

Spencer se trouvait assise sur le capot de sa voiture, face à l'entrée du *château hanté.* La fête semblait s'animer à l'intérieur. De l'extérieur, cela restait un mélange lointain de cris, de musique, d'effets sonores. Elle savait que l'installation phonique en place était probablement du dernier cri. Les sons allaient les guider au travers des couloirs, et de pièces en pièces jusqu'à l'arrivée dans la salle la plus large et la plus insonorisée, celle de la fête. Spencer sourit, se remémorant le regard de sa petite-amie quand elle le lui avait expliqué en détail. Elle se serait crue face à une enfant voyant passer le père Noël.

Le cœur de la photographe se souleva dans sa poitrine, quand elle reconnut le rire si familier d'Alécia. Elle se retourna ; une légère panique s'empara d'elle à la vue du *géant* qui l'accompagnait bras dessus, bras dessous. Spencer avait parfaitement conscience qu'elle rencontrait ce soir quelqu'un d'extrêmement important aux yeux d'Alécia, comme un membre de sa famille. Henry s'avérait une étape qu'elle ne voulait pas rater.

Ils étaient toujours en plein fou rire, quand ils passèrent sous un lampadaire. Henry donnait la main à une autre fille, sûrement sa petite-amie Lola. Tandis que les trois jeunes gens s'approchèrent, Spencer ne put s'empêcher de rire. Elle descendit de son capot.

— Non, tu n'as pas osé ? déclara-t-elle en prenant Alécia par la taille pour l'embrasser discrètement.

Alécia glissa ses mains derrière sa nuque pour l'attirer dans un baiser bien moins réservé.

Tout sourire, elle répondit ensuite avec entrain :

— Tu m'étonnes que j'aie osé. C'est Halloween !

Alécia fixa Henry pour trouver l'appui qu'elle savait qu'elle obtiendrait quand il hocha fortement la tête. Son chapeau en tomba presque, révélant une chevelure blonde lumineuse.

Spencer les admira de long en large, habillé en Laurel et Hardy, et son sourire s'agrandit.

— Ça vous va bien, dis, affirma-t-elle, réalisant la taille du jeune homme.

Il ne devait pas être loin des deux mètres. Alécia avec son mètre soixante-dix-huit, mais surtout Lola, qui semblait ne pas dépasser un mètre soixante-cinq, paraissaient bien petites comparées à lui.

— Spence, je te présente Lola, et ça, c'est mon p'tit Henry.

— Petit ? Al, il faut que tu arrêtes de l'appeler ton *p'tit* frère !

— Je fais que de lui dire, confirma-t-il avant de s'avancer vers la photographe. Je suis bien content de te rencontrer. Elle m'a tellement parlé de toi.

Spencer eut presque l'impression qu'il voulait la prendre dans ses bras. Le gros de sa tension antérieur disparut automatiquement face à son généreux sourire.

— C'est là-dedans ? s'enquit-il en levant les yeux au château.

Spencer aperçut la même lueur dans son regard qu'elle avait lue dans celui d'Alécia. Elle sourit, du mal à en croire ses propres yeux.

— Oui, c'est là.

— Cool ! Et merci. C'est trop génial de nous avoir invités. J'espère que ça ne posait pas trop de problèmes qu'on soit là, Henry et moi, demanda Lola.

— Non, non, pas du tout. Plus on est de fous, plus on rit. En plus, je n'aurais pas voulu rompre leur tradition d'Halloween, conclut la photographe avec un levé de sourcils moqueur.

— Oh ça il ne vaut mieux pas, assura Lola. Notre première rupture c'était à cause d'Halloween.

Spencer remarqua la façon dont le jeune homme la rapprocha d'elle, lui serrant la main plus fort également tandis que son visage semblait s'éclairer.

— Allez viens, ma puce, on va voir de plus près. T'entends ça, Al ? s'enthousiasma-t-il en se tournant face à elle. C'est la marche impériale[23] !

— On dirait bien. Allez-y, on vous rejoint.

— Ouais, OK. Viens, Lola.

Henry commença à marcher en direction du château d'un pas rapide, la main de Lola toujours dans la sienne. Alécia rit en voyant la façon dont Spencer les regardait.

— Tu comprends maintenant pourquoi je dis toujours mon *p'tit* frère, même à dix-neuf ans et deux mètres de haut.

— Ah carrément !

Spencer ne pouvait s'arrêter de sourire en ajoutant :

— Et puis bon sang ! Quelle présence il a ce gamin ! Un vrai rayon de soleil.

— Tu as mis le doigt pile-poil dessus. T'as déjà vu un sourire pareil ? Il a éclairé ma vie plus d'une fois, avant que je te rencontre, car toi tu l'éclaires chaque instant désormais.

Spencer la fixa, glissant une main dans ses cheveux châtain clair, renversant son chapeau.

— Même avec une moustache tu es sexy, Al.

Alécia sourit et elles s'embrassèrent. Tandis qu'elles se reculaient légèrement, Alécia jeta un coup d'œil furtif en direction du château.

— On devrait peut-être aller voir ce qu'ils font.

— Regarde-moi ça, qui est la gamine maintenant, hein ?

— Prise en flag. Allez, allons nous amuser un peu !

Alécia la prit par la main et elles coururent retrouver le jeune couple.

***

Spencer, Lola et Henry riaient aux éclats après les cris perçants qu'ils venaient de pousser lorsqu'un squelette, très réaliste, surgit devant eux, sortant d'un faux mur.

---

[23] Thème musical présent dans la franchise Star Wars, composé par John Williams pour le film « Star Wars, épisode V : L'Empire contre-attaque. »

— Oh les filles ! les interpella Alécia. Vous auriez dû voir ça venir à un kilomètre, c'est un classique. Le truc avec l'œil tout à l'heure, ça c'était du neuf.

— Les filles ? s'étonna Henry.

Lola échangea un regard malicieux avec Alécia qui hocha la tête.

— Bah ouais, tu as crié plus fort qu'elles.

Henry se redressa, parut penser sa réponse puis ses épaules s'affalèrent de nouveau.

— J'ai jamais eu aussi peur de toute ma vie ! Je ne m'y attendais pas, en fait.

Il se mit à en rire à nouveau.

— Cette fête a intérêt d'être aussi bien que les préliminaires qu'on se tape depuis tout à l'heure, je vous le dis-moi, déclara Lola.

— Je crois qu'on ne va pas tarder à le savoir. Ton petit copain semble nous avoir ouvert la voie, annonça Spencer en montrant un passage dans le mur, derrière le squelette. Ils entendaient déjà la musique *dance*.

— Vite, vite, on y va !

Lola s'y engouffra, tirant Henry par la main.

Alécia sourit en le voyant bouder. Il aurait préféré parcourir un dédale de pièces effrayantes toute la soirée plutôt que d'aller danser, néanmoins il sourit et l'embrassa tandis qu'ils arrivaient enfin sur l'énorme piste de danse.

— Ouah, on est sous le château là non, vu comment on a tourné de haut en bas ?

— Ça m'en a tout l'air, bébé, répondit Spencer, sa main dans celle d'Alécia, alors qu'elles se rapprochèrent du jeune couple. Ça a été entièrement reconstruit pour l'occasion, converti en maison hantée géante. Aucune pièce n'est assez grande à l'intérieur. Soit on est dessous, soit toutes ces pièces et ces couloirs nous ont menés plus loin. Cette salle à l'air complètement neuve. Connaissant l'hôte, elle aura pris soin que toutes les mesures de sécurité soient prises, comme avec les éthylotests obligatoires avant de sortir du parking, et les navettes gratuites le cas échéant.

— Sérieux, qui peut payer un truc pareil ?

— Salut ma belle, ravie que tu aies pu venir !

Alécia dut bouger, car la brunette d'origine latine qui venait de parler lui passa devant, allant droit sur la photographe. L'étudiante changea de pied d'appui pour fixer l'inconnue qui posa ses mains sur la taille de

Spencer. Elle ressentit une petite pointe dans la poitrine, quand elle l'embrassa quasiment sur les lèvres. Si sa compagne n'avait pas tourné la tête à ce moment-là, pour l'éviter justement, ça aurait été un vrai baiser.

— Hey, Ana, la salua Spencer, tout en prenant un peu de distance.

Une des mains d'*Ana* resta sur la hanche de la photographe. Alécia nota que sa petite-amie ne l'ôta pas. Elle chassa très vite ces pensées de son esprit et écouta Spencer s'adresser à la nouvelle venue.

— J'en déduis qu'elle n'est pas là, vu que c'est toi la patronne ce soir ?

— Tu as vu dans le mille, ma beauté. La belle gosse est toujours en promo en Australie. Eliza a craqué, forcément. Elle a sauté dans le premier avion hier. Ça me frustre à un point, tu n'as pas idée ! Comment une gamine a-t-elle réussi là où on s'est toutes cassé les dents ? se lamenta Ana avant de hausser les épaules et d'attirer Spencer à elle.

— Tu es là toi ; la soirée s'éclaircit enfin. Et tu sais quoi ? Il y a une salle privée avec un Jacuzzi.

Le sourcil levé d'Ana, pas si subtil que ça, ne passa évidemment pas inaperçu tandis qu'elle ajouta :

— Bon, OK, il faudrait choper la clé d'abord. Tu me diras, je peux sûrement bidouiller la serrure, on trouvera bien un moyen d'y entrer. On trouve toujours un moyen à tout, n'est-ce pas ?

Spencer sourit et, s'éloignant quelque peu, prit la main d'Alécia dans la sienne.

— Seulement si je peux emmener ma copine. Al, je te présente Ana-Lucia, une vieille amie. Ana, c'est Alécia, l'amour de ma vie.

— Oops.

Ana-Lucia enleva aussitôt ses mains de la photographe. Elle les leva en l'air tout en déclarant :

— Désolée, les vieilles habitudes…

L'étudiante grinça des dents. Ana lança un clin d'œil à Spencer et pointa du doigt le dancefloor.

— Amusez-vous bien ce soir ! Vous trouverez à boire et à manger, surtout à boire, à chaque coin. Marc s'occupe des photos, par contre il a une crève de chien. Je lui ai dit de rester loin de toi, mais comme il est déjà bourré… pas sûr qu'il m'a entendu.

— OK, merci pour l'info. Amuse-toi bien, toi aussi.

— Aucun doute là-dessus. On se voit plus tard, OK ?

— OK.

Les quatre jeunes gens la regardèrent s'éloigner au travers de la foule, de nombreux yeux suivaient son déhanchement.

— C'est grave si je ne l'aime pas ? avoua Alécia

Spencer rit brièvement avant d'embrasser la moue boudeuse de sa compagne.

— Du tout. Mais elle est plutôt cool comme fille, tu sais. Un peu effrontée, c'est tout.

— Et aussi, une ex.

Spencer lui caressa la joue.

— On a passé quelques moments sympas, dans le passé. On ne peut pas dire qu'on soit des ex, par contre.

Alécia bouda.

— OK, c'est clair, je la hais.

Lola hocha la tête en soutien en affirmant :

— En plus, elle est vieille.

— Elle n'est pas vieille, contesta Henry avant de se faire tout petit face aux deux paires d'yeux qui le fixèrent.

— Elle a trente ans. C'est loin d'être vieux, mais c'est probablement l'une de mes amies les plus âgées, oui.

— Trente ans ? Ouah, elle ne les fait pas, déclara Henry en cherchant Ana-Lucia des yeux, comme pour vérifier.

Lola se planta fièrement devant lui, avec un froncement de sourcils.

— De quoi a-t-elle l'air dans ce cas ? l'interrogea-t-elle, ses mains sur les hanches.

Henry lui offrit un de ses plus beaux sourires.

— D'une jeune bombasse, comme toi, bébé.

Spencer les observa se défier silencieusement, Henry dissimulant son envie de rire.

— Ton gros avantage sur elle, bébé, c'est que je t'aime toi.

Lola sourit et ils s'embrassèrent.

Alécia lui mit un léger coup de poing sur l'épaule.

— Mais c'est une bombasse, tu dis ? Tu la trouves *bonne,* je parie *?*

Spencer apprécia qu'il ne réfléchisse pas à ces mots.

— Ce n'est pas que je la trouve bonne, c'est qu'elle l'est. Je n'invente rien. Après, est-ce que je voudrais sortir avec une meuf comme elle ? Aucune idée. Tu ne sors pas avec une fille juste parce qu'elle est canon. Tu sors avec quelqu'un parce que c'est la bonne personne pour toi, gentille, mignonne, drôle, simple, attendrissante et honnête et que ça colle entre vous, tout simplement.

Tout en parlant, il attira Lola contre lui, en poursuivant ouvertement :

— Après, cette fille-là, c'est le fantasme de beaucoup de mecs, c'est sûr. Et peut-être que si je n'étais pas si amoureux de ma belle, j'aurais essayé de lui demander son numéro ou de la brancher direct. Qui sait ?

— Tu te serais sûrement pris sa main dans la figure, sans vouloir t'offenser, car les mecs ce n'est catégoriquement pas son truc.

— Pas d'offense. Je ne suis pas son style, c'est clair. Et vous connaissez déjà le mien.

Sur ces belles paroles, il embrassa le dessus de la tête de Lola.

Spencer leva les mains au ciel, comme une prière.

— Merci, mon dieu, merci !

Lola était, semble-t-il, confuse. Henry, même s'il ne comprenait pas non plus, arborait un large sourire.

La photographe posa une main sur son épaule.

— J'adore ce gamin !

Henry continua de sourire, sans saisir pourquoi, mais du moment qu'on était content de lui, ça lui allait. Alécia rit vu qu'elle savait parfaitement à quoi pensait sa compagne.

— Henry, tu n'as aucune idée à quel point tu viens de relever la barre du jeune mâle hétéro. Chaque fois qu'on se trouve en population mixte et que ce sujet arrive, tu peux être sûr d'entendre « oh, c'est parce qu'elle ne m'a pas rencontré ! » ou encore, « elle n'a pas encore rencontré le bon… » et patati et patata. Tu es un rayon de soleil, Henry.

Son sourire s'élargit quand il saisit puis il haussa les épaules.

— On aime qui on aime. On est bien avec qui nous correspond, c'est simple, vraiment. Je ne vois pas pourquoi les gens cherchent à tout compliquer tout le temps. L'amour c'est comme ça, ça ne s'explique pas.

— Amen.

— Bon au fait, elle n'a pas parlé de boissons à tous les coins, déclara-t-il, un sourire effronté aux lèvres.

Il s'apprêtait à bouger, quand Alécia le rattrapa par la manche.

— Hey, tu as dix-neuf[24] ans, p'tit frère, alors vas-y mollo, OK ?

— Oh ! Tu me connais, Al.

---

[24] L'âge légal pour consommer de l'alcool aux États-Unis est vingt et un ans.

— Ouais, je vous connais par cœur tous les deux.

— Allez, c'était juste une fois, geignit Lola.

— Ouais et mon dos s'en rappelle encore, de vous *porter* comme deux loques. Je ne recommencerai pas. On s'est compris ?

Ils hochèrent la tête pour acquiescer. Ils s'éloignèrent de quelques pas quand Lola pivota :

— Mais c'est bien toi qui conduis, n'est-ce pas ?

Alécia consentit avec un bref rire.

— Allez-y, va, amusez-vous !

Les bras de Spencer sur sa taille accueillirent Alécia quand elle se retourna. La photographe l'attira plus près d'elle. Elles s'embrassèrent, mais le bruit qui les entourait devint trop envahissant.

— Bon, on ferait bien de se trouver un truc à boire, et d'aller surveiller les *gosses*.

— Nah, ils se débrouilleront bien, t'inquiète, indiqua Spencer, la prenant de nouveau par la taille. J'ai un meilleur plan.

— Tu avais prévu quelque chose en plus ce soir ?

— Je n'avais rien prévu jusqu'à ce que j'entende parler d'une salle privée et d'un Jacuzzi.

Alécia sourit, néanmoins ses lèvres se figèrent en moue boudeuse.

— Et que fais-tu de la porte fermée et la clé manquante ?

Spencer sortit une clé de sa poche. Alécia ouvrit grand les yeux.

— Comment l'as-tu su ?

— Je ne savais pas. Mais on a déposé ça dans ma boîte aux lettres avant-hier, avec un court message me disant de *bien m'éclater avec ma chérie*. J'aurais dû me douter que ça signifiait qu'elle ne viendrait pas, en fin de compte. En revanche, je peux toujours compter sur elle pour les bonnes choses.

— OK, un jour il va quand même falloir que tu m'en parles de cette mystérieuse amie, parce que vraiment je m'imagine tout plein de choses, là.

— Tu vois. Tu es bel et bien une écrivaine.

Alécia posa ses mains sur les hanches de sa partenaire et Spencer embrassa sa moue boudeuse.

— Je t'en parlerai…

Elle l'embrassa dans le cou.

— Après, ajouta-t-elle avant de l'embrasser sur la bouche. Jacuzzi d'abord.

— Ouais, Jacuzzi d'abord.

Elles partirent en quête de la chambre secrète.

***

La pièce était chaude, humide. Les vêtements de Spencer et Alécia se trouvaient dans un coin, accompagnés des fausses moustaches d'Alécia et de son chapeau.

— Oh, mon dieu, Spencer, oh putain !

Alécia serra fortement les dalles sur le côté du jacuzzi, ses doigts glissaient sur la surface mouillée. Elle haleta et gémit de plaisir, sa respiration complètement erratique.

Spencer pressa son corps contre le dos de sa partenaire qui se tenait debout à l'intérieur du Jacuzzi, ses seins pressés contre la paroi. La photographe la gardait fermement, une main autour de la taille et l'autre blottie entre ses jambes, accomplissant son tour de magie.

— Spence oh oui, Spence !

Alécia jouit, laissant échapper un léger grognement. Spencer continua de la caresser intimement et l'embrasser dans la nuque jusqu'à ce que la respiration de l'étudiante retombe d'un cran. Elle s'écarta un peu pour la laisser se retourner et elles s'embrassèrent. Alécia l'enveloppa de ses bras. Elles ne bougèrent pas pendant un petit moment. Elles se décalèrent très légèrement pour attraper leurs coupes de champagne. En plus du jacuzzi se trouvait un mini réfrigérateur bien garni. Champagne, fraise, chantilly, saumon, chocolat… tout pour une nuit des plus romantique, ce qui les avait en réalité grandement amusées. Les chocolats avaient beaucoup plu. La dégustation des fraises avec chantilly s'était avérée plus drôle que sensuelle, aussi elles décidèrent de s'en tenir au champagne… et à elles deux.

Alécia finit son verre et murmura :

— J'espère sincèrement que ce n'est pas une ex, car je commence à vraiment bien l'aimer ta mystérieuse copine.

— Ce n'est pas une ex, confirma Spencer avec un sourire.

Elles s'embrassèrent. Les mains d'Alécia se promenèrent sur le corps de son amour quand elle s'écarta d'un coup.

— J'ai faim, murmura-t-elle d'un ton qui excita la photographe.

Ses mamelons durcir instantanément, dans la mesure où elle saisit aussitôt.

Elle recula jusqu'aux marches du Jacuzzi. Elle toussa, mais continua de reculer, tirant Alécia à elle. Elles s'embrassèrent de nouveau. La pièce était très embuée. Spencer s'assit sur le bord. Alécia l'embrassa et s'avança jusqu'à ce que le dos de sa partenaire touche le sol.

Elle l'embrassa sur les lèvres puis commença sa descente en couvrant de baisers le corps de Spencer. Elle s'arrêta brièvement lorsque la jeune femme toussa encore. Spencer émit un gémissement langoureux quand la bouche de l'étudiante atteignit sa destination entre ses jambes. Elles se tinrent les mains jusqu'à ce qu'Alécia libère l'une des siennes pour masser les seins de Spencer qui couina davantage. Elle leva une de ses jambes pour la reposer dans le dos d'Alécia.

Elle toussa un peu plus fortement et son corps en trembla. Alécia patienta, sourire aux lèvres, caressant le corps de sa compagne, le temps qu'elle se remette. Elle retourna son attention à l'intimité de sa partenaire, néanmoins elle sentait son corps se raidir de temps à autre jusqu'à ce qu'elle ne puisse plus contenir sa toux. Spencer dut se rasseoir, agrippant le bord du jacuzzi d'une main tant sa quinte lui faisait mal.

Alécia lui apporta des mouchoirs et resta près d'elle quand la toux ne se calma pas. Elle alla chercher les serviettes de bain et en plaça une autour des épaules de la photographe.

— Non, non, ce n'est pas fini, se lamenta Spencer, en toussant à nouveau.

— Ce n'est rien, mon ange.

— Si, c'est quelque chose. On est en plein milieu de… Putain !

Spencer toussa pendant deux bonnes minutes supplémentaires. Alécia continua de lui masser les épaules pour la détendre et surtout rester près d'elle. Voir les larmes couler le long de son visage lui brisait le cœur.

— Ssh, mon amour, ce n'est rien, ça va aller.

— On est en train de faire l'amour et je ne peux même pas–

— Ne fais pas ça, Spence, tu te fais du mal.

— C'est à toi que je fais du mal. Je n'ai jamais haï la muco autant que depuis que je te connais, Al. Je suis tellement désolée.

— Ne le sois pas. Je ne suis pas n'importe laquelle de tes copines, ou juste une fille de passages un soir de solitude. C'est moi, OK ? Et c'est vrai, tout va bien. On a passé une super soirée et ça, tout ça, c'est top. Maintenant, on va aller voir où en sont les merdeux et ça restera le meilleur Halloween de ma vie, tout simplement parce qu'on l'a passé ensemble.

— Je t’aime tellement, Alécia. Mais ça va aller, je t’assure, c’est juste la chaleur et l’humidité là, j’en peux plus. Dès qu’on sera sorties de la pièce, ça ira mieux, je te promets. On n’a pas à rentrer. Je ne veux pas gâcher ta journée préférée de l’année ni à Henry non plus.

— Henry comprend. Quant à moi, mon jour préféré de l’année maintenant, c’est chaque jour passé avec toi.

Spencer succomba enfin aux arguments d’Alécia, et un sourire se dessina sur ses lèvres.

— Je suis désolée.

— Je t’ai dit, ne le sois pas.

— C’est juste que… tu es si compréhensive, mais moi je sais qu’il y aura d’autres moments comme ça, de super moments, ruinés par la muco.

— Ce n’est pas ruiné si tu le décides, Spence. Rien n’est ruiné ce soir. Allez, séchons-nous vite maintenant et sortons de là en vitesse. On va voir si Henry et Lola tiennent encore debout, et on verra comment tu réagis. Si ça va mieux, on restera un peu plus longtemps et je les ramènerai à la maison. Mais si tu as besoin de rentrer, on partira, et eux prendront l’un des taxis gratuits à disposition. Tu vois, tout le monde s’y retrouve.

Spencer l’attira à elle pour un tendre baiser puis elles se séchèrent et se rhabillèrent. Elles s’attardèrent trente minutes de plus à la fête, jusqu’à ce que Spencer soit prise d’une nouvelle quinte de toux qui dura trois minutes à l’intérieur du manoir et continua à l’extérieur. Henry et Lola étaient suffisamment sobres pour décider de rentrer également. Par conséquent, Alécia les ramena chez ses parents où ils passaient le week-end, puis elle repartit en direction de Bainbridge Island retrouver Spencer qui était reparti avec sa voiture.

La photographe terminait une longue séance d’inhalation et d’exercices respiratoires quand Alécia la rejoignit. Elle se sentait mieux, mais d’avoir autant toussé l’avait épuisé et ses poumons lui faisaient mal. L’étudiante lui frotta délicatement le dos tandis qu’elles regardaient la télévision. Spencer s’endormit presque aussitôt et Alécia les coucha toutes les deux sur le côté, enlacée dans le canapé. Elle s’endormit peu de temps après, serrant son amour tout contre elle.

Chapitre Sept

En ce premier jour de novembre, Spencer et Alécia se promenèrent en ville, avant de passer à l'arboretum en souvenir de leur première rencontre. Elles allèrent ensuite au marché de Pike's Place. Elles marchaient sur Pike Street, main dans la main, en silence, quand l'étudiante s'arrêta, s'étonnant du froncement de sourcils de sa petite-amie.

— Qu'est-ce qui ne va pas, mon ange ?

Spencer la regarda, mais haussa les épaules.

— Non c'est rien, juste… je n'arrive pas à croire que l'on se connaît en réalité depuis moins de deux mois.

Alécia ne pouvait qu'acquiescer.

— Je vois tout à fait ce que tu veux dire. J'ai l'impression de te connaître depuis tellement plus longtemps.

— Moi depuis toujours, enfin, c'est le sentiment que ça me donne, murmura Spencer en l'approchant par la taille.

Elles s'embrassèrent puis la photographe lui prit la main.

— Viens vite, bébé, on y est presque. Je dois juste récupérer ces photos et après je t'emmène dîner quelque part pour fêter le reste de notre vie ensemble.

Alécia la suivit, ses lèvres figées en un sourire permanent, jusqu'à ce que Spencer s'arrête devant une porte en bois. Cela ressemblait davantage à une planche qu'une porte d'ailleurs, le type de lattes que l'on cloue aux entrées des magasins pour les protéger en cas d'émeute.

— C'est *ça* ton studio ?

Spencer rit et secoua la tête.

— Ne te fie pas aux apparences. Et puis, c'est ma chambre noire, pour être exacte. Personne d'autre que moi n'y entre, donc pas besoin d'un cinq étoiles. Viens, bébé.

Elles y pénétrèrent et Spencer alluma le local. Ce n'était pas un palace, effectivement, toutefois l'étudiante devait admettre que c'était plus que décent pour son utilité. Plusieurs fils traversaient la pièce, sur lesquels pendaient des clichés accrochés, certains de simples agrandissements, d'autres, plus petits. Des portraits décoraient les murs également.

— Dis-moi, ces photos que tu dois absolument rendre demain, ce ne sont pas nos photos pornos au moins ? Et tu ne les envoies pas à Maxim, j'espère ?

Spencer ne put s'empêcher de rire. Elle l'attrapa par la taille et l'attira dans un fougueux baiser.

— Nos photos étaient tout sauf du porno, ma belle. J'en tirerai une fortune, en revanche. Ton corps, bébé, mmm… J'en salive rien que d'y penser.

Alécia secoua la tête avec un sourire.

— Fais juste gaffe que personne ne vole les négatifs. JAMAIS, OK ?

— C'était mon appareil photo numérique, princesse, donc il n'y a pas de négatifs. La carte SD est en sécurité à la maison, pour mon propre plaisir, les soirs où tu es loin dans ta grande université, indiqua la photographe avec un clin d'œil avant de s'éloigner.

— Tu es vraiment trop.

Spencer était trop occupée à chercher les bons clichés dans ses tiroirs pour entendre le ton un tantinet évasif des mots d'Alécia, tandis que l'étudiante observait les portraits aux murs avec beaucoup d'attention.

— Hey.

— Mmm ? marmonna Spencer, fouillant toujours dans ses tiroirs, ne relevant pas le ton monotone de sa compagne.

— Hey !

Spencer sursauta, c'est là qu'elle remarqua le froncement de sourcils sur le visage d'Alécia. Elle regarda le mur qu'elle était en train de fixer, sans toutefois saisir la raison de son exclamation.

— Que se passe-t-il, bébé ?

— C'est qui cette fille ?

— Qui ?

Alécia posa ses mains sur ses hanches.

— Je vois des oiseaux, des chats, ton chien, ce magnifique portrait de Lily, celui de Kenzi en train de peindre et qu'une seule autre personne inconnue. Cette fille-*là*, qui est aussi dans ce coin là-bas, et ici à poser telle « miss univers ».

Spencer s'esclaffa.

— Ooh, ça lui plairait, ça.

— C'est bien ce que je pensais ; ce n'est pas n'importe quel mannequin.

La photographe s'efforça de retenir son rire vu qu'Alécia était très sérieuse.

— Ce n'est pas une mannequin, juste une vieille amie. Ces photos ont dix ans.

— C'était ta petite amie ?

Spencer croisa les bras sur sa poitrine.

— Eh ben, tu es sacrément jalouse, en fait ?

— Non, non…, répondit doucement Alécia, glissant son bras entre ceux de son amour. Et puis, c'est vrai qu'ils ont l'air un peu anciens ces clichés. En plus, c'est une ado, sur la photo en tout cas. Je ne suis pas jalouse, mais il y a un truc dans ces photos, surtout celle où elle se tient sur la rambarde de la maison en préfabriqué. La façon dont tu la photographies. Je sentais que ce n'était pas une photo aléatoire. Ça m'a évoqué ce sentiment de première petite copine. Je me trompe ?

Le ton de l'étudiante était beaucoup plus posé à présent. Spencer repoussa une de ses mèches de cheveux.

— Pas ma première petite-amie, ni petite-amie, tout court. La première fille pour qui j'ai eu des sentiments, oui. Et c'est elle qui m'a donné mon premier vrai appareil photo. J'ai pris cette photo quelques jours plus tard, d'ailleurs.

— Donc c'est bien quelqu'un de spécial. Attends, ne me dis pas que c'est ta mystérieuse *riche amie*, cette Eliza, si ?

Spencer s'avança davantage, forçant Alécia à reculer jusqu'à la table derrière elle. Elle lui caressa la cuisse, tirant légèrement sur le haut de sa jupe.

— Peut-être que oui, répondit-elle, soulevant le vêtement. Peut-être que non…

Alécia inspira d'un à-coup quand Spencer lui caressa l'intérieur de la cuisse.

— Elle, en tout cas, n'a *jamais* vu mon studio, susurra la photographe pour conclure.

Alécia suivit le mouvement de corps de Spencer et se laissa hisser sur la table.

— Vraiment ? Personne n'est entré ici ? Pas même ta famille ? demanda l'étudiante d'un souffle court, plaçant ses mains sur les épaules de sa partenaire, jouant avec l'une de ses longues mèches brunes.

— Personne. Juste l'amour de ma vie que tu es.

Alécia l'attira fermement à elle pour un baiser passionné. Elle émit un petit bruit contre ses lèvres quand les doigts de Spencer se glissèrent dans son entrejambe. La photographe l'embrassa langoureusement avant de descendre le long de son corps, beaucoup trop vite du goût d'Alécia, mais beaucoup trop lentement de celui de sa partenaire qui voulait la dévorer.

L'étudiante haleta quand la bouche de Spencer la couvrit. L'artiste leva le bras pour masser les seins de sa compagne tout en la goûtant. Alécia s'accrocha à ce bras et aux cheveux de Spencer tandis que son orgasme grandissait en elle.

Elles s'embrassèrent de longues minutes après qu'elle l'ait atteint. Alécia avait hâte de lui rendre la pareille, cependant Spencer la fit patienter jusqu'à la sortie de leur dîner au restaurant.

***

Un grand nombre d'amis de Spencer se trouvaient en ville pour ce long week-end d'Halloween. Dimanche, sa famille avait invité Alécia pour un repas au restaurant. Aujourd'hui en revanche, en ce samedi relativement ensoleillé, elle avait été conviée à un regroupement bien plus turbulent et déluré. Ils étaient treize à déjeuner au Veggie Grill.

Alécia se réjouissait d'autant plus qu'Henry et Lola y participaient. Elle était surtout folle de joie que Susan soit également du déplacement tant elle avait hâte de lui présenter Spencer, Kenzi et tous les autres. Ces trois amis s'étaient parfaitement fondus dans la masse et tout le monde discutait bruyamment et avec passion d'art, d'université, de politique ou encore de coiffure et de voitures, ça allait véritablement dans tous les sens.

Henry et Lola se trouvaient de l'autre côté de la table aux côtés de Susan et Kenzi, assises côte à côte. Les deux meilleures amies avaient fusionné illico. Elles parlaient de design de site web avec Spencer à cet instant. L'étudiante, elle, conversait avec Hailey, une peintre habituellement assez discrète, qui aujourd'hui s'enflammait tout autant que le reste du groupe. Rires et discussions ponctuaient un déjeuner plaisant.

— Sérieusement ? Tu vas sauter de ce pont ? demanda Susan à Kenzi, les yeux ébahis.

— Je t'avais dit qu'elle était folle, Su.

Susan ne prêta guère attention aux paroles de sa meilleure amie, trop occupée à fouiller dans son sac à main. Elle en sortit son agenda.

— Attends, attends, je peux ce jour-là. Enfin, j'ai un cours, mais il peut sauter, c'est chiant de toute façon. Vous pouvez en prendre une de plus ?

— Bien sûr.

— Génial !

Alécia se pencha pour murmurer à l'oreille de Spencer :

— Je commence à douter que de les présenter fût une si bonne idée, en fin de compte. Elles vont finir par se tuer un jour.

La photographe sourit sans commenter.

— Bon les jeunes, vous êtes sûr que vous voulez voir un film après ça ? C'est nul comme activité, déclara Kenzi.

— Ça dépend du film… et des acteurs, répondit Dana. On va voir le dernier Brad Pitt.

— Brad Pitt est fini, annonça Lola.

— Qui veut la fouetter, la sale gosse ? Je t'en donnerais moi des « fini », rétorqua Amalia, l'une des amies de Spencer.

La petite-amie d'Henry sourit et insista :

— Barbe et marmots, c'est tout ce qu'il est à présent. C'est le chef de meute de sa ménagerie, ce n'est pas sexy du tout. Maintenant, si tu me dis Robert Pattinson, là oui. C'est lui le nouveau Brad Pitt. Trop sexy. Vous l'avez vu dans la dernière pub Dior, il est trop *sexe*.

Lola secoua la main devant son visage, façon éventail. Henry continuait de manger son wrap comme s'il n'avait rien entendu.

— Bon sang ! Je me sens vieille d'un coup, geignit Dana.

Alécia aperçut du coin de l'œil Spencer avaler quelques gélules.

— Pas du tout, Dana. C'est cette jeunesse qui est perdue. Comparer Pattinson à Pitt ? Sérieusement ?

— Moi, franchement, commença Tom, l'un des cinq garçons du groupe, je garde le peu de fric que j'ai pour le dernier Jared Leto. Film ou CD, peu importe. Leto est un dieu, termina-t-il, feignant une soudaine montée de fièvre.

— Oh mon dieu, Jared Leto, commença Alécia qui s'interrompit quand Spencer eut un léger mouvement de recul, sa main sur son dos.

— Ça va, mon ange ?

— Oui, t'inquiète, bébé.

Kenzi l'observa sans rien dire pendant que les jeunes gens commencèrent à parler de Jared Leto et de son groupe, Thirty Seconds to Mars. Alécia les adorait.

— Sérieusement, y a-t-il un seul truc que ce mec ne sache pas faire ? s'extasia Tom.

Susan répliqua aussitôt :

— J'espère me glisser en coulisses de leur prochain concert. Je te répondrai à ce moment-là.

Alécia rit, entièrement d'accord pourtant.

— Il est canon, c'est vrai, mais c'est surtout son charisme qui tue.

— Bah voilà, regarde ce que t'as fait, Al ; à baver sur un mec, tu nous l'as rendu malade.

Le ton plaisantin de Kenzi ne décrivait malheureusement rien de drôle.

— Oh, mon Dieu, Spence.

— Je vais bien, répondit la photographe en serrant les dents.

— Ma belle, tu es verte, je te signale, indiqua sa meilleure amie, sans ménagement.

Susan paraissait inquiète, toutefois, de voir Kenzi agir si nonchalamment la rassurait légèrement.

Le couple échangea un regard. Spencer tâcha d'inspirer profondément, mais grimaça de douleur. L'étudiante se retourna vers le groupe, un regard désolé. Avant qu'elle ne trouve ces mots, Kenzi la devança :

— Va vite t'occuper de notre nénette.

Alécia lui sourit avant de pivoter vers Susan.

— T'inquiète, je m'occupe de la tienne, ajouta la peintre en mettant son bras autour des épaules de la colocataire d'Alécia.

Susan haussa les épaules. Comme si j'avais besoin d'une baby-sitter.

— Ma grande, on va s'éclater, déclara Kenzi avant de fixer le reste du groupe. Et oubliez tout de suite le ciné. Nous deux on va vous montrer comment on s'éclate vraiment.

Susan rit.

— S'te plaît, Kenz, ramène tout le monde en un seul morceau, plaida Spencer.

Elle aurait souhaité offrir un sourire ou un clin d'œil, mais la douleur augmenta vivement à cet instant.

Elle la connaissait parfaitement ; une pointe violente dans la colonne, suivie de douleurs extrêmes dans l'abdomen, très certainement une nouvelle pancréatite. Elle vomit pendant le trajet qui les menait à la maison, en conséquence Alécia la conduisit directement à l'hôpital.

En lieu et place du repas de famille du lendemain, sa famille passa une partie de la journée à l'hôpital, ce qui donna à Alécia suffisamment de temps avec eux pour être témoin, et apprécier, les rapports qu'ils avaient. Elle enviait l'ouverture d'esprit des parents de sa compagne. Ni Spencer ni Lily ne semblaient avoir peur d'exprimer leurs pensées et ressentis.

***

Le mardi suivant, Alécia saisit la première occasion qu'elle put entre deux cours pour appeler Spencer. Les SMS ne suffisaient plus. Elle soupira, tout en mettant un coup de pied dans un caillou.

— Salut, ma belle.

Le sourire réapparut aussitôt sur son visage, au son de la voix de son amour.

— Salut, mon ange, murmura-t-elle.

Les poils d'Alécia se dressèrent sur son bras au petit rire de Spencer.

— Comment s'est passé ton vol hier soir ?

— Bien. Long. Les vols retour semblent de plus en plus longs maintenant. Je me demande bien quelle peut en être la cause. Bon et toi, mon ange, je savais que tu dormais hier, c'est pour ça que je t'ai juste envoyé ce petit texto pour te dire que j'étais bien arrivée.

— Je vais bien, ne t'inquiète pas. J'irai mieux dans deux jours, pour ton retour, c'est certain.

Alécia grimaça et laissa échapper un léger couinement de désespoir.

— Qu'est-ce qui ne va pas, bébé ?

— Bon dieu, je déteste ça, déclara l'étudiante en passant son portable sur l'autre oreille.

Elle mit un coup de pied dans un autre caillou au sol en ajoutant :

— Je ne rentrerais que vendredi cette semaine. J'ai un cours important le matin.

— Oh, le cours d'histoire.

Alécia sourcilla, tentant de se souvenir quand elle lui en aurait parlé.

— Comment le sais-tu ?

La photographe lui rappela leur premier rendez-vous au Café Neptune. Le professeur d'histoire d'Alécia les emmenait parfois hors

146

du campus, surtout après certaines fêtes, quand il faisait le pont et que son cours sautait. Cela avait été le cas la semaine précédente avec le long week-end d'Halloween/Toussaint.

L'étudiante n'en revenait pas qu'elle s'en souvienne, et surtout du fait qu'elle adorait ces cours de rattrapage, car ils s'avéraient encore plus intéressants et leur rapportaient également des crédits pour leur licence.

— Bah quoi ? Tu pensais que je ne faisais *que* mater tes seins ce jour-là ?

Alécia s'esclaffa.

— Bon, OK, peut-être que j'ai passé une bonne partie de l'aprèm' à les mater, mais je t'écoutais en même temps. Je me souviens de tout ce que tu me dis, tu sais, termina Spencer sur une note plus sérieuse.

Alécia inspira profondément et murmura :

— Et toi tu sais que je t'aime, au moins ?

— De ça aussi, je m'en souviens, oui.

L'étudiante pouvait presque *sentir* le sourire de Spencer à l'autre bout du fil.

— Moi aussi je t'aime, ajouta la photographe.

Alécia inspira fort, souriant niaisement.

— Je prends un avion plus tard vendredi en soirée. Celui que je voulais dans l'après-midi est déjà complet. Je suis dégoûtée, j'avais promis que j'irais voir les gamins avec toi.

— T'inquiète pas, je n'y vais pas de toute façon.

— Pourquoi ? Tu as un tel contact avec eux. C'est à cause de moi ou–

— Non, non, bébé, ce n'est pas toi. C'est moi. Deux d'entre eux passent pour des examens de contrôle. Ils venaient souvent avant puis ont été greffés.

— Et ?

— Et je suis un danger pour eux. On l'est tous, enfin pas toi, mais les mucos. La plupart des gamins ne pourront pas les voir, avec un masque dans tous les cas. On est très contagieux pour ceux qui ont été greffés. Éric a déjà subi un rejet, et je ne veux pas prendre de risques avec ses poumons tout neufs. Il a dix-neuf ans et a souffert ces dernières années. Il n'y aura pas de meeting cette semaine. La plupart sont rentrés chez eux, c'est plus calme, m'a signalé Grace, ce matin. Je les verrai la semaine prochaine. Ou peut-être ce week-end, mais c'est mieux que je me repose, je pense.

— Oui d'accord. Je viendrais avec toi si tu y vas ce week-end. Enfin, je veux dire, si c'est toujours OK. Et que veux-tu dire par il faut que tu te reposes ? Tu m'as dit que ça allait bien mieux aujourd'hui. Ça va ?

Alécia ne pouvait pas être certaine que sa compagne souriait, néanmoins elle en avait la sensation au son de sa voix.

— Oui, je vais bien, ne t'inquiète pas. Je me remets bien de ma pancréatite, mais ça m'a quand même fatiguée. Deux ou trois jours et hop, comme neuve. Je devrais être en forme ce week-end, c'est tout ce qui compte. Je te tiens au courant, de toute manière.

— Mais je viens bien ce week-end, n'est-ce pas ? Bon sang, ça y est ! Je suis la petite-amie collante.

Spencer rit dans le téléphone.

— C'est trop mignon. Ça me plaît. Bien sûr que tu viens. Quatre jours sans toi et je vais prendre dix kilos en me consolant de magnum chaque soir.

— Dix kilos de plus et tu aurais toujours l'air aussi sublime. De toute façon, tu dois grossir un peu, donc c'est le moment. Encore que des glaces… ?

— Des glaces véganes, c'est mieux ?

— Un peu, oui.

Spencer rit doucement.

— Bon, tout ce qu'il nous faut maintenant, Al, c'est un peu de patience. *Toi*, tu étudies et profites de tes cours, et *moi*, je fais juste en sorte de ne pas attraper de nouvelle merde qui traîne pour être en forme pour toi ce week-end. Pas besoin de me choper un truc de plus.

— Tu as raison, et préviens-moi si je dois prendre ma tenue d'infirmière.

— Mmm, j'aimerais bien voir ça.

— Hey, ne va pas stagner dehors sous la pluie toute la nuit rien que pour tomber malade, OK ? plaisanta Alécia, se demandant pourquoi elle fit un clin d'œil au téléphone.

Spencer rit très légèrement.

— En fait bébé, j'ai bien plus de chances de te voir si je ne suis pas malade.

— Que veux-tu dire ? Tu sais que je m'occuperais de toi si tu es malade, je peux le faire, Spence.

Spencer semblait hésiter à répondre.

— À dire vrai, bébé, si je suis malade, tu risquerais de me faire plus de mal que de bien. C'est compliqué. Et si toi tu es malade, ce n'est même pas la peine de penser à se voir. C'est génial la muco, hein ?

Un silence inconfortable suivi, qui toutefois ne dura qu'un instant, car Alécia sourit et annonça :

— Je trouverais toujours un moyen de m'occuper de toi. Quant à moi, je ne suis jamais malade.

La photographe prit quelques secondes avant de parler tout bas :

— Je t'aime tellement, tu sais.

— Moi aussi je t'aime.

Quand un étudiant la frôla de près en marchant d'un pas pressé, Alécia redescendit sur Terre.

— Oh bon sang ! Il faut que j'y aille. Je suis en retard pour mon prochain cours. Si la navette est partie, je vais en rater la moitié comme c'est à l'autre bout du campus.

— Va vite, bébé. Tu m'appelles ce soir ?

— Sans faute.

— Super. Étudie bien. Je t'aime.

— Moi aussi je t'aime. Reste au chaud, mon ange. Bisous, bye.

— Bye, bébé.

***

Spencer effectua plusieurs allers-retours de sa chambre à coucher à la salle de bains tandis qu'elle nettoyait son nébuliseur. Elle gardait toujours un œil sur Alécia, dont les yeux restaient rivés sur le livre qu'elle feuilletait, en silence, assise sous les couvertures dans le lit. La photographe se tint au bord du lit et expira fortement.

— Et ouais… Tout juste deux mois dans notre relation et la passion n'est déjà plus. C'est triste, vraiment.

Elle soupira, sans pouvoir s'empêcher de sourire face au regard confus de sa compagne. Elle rit en se glissant sous les couvertures.

— Je plaisante, bébé. N'empêche que ton livre à l'air franchement plus intéressant que moi.

Alécia lui rendit son sourire en l'attirant dans un baiser qui, lui, ne manquait pas de passion.

— Je lisais juste pendant ton traitement.

— Je sais, bébé. Je te charriais. Tu semblais tellement prise dans ton bouquin. Que lis-tu ?

— C'est le dernier recueil de poésie de Jillian Waters. C'est sorti il y a deux mois, mais je n'ai pas eu le temps de m'y mettre. C'est étrange, singulier par rapport à ses précédentes publications. Sa versatilité m'impressionne toujours autant. Elle écrit vraiment de manière très différente parfois et pourtant on retrouve systématiquement cette même intensité. C'est touchant, sincère, et… oh arrête, Spence.

— Quoi ?

— Tu as ce sourire aux lèvres. Je vais te faire cracher le morceau un de ces quatre, tu sais ? C'est quoi ton deal avec Jillian Waters ?

— Absolument aucun, répondit la native de l'Idaho avant de placer un baiser sur les lèvres d'Alécia. Je suis simplement jalouse de la façon dont tu dévores ce bouquin.

— Oh jalouse, hein ?

Le livre de poésie atterrit sur le sol, quand l'étudiante s'activa à retirer le boxer femme de Spencer.

— Et… que préfèrerais-tu que je dévore à la place ? susurra-t-elle.

— Euh, maintenant que tu en parles…

Spencer l'attira contre elle dans un fougueux baiser et Alécia monta sur elle. Les pyjamas et t-shirts touchèrent le sol encore plus rapidement que le livre. L'étudiante rit quand Spencer la retourna pour grimper sur elle et se mit à la chatouiller autant que la caresser. Elles s'embrassèrent et s'esclaffèrent davantage, leurs corps nus, pressés l'un contre l'autre.

— Bon sang, tu m'as manqué cette semaine. Je sais que tu aimes ces classes d'histoire, mais ça fait deux fois en trois semaines. Ton prof me doit deux vendredis.

— Oui, je sais. Il y a eu le rattrapage d'Halloween y a trois semaines. Là, en réalité, il a anticipé ; malheureusement, son cours saute encore pour Thanksgiving la semaine prochaine. Il aime les longs week-ends.

— Tu vois, tu dis *malheureusement*. Tu aimes trop tes cours, Al. Je ne comprends vraiment pas pourquoi tu voudrais t'arrêter là.

— Oui, bien sûr, j'adore étudier tout ça. Quoique je déteste avoir moins de jours que prévu avec toi, mais oui, j'adore. Mais… c'est compliqué.

— À cause de tes parents ?

— Pas seulement. Enfin, c'est sûr que le changement et eux ça fait deux, donc si j'en rajoute une couche… Enfin bon, tout est déjà calé, de toute façon.

— Qu'est-ce qui peut bien être calé, Al ? Tu as tout juste vingt-et-un ans, bon sang ! Tout est faisable. Tu écris super bien, bébé. Tu corriges super bien vu les propositions que tu as eues. Si tu es encore plus qualifiée, tu ne peux qu'avoir plus d'opportunités, de *meilleures* opportunités qui s'ouvriront à toi, non ? Rien n'est jamais fixé dans la pierre. Ne te satisfais jamais de moins que ce que tu vaux. Et surtout, ne t'arrête jamais d'aimer ce qui t'anime.

Alécia la regardait avec admiration. Elle leva un doigt pour tracer le contour de son visage, avant de lui caresser la joue.

— Je ne sais pas. Je verrai. Les inscriptions tardives c'est un peu la croix et la bannière.

— C'est entre janvier et mars, on est en novembre.

— Je sais. Je dois prendre en compte l'aspect financier, aussi. Berkeley ce n'est pas donné, et puis–

— Mais tu y penses, n'est-ce pas ?

— Comment pourrait-il en être autrement, vu comme tu me pousses ?

— Je ne te pousse pas, c'est juste–

— Je sais.

Alécia dessina une nouvelle fois du bout du doigt l'arrondi du visage de Spencer tout en continuant :

— Une partie de moi sait que tu as raison. Cette partie que tu as éveillée et qui croit pouvoir conquérir le monde. Sauf que cette part est en conflit avec celle qui a été élevée assez religieusement et à qui l'on a appris à ne pas sortir des sentiers battus et à systématiquement jouer la sécurité.

Spencer hocha la tête et la pencha pour placer un baiser sur les doigts d'Alécia.

— Au bout du compte, c'est *ta* décision, Al. Tu es formidable, peu importe ce que tu choisiras dans ta vie. Je serais toujours à cent pour cent derrière toi. Et je ne suis pas collée à Seattle, tu sais. Alors, ne laisse pas des petits détails t'empêcher d'être vraiment heureuse.

L'étudiante sourit pour alléger ses pensées. Elle songeait effectivement à s'inscrire en master. Son esprit se trouvait en surcharge ces jours-ci. Ce n'était, de ce fait, pas le moment de prendre une telle décision.

— Je ne suis pas sûre d'avoir envie de changer notre situation, en réalité. Moi là-bas, toi ici ; le sexe des retrouvailles est ahurissant.

Spencer rit avant de gémir quand la bouche de sa partenaire se ferma sur l'un de ses tétons. Elle se mit à bouder lorsqu'Alécia reposa la tête sur son oreiller. La jeune étudiante allait parler lorsque le téléphone de Spencer retentit. La photographe grogna légèrement puis l'ignora pour embrasser sa petite-amie.

— Ton téléphone sonne, tu sais.

— M'en fiche.

Spencer captura la lèvre inférieure d'Alécia entre les siennes.

L'étudiante rit, étirant le bras pour attraper le téléphone sur la table de chevet. Un seul regard et elle le tendit aussitôt à sa compagne.

— C'est Grace.

Spencer le saisit pour le reposer sur la table de chevet. Alécia ouvrit grand les yeux.

— Arrête, c'est Grace. Tu réponds toujours quand c'est elle, ça pourrait être impor–

— Non, ça ne l'est pas. Je vais super bien et les résultats des derniers tests sont revenus et elle m'appelle pour me le dire. C'est tout. Ça peut attendre. Je ne vais pas lui parler quand tout ce dont j'ai envie c'est de te prendre comme jamais personne ne t'a prise…

La poitrine d'Alécia se souleva d'une profonde inspiration. Elle attira immédiatement Spencer à elle pour l'embrasser de façon torride. Elle dut rompre le baiser quand elle haleta, la main de la photographe venait de se loger entre ses jambes. Spencer la remonta entre les seins de sa bien-aimée. Alécia promena les siennes le long du dos de sa partenaire jusqu'à ses fesses qu'elle serra, lui soutirant un petit son de plaisir. Elles s'embrassèrent de nouveau et la photographe pressa sa cuisse sur l'entrejambe de l'étudiante, provoquant un nouveau gémissement. La main de Spencer redescendit le long du corps de sa partenaire, quand le téléphone retentit une nouvelle fois.

Alécia soupira faiblement.

— Autant lui répondre ou elle va appeler toute la nuit.

— Je vais éteindre ce putain de téléphone, plutôt oui. Je t'ai dit, rien ne va ruiner cette nuit. J'ai trop envie de te faire l'amour comme une bête toute la nuit, et rien ni personne ne m'en empêchera !

Alécia leva les sourcils de manière très suggestive et attrapa le téléphone.

— Je vais l'éteindre moi-même, comme ça on pourra commencer.

Elle sourcilla légèrement en voyant l'auteur du coup de fil puis haussa les épaules.

— Eliza, lut-elle nonchalamment, sur le point d'éteindre l'appareil que Spencer lui arracha des mains.

Désormais assise sur le lit, elle prit l'appel.

— Eliza, hey.

— Tu te fous de moi là, non ? s'étonna Alécia, les yeux grands ouverts.

Elle fixait Spencer qui parlait dans le combiné.

— Ça fait un bail. Qu'est-ce que tu deviens, E ?

L'étudiante continuait de la dévisager.

— Non, non, je ne faisais rien de spécial.

Alécia s'assit sur le lit.

— Ah ouais ?

Avec un sourire coupable, Spencer plaça un baiser sur le bout de son doigt, qu'elle déposa ensuite sur les lèvres de sa compagne, tout en poursuivant sa conversation :

— Ouais. … Non, je t'assure, je ne faisais rien. … Oh bon sang ! Mais comment fais-tu pour toujours sentir ces trucs-là ?

Alécia l'observa rire de quelque chose qu'*Eliza* venait de lui dire.

— Oui, j'ai vu ça. Elle doit être surexcitée. J'essaierai d'y être, mais je ne peux rien promettre, comme d'hab. … Halloween ? Oh putain ! Sérieux, c'était trop l'éclate, E. … Oui, Ana a géré comme une boss. C'était top.

Alécia soupira quand Spencer rit de nouveau. Eliza, Ana-Lucia. De mieux en mieux…

Elle sourit en revanche à la façon dont Spencer lui effleurait la cuisse, son regard complètement ailleurs pourtant, néanmoins inconsciemment elle avait besoin de rester en contact avec elle.

— Ouais, ça serait trop génial. Ça fait tellement longtemps.

Alécia se mit légèrement à bouder jusqu'à ce que Spencer plonge son regard dans le sien, ses caresses s'intensifiant le long de sa cuisse.

— Ouais, j'aimerais vraiment te la présenter.

L'étudiante rendit le sourire que Spencer lui offrait.

— OK, tu me tiens au jus. Cool. … Fais bon voyage. … Oh, ça, je n'en doute pas, tu lui passes le bonjour de ma part et je lui dis merde pour le lancement. … OK. À plus, bye, E.

Spencer éteignit finalement le téléphone et, un air penaud au visage, se tourna vers sa compagne.

— Donc, euh, où en étions-nous ?

— Pas si vite, ma belle !

Spencer feignit un soupir quand Alécia croisa les bras sur sa poitrine.

— Juste parce que tu as rajouté ce truc de me présenter à elle ne m'empêchera pas de te démonter la tête de me tromper.

La photographe s'esclaffa avant d'énoncer :

— Qui a dit que je parlais de toi quand j'ai dit *la* ?

— Oh toi, saleté !

L'étudiante se jeta sur elle. Spencer riait déjà aux éclats avant même qu'elle ne commence à la chatouiller.

Alécia la *tortura* un petit moment puis s'immobilisa, assise sur son bassin. Elle tenait ses deux poignets de chaque côté de sa tête. Spencer gémit quand sa partenaire pressa son intimité sur la sienne.

— Alors… raconte vite si tu ne veux pas avoir à t'occuper de toute cette moiteur que je sens là-dessous… toute seule.

— Tu ne serais jamais aussi cruelle. Si ?

Alécia sourit en coin, ravie d'entendre le désir et une certaine crainte dans la voix de son amour.

— Ne me tente pas, mon ange. Tu as zappé l'appel de Grace, et tu m'as carrément zappé pour prendre celui d'Eliza. Donc là, il est vraiment temps que tu me parles d'elle.

— Je ne t'ai pas zappé.

L'amusement dans sa voix ne lui suffirait pas cette fois pour s'en sortir auprès d'Alécia. Elle le savait, pourtant, elle n'ajouta rien face au froncement de sourcils de l'étudiante.

— Tu sais, croire que ce n'est pas ton ex, ou pire, que tu n'es pas encore amoureuse d'elle devient réellement difficile. En fait, je devrais déjà être sortie de l'appart, toute vexée et en pleurs. Je pourrais très bien imaginer le pire là, tu sais.

Spencer garda son sérieux face au regard faussement offensé, néanmoins troublé d'Alécia.

— Mais tu ne le fais pas, assura-t-elle en libérant ses poignets des mains de l'étudiante pour lier leurs doigts ensemble. Parce que tu sais que je t'aime.

Alécia resta silencieuse, elle ne pouvait pas le nier. Elle ne doutait pas d'elle, pas une minute en réalité.

— Tu es la seule pour moi, Alécia.

Elle s'assit sur le lit et l'embrassa tendrement. Alors qu'elle rompait le baiser, elle lui caressa le visage.

— Je vais t'expliquer maintenant. Tu as raison, il est grand temps.

Alécia hocha la tête, lui prenant la main dans la sienne.

— Eliza est une amie spéciale pour moi. Je la vois rarement, en réalité. Elle est très occupée dans sa vie, et surtout avec sa partenaire depuis six ans et demi déjà.

Spencer insista sur la fin de sa phrase.

— Sa petite-amie, Julia, est écrivaine, poursuivit-elle avec un large sourire en fixant sa compagne droit dans les yeux. Tu sais, cette Jillian Waters que tu apprécies tant.

— Oui, et ?

Les yeux d'Alécia s'ouvrirent grands.

— Sérieusement, c'est elle ? Tu te fous de moi, non ? Tu connais Jillian Waters ?

Spencer acquiesça.

— Ouais. Jillian Waters est en fait Julia Waters. Elle a pris ce nom-là quand elle s'est inscrite à Stanford, pour raisons personnelles.

— Je n'arrive pas à le croire. C'est super !

— Et ouais, c'est la partenaire d'Eliza. L'amour de sa vie, et ça j'en suis témoin. En tous cas, voilà c'est ça, en gros. Elles passeront peut-être le mois prochain, probablement…

Spencer secoua la tête et plissa les lèvres.

— *Possiblement*, c'est pour ça qu'elle m'a bipé. Je ne l'ai pas vu depuis deux ans, donc ouais, je ne rate pas ses appels, car il y en a peu.

Alécia parut peser ses mots un instant pour lâcher un simple « OK ».

Pourtant, elle ne put s'empêcher de rajouter peu après :

— Et… spécial comment, en fait ?

Spencer rit brièvement.

— Que veux-tu savoir ?

— Tu le sais parfaitement, petite diablesse.

La photographe sourit.

— Pourquoi veux-tu le savoir, en réalité ?

Alécia bouda.

— Donc il s'est bien passé quelque chose entre vous.

Spencer continua de sourire.

— Si par quelque chose tu veux dire coucher avec, alors non, il ne s'est rien passé.

— Mouais, tu ne me le dirais pas, de toute façon

Spencer resserra sa main sur celle de sa compagne.

— Hey, je ne te mens pas, Al. Tu m'as demandé pour Ana et je t'ai répondu honnêtement. Tu sais que je ne mens pas.

— Je sais, je sais, je suis désolée.

— Pourquoi réagis-tu ainsi, Al ? Je ne comprends pas. Tu sais que j'ai couché avec quelques femmes avant toi, ce qui n'est même pas le cas ici, je t'assure. Et même si ça l'était, pourquoi…

Spencer ne savait plus trop quoi dire. Alécia lui serra la main.

— Je suis désolée. Je ne sais même pas pourquoi je réagis comme ça chaque fois que ce sujet ressort. J'avoue, je me suis sentie un peu mal à l'aise pour Halloween, quand j'ai compris pour Ana-Lucia et toi, mais tu le sais déjà.

— Oui. Mais toi tu sais que tu n'as rien à craindre, OK ? En plus, sa façon de flirter, Ana agit ainsi avec tout le monde, je te promets, c'est juste sa façon d'être. Et elle s'est arrêtée cash quand je lui ai dit que j'étais avec toi. Elle–

— Ce n'est pas elle. C'est moi, vraiment. Je t'aime trop. Je me concentre tellement sur ta muco que parfois j'oublie que… d'autres choses, ou d'autres gens pourraient t'arracher à moi. J'allais bien y a cinq minutes et puis d'un coup je prends ce blues.

Spencer posa ses mains délicatement sur son visage et lui caressa les joues avec ses pouces.

— Et moi j'oublie trop souvent à quel point toi aussi tu peux être fragile.

— Hey, non, c'est, ça va, je vais bien. Enfin, je veux dire, je ne suis pas déprimée.

La photographe lui déposa un doux baiser sur les lèvres.

— Je sais. Et il faut que tu saches que personne ne viendra jamais entre toi et moi. Il n'y a personne d'autre que toi pour moi dans ce monde. Tu es ma forever.

Elle essuya la larme isolée qui tomba le long de la joue d'Alécia avant de l'embrasser.

— Je t'aime, murmura l'étudiante.

Spencer lui souffla qu'elle l'aimait également tout en la couchant sur le lit.

Elles firent l'amour une bonne partie de la nuit. Pas comme des bêtes, tel initialement suggéré, mais un amour des plus apaisants, nourrissants et complices pour toutes les deux.

Chapitre Huit

La douce sensation de doigts fins se promenant sur sa peau éveilla Spencer. Elle ouvrit les yeux, sa poitrine se souleva sous son inspiration appuyée. Alécia lui souriait.

La photographe toussa, comme souvent le matin.

— Je vais chercher ton nébuliseur.

Spencer la retint.

— Pas tout de suite, déclara-t-elle, d'un murmure avant de placer ses lèvres sur celle de l'étudiante pour un tendre baiser.

Elles se tenaient sur le côté, face à l'autre. Spencer lui caressait le visage.

— Tu es tellement belle, Al.

Un léger sourire apparu sur les lèvres d'Alécia.

— Je suis désolée pour hier soir. Je ne sais pas ce qui m'a pris.

— Ne t'excuse pas. J'aimerais juste que tu comprennes à quel point tu n'as rien à craindre. Personne ne compte plus que toi.

Alécia caressa les lèvres de son amour du bout du doigt.

— Je sais. Je ne doute pas une minute de toi, Spence. Je suis sincèrement désolée d'avoir paru si jalouse, alors que je sais très bien… Je suis désolée.

— Non, c'est de ma faute. Tu me demandes pour Eliza depuis un moment. J'y ai fait allusion plusieurs fois, et je t'ai toujours laissé dans le flou. J'ai tendance à me montrer un peu protectrice quand il s'agit d'elle, ou de ma relation avec elle. Et s'il te plaît, ne le prends pas dans le mauvais sens. Oh bon sang… je m'y prends vraiment comme un pied, n'est-ce pas ?

— Non, je… au fond de moi je n'ai aucun doute. Mais ça m'intrigue. Et me blesse un peu aussi que tu puisses imaginer que je vais lui faire… quoi au juste ? Je ne sais même pas qui elle est. C'est une chanteuse, une actrice ? Une starlette quelconque, en tout cas forcément quelqu'un de connu pour que tu dises cela. Ça ne peut pas être simplement dû au fait que Jillian Waters soit sa petite amie. Et moi je ne suis pas du genre paparazzi, tu sais et…

Les lèvres de Spencer sur les siennes l'interrompirent. Elle bouda légèrement.

— Voilà pourquoi je t'aime, bébé, affirma la photographe, apposant sa main sur le dessus de sa tête. Ça tourne si vite là-dedans. Il faut vraiment que tu arrêtes de tergiverser sur ton art ; oui, tu es une vraie écrivaine, bébé.

Alécia lui rendit son sourire en secouant la tête et sa compagne poursuivit :

— Quant à Eliza, non, elle n'est pas vraiment une célébrité, néanmoins elle a été une *figure publique*. Longtemps dû à son nom de famille, puis à cause de ses propres actions, bonnes ou mauvaises. Elle a été très exposée à un moment. Plus maintenant. C'est une personne très *privée* en fait, sur sa vie, bien différente qu'elle l'était quand je l'ai connu, soit dit en passant. Il n'empêche que certaines personnes ont tenté de m'utiliser pour arriver jusqu'à elle, pas tant que ça non plus, car elle et moi on n'est *pas amies*. Je veux dire qu'on l'est, mais de manière spéciale. On ne traîne pas ensemble. Je ne l'ai pas vu depuis deux ans, tu sais. Et pourtant, elle reste une des personnes les plus importantes à mes yeux, en dehors de ma famille ou de Kenzi, et bien sûr toi qui, je tiens à le préciser une fois encore, passe avant tout le monde.

Alécia sourit et demanda :

— Qui est-elle au juste ?

— Eliza Carlisle.

— Carlisle, tu veux dire ? Non ? La fille de Tim Carlisle ?

— Ouh là, elle déteste qu'on l'appelle ainsi.

— Ouah, je comprends mieux maintenant les commentaires de ta mère sur ta *riche amie*. Ou l'extravagance d'Halloween.

— Hey non attends, ne dis pas ça. Enfin, pas de cette manière. Oui, elle peut se permettre de claquer du fric. Elle a plus d'argent qu'elle n'en a besoin, et sa partenaire n'est ni dépensière ni fan de luxe ou de bling-bling, en plus de bien gagner sa vie, elle aussi. L'argent d'Eliza va essentiellement à des œuvres caritatives et des *assos* ou projets qui lui tiennent à cœur. Alors oui OK, occasionnellement, elle organise des fêtes comme celle d'Halloween, mais c'est davantage pour ses amis, ou les amis de ses amis, car bien souvent elle n'y est même pas. Je n'étais pas franchement surprise de son absence pour Halloween. C'était plutôt pour nous en gros, pour qu'on s'éclate à fond, toi, moi, Kenzi, Ana-Lucia et tous les autres. Certains qu'elle connaît, mais la plupart des inconnus et cela lui importe peu en fait. Ce qui la réjouit, et que son argent lui confère dans ces cas-là, c'est l'éclate totale pour nous dans une sécurité maximum.

Alécia hocha la tête.

— OK. Et son couple avec Jill-euh… Julia est vraiment solide ?

Spencer ne put s'empêcher de sourire à la question.

— Oh oui il l'est. Et tout comme personne ne prendra jamais ta place pour moi, rien ni personne ne se mettra jamais entre elle et Julia.

— Attends deux minutes, murmura Alécia, sourcils froncés alors qu'elle semblait concentrée. Julia, Eliza Carlisle, maintenant ça me parle. Julia ? Est-elle… ? Bon sang ! C'est la Julia de Lorien dans le New Jersey ?

Spencer acquiesça et l'étudiante reposa la tête sur son oreiller en y pensant.

Resté longtemps sur tous les écrans de télévision et dans les journaux, Alécia s'en souvenait vaguement. C'était la période où elle se rendait compte qu'elle regardait Laura de la manière dont elle était *censée* mater Danny Kay, le beau gosse du lycée, comme toutes ses camarades. Elle sourit intérieurement à ses souvenirs.

— Je ne faisais pas trop gaffe aux infos à cette époque, j'avoue. Je me souviens quand même que ça a fait la une pendant des mois. Le meurtre, le maire, le centre commercial, et puis de toute façon, qui ne connaît pas Tim Carlisle, c'est comme Bill Gates. Sinon, je ne la connais pas vraiment, à part quelques rumeurs qui me reviennent un peu, rien de plus.

— Je vais être honnête avec toi, Al, la plupart de ces rumeurs sont vraies.

Spencer sourit au sourcil dressé sur le front d'Alécia.

— Elle était du genre *ado à problèmes*, où elle aimait en créer, c'est vrai. Drogues, alcool, sexe… beaucoup de sexe.

Elle rit du regard de sa petite-amie.

— Non, Al. On n'a pas couché ensemble.

Alécia leva les mains au plafond.

— J'ai rien dit.

Spencer continua, avec le sourire :

— Elle était dure avec ses parents. Je l'ai rencontré dans cet état d'esprit là, mais avec moi elle était tout sauf cette ado blasée, troublée et provocante comme elle se montrait aux yeux de tous. Je crois que, bizarrement, j'ai aperçu des années plus tôt, la femme qu'elle allait devenir. Elle n'est vraiment plus cette jeune femme constamment en colère après tout et tout le monde.

— Grâce à Julia ?

— Grâce à Julia oui, et à ce qu'il s'est passé à Lorien.

— Et il s'est passé quoi, en fin de compte ? Je ne m'en souviens pas bien, et je suppose que tu en sais bien plus que les paparazzis.

— Bah en fait non.

Face au regard perplexe d'Alécia, Spencer réexpliqua sa relation assez particulière avec Eliza. Elles n'étaient pas amies de manière traditionnelle. Un lien spécial les unissait. Des amies privilégiées, se fréquentant pourtant assez peu. La riche héritière et femme d'affaires ne connaissait pas le cercle d'amis de Spencer, excepté Ana-Lucia et Mark, car c'est elle qui les lui avait présentés. L'étudiante s'étonna même d'apprendre qu'elle n'avait que peu de fois rencontré Kenzi. Et vice versa, Spencer ne connaissait pas les meilleurs amis d'Eliza, quasiment tous originaires de New York. Elle ne connaissait que Julia et Helena Carlisle, la mère d'Eliza. Elle avait aperçu le père d'Eliza à l'époque de leur première rencontre, et ne l'avait jamais revu ensuite, ni même lui avait parlé.

Elles étaient le genre d'amis qui pouvaient ne pas se voir pendant plusieurs années, avec seulement quelques appels par-ci par-là, et malgré tout, lorsque Spencer avait failli mourir deux ans auparavant, Eliza s'était rendue à l'hôpital. Personne dans la famille de la photographe n'avait ses coordonnées, et d'une manière ou d'une autre, elle l'avait su et était venue immédiatement.

— Bon sang ! Je croyais sincèrement que c'était la fin pour moi quand elle s'est pointée, raconta-t-elle avec un sourire qu'Alécia lui retourna difficilement.

Spencer ajouta :

— Et c'est moi qu'elle est venue trouver quand ça n'allait pas dans sa vie, il y a environ quatre ans et demi. Elle était dans un état pitoyable, j'avoue. Elle a vécu avec moi quelque temps d'ailleurs.

— Sérieux ? Combien de temps ? Et où était Julia ?

Spencer sourit, elle voyait déjà toutes les questions qui se bousculaient dans l'esprit de sa compagne. Elle se sentit brièvement mal de savourer les interrogations qui allaient suivre après la réponse qu'elle s'apprêtait à lui apporter :

— Elles avaient rompu. C'est pour ça qu'elle est venue vivre chez moi après être restée un peu chez son meilleur ami Jason.

Spencer ne put la laisser cogiter davantage et lui prit la main. Elle l'approcha de ses lèvres pour y déposer un baiser.

— Tu aurais dû la voir, elle me peinait, tellement misérable, comme moi, si tu me quittais.

— Ça, ça n'arrivera jamais, mon amour. Mais alors, Julia avait rompu, vraiment ? Ouah.

— Comme tu dis. Personne ne lui en tiendra rigueur, en revanche. Eliza a toujours eu le chic pour se rendre misérable. Même si tout va bien en théorie, il faut qu'elle trouve un souci, ou en créer un.

Spencer bougea dans le lit pour se mettre sur son coude sur le côté. Elle caressa le cou d'Alécia tout en lui racontant ce qu'il s'était passé entre les deux amantes. C'était arrivé deux ans après qu'elles aient quitté le New Jersey. Julia étudiait en deuxième année à la prestigieuse université privée de Stanford à San Francisco et tout se déroulait très bien pour elle, la vie estudiantine lui correspondant parfaitement. Un étudiant lui tournait autour. Spencer se rappela la façon amère avec laquelle Eliza lui avait relaté ceci, en disant que c'était « un mec bien, en plus ». La riche héritière poussait constamment Julia, insistant sur le fait qu'elle n'avait jamais eu de réelles chances avec les hommes et qu'elles ne seraient sûrement pas en couple si de terribles choses ne lui étaient pas arrivées dans son enfance. Elle était devenue impossible à vivre pour la jeune femme qui avait donc pris la seule décision possible à ce moment-là : la quitter, temporairement en tout cas. Un break.

Spencer sourit au regard curieux d'Alécia.

— Ne me demande pas ça à moi, je n'ai aucune idée si Julia et ce gars sont effectivement sortis ensemble ou pas. Julia n'est pas Eliza ; je l'aime beaucoup, elle est très intéressante, intrigante même parfois, mais elle ne se dévoile pas. Elle intériorise énormément. Donc, ce n'est pas le genre de discussions qu'on a, elle et moi. Mais honnêtement, j'en doute fort, elle aime trop Eliza. Homme ou femme ne veut rien dire ; c'est son premier et seul amour. Enfin bref, Eliza était misérable pendant quatre mois, buvait et fumait des joints comme à la belle époque. Enfin non, pas tout à fait. C'était plus une sorte de dépression sans en être une. C'était bizarre de la voir ainsi.

Spencer se remémora son soulagement quand le couple s'était finalement remis ensemble. Elle n'avait jamais douté de leurs retrouvailles, à dire vrai, néanmoins cela avait été quatre longs mois.

— On a passé de sacrées nuits quand même !

Spencer s'esclaffa au regard de sa petite-amie.

— Désolée, promis ça ne veut pas dire ce que tu penses. On parlait beaucoup, on sortait s'amuser, on regardait des films, et on s'éclatait bien, mais jamais rien de sexuel.

Alécia la dévisageait et la photographe avoua :

— Bon OK, on s'est embrassé. C'était juste un soir, une fois, une bouteille de trop et on s'est embrassées et… légèrement plus, pas *plus-plus*, juste légèrement plus, je te jure, et on s'est arrêté, promis juré.

Alécia la fixait toujours, dissimulant son envie de rire. Les rôles étaient inversés et c'est elle qui appréciait l'inconfort de Spencer qui paraissait ne plus savoir comment s'en sortir.

— OK, j'admets, c'est elle qui nous a stoppés, car j'étais réellement cuite, et puis j'avais ce béguin pour elle plus jeune, mais c'était il y a si longtemps. Je te jure que c'est l'alcool qui l'avait ravivé, et puis elle est vraiment canon, c'est toi-même qui l'as dit au studio, mais je t'assure que tu es tellement plus canon, je t'assure, tu dois me croire…

Les lèvres d'Alécia coupèrent le marmonnement de la photographe.

L'étudiante ferma les yeux et se laissa fondre dans ce baiser qui s'éternisait, à leur grand bonheur. Spencer lui caressa le visage quand elles se séparèrent enfin.

— J'ai bien précisé que j'étais bourré ce soir-là, n'est-ce pas ?

Quand Alécia sourit, il sembla à Spencer que le soleil illuminait toute la chambre.

***

Garée près de la gare, Alécia attendait qu'Henry la rejoigne. Ils devaient récupérer Spencer ensuite pour passer le repas de Thanksgiving à Port Townsend. Nerveuse, elle se réjouissait de la présence du jeune homme pour la première rencontre de ses parents avec sa petite-amie. Elle baissa le volume de son autoradio quand la photographe l'appela.

— Salut, mon amour. Désolée, on est à la bourre. Son train a du retard. Il sera là d'une seconde à l'autre, on arrive vite.

Non, non, ne t'inquiète pas, en fait c'est pour ça que j'app…

Spencer toussa fortement dans le téléphone avant que le son ne s'atténue, la jeune femme ayant probablement éloigné le combiné de son visage.

Désolée, reprit-elle, apparaissant essoufflée.

— Ça va, mon ange ?

Spencer mis un moment avant de répondre honnêtement :

Pas vraiment. Je suis à l'hôpital.

— OK, j'arrive tout de suite.

Non !

— Si !

Alécia l'entendit rire à l'autre bout du fil, un rire qui lui semblait forcé. Elle se doutait que Spencer tentait simplement de la rassurer.

— Je viens te retrouver de suite. Un point c'est tout !

Bébé ? Tu ne vas pas gâcher le Thanksgiving de toute ta famille pour rien, OK ?

— Je veux être à tes côtés.

Je sais bien, mais ce n'est rien de grave. Je vais bien. Enfin pas *bien bien,* mais ça va aller. J'espérais même être sortie et ne pas avoir à annuler, mais je vais sûrement rester ici quelques jours, en fin de compte. Obstruction intestinale, cette fois. Alors bien sûr, je ne suis pas en grande forme, mais je ne suis pas à l'agonie, promis. Grace est là, son fils n'a pas pu obtenir ses congés. On va s'organiser notre propre Thanksgiving avec le personnel de garde. Ici.

— Je pense quand même que je devrais rester avec toi, Spence. J'ai l'impression que tu me tiens à l'écart là, parce que tu as mal.

Je te promets que non, bébé. Je souhaite seulement que tu passes un bon moment. Je ne te repousse pas. J'ai besoin de toi, au contraire, donc j'espère bien qu'après le repas tu pourras venir ce soir et te coller à moi. Comme c'est Annie de garde cette nuit, elle ne dira rien. Tu penses que tu pourrais ?

— Tu sais très bien que je viendrais dès maintenant si tu me laissais faire.

Je sais, mais je suis entre de bonnes mains, et j'avoue que les médocs m'assomment un peu là. Je vais sans doute dormir tout l'après-midi, de toute façon. Je suis vraiment fatiguée.

— Tu n'avais pas l'air au top hier déjà.

Ouais, je le sentais venir. J'espérais que ce ne soit pas grand-chose… mais ce n'est jamais le cas. Vraiment désolée de ruiner votre Thanksgiving. La muco a quelques avantages finalement ; rencontrer tes parents devra encore attendre.

Alécia rit légèrement.

— J'aurais dû me douter que tu ferais un truc de ce genre. Tu étais super nerveuse ces derniers jours, ça t'a rendue malade, mon ange.

Spencer rit à son tour et Alécia reprit :

— Et rien n'est ruiné, mon amour, tu vas juste beaucoup me manquer, c'est tout. Comme chaque fois qu'on n'est pas ensemble.

Je t'aime, Alécia.

— Moi aussi, Spence. À ce soir ?

Je compte sur toi, bébé. Bisous.

— Bisous, bye.

Alécia fixait toujours son téléphone portable quand Henry ouvrit la portière passager, si bien qu'elle sursauta avant de l'étreindre fortement.

— Je t'ai manqué tant que ça ? lui demanda-t-il.

Son sourire s'estompa quand il la vit tenir son portable, l'air dépité.

— Il y a un souci avec Spencer ?

— Oui. Enfin, non. Elle est à l'hôpital. Rien de trop grave, mais elle ne pourra pas venir, à l'évidence.

— On va la voir ? Je peux rester avec toi, ça m'est égal.

— Tu es un amour, mais non, elle refuse. Elle veut que l'on passe un bon moment, un bon repas. J'irai plus tard en fin d'aprèm, par contre. Je vais tâcher de ne pas m'inquiéter, comme elle le souhaite. C'est gentil de l'avoir proposé, en tout cas.

— Oh, tu me connais ; sans ma Lola, Thanksgiving ou n'importe quelle autre fête, ce n'est pas drôle. Donc je te comprends. Heureusement que je t'ai, et tes parents aussi. Si ça ne tenait qu'à moi ; je serais probablement resté au campus à broyer du noir dans ma chambre.

Alécia opina et ne put s'empêcher un léger sourire à sa moue boudeuse qui lui donnait l'air d'un adolescent. Henry l'enlaça avant d'ajouter :

— Je vais faire en sorte que tu passes un bon moment, et tu en fais de même avec moi, d'acc ? Car c'est ce que souhaitent Lola et Spencer pour nous, OK, sœurette ?

Alécia sourit et lui déposa un bisou sur la joue. Elle démarra le moteur de sa vieille voiture.

— Ça marche. Heureusement que tu es là.

***

Les Moore, Henry, et Matt s'installèrent autour de la grande table dans la salle à manger peu avant treize heures. Stéphanie apporta l'entrée.

— Mmm, ça sent bon, s'enthousiasma Henry.

La maîtresse de maison lui tapa sur les doigts comme à un enfant pour l'empêcher de piocher dans le plat. Il rit tel un enfant, d'ailleurs.

Alécia se situait à côté de Matt. Sa mère et Henry se trouvaient en face d'eux et son père en bout de table. Le père de Matt devait les rejoindre plus tard dans l'après-midi, n'ayant pu se libérer pour le *festin*. Stéphanie retourna dans la cuisine pendant que Henry servait tout le monde, à l'exception d'Alécia. Un repas végétarien attendait l'étudiante. Concernant l'absence de Spencer, elle ne s'était pas attardée, expliquant simplement un imprévu de dernière minute.

— Et voilà pour ma végétarienne de fille, annonça Stéphanie en posant le Tofurkey et les frites sur la table. Tu vois, j'ai suivi ta recette et ça a marché. J'ai même goûté, ce n'est pas si mauvais que ça, finalement.

Alécia ne put retenir un léger rire. La fierté dans la voix de sa mère la réjouissait. Elle essayait réellement, sur certains points en tout cas, sa fille en avait bien conscience.

— Oui, maman, et ça à l'air délicieux.

— Je l'espère bien, ma chérie, car tu devras le manger entièrement, et seule, puisque ton amie n'a pas pu venir. Tu m'avais dit qu'elle mangeait comme toi, donc j'ai doublé les rations.

Alécia n'avait jamais demandé quoi que ce soit à sa compagne, pas végétarienne à la base. Or, chaque repas qu'elles partageaient, Spencer ne mangeait pas de viande ou autre animal. Par conséquent, elle prenait souvent les mêmes plats que l'étudiante.

— Je finirais tout, maman.

— J'y goûterais aussi, ça à l'air bon, déclara Henry.

Alécia le remercia de son soutien par un clin d'œil. Elle n'avait pas envie que la conversation s'attarde sur l'absence de Spencer. Sa mère à l'évidence, si.

— Je trouve cela vraiment dommage quand même. Et à quelques heures seulement du repas, qui plus est. Nous l'avions prévu il y a fort longtemps.

— Oui, mais je te l'ai dit, c'était un imprévu de toute dernière minute.

— Tu nous l'as dit ça, mais quel type d'imprévu ? Car, je m'excuse, cependant je trouve extrêmement impoli d'annuler une invitation à la dernière minute, surtout à un repas qui nécessite une telle préparation et auquel on a été convié longtemps à l'avance. Tu sais que les bonnes manières comptent beaucoup pour nous, Alécia.

La jeune femme chercha dans les yeux d'Henry un peu de soutien, qu'elle trouva une fois de plus. Cela ne lui indiquait malheureusement pas quoi répondre à sa mère.

— Alécia, ma chérie ? demanda son père, la voyant tant hésiter.

— Oui, papa. Je, euh–

— Y a-t-il un souci ?

Elle inspira fortement.

— Dis-nous tout, ma puce. Nous essayons de nous montrer compréhensifs, mais je n'y peux rien ; pour moi, on n'annule pas à la dernière minute à moins d'une vraie urgence.

Alécia observa sa mère.

— C'en est une.

Ses parents, ainsi que Matt sourcillèrent. Elle regarda Henry qui haussa les épaules ; cela restait sa décision si elle souhaitait dévoiler la vérité.

— Bon, il n'y aura pas de moment idéal de toute manière, alors autant s'en acquitter aujourd'hui.

Les froncements de sourcils s'accentuèrent autour de la table.

Alécia se frotta le front.

— Spencer est malade.

— Oh, ma chérie. Je ne savais pas. Tu pouvais nous le dire, tout simplement. Est-ce la grippe, ou un coup de froid ? Avec ce temps… Nous n'étions que trois au groupe de lecture cette semaine, tout le monde à la grippe.

— Non, ce n'est pas la grippe cette fois.

— *Cette fois* ? Ça veut dire quoi ? lança Matt d'un ton plus coupant qu'il ne l'aurait souhaité.

— Spencer à une maladie génétique qui la rend plus sensible aux virus qui traînent, tout bonnement.

Son père resta silencieux, l'air grave, coudes sur la table, les mains croisées et le menton sur ses mains. En revanche, un million de questions traversaient déjà l'esprit de sa femme.

— Quelle maladie ? Génétique, tu dis ? J'espère que ce n'est pas trop grave quand même ?

— Elle a la mucoviscidose.

Stéphanie fronça les sourcils. Elle connaissait ce mot, sans pour autant en savoir beaucoup sur le sujet.

Matt s'adossa à sa chaise d'un coup.

— Elle peut en mourir ! Ça, je le sais !

— Hey, pourquoi tu ne mangerais pas un bout pour la fermer un peu ? Laisse-la parler, OK ? intervint Henry.

— Reste en dehors de ça, toi ! rétorqua Matt sèchement.

— *Toi* reste en dehors de ça. Tu te prends pour qui ?

Matt se leva, le jeune homme aussi et ils se défièrent du regard. Certes plus jeune, les deux mètres d'Henri lui conféraient toutefois de l'assurance.

— Arrêtez ça, les garçons. Assis, tous les deux !

Henry se réinstalla. Matt fixa William en affirmant :

— Je sais de quoi je parle ; cette fille est condamnée !

— Ne dis pas ça ! s'exclama Alécia, une boule lui serrant la gorge.

— Vous voyez ? insista Matt avant de dévisager Alécia, par conséquent Henry se releva.

— Assis ! ordonna Stéphanie.

Elle haussait rarement la voix pourtant. Les deux jeunes hommes reprirent leur place et Stéphanie se tourna vers sa fille.

Alécia inspira fort, le silence de son père ne l'aidait pas à ralentir les battements chaotiques de son cœur.

— La muco, euh… la mucoviscidose ne se guérit pas, non. Et abîme les poumons et certains organes digestifs également, et les malades ont une espérance de vie un peu plus réduite, certes, mais—

— Carrément courte tu veux dire ! la coupa Matt.

— Tu vas la fermer bon sang ! répliqua Henri.

— Non, ce n'est pas vrai, Matt. Certains vivent largement jusqu'à la retraite. La science a tellement progressé ces dernières décennies. Ça avance très vite, en réalité.

— Tu ne peux pas nous faire ça.

Sourcils dressés, Alécia fixa son père, pas certaine de l'avoir bien entendu.

— Pardon ?

— Tu ne peux pas nous refaire ça !

— Quoi ? Comment peux-tu dire ça, papa ? Je ne vous ai rien fait !

Alécia sursauta quand il tapa du poing sur la table.

— As-tu la moindre idée, Alécia, de ce que ça fait que de rentrer à la maison et trouver sa fille inconsciente, baignant dans son sang ? Et de se demander, chaque jour de ma vie, « bon sang, mais que serait-il arrivé si je n'avais pas oublié les clés du bureau ce jour-là et n'avais pas fait demi-tour ? » En as-tu conscience de cela ?

L'étudiante sentit la boule se resserrer dans sa gorge, tandis que ses larmes refusaient de tomber. Sa mère reprit la conversation, beaucoup plus calmement :

— À quoi pensais-tu, ma chérie ? On s'inquiète déjà tant pour toi, on veut juste ce qu'il y a de mieux pour toi. Et cette relation me paraît déraisonnable. Ta nouvelle amie est malade et tu–

— Ma petite-amie !

L'exclamation soudaine d'Alécia surprit même Henry.

— Peux-tu le dire, maman ? Petite amie, qui veut dire amante, qui veut dire la femme avec qui je couche.

— Alécia, s'il te plaît !

— Non, papa, je ne m'arrêterai pas !

Matt tenta de mettre sa main sur son bras pour la calmer :

— Al, s'il te plaît–

— Oh, Matt, tu as *vraiment* intérêt à rester en dehors de ça, lâcha-t-elle.

Matt leva les mains au ciel et se rassit.

— Je suis désolée, papa. Désolée, car je ne pourrais jamais t'ôter cette image ou ces pensées-là de l'esprit. Et je m'en veux, tu sais, et encore plus de ce que je vais vous dire, parce que ça va vous blesser, mais je ne peux plus le retenir une seconde de plus. Vous êtes-vous au moins demandé pourquoi je l'avais fait ? Pourquoi j'avais voulu en finir ? La vraie raison ?

— Alécia, ma chérie, nous savons la peine que tu ressentais.

Elle fixa sa mère abruptement.

— Vraiment ? En es-tu sûre ?

Stéphanie semblait prise au dépourvu.

L'étudiante fixa de nouveau son père.

— Vous n'aviez aucune idée de la douleur que j'éprouvais, vu que vous ne m'en avez jamais parlé. Vous n'avez jamais cherché à comprendre.

— Tu n'es pas juste, Alécia. Tu étais notre unique priorité.

— M'avez-vous seulement demandé des choses sur Laura et moi ? Et toi, maman ? Pourquoi ne dis-tu plus rien d'un coup ?

Alécia inspira profondément.

— Je suis désolée, je n'essaie pas de vous blesser, seulement il faut que ça sorte. Vous pensiez que j'étais déprimée juste parce qu'elle était décédée. Ce n'était pas le cas. Bien sûr que j'avais cette terrible peine, c'était si dur, son absence, évidemment. Le fait est que j'ai perdu tout sens de qui j'étais quand elle est morte.

Elle leva brièvement les yeux au ciel.

— Vous ne m'avez jamais parlé de mes sentiments pour elle. Vous m'avez conforté d'avoir perdu une camarade de classe, une *copine*, mais c'était mon premier amour ! Et c'était une fille et c'était tellement confus. Elle m'aidait à voir au travers de toute cette confusion. Je ne pouvais parler qu'à elle de tout cela. Vous n'avez aucune idée à quel point c'est effrayant de se rendre compte qu'il y a un truc qui ne *tourne pas rond* chez soi. De réaliser qu'on n'est pas comme tout le monde, qu'on n'aime pas comme tout le monde. Et les idées qui peuvent nous passer par la tête à ce moment-là. Pour vous, sa mort fut l'occasion de ne *pas* en parler, justement. Laura n'était plus, et avec sa disparation s'en allait toute trace de mon attirance pour les femmes.

Elle ne s'interrompit pas suffisamment longtemps pour qu'aucun d'entre eux ne puisse répondre.

— Vous n'y avez sûrement pas pensé en ces termes-là, je le sais bien, n'empêche que c'est ce qui a transpiré de votre attitude, c'est comme ça que je l'ai ressenti. Et papa, je suis sincèrement désolée d'avoir voulu en finir avec la vie, encore plus aujourd'hui que je sais à quel point certains luttent de toutes leurs forces pour préserver la leur. Je suis désolée, mais si je l'ai fait c'est que j'étais toute seule. Je me sentais si seule, et misérable et aucun d'entre vous…

Elle dut reprendre son souffle pour contenir ses larmes.

— Aucun d'entre vous ne m'a tendu la main. Vous avez cherché à retrouver la fille que vous vouliez que je sois, pas celle que j'étais vraiment. Et c'était encore plus dur à supporter pour moi que de l'avoir perdu. Vous étiez tous là, pourtant j'étais seule. Henry au moins a une bonne excuse, outre le fait qu'il se trouvait en Europe à cette époque, il n'avait que quinze ans. Qu'est-ce qu'un ado de quinze ans peut savoir de deux filles qui s'aiment, hormis les rumeurs de vestiaires avec les potes qui lisent les mêmes magazines playboy ? Par conséquent, ce n'était pas à lui de trouver les mots, ou de les chercher simplement, c'était à vous deux.

Elle inspira profondément et s'écarta de la table.

— Avant que je parte, je veux que vous sachiez que je ne suis pas en colère, et je ne vous en veux pas, malgré tous ces mots. Je pense juste qu'il fallait que je m'en libère. Mais je ne suis pas en colère contre vous, pas du tout. J'ai réussi à m'en sortir, et comprendre tout par moi-même finalement. Et je suis passée outre, je vais bien, je suis heureuse et je me sens bien dans ma vie et dans ma peau. Et Spencer y est pour beaucoup.

Elle observa sa mère.

— Pour répondre à ta question de savoir à quoi je pensais, indiqua-t-elle, en rangeant sa chaise contre la table. Je suppose que je ne pensais pas. Je suis tombée amoureuse et me suis laissée porter par ce que je ressentais dans mon cœur, qui s'est ouvert de nouveau, pleinement. Et ces sentiments font tellement de bien. Donc même si ça se termine plus tôt que ça ne le devrait, je n'aurais aucun regret. Sur ce, je vais vous laisser manger avant que tout ne refroidisse, et moi je m'en vais voir mon ange, parce que c'est avec elle que je devrais être en ce moment.

Henry se leva.

— Non, s'il te plaît, reste avec eux.

Henry hocha la tête. Il adorait les Moore comme ses propres parents, les abandonner ainsi l'aurait contrarié, et pourtant il aurait suivi Alécia sans hésitation.

L'étudiante avait tout juste descendu les trois marches de leur porche quand la porte s'ouvrit derrière elle. Elle s'étonna d'entendre la voix de sa mère, et non celle de son père, comme elle l'aurait pensé.

— On ne sait pas comment…

Alécia se retourna et Stéphanie s'avança doucement vers elle. Son père apparut, la main d'Henry sur son épaule. Il paraissait beaucoup plus âgé d'un coup, cela dit, Alécia se concentra sur les larmes qui coulaient le long des joues de sa mère.

— On est désolé. Je crois… je crois qu'il y a beaucoup de vrais dans tout ce que tu as dit. Pourtant nous n'avons jamais cherché à dénigrer une partie de toi. On ne sait juste pas comment la gérer. Ou, on ne le savait pas à l'époque, en tout cas. Je suis désolée. J'ai été élevé dans la croyance qu'il est anormal pour deux femmes ou deux hommes d'être ensemble de cette manière. Je n'ai pas eu à me questionner là-dessus avant que tu ne rencontres Laura, et même à ce moment-là, deux adolescentes… considérer cela comme une *phase* était tellement plus facile. Puis elle est décédée.

La mère de famille baissa les yeux au sol puis contempla de nouveau sa fille.

— Et ces mots que tu attendais de nous ne sont jamais venus, car nous n'en avions aucun. Sans doute avons-nous choisi la solution de facilité en restant silencieux.

Elle se rapprocha jusqu'à se tenir en face de sa fille. Elle essuya quelques larmes sur son visage.

— Mais j'essaie. Maintenant, j'essaie d'apprendre, d'ouvrir mon cœur et mon esprit. Je n'éprouve aucune haine envers les homosexuels, pas de haine pour tes penchants, pour Laura ou Spencer. Pas de haine du tout. Je n'ai que de l'amour pour toi et je veux apprendre à te parler. Je veux que nous soyons capables de communiquer. Nous t'avons beaucoup appris dans ta vie, là, c'est toi qui dois nous éduquer.

Elle enveloppa la main de sa fille dans les siennes.

— Mais ne t'enfuis pas comme tu l'as fait, quand tu es partie à Berkeley. Ne nous fuis pas ainsi, ou nous n'apprendrons jamais. Je t'en prie.

Mère et fille s'enlacèrent. Henry serra gentiment l'épaule de William qui sourit.

— Peux-tu rester un petit peu plus longtemps ?

— J'aimerais bien, papa, mais–

— C'est ce que Spencer voulait, elle l'a dit au téléphone, affirma Henry.

— Tu n'étais même pas encore dans la voiture, abruti.

— Ouais, mais j'ai des oreilles bioniques.

Alécia ne put s'empêcher un petit rire. Henry lui offrit un clin d'œil.

— Peut-être jusqu'au dessert ?

À la voix emplie d'espoir de sa mère, Alécia sourit et acquiesça.

Son père la serra fort quand elle les rejoignit sur le pas de la porte.

— Par contre, je ne m'attarderais pas, pas que je ne veuille pas, je vous le promets, mais–

— Nous comprenons, ma chérie. Tu dois être avec elle dans ces moments-là, c'est important.

— Oui, papa.

Ils retournèrent au salon. Le repas se déroula agréablement. Matt demeura plutôt silencieux, sans être déplaisant. Les parents d'Alécia l'interrogèrent sur la mucoviscidose et sur la vie de Spencer en général, restant néanmoins sur des sujets sobres. L'étudiante se sentait allégée d'un énorme poids. Elle était très impatiente de retrouver son amour tout de même. La photographe dormait profondément quand elle la rejoignit, conséquemment, Alécia s'installa à ses côtés, dans la chambre.

***

Spencer se souvenait de s'être endormie en ayant très froid, plus tôt dans l'après-midi, pourtant lorsqu'elle s'éveilla, une forte sensation de chaleur l'entourait. Un sourire immédiat dessina ses lèvres, quand elle comprit d'où elle provenait.

171

— Salut la belle au bois dormant.

— Mmm, c'est bon ça. Je vais commencer à mieux apprécier mes séjours à l'hosto dorénavant.

Gardant le masque médical qu'elle portait, Alécia plaça un doux baiser sur les lèvres de sa compagne. Elle tenta de transmettre au travers de son regard autant de soutien et de réconfort possible. Elle s'écarta légèrement de façon à ce que Spencer puisse se tourner pour se mettre sur le côté, face à elle.

— Euh, je n'ai rien senti là, déclara la photographe avec le sourire, malgré une petite voix, tandis qu'elle allait ôter le masque d'Alécia qui l'en empêcha.

— Non, je le garde, mon ange.

— C'est bon, tu n'es pas malade, Al.

— Toi tu l'es. Je transporte sûrement des milliards de bactéries. Je ne prends pas de risques. Et puis Annie et Grace me font confiance, et m'ont laissé m'installer tout contre toi à cette condition.

Spencer grimaça, puis finit par sourire.

— Rabat-joie.

— Elles tiennent simplement à toi presque autant que moi.

— Ouais, mais moi je veux voir tes petites lèvres sensuelles.

— T'es un vrai bébé. J'adore quand tu boudes.

La photographe se mit à tousser ce qui interrompit leur échange infantile. Une infirmière inconnue entra alors dans la chambre pour jeter un œil sur l'état de la patiente. Alécia se leva et s'assit dans un fauteuil à côté du lit. Elle tâchait de garder le sourire et un air calme et serein, mais intérieurement elle avait beaucoup de mal. Spencer avait les traits tirés, même si elle tentait de le dissimuler derrière son sourire et ses plaisanteries.

Alécia resta à ses côtés pendant qu'elle effectua ses inhalations et une longue séance de thérapie physique avec son kinésithérapeute pour expulser le mucus. Le temps passa vite, car Grace supervisa le traitement et discuta avec elle pendant ce temps. Cela permit aux deux jeunes femmes de penser à autre chose. L'étudiante ne put s'empêcher de remonter sur le lit aussitôt qu'elles furent de nouveau seules, au plus grand plaisir de la souffrante.

— Comment te sens-tu ?

— Bien mieux.

Spencer caressa le visage d'Alécia.

— Ne t'inquiète pas, je vais être un peu flagada pendant deux ou trois jours, c'est tout. Dans une semaine, tu ne te souviendras même plus que j'étais malade. Je t'assure.

— Ne t'inquiète pas pour moi, mon ange. Occupe-toi juste d'aller mieux.

— OK. Alors, Thanksgiving, c'était comment ?

— Et bien, disons… intéressant, on va dire.

— Je suis vraiment désolée d'avoir tout gâché.

— Tu n'as rien gâché. Au contraire, tu l'as rendu meilleur, en fin de compte.

— Oh. Tu leur as dit ?

— Ouais. Je n'ai pas eu trop le choix, en fait.

— Je m'en doutais un peu. Sincèrement désolée d'avoir précipité ça.

— Non, je la sentais venir depuis un moment cette discussion, et je ne parle pas que de leur dire pour la muco.

— Oh. Vas-y raconte !

— Eh bien, je leur ai tout dit. Je veux dire…

Alécia inspira profondément en se remémorant les souvenirs que cette conversation avait évoqués en elle.

— Ce que j'avais sur le cœur… ou ce que j'avais *eu* sur le cœur, toutes ces années-là, en tout cas.

— Ouah. Je… eh bien, je suis fière de toi, d'une. Mais, euh, comment l'ont-ils pris ?

— L'un dans l'autre, ça s'est bien passé. Je pense que ça a ouvert certaines portes entre nous. On a besoin de communiquer davantage.

— Je suis super contente d'entendre ça.

— Oui. Je l'espère. Je pense que je perds Matt, par contre. Il a toujours l'air en colère quand il me parle. Je ne retrouve plus ce *truc* que nous avions. J'ai peur que ce soit véritablement parti, ou pire… que cela n'ait jamais été là. Je doute beaucoup à présent.

Spencer lui caressa la joue.

— Ça va aller. Tout va se remettre en place et il sera là. Je suis amoureuse de toi, donc je comprends tout à fait comment je me sentirais si je ne pouvais pas t'avoir. Mais il était si proche de toi a priori, et je ne pense pas que tu puisses te tromper autant sur une personne. Donne-lui juste un peu plus de temps. Il sera de nouveau l'ami que tu aimais.

Alécia lui sourit et lui caressa le visage également.

— Merci.

— Aucun souci. C'est mon but dans la vie, te remettre avec ton ex.

Cela amusa beaucoup l'étudiante.

— Il n'a jamais été mon petit ami, d'abord. N'empêche que si tu fais bien ton boulot, un jour je l'épouserai.

— Hey !

Elles rirent et discutèrent longuement. Pour que Spencer se repose, Alécia préféra retourner passer la nuit dans la maison familiale. Matt était déjà rentré quand elle arriva. Elle profita de ses parents et d'Henry, qui ne repartait que le lendemain pour retrouver Toronto et sa Lola.

***

Alécia riait aux éclats tandis que la photographe émergea d'entre ses jambes.

— Sérieux arrête ! Ce n'était pas drôle. On est en train de faire l'amour, je te signale.

L'étudiante n'arrivait plus à respirer tant elle riait. Spencer commença à la chatouiller.

— Tu vas voir, je vais te donner de quoi rire moi.

Nue, elle s'assit sur Alécia, nue également, les couvertures au sol, le pied de Spencer pendaient dans le vide alors qu'elle la torturait. Faire l'amour s'avérait bien évidemment plus facile dans le king size de la native de l'Idaho qu'ici, dans le dortoir du campus de Berkeley, en pleine journée, accompagnée par l'agitation extérieure en ce mercredi. Les vacances de Noël approchaient à grands pas, deux semaines seulement, et tout le monde retrouvait son âme d'enfant, donnant des airs de garderie aux couloirs et toute autre partie commune du campus.

— Oops ! lâcha Susan en entrant.

Elle désirait regarder ailleurs, toutefois le choc sur le visage des deux amantes, suivi d'un degré de honte, puis leur précipitation à récupérer les draps pour se couvrir, valait son pesant d'or. En conséquence, elle continua de les fixer.

— Salut, Susan, lança Spencer, qui se retenait de rire elle aussi.

— Tu n'avais pas cours jusqu'à… oh… s'interrompit Alécia en vérifiant l'heure sur son téléphone portable qui affichait dix-sept heures.

— Si, confirma Susan avec un large sourire. Je vous ai entendu rire de si loin que je ne pensais pas… je ne serais jamais rentrée comme ça, sinon, promis.

174

— Oui, oui, t’inquiète, aucun souci.

— En plus, après la nuit dernière, je pensais que vous seriez repues. Au temps pour moi.

Alécia lui lança son oreiller tandis que Susan riait.

— Allez, c’est bon, assez ri !

Alécia attrapa son t-shirt au pied du lit et l’enfila. Spencer, dans toute sa splendeur, se leva pour récupérer ses affaires au sol. Susan ne put s’empêcher de regarder brièvement sa sonde gastrique. Sa meilleure amie lui en avait parlé, de ce fait elle n’était pas surprise. Alécia elle-même n’y prêtait plus attention. Pour une personne qui la voyait pour la première fois, c’était différent, à l’évidence.

— Dis-moi, Al, as-tu remarqué que chaque fois mes vêtements atterrissent à tous les coins de la pièce, tandis que les tiens semblent toujours finir sagement au pied du lit ?

Susan rit, observant au loin tout de même, laissant le temps à la photographe de remettre ses habits, même si elle ne paraissait pas du tout gênée à l’idée d’avoir un public.

Alécia sourcilla.

— En voilà une excellente question, Spence. Se pourrait-il que je sois plus sauvage que toi en te les arrachant ?

— Huh…

Le son qu’émit Susan ressembla à un hoquet.

— Hey ! protesta Alécia en lui lançant ce qu’elle tenait dans la main à ce moment-là.

Susan l’attrapa et se mit à faire tournoyer la petite culotte de sa colocataire autour de son doigt en la narguant, ce qui provoqua un éclat de rire de Spencer.

Susan se tint près du lit de sa meilleure amie et la fixa.

— D’abord, je n’ai jamais dit que tu n’étais pas sauvage, Al. Sérieusement, j’ai même été choquée la nuit dernière. Bon sang ! Il aura fallu que j’attende plus de trois ans pour savoir comment tu étais en pleine action, alors que toi tu as eu plein d’occasions de m’entendre.

— Malheureusement, je ne peux qu’acquiescer, se *plaignit* Alécia.

Spencer fit un clin d’œil à la moue de sa petite amie.

— Donc ouais, sauvage. Mais Spencer s’est montrée aussi engagée, et tout aussi bruyante.

Le couple s’observa.

— Je suis vraiment désolée. On pensait vraiment que tu dormais.

— Je dormais. Mais après… vos vocalises, tu sais…

Spencer avait du mal à garder son sérieux. Alécia s'assit sur son lit et parut bouder.

— Maintenant, tu vas nous prendre pour des bêtes.

— Non, non. Les bêtes s'y adonnent essentiellement quand les femelles sont en chaleur. Pas pendant des heures toute la nuit pour recommencer le lendemain. Non, vous deux, vous êtes juste des nymphos.

Alécia lui lança sa pantoufle. Spencer riait à gorge déployée. Susan frotta le genou sur lequel la chaussure avait atterri, en riant également.

Elle s'installa sur son lit et son sourire s'estompa quelque peu.

— Non, en fait, la nuit dernière, bon OK les sons, ça m'a donné envie de me trouver un homme, tu sais, mais ça, c'est juste pour ramoner la cheminée, déclara-t-elle en riant légèrement.

Elle redevint rapidement sérieuse.

— Ma partie préférée en réalité, et là où j'ai fini par me rendormir, malheureusement, c'est tous les mots doux, les murmures, le son des petits bisous tendres, les caresses…

Elle haussa les épaules au regard intrigué de Spencer.

— Oui, je vous ai épiée, sans voir grand-chose, mais ça m'a suffi. Et ce n'est pas de ma faute, je suis curieuse, c'est ma nature. Puis mes yeux ont commencé à me piquer alors j'écoutais simplement, ensuite je me suis rendormie. Et j'ai fait de beaux rêves, mais, ouais, ce sentiment, c'est plutôt beau. Et ça m'a rendu triste.

— Pourquoi ça ? s'enquit Alécia, s'asseyant immédiatement près de son amie.

— Oh non, c'est rien. Juste que je suis quasi certaine que tu n'as jamais rien entendu de ce genre venant de mon lit. Toute cette tendresse, cet amour, je veux dire. Autrement, je suis une nympho comme toi.

Spencer sourit et s'installa sur le lit de sa compagne, en face des deux amies. Alécia semblait réfléchir aux mots de Susan.

— Avec Corey ça y ressemblait.

— C'est vrai ?

— Je t'assure.

— J'avais tellement craqué pour lui. Mais rien à voir avec vous deux, tout de même. C'est ça la clé ; l'amour ? Les sentiments ? C'est ce qui crée cette magie ?

— Ça, ou peut-être que tu devrais changer de bord, plaisanta Spencer.

— Tu sais quoi, je me suis posé la question de savoir si je ne redonnerais pas à cette expérimentation lesbienne une deuxième chance. J'ai sûrement dû mal m'y prendre la première fois. C'était en première année, en plus. Peut-être que je vais y réfléchir. On verra.

Spencer jeta un coup d'œil à sa petite-amie qui devina qu'elle pensait la même chose, par conséquent, Alécia se décida à le dévoiler :

— Donc… Kenzi et toi ?

— Comme si elle ne te l'aurait pas dit si c'était le cas ? répondit Susan en fixant la photographe.

— Touché. En fait, on s'inquiète un peu quand vous vous appelez, ou pire, que vous allez boire un verre, ou faire la fête et planifier vos trucs de folles. On ne sait jamais où ça va vous mener.

— Qui sait ?

Alécia secoua la tête.

— Allez Su. Je te connais mieux que ça. Je ne dis pas que ce serait mal, je t'assure, mais je te connais.

Sa colocataire acquiesça de la tête.

— C'est vrai. Parfois, j'aimerais être lesbienne, tu sais. Les hommes sont juste irrécupérables. Malheureusement, je les aime trop, j'en ai bien peur…

Alécia passa son bras autour des épaules de son amie.

— Tu trouveras le bon, ne t'inquiète pas.

— Je ne suis pas inquiète. En plus, je suis loin d'avoir envie de me caser maintenant, de toute manière.

Alécia se leva pour finir de s'habiller.

— Al, tu lui as montré le campus un peu au moins ?

— Un peu hier après-midi après mon cours. Et ce matin aussi, car on s'est levé en fait, tu sais. On a pris le petit-déj à la cafèt'.

— Vous avez mangé où à midi ? Je vois, dit Susan face à leur regard penaud. Avez-vous seulement mangé ?

Le couple s'observa, l'air coupable.

— Bon sang, depuis combien de temps êtes-vous dans ce fichu lit ?

— Disons qu'une douche s'impose, répondit sa meilleure amie.

Susan s'allongea sur son lit avec un soupir. Spencer sourit avant d'annoncer :

— Tu sais quoi ? On prend cette douche, puis on file toutes les trois pour un bon repas, et vous pourrez me montrer votre beau campus. Je commence à avoir grave la dalle, en fait.

— Moi aussi, affirma Alécia en se frottant le ventre.

— Tu m'étonnes, commenta Susan qui n'en revenait toujours pas.

— C'est décidé, donc.

— Non, ça ne l'est pas. Pas si vous filez ensemble sous la douche. Ou l'on mangera à minuit.

Alécia sourit, prit la main de Spencer dans la sienne ainsi que son sac de toilettes.

— T'inquiète pas, on fera vite.

Elles sortirent de la chambre.

— C'est ça, ouais, murmura Susan.

Elle récupéra un livre de sa bibliothèque et s'assit sur son lit. Mieux valait qu'elle s'occupe. Elle allait patienter un bon petit moment.

Chapitre Neuf

Spencer et Alécia étaient assises à une table en balcon du restaurant FareStart, Alécia tapait sa fourchette en rythme sur la table, son regard ne quittant pas l'entrée de l'établissement. Le poignet de son autre main craqua comme elle le faisait rouler. Elle inspira profondément avant de reprendre le battement de sa fourchette, à peine atténué par la longue nappe blanche, jusqu'à ce que Spencer pose sa main sur la sienne. L'étudiante fronça les sourcils au regard de sa compagne.

— Que se passe-t-il ? Ça ne va pas, Spence ?

La photographe dissimula un bref rire.

— C'est à toi qu'il faut demander ça. Mais je connais déjà la réponse.

Se penchant plus près d'elle, Spencer posa sa main sur sa cuisse.

— Pourquoi es-tu si nerveuse, bébé ?

Alécia mit quelques instants à comprendre puis sourit, replaçant la fourchette à côté de son assiette. Elle secoua la tête, ses joues légèrement rosées d'embarras.

— Je ne suis pas nerveuse, je suis juste—

— Super nerveuse ?

Alécia relâcha une lourde expiration, souriant tout de même. Elle haussa les épaules.

— Je ne peux pas m'en empêcher.

— Si tu es nerveuse à l'idée de rencontrer l'une de tes auteures préférées, là je veux bien. Mais si t'es nerveuse par rapport à Eliza, il ne faut pas. Elle est super cool, je t'assure.

— Sûrement un peu des deux, j'avoue. Je suis très excitée à l'idée de rencontrer Jillian, euh… Julia, et de discuter de ses œuvres. Enfin, si elle veut en parler, termina-t-elle en levant les yeux au ciel.

Spencer fronça les sourcils.

— Pourquoi dis-tu ça ?

— Bah, depuis que je sais que tu les connais, j'ai effectué quelques recherches, sur ce qu'il s'est passé là-bas dans le New Jersey ; le centre commercial, le meurtre, tout le *truc,* et a priori, elle ne parle pas beaucoup. En même temps, vu ses écrits, je sais déjà qu'elle est intense, et réservée sur sa vie privée.

Spencer se rassit en arrière dans sa chaise en secouant la tête, et jouant avec sa serviette de table.

— Tu n'aurais pas dû, Al. Prends-les telles qu'elles sont.

— Oui, mais tu les connais si bien. Enfin, Eliza surtout. Et ce qu'il s'est passé là-bas est important, c'est là qu'elles se sont rencontrées et–

— Je ne sais même pas réellement ce qu'il s'est passé, l'interrompit Spencer en la regardant droit dans les yeux. Et cela n'a jamais rien changé.

Elle plaça une main sur la cuisse d'Alécia une fois de plus.

— Oublie ce que tu as lu, Al. Julia est assez discrète, oui, mais elle n'est pas non plus cette gamine de seize ans complètement retranchés dans sa tête. Je n'ai même jamais connu cette fille-là. Elle étudiait déjà à Stanford quand Eliza me l'a présenté, et sûrement déjà bien différente de celle qu'elle était l'année d'avant. Et elle est encore plus différente aujourd'hui. Par conséquent, oublie le passé des gens, et fie-toi à ce que tu vois, à ce que tu ressens et apprends d'eux directement.

— Et Eliza, elle est différente comment ?

La photographe secoua légèrement la tête avec un petit rire.

— Je ne comprends vraiment pas ta curiosité à son sujet. C'est elle ton vrai problème ce soir, n'est-ce pas ?

— Pas un problème non. C'est juste… OK, elle est très importante pour toi, ça, je le sens bien. Tu étais amoureuse d'elle–

— J'avais un coup de cœur pour elle, mon premier *vrai* coup de cœur pour une fille, donc oui, c'est important, mais je n'ai jamais été amoureuse d'elle. C'était plus lié à son charisme, en réalité. On n'est jamais sorties ensemble ou rien de ce genre. C'est dingue, tu n'es même pas aussi jalouse par rapport à Ana-Lucia.

— Mais c'est ça le truc, je sais que tu ne ressens rien pour Ana. Eliza par contre, tu l'as dit toi-même, elle a du charisme, les gens sont attirés par elle. *Tu* étais attirée par elle, ne put s'empêcher de dire Alécia, avant de jeter un coup d'œil furtif en direction de l'entrée qu'elle distinguait parfaitement du balcon.

C'était un endroit rêvé, et, maintenant qu'elle y pensait, Alécia se demandait pourquoi aucune autre table n'était occupée. Spencer et elle étaient seules à l'étage. Elle réalisa à cet instant qu'aucune des autres tables n'était dressée, alors que le restaurant semblait complet au rez-de-chaussée. Alécia se concentra de nouveau sur Spencer et chassa ces pensées.

— Rien ne s'est jamais passé, car je crois qu'on a senti ce truc dès la première rencontre ; la vraie amitié. On est de vraies amies, ce qui signifie que l'on n'a pas à connaître le moindre détail de la vie de l'autre, ni les mêmes connaissances. On n'a pas besoin de s'appeler tous les jours ou semaines, et pourtant on sera là l'une pour l'autre la minute où l'une en a réellement besoin. Oui, c'est mon amie, et oui, ça compterait pour moi que vous vous entendiez, parce que tu es la personne la plus importante pour moi, Al.

Spencer posa sa main sur son visage et caressa le sourire qui se formait sur les lèvres de l'étudiante.

— Mais si ce n'est pas le cas, ce ne sera pas un souci. Elle et moi serons toujours amies, et toi et moi toujours amoureuses. Je serai toujours très, très amoureuse de toi, mon amour, termina la photographe d'un murmure, son front touchant celui de sa compagne.

L'étudiante mit sa main sur la nuque de Spencer et l'approcha afin de combler le peu d'écart entre elles pour l'embrasser.

— Prenez une chambre, bon sang ! Il y a des enfants dans ce resto ! lança une voix profonde qui les fit sursauter.

Spencer rit et se leva, tout excitée de revoir ses amies. Alécia savait qu'elle rougissait fortement. Elle jeta un furtif coup d'œil à Eliza Carlisle, dont le regard appuyé sur elle la perturba. Elle se concentra vite sur la fine jeune femme que la riche héritière tenait par la taille.

— Tu ne voudrais pas qu'on vous prenne pour des lesbiennes, quand même ? ajouta Eliza avec un sourire mutin.

Elle étreignit longuement Spencer. La photographe enlaça ensuite Julia avant de se reculer. Tous les regards se tournèrent vers Alécia.

— Bonjour, glissa Julia en lui tendant la main.

L'étudiante la serra avec entrain, encouragée par le regard apaisant et plein de compassion de l'auteure.

— Alécia. Je suis super fan de vos écrits.

— Merci, répondit l'écrivaine avec un timide hochement de tête. Tu peux me dire tu, tu sais.

Elles échangèrent un large sourire.

— Eliza, se présenta la femme d'affaires en lui tendant la main également.

Alécia la serra, mais Eliza l'attira à elle.

— Une petite amie qu'elle me présente, je crois que ça mérite mieux, car c'est la première fois, ma belle.

Sur ce, elle la prit dans ses bras.

Alécia sentit une chaleur dans son étreinte, qu'elle n'avait pas sentie dans son regard, probablement trop nerveuse pour vraiment la voir, en fin de compte. L'accolade ne dura pas longtemps et, comme deux aimants, la main de Spencer trouva celle d'Alécia, tandis qu'Eliza trouva celle de Julia sans même la regarder. Elles s'installèrent autour de la table.

La native de Seattle devint silencieuse, dans ses pensées, pendant que le serveur prenait leur commande pour l'apéritif. Malgré les mots de sa petite-amie, oublier ce qu'elle savait d'Eliza Carlisle s'avérait difficile. Elle était impressionnante, classe et moderne dans un blue-jean très foncé et une chemise blanche. Personne ne la devinerait fille d'un multimilliardaire, avec ses cheveux bruns mi-longs presque sauvages avec des mèches violettes ici et là. Sa posture et son allure, en revanche, tout sauf basiques trahissaient son éducation.

Alécia secoua la tête ; mais pourquoi donc venait-elle de penser le mot *multimilliardaire ?* Voilà, maintenant elle pensait au père d'Eliza, dont la fortune avait de nouveau dépassé celle de Bill Gates. Et sa fille se trouvait là, assise juste en face d'elle. Peu importe les mots de Spencer, ce n'était pas une connaissance normale.

Alécia contempla autour d'elle, au reste de l'étage, réalisant qu'Eliza était sûrement la raison pour laquelle il était vide. Eliza avait sans doute loué le balcon entier.

Mon Dieu !

Elle expira pour se détendre. Ses pensées commencèrent à se bousculer presque douloureusement dans son esprit tel un flipper. Et si elle n'appréciait pas Eliza, en fin de compte ? Cela contrarierait certainement Spencer malgré ses dires. Et si Eliza ne l'aimait pas, elle ? Spencer ne serait-elle pas déçue, et ne penserait-elle pas moins d'elle, finalement ? Elle portait Eliza en telle estime, tout ce qu'elle disait, accomplissait. C'était un risque.

Alécia regarda Eliza et baissa aussitôt les yeux ; elle la fixait. L'étudiante ne remarqua que maintenant que Julia et Spencer discutaient de la récente réélection de Barack Obama, tandis qu'Eliza la scrutait toujours. Bon sang ! Depuis combien de temps l'observait-elle ? Se doutait-elle des pensées qui l'assaillaient ?

Alécia lui offrit un sourire tendu et se mit une claque virtuelle.

C'est juste une fille comme les autres, bon sang ! Très cool en plus, selon Spencer. Et son amie.

— Spencer nous dit que tu es écrivaine ?

Alécia secoua légèrement la tête, afin de se redonner un peu de maîtrise. Elle fronça les sourcils, devant se concentrer à nouveau sur la question d'Eliza. Elle regarda sur le côté à Julia, puis à Spencer, réalisant que la question lui était bien adressée.

— Moi ?

Eliza sourit et acquiesça.

— Euh non, enfin je…, commença Alécia avant de se racler la gorge. J'étudie l'anglais principalement, et l'écriture créative à Berkeley. Mais je suis plus axée sur l'édition et la correction.

— Mais tu écris.

De sa bouche, cela sortit comme un fait, pas une question. Alécia sourcilla un peu, puis Eliza ajouta :

— Elle dit que tu écris bien.

— Oh, répondit Alécia avant de regarder sa petite-amie qui opina.

— Très bien même, insista la photographe. Elle ne veut pas le croire, c'est tout.

Alécia nota de suite le sourire qui s'afficha sur les lèvres de Julia et d'Eliza. Celui de l'écrivaine réputée s'agrandit, dans la mesure où elle savait exactement ce qu'allait dire sa compagne.

— J'ai connu quelqu'un comme ça à une époque…

Le couple de longue date échangea un regard complice avant de s'approcher pour un baiser. Alécia s'étonna qu'elles s'embrassent en public, enfin, que Julia Waters embrasse sa partenaire en public.

Elle sourit tandis que sa conversation avec Spencer lui revint en tête. Elle avait raison, il était temps de profiter de cette soirée et des personnes qui y participaient, telles qu'elles étaient, plutôt que de penser à ce qu'elle avait lu sur elles.

— Oui, c'est vrai que j'écris. Et j'aime beaucoup ça, mais de là à m'appeler *écrivaine*… Julia est écrivaine. Il n'y a pas de comparaison possible.

— Ce n'est pas une histoire de comparaison. Simplement parce que mes écrits sont connus ne signifie pas qu'ils sont meilleurs que les tiens.

— Tu plaisantes j'espère ? J'aime tellement ce que tu écris. Bon sang tes poèmes… Et pourtant je n'étais même pas fan de poésie à l'époque. Mais j'aimais tant tes romans que j'ai lu ta poésie et j'ai craqué. C'est dire !

Les joues légèrement rosées, Julia déclara :

— Imagine-toi John Steinbeck et Victor Hugo, par exemple. Peux-tu dire lequel a le plus de talent ? Tu vois, ce n'est même pas une question qui se pose, en réalité. Les deux ont composé des chefs-d'œuvre, mais de style si différent que cela ne se compare pas.

Personnellement, j'avoue être intriguée et j'aimerais beaucoup lire tes écrits. Spencer a d'excellents goûts littéraires. Elle ne mentirait pas juste pour te faire plaisir.

La photographe opina de la tête.

— C'est vrai. D'ailleurs, j'ai toujours dit à Julia que je n'étais pas fan de poésie… j'aime certains de ses poèmes, mais ce n'est pas mon truc. J'ai du mal à me mettre dedans. J'aime par-dessus tous ses livres de voyage, j'avoue. Je les trouve spectaculaires.

Les yeux d'Alécia semblèrent s'illuminer à la mention de ces ouvrages.

— Bon sang oui ce qu'ils sont merveilleux ! Je n'en revenais pas quand Spencer m'a dit que Jillian Waters c'était toi, qu'elle te connaissait. C'est là qu'elle a réalisé à quel point j'étais fan en fait, car j'avais toute ta collection, romans, tomes de voyage. Je suis abonnée à ton blog de voyage et bien sûr j'ai tes recueils de poésie, le <u>Book of Secrets</u>, <u>Wanderers' Tale</u>, le <u>Dark Shadows</u> et tes petites nouvelles. Je possède l'essai original que tu as écrit à Stanford sur la protection environnementale et animale et qui t'a servi de base pour ton livre sur le sujet. Tu sais, c'est cet ouvrage qui m'a fait réfléchir à la planète, aux animaux, à mon alimentation et ce que je faisais tous les jours et qui impactait la planète à grande échelle. Je suis devenue végétarienne grâce à lui.

Spencer leva les yeux au ciel.

— Végétarienne qui tend vers le véganisme. J'ai un peu plus de mal avec ça, j'avoue.

— Ne m'en parle pas, Spence.

Eliza but une gorgée de son verre de vin rouge.

L'enthousiasme d'Alécia s'accrut et elle s'adressa de nouveau à l'auteure :

— Oui, tu es végane, n'est-ce pas ?

Julia acquiesça de la tête.

— Parce que moi aussi, enfin oui effectivement c'est le chemin que je prends, cela dit… n'est-ce pas un peu drastique, finalement ? Enfin non, pas drastique, mais pour les gens qui t'entourent justement.

L'étudiante glissa son bras entre celui de Spencer et la jambe gauche de son amour, qui plaça sa main droite par-dessus celle d'Alécia.

— Spencer a été super jusqu'à maintenant, plus que ça même, elle est végétarienne quasiment, même quand je ne suis pas là, mais parfois je n'ose pas, tu vois. Elle fait des efforts et je me dis que ça serait trop demander. Comme je l'ai dit, elle est super compréhensive à ce niveau-là, mais c'est la seule. Ma mère commence à me préparer des plats végétariens, au bout de *deux ans* quand même. Si je lui dis plus d'œufs, plus de sa sauce spéciale salade, plus de fromage ou encore de lait de vache pour le petit-déj... Tu vois ce que je veux dire ?

— Tout à fait, confirma l'écrivaine avec un rire discret qui équivaut celui d'Eliza.

— Donc c'est dur pour toi aussi ? demanda Spencer à son amie proche.

Eliza secoua la tête.

— Non, non, pas dur du tout.

Julia ne put s'empêcher de rire un peu plus fort au ton de sa compagne. Spencer et Alécia sourirent au regard complice qui passait entre les deux femmes.

— *Toi*, ne rigole pas, lança Eliza à sa jeune amie, mademoiselle *presque végétarienne*. Moi je suis complètement végétarienne, à cause de celle-là, finit-elle en admirant Julia, les doigts de leurs mains s'entrecroisant tendrement.

— *Grâce à*, pas *à cause de*, chérie, corrigea Julia.

Toujours avec le sourire, elle ajouta :

— Mais je ne te l'ai jamais demandé, tu sais.

— Ah ! s'exclama Eliza, se redressant dans sa chaise.

Julia rit. Eliza fixa Spencer.

— Toi non plus je parie qu'Alécia ne t'a jamais rien demandé, n'est-ce pas ?

La photographe acquiesça de la tête.

— Je parie aussi qu'elle ne manque jamais de t'aviser chaque fois que tu manges du veau que sa mère le pleure pendant des jours quand on le lui enlève, pour que l'on puisse boire son lait et manger son bébé ? Elle n'oublie pas non plus de t'informer et te montrer les vaches mal étourdies à l'abattoir, suspendues par une jambe, qui gesticulent comme des folles en agonie en se vidant de leur sang par la gorge, n'est-ce pas ? Elle ne manque pas de t'indiquer également que l'on pourrait nourrir tous les sans-abris avec un cinquième de ce que l'on utilise pour alimenter les bêtes d'élevage, non ? Oh, et n'oublions pas les petits poussins mâles broyés vivants ! finit-elle, se tournant avec un faux air réprobateur vers sa compagne. Je me trompe ?

Julia échangea un regard coupable avec Alécia, qui ne dura qu'un instant toutefois, le sourire triomphant revint rapidement.

— Et je ne vous parle même pas de la pollution que l'élevage intensif crée. Et l'impact sur votre santé. Au bout d'un moment, tu en perds l'appétit.

Malgré son discours, Eliza paraissait en réalité calme et parfaitement à l'aise avec cela. Leurs habitudes alimentaires ne semblaient en aucun cas sujet de discorde. La femme d'affaires but une nouvelle gorgée de son verre de vin.

— Oh, pauvre chou !

Julia se pencha sur sa compagne qui captura ses lèvres dans un baiser alléchant. L'écrivaine rougit en se reculant et Eliza hocha la tête.

— Tu as été très vilaine avec moi, Jul. Il en faudra bien davantage pour te faire pardonner.

— C'est promis, je me ferais pardonner... Plus tard, ce soir ?

— J'ai hâte !

Spencer observa Alécia, le même regard amusé sur son visage. Les deux femmes paraissaient avoir oublié leur présence, l'espace d'un instant.

Eliza se concentra de nouveau sur elle.

— Le truc c'est qu'elle a raison. Et l'un dans l'autre, je le sais, tout le monde le sait, mais on n'a pas forcément envie d'y penser. Seulement, de vivre avec elle, je ne peux pas l'ignorer juste pour mon petit plaisir, ma petite vie perso. D'une certaine manière, je suis *végane* également. Je portais beaucoup de cuir à l'époque, plus maintenant. Je prête plus d'attention à mes vêtements, aux produits de nettoyage que j'achète, ce que je mets sur mon corps ou mon visage. Parce que la nourriture c'est une chose, mais que des animaux souffrent pour que des connasses s'habillent en fourrure, tu m'excuseras, il y a de quoi enrager. Franchement, qu'il s'agisse du maquillage ou des produits d'entretien, ce n'est pas bien difficile d'acheter des produits non testés sur animaux, ils l'indiquent de plus en plus dorénavant, signala-t-elle.

Elle se tourna vers Julia.

— Je fais attention. Mais je n'arrêterai jamais de manger les meringues de Rosita ! Là-dessus, on s'est mis d'accord, d'ailleurs elle en mange aussi. Tu vois, elle triche !

Alécia sourit, se retenant de rire même. Cette dernière phrase ne semblait pas venir d'une riche héritière de vingt-six ans, mais plutôt d'une adolescente en pleine crise. Et le petit ricanement de Julia la rapprochait davantage de la jeune ingénue de seize ans et demi au profond regard vert intense qui avait séduit Eliza, que la jeune auteure épanouit de vingt-trois ans qu'elle était devenue.

— C'est Rosita la tricheuse. Entre ses meringues et sa mousse au chocolat, comment puis-je lutter ?

Le haussement d'épaules innocent de Julia lui donnait l'air encore plus jeune.

Spencer devinait qu'Alécia était un peu perdue, alors elle lui expliqua que Rosita était la cuisinière des Carlisle depuis des années. Elle travaillait pour eux depuis aussi longtemps que Spencer s'en souvienne, la photographe n'hésita pas non plus à dire qu'elle était, pour elle, la meilleure cuisinière au monde.

— Tu vois ? justifia Julia d'un ton léger. Plus sérieusement, pour répondre à ta question initiale, Alécia, tu peux rester en adéquation avec tes valeurs, d'autant plus que c'est ce qui est juste. Néanmoins, parfois, comme je le fais pour Rosita lorsque nous partageons un repas avec la mère d'Eliza, eh bien, tu peux faire un compromis, du style, redevenir *juste* végétarienne. Tu ne peux pas mettre *tout ça* au visage des gens constamment. La réalité est qu'ils le savent de toute manière, mais ne les harcelons pas. Sois honnête avec toi, et cent pour cent qui tu es, pour toi. Si partager un bon dîner végétarien, ou un petit-déj et un bol de lait avec tes parents vous permet de passer un bon moment, dans ce cas, un compromis vaut le coup, non ? C'est occasionnel ; personnellement, je ne pourrais jamais remanger d'animaux, marins ou terrestres, personne ne me le demanderait de toute façon. Les gens savent, tu sais, que c'est ce qui est juste. Seulement tout le monde n'est pas prêt à agir en fonction de ce savoir. Ça prend du temps. Essaie simplement de rester en adéquation avec toi-même, sans aliéner les gens qui t'aiment.

Alécia acquiesça.

— Je trouve que c'est un très bon conseil

— On parle, on parle. Et en attendant, ce repas végétalien est en train de refroidir. Si l'on mangeait un peu ? déclara Eliza.

***

Elles restèrent relativement calmes pendant un petit moment avec des sujets légers en dégustant leurs plats. Alécia se sentait plus détendue. Les interactions si familières et complices entre Eliza et Julia l'avaient aidé, pourtant il restait un *je-ne-sais-quoi* au fond de son esprit dont elle n'arrivait pas à se débarrasser. Chaque fois que sa petite-amie et la femme d'affaires échangeaient un regard, elle sentait son corps se tendre. Elle ne parvenait pas à se l'expliquer ni à l'empêcher. Eliza s'était montrée très sympathique avec elle, et l'étudiante ne pouvait pas manquer l'amour incontestable entre Julia et elle, alors pourquoi... ? Alécia en était même légèrement irritée, de ne parvenir à se débarrasser totalement de sa jalousie mal placée.

Eliza venait de finir son plat principal quand elle agita sa main en l'air.

— Oh, avant que j'oublie !

Elle mit la main dans son sac à main.

— Je les ai depuis un moment. Il y a des choses que l'on aimerait mieux oublier.

Elle tendit deux tickets en direction de Spencer dont les yeux s'ouvrirent en grand.

— Oh, mon dieu, tu as réussi à en avoir ?

L'héritière retira sa main avant que son amie ne puisse attraper les billets.

Un sourcil dressé, elle lui demanda :

— Ils sont bien pour Lily et ta mère, n'est-ce pas ?

Spencer et Julia rirent. Alécia secoua brièvement la tête. Eliza donna les tickets pour le concert des One Direction à la photographe.

— Oui, c'est bien ma mère qui l'accompagnera, mais perso je trouve qu'ils sont très bien ces p'tits jeunes.

Eliza haussa les épaules et prétendit ne rien entendre.

— Elles seront sur la liste pour récupérer un *pass backstage* à l'entrée. Rien d'exceptionnel, juste cinq minutes avec eux après le concert.

— Sérieusement ? Bon sang cette gamine est pourrie gâtée !

Spencer regarda Alécia qui hocha la tête. Elle fixa de nouveau Eliza.

— Merci encore, E. Promis, j'ai dit à ma mère que c'était la dernière fois que je te demandais un truc de ce genre.

— Ce n'est pas grand-chose. J'ai survécu à la requête Justin Bieber, je survivrai à ça. Mais j'aimerais bien que Lily sorte vite de l'adolescence.

— Elle a quinze ans, ça va le faire. Je vais commencer tout doucement à la travailler un peu. La prochaine fois, ça sera au moins pop-rock. Promis !

Eliza inclina son verre en direction de Spencer avec un clin d'œil.

— Je te prends au mot. Et puis en fait, elle n'est pas pire que toi finalement, n'est-ce pas ?

Spencer voulut parler, mais partit en fou rire à cause du regard de son amie. Alécia pouvait voir qu'Eliza se retenait, sans y parvenir et bientôt, les deux rirent comme des folles. Plus elles se regardaient, plus elles riaient. Les voir amusait Alécia, et en même temps, leur familiarité, et leur complicité la maintenait toujours sur ses gardes. Elle se tourna vers Julia afin d'y voir plus clair.

— Alors là… je n'en ai aucune idée, indiqua la jeune écrivaine, avec un haussement d'épaules.

Spencer se couvrit la bouche avec le dos de sa main, tandis qu'Eliza se redressa sur sa chaise.

— Désolée pour ça, les filles, s'exprima Eliza avant de regarder Alécia. Quoi que tu fasses, ne va jamais à un concert de Brandi Carlile avec elle.

— Je vois. Qu'est-ce qu'elle a fait ? Elle a bavé sur la scène tout le concert ? Parce que c'est comme ça quand elle regarde un clip ou l'écoute dans la voiture, ou même rien que d'entendre son nom des fois.

— Un truc dans le genre, ouais, répondit Eliza avant d'expliquer : on a pu entrer avant le concert, pendant qu'ils faisaient les balances[25], pour lui parler. Enfin, parler c'est un grand mot, Spencer a émis quelques sons type *ado gaga* devant un top model dévêtu. Très embarrassant. Et toute la soirée elle était à fond, une chienne en chaleur, elle en pouvait plus la Spencer !

La photographe était tellement perdue dans les souvenirs, et son rire qui revenait, qu'elle ne vit pas Alécia baisser les yeux.

— T'exagères là ! J'ai juste un peu *buggé* devant elle. Je ne savais pas trop comment lui parler. Je me suis rattrapée en *backstage* après le concert, ça s'est bien passé.

— Oh si par *bien passé* tu veux dire qu'on te suivait à la trace après notre départ… oui, ça s'est bien passé.

— Arrête, E.

Eliza la pointa du doigt et la photographe rit.

— Tu l'aurais suivi au lit sans hésitation. Tu mouillais tellement !

— Comment le sais-tu ?

---

[25] Faire la balance désigne le réglage du matériel avant le début d'un spectacle ou d'un concert (accorder les instruments, vérifier les retours du son, installer les micros, etc.).

Tous les regards se tournèrent sur Alécia après son intervention plutôt sèche.

Plus de rire, plus de sourire.

Bon sang ! Qu'est-ce qui ne va pas chez moi ?

Elle se serait mis des baffes. Elles passaient un agréable moment. Il n'y avait rien entre Eliza et la photographe. Spencer l'aimait, elle, et Eliza aimait Julia. Pourquoi donc venait-elle de tout ruiner ainsi ? Elle aurait souhaité se fondre dans sa chaise. Elle distinguait l'embarras sur le visage de Spencer, essentiellement parce qu'elle ne savait plus comment la rassurer. Pas plus qu'elle-même ne savait d'où ces mots étaient sortis.

— Désolée, vraiment, vraiment désolée. Je ne voulais pas le dire de cette manière, enfin je veux dire…

Eliza leva une main, sourire aux lèvres, et Alécia s'interrompit. C'était impressionnant comme un simple geste ou un simple regard et tout le monde stoppait et attendait la suite. L'étudiante l'avait tout de suite noté à son propos ; malgré son attitude *cool*, dès qu'elle parlait ou qu'elle se déplaçait, tous les regards la suivaient et le temps paraissait ralentir. Quelque chose de puissant émanait d'elle. Alécia avait tout d'abord pensé que c'était dû à son nom de famille, mais ce n'était pas le cas, ou qu'une partie en tout cas. Quoi que ce soit, elle ne laissait personne indifférent.

— Avant de quitter la salle, après que Brandi et les jumeaux soient partis, nous sommes allées aux toilettes, dans deux w.c. séparés, ajouta-t-elle, les yeux rivés sur Alécia qui se mordit la lèvre.

Elle avait rarement été si gênée de sa vie, tandis qu'Eliza termina :

— Et mademoiselle Spencer me dit alors, mot pour mot, « oh, la vache, j'ai mouillé ma culotte ! »

Spencer aurait ri aux éclats en temps normal, si elle n'était pas si contrariée par la remarque de sa petite-amie.

Eliza posa son verra de vin sur la table et son regard intense se posa sur l'étudiante.

— Je n'ai jamais couché avec Spencer, et c'est quelque chose qui n'arrivera pas.

— Je sais, je sais, je suis désolée. Je ne sais pas d'où c'est venu.

Alécia relâcha sa respiration au sourire attendri que lui offrit la riche héritière.

— Ne t'inquiète pas, j'aurais sûrement fait la même chose que toi à ta place. Probablement bien plus tôt d'ailleurs, indiqua-t-elle avant d'amener la main de Julia, qu'elle tenait sous la table, à ses lèvres pour l'embrasser, et de poursuivre :

— Julia est la seule pour moi. Et vous deux semblez avoir ce petit quelque chose en plus, donc tu n'as pas à t'inquiéter pour Spencer et moi. Cela dit, on a un lien fort et particulier, souligna Eliza en regardant Spencer qui sourit. Mais pas de ce type-là. Oh ! Je l'ai bien embrassé une fois, mais c'est juste parce que j'étais bourrée, et que celle-ci venait de me larguer.

Elle montra Julia d'un geste de la tête. L'écrivaine posa son poing sur sa hanche et ses lèvres se plièrent en une moue boudeuse.

Eliza se rapprocha d'elle pour lui murmurer à l'oreille. Alécia ne pouvait s'empêcher de les observer, fascinée par la façon dont le visage de Julia s'ancrait dans la main d'Eliza. L'autre main de la femme d'affaires s'installa sur la cuisse de l'auteure, et la main de Julia se mêla à elle de la même manière que leurs regards semblaient se fondre l'un dans l'autre. C'était ça l'amour vrai. Alécia n'avait jamais perçu une telle connexion entre deux personnes.

Au moment où cette pensée lui traversa l'esprit, son regard se porta aussitôt sur Spencer. La brunette triturait sa serviette en cherchant une réponse à la question que venait de lui poser Julia sur la photographie. Les lèvres de l'étudiante formèrent un sourire immédiat et elle ne pouvait observer autre chose que sa partenaire. Comme si elle l'avait senti, Spencer se tourna vers elle avec son sourire flamboyant et un clin d'œil, avant de rendre son attention à l'écrivaine.

Oui, c'est de ça qu'il s'agissait, la façon dont les battements de son cœur venaient d'accélérer par le simple regard de sa Spencer, et ce sourire incomparable. Ce sentiment de chaleur qui la traversait de part en part, encore maintenant, même si la photographe ne la regardait plus. Les étoiles dans les yeux, et un sourire qui ne s'estompait pas… Oui, elle l'avait, elle aussi. L'amour vrai, et rien n'avait plus de valeur.

Elle secoua la tête pour sortir de ses rêveries. C'est là qu'elle réalisa qu'Eliza la fixait toujours. Un sourire s'était formé sur ses lèvres. Sans conteste, elle appréciait l'expression qu'elle venait de lire sur le visage d'Alécia. Elle leva son verre dans sa direction.

— À l'amour !

Alécia leva le sien.

— À l'amour !

Elles dégustèrent leurs desserts dans un calme relatif. Eliza n'avait pas terminé son banana split végan quand elle s'adressa au jeune couple.

— Et donc, mesdemoiselles, pensez-vous pouvoir venir à Largo[26] en janvier ?

— Pour la lecture de Julia ?

Eliza hocha la tête.

— Oh moi tu sais que du moment que je ne suis pas malade, j'y serai. Quant à Alécia ?

Spencer se tourna vers sa petite amie qui parut étinceler d'un coup.

— As-tu vraiment besoin de demander ? Lecture de poème par Jillian Waters à LA, accompagné par Fiona Apple au piano ? Qui manquerait ça ?

— Moi ! s'exclama Eliza en levant vite sa main.

Spencer rit légèrement.

— Tu ne l'aimes toujours pas ?

Alécia sourcilla.

— Tu n'aimes pas Fiona Apple ? s'étonna-t-elle. Et d'où vient cette collaboration, d'ailleurs ?

Julia sourit, pourtant c'est Eliza qui parla la première :

— Je n'ai jamais dit que je ne l'aimais pas.

Julia se racla la gorge, alors Eliza grimaça.

— Allez, bébé, tu sais que ce n'est pas ça. C'est juste qu'elle est… bizarre.

— Plus bizarre que moi ?

Eliza sembla y réfléchir. Elle se tourna ensuite vers Alécia.

— Elles se sont rencontrées il y a plusieurs années, et il y a eu une étincelle. Tu vois, Alécia, c'est un peu comme Spencer et moi. Elles ont un lien particulier. Ce n'est rien de sexuel, et pourtant ça me rend quand même jalouse. Je suppose que c'est simplement parce que je veux que Julia n'ait un lien particulier qu'avec moi. C'est stupide et puéril, mais je ne peux m'en empêcher. Je sais que tu comprends.

— Oh oui !

Alécia sourit en levant son verre en direction de la riche héritière qui acquiesça et trinqua avec elle.

---

[26] Largo, également appelé Café Largo, Largo, chéri !, ou Club Largo, est une discothèque et un cabaret à Los Angeles, en Californie.

— Vous êtes impossibles toutes les deux, déclara Spencer qui trinqua avec Julia.

— La vérité c'est que j'y assisterais volontiers, en réalité. Mais sa lecture tombe le jour du procès du type qui a tué les parents de Wanya.

Les épaules de Spencer s'affaissèrent et elle reposa sa crème brûlée.

— Oh merde ! Je ne savais pas. Vraiment désolée. Wanya, c'est bien celui qui bosse dans l'informatique ?

— Ouais. Un connard dans une grosse bagnole roulait ivre et a grillé un feu rouge, les tuant sur le coup. J'espère qu'il aura ce qu'il mérite ce salaud. On a fait tout pour, en tout cas.

Spencer opina.

— Te connaissant, tu as mis tes avocats sur le cas.

— Même pas. Enfin, je m'y apprêtais, mais mon père a dégainé le premier.

Les yeux de la photographe s'ouvrirent grands.

— Vraiment ? C'est super ! Là, tu es sûre que le gars va manger bon.

— Oh oui. Il a sorti l'artillerie lourde. Ça m'a agréablement surprise, je l'avoue.

Spencer ne put s'empêcher de demander :

— Ça veut dire que tu lui parles toujours, au moins une fois dans l'année on va dire ?

Julia se mit à rire.

— J'ai dit une connerie ? s'alarma Spencer.

— Disons que c'est plus une fois par mois, selon où l'on se trouve. J'ai mangé avec lui à midi hier, d'ailleurs. On se voit davantage ces derniers temps.

— Sérieusement ? Tu fous mon monde en l'air là !

Spencer se tourna vers Alécia pour expliquer brièvement qu'Eliza avait toujours eu des relations plus ou moins houleuses et compliquées avec ses parents, avec son père essentiellement.

La femme d'affaires ne put qu'acquiescer, mais son sourire l'emporta, tandis qu'elle avoua :

— J'ai plus de points communs avec lui que je le souhaite. En tout cas, on arrive à travailler ensemble, et passer quelques moments père-fille sans se bouffer le nez. Vous ai-je déjà dit à quel point c'était bizarre ?

— Tu m'étonnes, confirma Spencer. Moi je pensais vraiment que maintenant qu'ils avaient divorcé, tu ne le verrais plus du tout. Non pas que je le souhaite, au contraire, je trouve que c'est super que tu aies un terrain d'entente avec lui, désormais. Mais je suis surprise, oui.

— Le seul truc qui n'allait pas avant c'est qu'il ne la méritait pas. Alors maintenant qu'ils sont officiellement séparés, tout va bien.

Alécia sourit.

— Donc, si je résume, tu es ravie que tes parents aient divorcé ?

Elle se tourna vers Spencer pour confirmation, et la photographe acquiesça avec un clin d'œil.

— Oui. Tous mes rêves sont devenus réalité le jour où ma mère a demandé le divorce, déclara l'héritière en plaçant sa main par-dessus celle de sa compagne sur la table en répondant à Alécia.

— Et comment va ta mère ? Comment prend-elle tout ça ? s'enquit Spencer.

— Super bien. Elle va, elle court à gauche à droite pour ses œuvres caritatives, ses galas de charités. En Europe, en Afrique, en Amérique latine. Impliquée à deux cent pour cent. Je la vois plus souvent hors des États-Unis qu'ici, en réalité. Julia et moi sommes *conviées* à Jersey, donc je présume qu'elle sera de retour au pays d'ici quelques jours.

— Ton père sera-t-il là ?

— Étrangement, je l'espère. C'est dingue en fait comme cette famille s'entend super bien maintenant qu'ils ont divorcé. On a tous notre place, chacun peut se montrer tel qu'il est. Je ne joue pas dans la cour des géants, mes millions ne me servent pas à en *fabriquer* d'autres comme les siens et il l'a accepté. Il ne discute plus non plus le fait que Julia soit le centre de ma vie. Elle l'est, c'est tout. Ma mère a ses *assos* et ses jardins et c'est bien aussi. Mon père a ses milliards et ses maîtresses, et il n'a plus à se cacher. Ça lui plaît ainsi et c'est cool aussi. Tout est bien pour tout le monde.

— Et qu'en est-il de ta mère ? Je veux dire, a-t-elle quelqu'un dans sa vie ? Ça m'a vraiment surprise, tu sais ; je pensais que jamais elle ne demanderait le divorce. Je suppose qu'elle en avait assez de se cacher aussi, non ?

— Je pense qu'elle voit quelqu'un, oui. Quant à se cacher, je ne sais pas. Je ne suis pas sûre.

Alécia détectait du tracas chez Eliza pour la première fois de la soirée. Il y avait donc bien des choses qui la contrariaient ; la vie sentimentale de sa mère par exemple, ou plutôt, de ne pas savoir. L'étudiante trouvait étrange sa propre fascination envers la riche héritière. Ce qu'elle aimait à observer, c'était surtout la complicité entre

Julia et elle, car elle n'avait rien connu d'aussi intense hormis Spencer et elle-même. Il y avait entre elles une intimité qui paraissait aussi naturelle que de respirer.

Alécia sourit quand Julia s'apprêta à prendre la parole. Elle savait que peu importe ce qu'allait dire la jeune femme ; cela apaiserait Eliza, comme si elle lisait dans les pensées de sa partenaire, et trouverait les mots justes pour chasser ce tracas, aussi léger fût-il.

— Non, assura l'écrivaine en regardant son amour. C'est une des premières choses que tu m'as dites sur elle dans les premières semaines où je t'ai rencontré ; qu'elle ne s'abaisserait jamais si bas. Elle ne le tromperait jamais. Maintenant, je ne dis pas qu'elle n'est pas tombée amoureuse de quelqu'un d'autre, je pense même que c'est la raison pour laquelle elle a finalement demandé le divorce ; parce qu'elle a craqué pour quelqu'un et qu'elle ne voulait pas commettre l'adultère. Jusqu'à présent, sa vie lui allait, avec ses hauts et ses bas, mais au moins c'était simple, elle connaissait sa place, quoi dire et comment agir en toute instance. Les sentiments changent ces choses-là. Enfin bon, ce n'est que mon humble opinion.

— Oh, ton humble opinion, hein ? la titilla Eliza, en repoussant une mèche de ses cheveux bruns derrière son oreille, lui caressant le visage par la même occasion. Tu as toujours réussi à lui tirer les confessions que je n'aurais même jamais rêvé d'avoir.

Eliza attira sa compagne dans un doux baiser et leurs regards s'attardèrent l'un dans l'autre. La femme d'affaires se racla la gorge et rendit son attention à leurs invitées.

— Ils sont heureux tous les deux, c'est ce qui compte.

— Ton père n'a pas créé de souci, il l'a laissé partir sans aucune dispute ou mettre en avant ses avocats ? Certains divorces deviennent de vrais champs de bataille, surtout quand autant d'argent est en jeu.

— Avec toutes les maîtresses qu'il a eues ? Ma mère, à l'inverse de lui, est appréciée de tous pour autre chose que son argent. Crois-moi que son image en aurait pris un coup. Il n'avait aucun intérêt à la retenir ou rechigner sur l'argent. Ça s'est passé en douceur. La seule dispute a été de savoir qui garderait Rosita.

Elles rirent toutes les quatre et Eliza poursuivit en regardant Alécia.

— Tu vois, certains couples se déchirent pour la garde des enfants, ou du chien. Eux c'était pour la cuistot !

Julia sourit.

— C'était couru d'avance que Rosita resterait avec ta mère ; elles sont amies plus qu'employée employeuse. Tout comme c'était donné que Vincent, lui, ne quitterait pas ton père.

— C'est notre chauffeur, précisa Eliza. Il est dans notre famille depuis trente ans et, où que mon père aille, il y va aussi. Et puis toute sa famille réside aux États-Unis. Il a deux filles et un fils. Il ne pourrait jamais passer autant de temps hors du pays comme le lui imposerait de suivre ma mère. La seule famille de Rosita se trouve en République dominicaine, et grâce aux œuvres caritatives de ma mère et ses *assos*, elles y vont régulièrement, donc ça fonctionne bien ainsi. Non, vraiment, en fin de compte, tout a pris place parfaitement.

Le téléphone d'Eliza vibra. Elle le saisit et un énorme sourire s'afficha sur ses lèvres. Elle montra l'écran à Julia et un rictus attendri apparut sur son visage.

— Elle est trop mignonne !

— Dépêche-toi de finir ta glace, bébé.

— Eliza, sérieusement ? Tu ne vas pas le faire ?

— Je ne perdrai pas trois fois de suite !

Julia rit. Spencer et Alécia se regardèrent, l'air confus, toutefois amusé, tandis qu'Eliza composait un numéro de téléphone.

— Martine, bonsoir. J'ai besoin d'un vol rapidement pour Julia et moi pour New York. Oui, j'attends.

Julia rit alors qu'Eliza se tourna vers les deux autres jeunes femmes.

— Désolée, les filles, on va devoir vous abandonner un peu plus tôt. Je me rachèterai, promis.

En terminant sa phrase, elle sortit son portefeuille.

— Eliza, commença à protester Spencer, mais la femme d'affaires leva la main.

— On vous lâche, par conséquent on paie.

— Le repas est quasiment fini, E.

— Oh, tais-toi.

Alécia ne put s'empêcher de sourire à la moue boudeuse de Spencer.

— Oui, Martine, huh hum… écoute, on va le prendre, annonça Eliza qui contempla ensuite Julia et se mordit la lèvre inférieure. Non, tu sais quoi, Martine ? Celui juste après sera mieux, finalement. Réserve-le.

— C'est quoi cette histoire de perdre ? demanda Alécia tandis qu'Eliza terminait sa conversation.

Julia secoua la tête, non pas qu'elle soit surprise de l'attitude de sa compagne. Elle raconta aux filles que Jason, le meilleur ami d'Eliza venait juste d'être papa d'une petite Gwendoline, c'était son troisième enfant. Eliza et ses meilleurs amis de New York avaient un pari récurrent sur le sujet ; celui d'être le premier à voir les nouveau-nés des uns et des autres. Eliza avait gagné pour Dewayne, le premier de Wanya, trois ans auparavant et pour le premier de Jason, mais Jenyfer, la sœur de ce dernier, l'avait battu pour son deuxième. Eliza avait de nouveau perdu quand Jason l'avait battu pour la naissance d'Imani, la deuxième enfant de Wanya, au printemps dernier.

— Si elle perd encore, bon sang ! Elle n'est pas franchement bonne perdante.

Eliza secoua la tête en se levant. Elle plaça plus de billets de cinquante que nécessaire et tendit sa main à Julia.

— Jenyfer est au Brésil en ce moment.

— Oh, mon Dieu, a-t-elle vu le Corcovado ? s'émerveilla Spencer.

Eliza mit ses mains sur ses hanches.

— Ne me dis pas que tu n'y es pas encore allée ?

— On prévoit ça pour cet été, répondit Alécia à la place de sa petite-amie.

— Elle me parle de cette statue depuis que je la connais. Avec tous les endroits où tu as été ? Trente-huit petits mètres, Spencer, dont huit mètres de socle.

Julia et Alécia rirent à la nouvelle moue qui s'afficha sur les lèvres de la photographe.

— Je veux le voir. Je n'y peux rien ! déclara-t-elle, croisant les bras sur sa poitrine comme un enfant de cinq ans. Et puis d'abord, sept cent dix mètres en tout.

— C'est ce que je disais. Faut se donner bien du mal pour une simple *statuette*.

Spencer lui tira la langue.

Alécia rit davantage puis inséra son bras entre ceux de sa chérie.

— Bébé, on y va cet été, je te le promets.

— Non, on n'y va pas. Ou alors on glisse ça en juin si on peut, car tu as ton boulot dès juillet.

— S'ils me veulent autant que ça, ils attendront un peu, c'est toi-même qui l'as dit.

La moue de Spencer se changea immédiatement en sourire, quand l'étudiante déposa un doux baiser sur ses lèvres.

— Aww, se moqua Eliza en plaçant une main sur son cœur. Que c'est mignon !

Eliza et Julia saisirent leurs vestes.

— Je vous l'ai dit vous deux, prenez une chambre, bon sang ! Moi c'est ce que je fais dès que je sors d'ici, précisa-t-elle, sourcils levés effrontément en attirant sa belle à elle. L'écrivaine leva un sourcil inquisiteur.

— J'avais cru comprendre qu'on prenait l'avion là, tout de suite.

La femme d'affaires posa ses deux mains sur la taille de sa compagne et murmura :

— Ne t'avais-je pas promis certaines douceurs pour ce soir ?

Julia rougit lorsqu'Eliza continua :

— Et il y a des promesses que je déteste vraiment briser.

— Dans ce cas…, répondit Julia, le souffle court.

Alécia n'en revenait pas de l'effet que pouvait provoquer ces quelques mots sur l'écrivaine, surtout le ton sur lequel ils étaient prononcés. Eliza resserra son étreinte sur la taille de la jeune femme pour l'embrasser délicatement avant de reprendre :

— Jen au Brésil, Wanya à Austin avec sa tante et Alana pour le service militaire en hommage à son oncle. On arrivera à New York au petit matin, par conséquent… nous prendrons l'avion un peu plus tard ce soir. Ça nous laisse juste le temps d'aller à l'hôtel, *prendre une douche,* et partir.

Elle haussa les épaules avec un froncement de sourcils explicite, quand Spencer et Alécia se moquèrent.

— Vous allez me faire croire que vous deux, vous n'allez pas prendre une longue douche ce soir en rentrant ?

— J'aime les douches, mais je me sens plutôt d'humeur *bain,* ce soir. Qu'en penses-tu, Al ?

Malgré son rougissement, l'étudiante opina.

— Complètement d'accord.

— J'ai été vraiment ravie de te rencontrer, Alécia. J'ai hâte de vous revoir toutes les deux à L.A. pour ma lecture, si vous le pouvez. Ça me ferait réellement plaisir.

— Je ne raterais ça pour rien au monde, Julia, affirma l'étudiante avec enthousiasme tandis que Spencer acquiesça.

— Vraiment enchantée de t'avoir rencontré, Alécia, déclara Eliza chaleureusement. Mais il faut qu'on se programme un rendez-vous officiel dans pas plus de deux ou trois semaines. Je veux commencer à bosser sur cette idée au plus tôt.

— Hein ?

La réponse d'Alécia résumait sa compréhension de la phrase d'Eliza.

— Spencer m'a parlé de ton idée, d'une asso pour la jeunesse LGBTQ+ et les mucos. Ça me plaît beaucoup et j'aimerais qu'on en discute. Écris-moi une sorte de pitch.

— Mais, euh, c'était juste une idée.

— Travaille-la, insista la femme d'affaires, le doigt pointé sur elle.

Eliza prit la main de sa compagne.

— Désolée de vous lâcher ainsi les filles, mais j'ai vraiment besoin d'aller faire l'amour à ma Julia, là tout de suite. Donc bonne nuit. On se rappelle !

Le couple partit main dans la main.

Aussi perplexes qu'amusées, Spencer et Alécia les observèrent sortir du restaurant.

— Ouah ! C'est quelque chose, cette femme !

— Je te l'avais bien dit, Al.

— Toutes les deux, en fait.

Alécia secoua la tête ensuite.

— Spence, mon ange, ce n'était pas cool par contre de lui avoir parlé du *début* d'idée que j'ai eu.

— Attends, bébé, c'est bien plus qu'une idée, il te faut juste les fonds et la logistique, et d'après ton rendez-vous avec la direction de l'hôpital, ils n'ont pas eu l'air très réceptifs.

— En fait, ça allait jusqu'à ce que je prononce les mots *LGBTQ+* et *mélangé* dans la même phrase.

— Arrête, on vit dans l'état de Washington quand même, pas en Alabama.

— Le comité de direction m'assure que ça ne les dérangerait pas, mais *certains parents* blabla, pas de rencontre, blabla, déjà pas assez de place pour les mucos, blabla. Bref, ils ont préféré se couvrir. Enfin bon, pour en revenir à Eliza, ce n'est pas parce que c'est ton amie et qu'elle a de l'argent que—

— Attends, je t'arrête tout de suite, tu fais fausse route. Je ne l'aurais jamais mentionné si, d'une part, je ne pensais pas que ton idée valait le détour, et de l'autre, je pensais que ça ne l'intéresserait pas. Elle ne joue peut-être pas dans la cour des géants, comme elle dit, mais celle des grands, en revanche… La bourse, le business, tout ça, elle maîtrise grave, sauf que ce n'est pas pour le fric, mais parce qu'elle aime ça et a le truc. Du coup, son fric justement va à des assos par centaines de milliers de dollars.

Spencer marqua une courte pause en jetant un œil vers la sortie bien que les deux jeunes femmes étaient parties depuis longtemps.

— Elle pense qu'elle ressemble davantage à son père, pourtant elle tient véritablement de sa mère. Mais là où sa mère aime à participer et organiser de grands galas de charité, et à promouvoir ouvertement, Eliza préfère rester dans l'ombre et donner anonymement via sa société Shiryû, spécialement dédiée à ça.

Spencer savait qu'un nombre conséquent d'associations LGBTQ+ recevaient de grosses subventions d'Eliza, essentiellement celles destinées à la jeunesse LGBTQ+ et aux nombreuses difficultés qu'ils rencontrent, harcèlement scolaire, renvoi du domicile familial, tentative de suicide. Cette cause lui tenait à cœur et dès qu'elle le pouvait, elle aidait financièrement.

La photographe avait par conséquent automatiquement pensé que les mettre en relation sur ce projet serait une bonne chose. Cette idée, Alécia l'avait eu parce qu'elle avait vécu cette situation-là, difficulté d'accepter sa sexualité, dépression… Elle en connaissait la solitude, et ce sentiment qu'il n'y avait pas d'autre issue que de disparaître. Et maintenant, du fait de sa rencontre avec Spencer, elle connaissait désormais les difficultés de vivre avec la mucoviscidose, tout comme Eliza.

L'étudiante ne semblait pas tout à fait convaincue.

— Tu veux mélanger les deux, elle a sauté sur l'occasion, Al.

Spencer pointa le restaurant du doigt.

— Pourquoi crois-tu qu'elle ait choisi cet endroit ?

Alécia fronça les sourcils.

— Tu sais que FareStart n'est pas une chaîne de resto comme les autres ?

Alécia s'était posé la question, effectivement. Elle aurait pensé que la fille de Tim Carlisle serait allée dîner à Canlis ou l'Art of the Table ou n'importe quel autre établissement dont le simple nom te met à découvert.

— FareStart est une organisation à but non lucratif. Ils aident à nourrir les sans-abris, mieux encore, ils leur donnent des emplois et des formations dans la chaîne alimentaire. C'est un effort social dont Eliza fait partie. Elle subventionne beaucoup ce genre d'initiative. Elle ne veut simplement pas être le *visage* de quelconque association, c'est tout. Julia et elle aiment vraiment leur tranquillité et leur vie privée, tu sais.

Spencer lui prit la main.

— En revanche, sur ce coup-là, je la sens prête, et réellement intéressée dans quelque chose de plus.

Alécia se sentit coupable des préjugés et mauvais jugements qu'elle avait précédemment émis au sujet de la jeune femme. En voyant toutes les tables vides autour d'elle, elle s'était dit que seule une riche héritière capricieuse et écervelée louerait un étage entier, alors qu'il s'agissait très certainement d'avoir un peu d'intimité. Elle réalisa qu'elle n'avait aucune idée des épreuves qu'avaient pu traverser Julia et Eliza quelques années en arrière, et à quel point elles avaient été exposées au public. Alécia hocha légèrement la tête, elle comprenait facilement désormais que la femme d'affaires utilise son statut quand nécessaire, notamment pour passer une soirée agréable avec des amis, sans que des paparazzis la prennent en photo toutes les deux secondes.

Spencer lui serra la main.

— Essaie juste d'y réfléchir. Fais ce qu'elle t'a dit ; écris-lui une sorte de pitch, comme si tu t'adressais à une banque ou n'importe quel groupe d'investisseurs. Je pense que tu peux faire mieux qu'une association, en fait. Plus, je veux dire. Penses-y juste un peu, d'acc ? Elle veut simplement aider.

— OK, je vais y réfléchir. J'espère seulement que je serai à la hauteur de vos attentes.

Spencer n'en doutait aucunement, et l'attira à elle pour un baiser langoureux afin de la rassurer. Alécia lâcha un petit bruit de plaisir, sans rompre le baiser. Elle aimait ces baisers-là ; doux, lents, humides, mais qui la laissait toujours à en vouloir plus.

Spencer lui caressa le visage.

— À propos de ce bain dont on parlait tout à l'heure.

L'étudiante sourit.

— J'entends l'eau couler déjà. Il ne faudrait pas qu'elle refroidisse quand même.

— Oui, ça serait moche.

Elles se levèrent puis quittèrent le restaurant main dans la main.

Chapitre Dix

Les amoureuses profitèrent des vacances de Noël pour consacrer les premiers jours de l'année 2013 à la recherche d'une location aux alentours de l'université de Californie Berkeley.

— Nom de dieu, Spence ! Elle est complètement malade !

Spencer s'arrêta au pied de l'escalier intérieur de l'énorme maison en bois qu'elle visitait sur les hauteurs de la colline de Berkeley.

— Ça ne te plaît pas ?

Alécia promena sa main le long de la rampe de l'escalier, tout de bois lui aussi. De son autre main, elle indiqua la vue splendide par la fenêtre.

— Qui n'aimerait pas cet endroit ? Regarde cette vue !

Elle gravit les dernières marches pour se tenir face à la fenêtre et le panorama du Golden Gate Bridge de très loin, ainsi que la ville de Berkeley au pied de la colline.

— Tu rentres trois familles là-dedans, facile. Amie ou pas, Eliza ne peut pas nous loger ici gratos. Ce n'est juste pas possible, mon ange…

Spencer monta la rejoindre.

— La zone de San Francisco est un de ses endroits préférés au monde, alors elle a plusieurs propriétés dans ce coin, mais ici, c'est le plus près de l'université. Et tu sais très bien qu'elle ne voudra rien accepter qui n'est pas ridicule comparé à la maison, tu la connais.

— Non. *Tu* la connais. Je l'ai seulement rencontré deux fois. Je sais que vous êtes proches, mais cette baraque, c'est trop, Spencer.

— Donc, tu ne l'aimes pas ?

Alécia leva un sourcil intrigué au ton presque enthousiaste de sa petite-amie.

— Ce n'est pas ça… Cette maison est tellement magnifique, au milieu de la colline, mais elle est gigantesque, c'est trop, et gratuitement encore plus.

Le sourire de la photographe s'évapora.

— Oh, c'est uniquement une histoire d'argent donc, sinon tu l'aimes bien, déclara-t-elle simplement.

— OK, Spence, que se passe-t-il ?

— De quoi parles-tu ?

Alécia posa ses mains sur les hanches de sa compagne et l'attira plus près. Spencer toussa une petite minute.

— C'est juste… hier, quand on regardait les locations dans les journaux, tu avais l'air un peu… ailleurs. Je croyais que tu tenais simplement à ce qu'on s'installe dans cette maison et pas ailleurs, et là… enfin, je veux dire, tu avais l'air contente de penser que la maison ne me plaisait pas.

L'étudiante s'interrompit brièvement, ses épaules s'affaissèrent quand elle reprit :

— Tu ne veux plus qu'on emménage ensemble ?

— Tu plaisantes ? répondit Spencer en l'enlaçant quand elle lut effectivement cette interrogation dans son regard. Ne pense surtout pas ça, Al.

— Je veux juste que tu me le dises, c'est tout. On a quelques projets, cela dit, on n'est pas forcé de tout faire maintenant. Si c'est trop de pression pour toi ou–

— Je t'en supplie, ne pense pas ça une minute, bébé.

Alécia rentra la tête dans les épaules, clairement dubitative.

— Ça fait plusieurs jours que je te sens un peu à côté du sujet, dès qu'on l'aborde où qu'on visite. Que dois-je en penser, dans ce cas ?

— Je suis vraiment désolée, ma puce. Ça n'a rien à voir avec mon envie ou pas de m'installer avec toi.

— De quoi s'agit-il ? demanda calmement l'étudiante, ses mains tirant quelque peu le col du sweat-shirt bleu marine de sa petite-amie pour le redresser.

Spencer acquiesça. Elle désirait seulement protéger Alécia, et l'avait inquiété, en fin de compte.

— C'est vrai que j'y ai pas mal réfléchi ces derniers temps. Je pense que ce n'est peut-être pas le meilleur moment pour moi pour un tel changement, et ce n'est réellement pas pour la raison que tu crois.

Alécia opina, néanmoins Spencer voyait bien qu'elle aurait besoin de *la* raison pour être véritablement convaincue.

— Al, bébé, cette semaine entière avec toi fut la plus belle de toute ma vie. J'aimerais que tu sois en vacances toute l'année. Je ne veux rien d'autre que d'être avec toi chaque heure de chaque journée, au risque de paraître *nian nian*.

Elle jeta un coup d'œil par la fenêtre à l'océan pacifique au loin, avant de regarder sa petite amie et d'avouer :

— Mais j'ai des réserves quant à quitter Seattle, et surtout m'éloigner de l'UWMC et de Grace. Tu sais que ma santé n'est pas au top en ce moment. Je sais bien qu'ils ont tout ce qu'il faut au centre médical universitaire de San Francisco, ou même d'autres centres de soins pour muco, mais ma VEMS n'est pas là où je la souhaiterai. Je dois faire mon possible pour qu'elle remonte. Mon pancréas se dégrade aussi et–

Alécia la stoppa d'un doigt contre ses lèvres. Elle inspira profondément, espérant que son sourire parviendrait à chasser le défaitisme dans les yeux de la photographe.

— C'est moi qui suis désolée, Spence. Tu as raison. Et j'aurais dû y penser.

— Non, tu n'as pas à penser à cela.

— Ta priorité reste ta santé, et c'est ma priorité également.

— Ma priorité c'est toi, Al.

— Si ça l'est dans ce cas, ta santé doit venir en premier. Je me suis un peu emportée avec tout ça, un peu excitée comme une gamine à l'idée d'emménager avec toi. Je suis désolée, ça a dû être dur pour toi de savoir comment m'en parler. Tu n'aurais pas dû avoir à te soucier de ma réaction.

Spencer l'attira à elle pour un baiser tout en douceur. Elle les dirigea vers un énorme pouf, en face d'un large home cinéma accroché au mur, et à côté d'une autre fenêtre donnant sur la colline.

— Je ne voulais pas ruiner ça, d'autant plus que j'y tiens autant que toi, tu sais.

— Rien n'est ruiné, Spencer. Cette maison est si magnifique. Eliza a bien dit qu'elle ne la louait jamais celle-ci, car c'est leur pied-à-terre principal quand elles se trouvent dans la région, n'est-ce pas ? Donc que dirais-tu que l'on y reste de temps à autre ? Tu peux venir parfois et passer le mardi soir et tout le mercredi avec moi, ou pour les week-ends. À voir au jour le jour selon nos emplois du temps, ta santé et tout ce qui peut s'ajouter imprévisiblement. Qu'en penses-tu ?

— Ça me paraît très bien comme plan. De plus, si je m'en fie à ton programme d'origine, tu aurais moins de cinq mois à rester dans la région.

Spencer apercevait dans les yeux d'Alécia plus que de simples hésitations, désormais. Elle s'en réjouissait.

— Si finalement tu venais à choisir de t'inscrire pour ce master, dans ce cas, on emménagerait ensemble quelque part dans les environs, notre propre appart, et en temps voulu. Je vais quitter Seattle, tu sais. Ne pense pas que je ne puisse ou veuille le faire. Je bouge dès qu'on est décidées toutes les deux, et prêtes. Là, c'est juste pas le meilleur moment, mais je veux vivre avec toi, Al.

L'étudiante lui caressa la joue, soulevant ensuite ses longs cheveux soyeux.

— Je sais. Et on le fera. Et oui, ce serait stupide de te faire venir ici pour repartir dans cinq mois, de toute façon.

Alécia baissa les yeux en poursuivant :

— L'offre d'Harper Collins est vraiment très intéressante. En plus, je pourrais travailler dans leur bureau de Seattle, tu n'aurais pas besoin de bouger finalement. Je ne devrais même pas y réfléchir.

Elle pencha de nouveau la tête.

Spencer lui releva le visage.

— Tu le veux ce master, n'est-ce pas ?

— Je...

Alécia ne continua pas. Spencer sourit.

— OK, laisse-moi juste remonter ma VEMS un chouya, et avec Grace on va commencer à en parler et regarder un peu les cliniques et les hôpitaux du coin, prendre contact et tout le nécessaire. Si tu t'inscris pour l'automne prochain, on s'organise dès le printemps, OK ? Je refuse de passer un jour de plus loin de toi, mon amour.

— Tu n'as pas besoin de faire tout ça. En plus, si je me décide pour le master, j'aurais encore moins de cours que je n'en ai cette année.

— Mais tu auras plus de travail perso à la maison, et puis les trajets, sans compter le sexe de rattrapage pour tes jours d'absences, tu auras du mal à avoir du vrai temps d'études.

Alécia s'esclaffa avant de redevenir sérieuse. Elle posa sa main sur son front avec un air dubitatif.

— C'est stupide. Je devrais accepter leur offre, je bosserais à Seattle, près de toi. Tout serait parfait, au lieu d'étudier encore deux ans de plus en étant loin de toi alors que tu...

Alécia avala sa salive en s'interrompant.

Spencer continuait de lui sourire.

— Hey, je suis là. Maintenant, je suis là, et jusqu'à ce que tu sois certaine de ce que tu veux, c'est mieux pour moi de rester à Seattle. Mais je n'ai aucune attache, et je bougerai très facilement. Je peux effectuer mon travail de n'importe où dans le monde, donc à moins que l'on aille vivre au fin fond de la savane africaine, il y aura toujours un hôpital pour répondre à mes besoins. Après, c'est simplement à nous de nous organiser. Alors, s'il te plaît, fais ce qui te rend heureuse, ce qui te fait le plus vibrer.

— J'aime réellement le monde de la correction et l'édition, tu sais.

— Je sais. Mais tu aimes tellement l'écriture, le journalisme, tes cours d'histoire, étudier les langages et la littérature. Tu aimes apprendre. Et je le répète, s'ils te veulent maintenant, ils ne pourront que te vouloir davantage quand tu seras mieux qualifiée, non ? Eux ou d'autres, d'ailleurs.

Alécia hocha la tête.

— Tu sais que ça me donne vraiment envie d'écrire quand tu me pousses ainsi.

— Ce n'est pas que je te pousse, mais c'est en toi. Moi je ne fais que libérer le terrain pour que ça puisse sortir. Tu vois, je suis ton nébuliseur.

Alécia posa ses mains sur les joues de son amour.

— C'est toi que j'aime le plus, tu sais. Je veux faire plein de choses avec toi, voyager dans le monde entier, et juste… être avec toi. Je ne veux pas perdre de temps avec des *frivolités*.

— Le souci est une frivolité, bébé. Ne te stresse pas sur tout ceci. Tu sauras quoi choisir le moment venu. Déjà, tu valides ta licence dans quelques mois, et de là, tu verras bien ce qui t'interpelle, et moi je me loge dans tes valises, de toute manière. Tu n'es pas près de te débarrasser de moi.

— Tu as plutôt intérêt. Je te prends au mot là.

Spencer toussa plusieurs fois avant d'acquiescer.

— Pas de souci.

Elle embrassa Alécia sur les lèvres. L'étudiante mit ses mains sur les épaules de Spencer et la tira contre elle. La photographe s'avança jusqu'à ce que sa compagne soit couchée, la couvrant partiellement de son corps.

— Bon, on est samedi, il est tôt, on a les clés pour le week-end… et si on commençait à le savourer, qu'en penses-tu ?

— Grandiose idée, répondit Alécia en l'attirant à elle, une fois de plus.

***

Elles étaient assises à la terrasse d'un café, avec vue sur l'océan pacifique quelques mètres plus loin, en ce dimanche matin. Spencer lisait le journal pendant qu'Alécia buvait son café en silence, admirant le Golden Gate au loin.

— Regarde celui-là. Beau petit complexe, pas trop cher en plus. Qu'en penses-tu ?

L'étudiante jeta un rapide coup d'œil et secoua la tête.

— Tu es sure ?

Alécia agita de nouveau la tête en buvant une autre gorgée. Elle reposa sa tasse sur la coupelle.

— Enfin si, il est pas mal, mais on n'emménagerait pas ici, si l'on s'installait dans la région.

— Ah oui ? *On* ne s'y installerait pas, et pourquoi donc ?

Alécia sourit au ton de sa compagne.

— Je voulais juste dire que, peu importe l'endroit où l'on vivrait, ce serait proche d'un centre pour muco.

Spencer inspira profondément.

— Bébé, on en trouve au moins cinq dans les quarante, cinquante bornes alentour. Et le centre médical California Pacific est à une dizaine de bornes, même pas.

— Seize. J'ai vérifié ce matin.

La photographe sourit.

— Seize kilomètres, c'est à côté, ma puce.

— Un *à côté* qui peut prendre des heures selon le trafic. De toute façon, San Francisco c'est tellement beau, pourquoi s'installer à Berkeley, quand on est à côté d'une si magnifique ville ?

Avant que Spencer ne puisse protester, elle ajouta :

— C'est hypothétique, de toute manière. Mais on ne peut pas emménager n'importe où. Il faut un centre proche de nous.

— Proche, OK. Pas besoin que ce soit sur le même palier non plus, bébé.

Spencer observa Alécia attentivement et la jeune femme détourna le regard. La photographe rapprocha sa chaise et posa une main sur la sienne, sur la table.

— OK, dis-moi tout.

Alécia soupira.

— C'est juste que parfois j'aimerais bien tout comprendre d'un coup.

— De quoi parles-tu ?

— Grace m'a dit que c'est dans un hôpital près de Mexico que tu avais choppé le Pseudomonas Aeruginosa qui t'a presque tué y a deux ans et demi. Vous voyagiez, et alliez enfin aller au Brésil avec des amis, c'est bien ça ?

Spencer acquiesça de la tête. Un voile assombrit son regard tandis qu'elle se remémorait ces mauvais souvenirs. Elle était tombée malade, rien de trop sérieux, seulement l'hôpital n'était pas équipé pour quelqu'un avec sa pathologie, et elle avait contracté la vicieuse bactérie. Pour emprunter les mots de Kenzi sur le sujet : ça l'avait *déglingué*. Elle avait été héliportée jusqu'à Seattle, perdant presque la bataille. Elle s'en était finalement sortie, non sans mal, et non sans séquelles, car sa santé n'était jamais remontée à son niveau antérieur. Au contraire, elle était devenue encore plus fragile.

Elle baissa les yeux brièvement alors que l'étudiante ajouta :

— Kenzi m'a dit qu'elle avait pratiquement dû te kidnapper il y a un peu plus d'un an pour aller voir une exposition. Tu venais de surmonter une nouvelle pancréatite. Elle m'a dit que ta vie se résumait aux allers-retours appart-hôpital, depuis ta sortie initiale après le Pseudomonas. Alors, pour t'aérer, elle t'avait emmené à New York. New York, bon sang ! Et tu étais flippé. Tu n'osais plus sortir.

Alécia tenta d'attirer le regard de sa compagne à elle, fixant son regard vert intense dans le sien, avant qu'elle ne se dérobe pour contempler l'océan de nouveau.

— Tu essaies tellement de me rassurer, Spence, que j'en oublie à quel point toi aussi tu as peur.

— Je n'ai pas peur, bébé. C'était juste un mauvais moment, c'est tout.

— Tu as failli mourir. Je ne peux pas l'oublier, jamais. Je ne veux pas qu'un truc comme ça se reproduise. Je sais que c'est la raison pour laquelle tu n'arrêtes pas de repousser ce voyage à Rio qui te tient tant à cœur. Encore aujourd'hui, c'est dur de réellement le planifier pour cet été. Parfois, c'est difficile de discerner la ligne entre te motiver, t'encourager à vivre à fond, comme si de rien n'était et au contraire, te protéger, faire attention, sans être déprimante, tu vois…

Spencer lui serra la main. Elle sourit et inspira avant de s'exprimer :

— Oui, c'est vrai. J'ai eu vraiment peur. Et j'ai toujours un peu peur, parfois beaucoup. Du moins, c'était avant que je te connaisse. Et après, je me suis juste mise à penser à toi, puis à toi et moi, plutôt qu'à la muco ou à la mort. Je ne veux rien changer à notre vie. Je veux continuer de vivre, ça va dans les deux sens ; je ne négligerai en aucun cas ma santé. On s'installera quelque part qui dispose effectivement d'un centre muco pas trop loin. Après, dix ou vingt bornes, ce n'est pas grand-chose. De toute façon, quand je ne suis pas bien du tout, c'est direct les urgences. Ça ne doit pas devenir une obsession, Al. Et puis tu sais, j'aurais pu choper le Pseudomonas dans n'importe quel hôpital au monde. Ça arrive même dans les mieux cotés.

— Je sais. J'ai un peu poussé avec mon histoire de kilomètres, c'est juste–

— Je comprends. Et je pense ce que j'ai dit, je ne vais pas jouer avec ma santé. Je n'ai jamais autant désiré partir à Rio que maintenant, tout simplement parce que là, on sera toutes les deux. Le partager avec toi n'a pas de prix. Donc on va y aller, on prendra toutes les précautions nécessaires, les bonnes adresses… et l'on ira. Je veux juste remonter ma VEMS et surtout stabiliser mes soucis gastro-intestinaux, c'est ce qui me pose vraiment souci en ce moment.

— Je sais bien. Tu manges à peine.

— Hey, d'ailleurs t'as vu comme c'est mieux ces jours-ci que j'ai suivi ton régime végan ? Je crois que ça va m'encourager à te suivre là-dedans, en fin de compte. Et puis ça sera plus pratique pour les courses.

Alécia promena son doigt le long du nez de la photographe.

— Ma Spencer, toujours l'esprit pratique, c'est pour ça que je t'aime. Et oui, j'ai remarqué, mais je n'ai rien voulu dire. Je suis le conseil de Julia de ne pas pousser.

— J'ai remarqué aussi. Et ça marche, tu vois.

Elles s'embrassèrent tendrement et se rassirent correctement dans leur chaise.

— Tu te sens mieux ?

Alécia répondit avec un nouveau petit baiser.

— Bien mieux.

— Bon, ça en fait au moins une.

— Pourquoi dis-tu ça, Spence ?

— Parce que ta mère va me détester encore plus maintenant.

Alécia rit brièvement.

— Elle ne te déteste pas. Elle ne t'a jamais rencontré.

— Ouais. Deux fois déjà que j'annule au dernier moment.

— Tu étais malade. Ce n'est pas de ta faute. Ils connaissent la situation donc ils n'ont rien dit la semaine passée.

— Ouais, mais bon, je suis sûre que ça ne les réjouit pas franchement. D'abord Thanksgiving, ensuite Noël. Moi au moins je mangeais du fromage et buvais du lait ; ça m'aurait valu quelques bons points auprès de ta mère.

Alécia ne put s'empêcher de sourire en se remémorant la dernière discussion téléphonique qu'elle avait eue avec sa mère. Stéphanie Moore avait quasiment pleuré, quand sa fille l'avait informé que parmi ses résolutions pour cette nouvelle année figurait le véganisme. Elle lui avait signalé qu'il existait autant de plats végétaliens à apprendre que végétarien, et qu'elle s'amuserait énormément à découvrir de nouvelles épices et des parfums différents. Elle avait tenté comme elle avait pu de faire passer la pilule en douceur, néanmoins tout ce que sa mère retenait c'est que cela demanderait beaucoup plus de préparation et de planification.

Pour Stéphanie, les choses devaient rester simples, tout le monde la même chose ; que ce soit pour les relations, ou pour le plat du déjeuner. S'éloigner du tracé originel devenait vite insurmontable pour elle.

— Je lui ai donné quelques recettes. Il ne me restera qu'à lui dire de doubler les rations. Tu vois, elle sera toujours plus en colère contre moi que contre toi.

L'étudiante lui fit un clin d'œil et Spencer voulu se pencher pour l'embrasser, mais s'arrêta à mi-chemin.

— Bon sang, je déteste ce truc ! Je me sens comme Bibendum là-dedans. Je ne peux pas bouger, tu le vois bien.

Alécia sourit. Elle en profita pour vérifier la VEST de Spencer, sous son manteau.

— Je te l'ai dit, c'était hier où ce matin. Tu as choisi.

— Ça aurait été un peu dur de te faire l'amour cette nuit en portant ce machin-là, bébé.

— Je parle d'hier après-midi.

— Tu plaisantes ? Avec ce soleil, ç'aurait été dommage de rester enfermées pour faire marcher ce truc-là.

— Toujours une excuse. Une demi-heure, ce n'est pas tout l'après-midi. Et d'ailleurs, regarde, on est dehors, et on l'a avec nous.

— Parce que tu m'as forcé à le prendre, marmonna la native de l'Idaho.

Alécia secoua la tête avec un large sourire.

— Ce que tu peux être bébé parfois ! Et ne crois pas que je n'ai pas remarqué qu'il n'était pas en route.

Spencer agita la tête et alluma avec résignation le générateur à air propulsé qui se trouvait sur la chaise à côté d'elle.

— Heureuse ?

— Presque.

— Bon sang !

Spencer sourit. Elle ne pourrait pas se défiler cette fois-ci. Elle devait démarrer la VEST.

— Mais… ne ris pas, OK ?

Rien que d'entendre ces mots et Alécia commença à sourire.

— Hey, soit tu promets que tu ne te fous pas de ma gueule, soit je l'enlève, Al. Ton choix.

— Ne parle pas pendant qu'il est enclenché, et je ne rirais pas.

Spencer pressa ses lèvres et l'étudiante rit légèrement.

— OK, promis, je ne rirais pas. Mais il faut que tu la mettes plus souvent. Tu as vu comme tu t'es sentie bien après la séance l'autre jour ? Tu dois simplement t'y habituer.

— Parfois, tu es pire que Grace, je t'assure.

— Fais-le au moins vingt minutes et après tu l'enlèves. Tu la remettras cette aprèm pendant tes inhalations, c'est quand même là que c'est le plus efficace. Une demi-heure par-ci par-là, ce n'est pas la mer à boire.

Spencer expira fortement.

— Ça a intérêt à marcher, je te le dis.

— J'adore quand tu boudes.

Spencer alluma la VEST qui débuta son travail d'inflation et déflation chaque seconde.

Alécia s'approcha pour voler un baiser à sa petite amie. Elle finit son petit déjeuner, tout en lui tenant la main durant la session que Spencer coupa en trois fois. Elle arrêtait la machine toutes les cinq ou six minutes pour expulser le mucus que les vibrations avaient permis de non seulement séparer de sa paroi respiratoire, mais également de faire remonter le long de celle-ci. La photographe se sentit effectivement beaucoup mieux après la séance.

Elles profitèrent du dernier jour de vacances d'Alécia le lendemain en se promenant dans les rues de Berkeley, puis Spencer s'envola pour Seattle tandis qu'Alécia retourna au dortoir avec Susan.

***

Spencer inhalait ses antibiotiques, assise dans son canapé devant la télévision, zappant constamment avant de s'arrêter sur les informations en ce mardi matin. Elle avait le moral en berne depuis qu'elle était

211

rentrée de Berkeley, après avoir passé neuf jours consécutifs avec Alécia. Kenzi, en mode meilleure amie, l'avait sortie de force la veille au soir pour lui changer les idées. La photographe buvait rarement, mais pour une fois, c'est Kenzi qui avait été suffisamment sobre pour les ramener en un seul morceau à l'appartement. Spencer avait eu le plus grand mal à se réveiller ce matin-là.

Elle serait d'ailleurs restée au lit si ses poumons ne la faisaient pas terriblement souffrir, encore plus que son mal de tête. Voilà pourquoi elle s'était levée pour prendre un cachet et débuter son traitement. Elle commençait à mieux respirer qu'au réveil.

Elle entendit un bang provenant de la salle de bain, et un juron ; Kenzi était debout. D'autres jurons. Spencer sourit. Elle sursauta quand l'on frappa. Elle sourcilla légèrement puis se leva et posa son nébuliseur. Elle toussa un peu en se dirigeant vers la porte et regarda à travers le judas, sans reconnaitre le jeune homme se tenant là.

— Qui est-ce ?

— Je suis l'ami d'Alécia.

Elle fronça les sourcils, mais ouvrit tout de même la porte. Les cheveux blond foncé, coupe propre et courte, yeux marron foncé, jean bleu et veste en denim et une croix visible autour du cou. Même sans cela, sa posture stoïque et surtout la façon dont il s'était annoncé. *L'ami d'Alécia*, elle saurait forcément qui il était, n'est-ce pas ?

— Matt.

Il se racla la gorge après un hochement de tête embarrassé.

— Je me rends compte qu'il est un peu tôt, surtout que je viens à l'improviste.

Spencer ne savait trop quoi dire. Sans doute devrait-elle l'inviter à entrer ? La vérité c'est qu'elle ne le souhaitait pas vraiment. Elle voulut s'exprimer, toutefois il la devança :

— Il fallait que je te parle.

Elle ne se sentait toujours pas de le laisser entrer. Par chance, il ne semblait pas le vouloir non plus.

— Tu ne dois plus voir Alécia.

La première réaction de la photographe fut un sourire, avant de secouer la tête et de lui répondre :

— Si ce n'était pas si brutal, et franchement inapproprié, j'en rirais.

Il allait parler, mais elle ne lui en laissa pas le temps :

— Écoute, je sais qu'elle et moi, ça ne te plaît pas, mais c'est ton problème. Je n'ai pas le temps pour ces conneries. Alécia est une grande fille, tu sais.

— Tu ne la connais pas comme je la connais. Elle n'est pas comme ça.

Spencer soupira et mit sa main sur sa hanche pendant qu'il continua :

— Ce n'est pas contre toi, mais vraiment, je la connais. On a grandi ensemble, on s'asseyait constamment à côté à l'église et suivait le catéchisme ensemble. On a été baptisés ensemble. Ça, ce n'est pas son éducation.

— Écoute, Matt. Je pense que tu tiens sincèrement à elle, et personnellement, je n'ai pas envie de m'énerver sur ton ignorance, mais Alécia sait parfaitement qui elle aime. Et ce n'est pas toi, c'est tout. À toi de le gérer maintenant.

Une certaine colère passa dans les yeux du jeune homme.

— Ce n'est pas toi non plus. Elle ne sait pas ce qu'elle fait. Elle te suit, tu l'as changé–

— Putain c'est quoi ça ?

Matt et Spencer se tournèrent à la voix de Kenzi, enrobée dans une serviette de bain, ses cheveux noirs et courts cette fois, encore dégoulinants.

— C'est rien, Kenz. Je m'en occupe.

La peintre croisa ses bras sur sa poitrine, n'ayant nullement l'intention de s'en aller. Spencer fixa de nouveau Matt dont le visage affichait un réel air de dégoût.

— C'est qui ça ? demanda-t-il abruptement, pointant Kenzi du doigt.

— *Ça,* c'est sa meilleure amie, du con ! répondit l'artiste en s'approchant jusqu'à ce que Spencer la stoppe.

Elle connaissait tout à fait la patience très limitée de son amie, et surtout son humeur explosive, elle s'emportait très rapidement. De plus, Kenzi se montrait toujours excessivement protectrice envers elle.

— C'est comme ça que vous appelez ça maintenant ? Tu es une sorte de gourou gay, en fait.

Avant que la photographe ne puisse répondre, Kenzi le poussa très fort hors de l'appartement. Il n'effectua aucun geste pour la bloquer ou pour répliquer physiquement. Il paraissait assez surpris, en réalité.

— Kenzi est ma meilleure amie et elle est hétéro, indiqua Spencer, qui grimaça ensuite. La plupart du temps. Et tu ferais bien de partir *maintenant !*

Kenzi ne put s'empêcher d'annoncer :

— Tu ferais bien également de réviser ton jugement sur Alécia, si tu penses que c'est elle qui suit. J'ai dormi ici deux fois pendant qu'elle y était et crois-moi… elle ne fait pas que suivre !

Spencer mit sa main sur son front. Matt avala sa salive et la fixa droit dans les yeux.

— Même si c'était vrai ; tu ne peux pas lui imposer cette souffrance une deuxième fois.

La jeune femme détourna le regard. Elle ne trouva pas les mots pour l'interrompre avant qu'il n'ajoute :

— Je suis désolée que tu sois malade, vraiment, mais… de toute évidence, tu ne seras pas là pour elle. Je ne te laisserai pas lui faire subir ceci.

— On t'a dit de partir, OK ? ordonna Kenzi, sachant trop bien les pensées qui se bousculaient désormais dans la tête de son amie.

Matt l'ignora et continua de fixer la photographe.

— J'aurais bien aimé que l'on puisse discuter de tout cela plus tôt, lors d'un de ces repas de famille que tu as manqués, car tu étais malade. Elle va rater trop de choses si elle reste avec toi, tu ne le vois pas ça ? Si tu l'aimes réellement–

— Casse-toi ! s'exclama Kenzi en se plaçant droit devant lui.

Matt faisait presque deux têtes de plus que son mètre soixante-dix. Malgré cela, elle se tenait fièrement. Lui, en revanche, continuait de l'ignorer, toujours concentré sur Spencer.

— Tu vas mourir et–

Le claquement de la main de Kenzi sur la joue du jeune homme résonna si fort qu'il sortit Spencer de sa stupeur actuelle. Matt toucha sa joue endolorie, pourtant, là encore, il n'eut aucun geste indiquant qu'il allait répliquer.

— Ne prononce jamais, JAMAIS, ce mot !

Sur ce, Kenzi, les poings serrés, lui claqua la porte au nez.

Spencer recula pour s'asseoir sur le canapé. Elle semblait plus pâle que d'habitude.

— Hey… Hey ! N'écoute pas cet enculé et ces conneries de trucs religieux à la con. Il est jaloux, point barre. Il dirait n'importe quoi pour la récupérer.

Kenzi s'accroupit en face d'elle.

— Alécia t'aime toi, OK ? Il n'y a aucun doute à avoir là-dessus.

Spencer acquiesça, mais sa gêne paraissait évidente.

— T'as connu pire, ma grande. Alors, ne laisse pas un bigot jaloux te déprimer. De plus, tu ne vas pas mourir, de toute façon.

Spencer allait prendre une profonde inspiration quand Kenzi ajouta :

— Je te l'ai interdit, tu te souviens ?

La photographe ne put retenir un léger rire.

— Ah voilà, ça, c'est ma nénette.

Kenzi se releva.

— Le programme pour aujourd'hui, ma Spencer ; tu prépares le café, je me sèche les cheveux avant que l'on ne soit obligé de nager d'une pièce à l'autre dans ton salon, ensuite je te sors pour une journée d'enfer *entre cops*. Tu vas voir, on va s'éclater, promis juré !

— Au secours, marmonna Spencer.

La peintre dressa un sourcil.

— Et on va commencer par un peu de papotage, car je dois savoir ce qu'elle te fait pour que tu cries autant.

Spencer s'esclaffa.

***

Plus tard ce jour, Susan se dépêcha de mettre un t-shirt après les frappes incessantes à la porte.

— Ouvre, Al, je sais que tu es là !

Elle fronça les sourcils à cette voix familière en se dirigeant vers la porte, quand on tapa du poing dessus.

— Je sais que tu es là, allez ! Laisse-moi t'expliquer !

Susan ouvrit la porte.

Matt entra directement dans la chambre et se mit à chercher partout.

— Elle n'est pas là, l'informa-t-elle.

Il ouvrit leur placard, même un tiroir.

— Sérieusement ? ajouta-t-elle.

— Elle est où ? Son dernier cours finissait à quinze heures.

Il vérifia sa montre qui indiquait dix-sept heures trente. Il venait d'atterrir à San Francisco et avait pris un taxi jusqu'au campus dans la foulée.

215

— Bien le bonjour à toi aussi, Matt. Elle bosse une disserte. Qu'est-ce qu'il t'arrive ?

— Elle est à la bibliothèque ? La grande ?

— Sérieusement, Matt, que se passe-t-il, rien de grave au moins ? Ses parents ?

— Comme si tu ne le savais pas. J'ai entendu dire que vous aviez sympathisé instantanément elle et toi.

— OK, sérieusement, je pense que tu devrais te calmer. Je n'ai aucune idée de quoi tu parles. Mais j'imagine que ça à un rapport avec Spencer ?

— Tu ne sais vraiment pas ? Elle ne t'a rien dit ?

— Qui ? Alécia ou Spencer ?

— Tu as le numéro de cette fille ? s'indigna-t-il.

— Déjà, ne l'appelle pas *cette fille*, surtout pas sur ce ton-là. Et deuxio, qu'est-ce que tu fous ici ? Non, elle n'a rien dit. Elles se sont parlé au téléphone à midi et tout allait bien, de mon point de vue. Alécia n'a rien indiqué en tout cas. Donc je ne sais pas de quoi il en retourne, mais, attends un peu, Matt, qu'est-ce que tu as fait ?

Il fixa brièvement le lit d'Alécia.

— Tu n'as rien fait à Spencer, au moins ? Je suis sérieuse, Matt, réponds-moi !

— J'y suis juste allé pour parler et c'est moi qui me suis fait agresser ! Elle était avec cette folle, à moitié nue dans son appart. Il faut qu'Alécia le sache. Elle m'a attaqué, la folle, je veux dire. Je voulais simplement discuter.

— Et moi je crois qu'il faut que tu arrêtes tout de suite.

— Dis-moi juste où est Alécia. Et reste en dehors de ça, ça ne te concerne pas.

— C'est toi que ça ne concerne pas, Matt. Ne le vois-tu donc pas ? Ça ne t'a jamais concerné.

— Tu ne sais rien du tout. Tu ne la connaissais même pas. Je suis son plus proche ami. Dis-lui juste de m'appeler.

— Non.

Il haussa les épaules avec un sourire en coin et secoua légèrement la tête.

— Tu ne m'as jamais apprécié, de toute façon.

— Là-dessus, tu as bien raison. Écoute, je pense que tu es un bon mec, Matt. Mais tu n'es pas son ami. Tu n'es plus son ami depuis longtemps. Désolé de te casser ton délire, seulement c'est moi sa meilleure amie, son amie la plus proche, comme tu dis.

— Moi je la connais depuis qu'elle a neuf ans. On allait à l'église ensemble, on a été baptisé ensemble, ça a toujours été elle et moi. C'était très profond pour nous, en tout cas ça l'était. Je sais qui elle est. Et ce n'est pas une homosexuelle.

— Amis d'enfance, blabla, église blabla, communion blabla. Tu connais la personne qu'on lui demandait d'être, qu'elle se devait d'être. Catéchisme, clubs de lecture… Toutes ces choses que vos parents vous imposaient. En réalité, tu n'as aucune idée de la femme qu'elle est réellement. Moi je vis avec cette femme, celle qu'elle est devenue depuis presque quatre ans… On a tout partagé elle et moi. Je sais parfaitement ce qu'elle ressent pour toi, Matt. Je ne te dis pas ça pour te blesser, elle aurait dû te le dire depuis très longtemps ; elle n'a jamais éprouvé ces sentiments-là pour toi.

Il détourna le regard, pourtant elle n'avait pas terminé :

— Tu aurais pu la connaître, mais tu as rejeté la personne qu'elle est réellement quand tu l'as ignoré à l'époque de Laura. Tu as agi comme ses parents. Fort heureusement, eux en sont revenus. Tout doucement, ils apprennent à la découvrir et l'accepter tels qu'elle est, car elle est heureuse et c'est ce qui compte. Je…

Elle marqua une courte pause puis reprit :

— Spencer ne lui a peut-être rien dit, mais moi je vais le faire.

— Tu me détestes autant que ça ?

— Je ne te déteste pas, Matt. J'aime Alécia, c'est différent. C'est ma meilleure amie et ta façon d'agir n'est pas bonne pour elle. Elle voulait sauvegarder ce qu'il restait de votre relation alors je n'ai rien dit avant, mais je pense qu'il n'y a rien à sauvegarder. Contrairement à ses parents, ce n'est pas grave que toi tu n'aies jamais su ou pu effectuer ce travail sur toi, parce qu'au fond, elle n'a pas besoin de toi dans sa vie. Elle n'a plus besoin de toi dans sa vie depuis bien longtemps. Et avant que tu ne ressortes le disque rayé en parlant de *cette nuit-là*, penses-y bien. Tu crois vraiment que si elle n'avait pas été éméchée elle aurait couché avec toi ? À ce moment-là ? Vu le temps que vous passiez ensemble, si elle avait eu le moindre sentiment pour toi, Matt, ça serait arrivé bien plus tôt. Elle aime les femmes. Elle aime Spencer. Si tu ne peux pas l'accepter, sors de sa vie, et laisse-la tranquille.

Il resta immobile un court instant avant de hausser les épaules.

— Une fois qu'elle ne sera *plus là*, Alécia me reviendra en courant. Tu verras bien.

Susan secoua la tête.

— Le fait même que tu puisses dire un truc pareil prouve que tu n'es pas son ami, Matt. Et non, elle ne reviendra jamais vers toi.

Elle ouvrit la porte en grand, ne le regardant plus. Il s'en alla.

***

Spencer et Kenzi étaient assises à l'intérieur du Remedy Teas' Café sur Capitol Hill.

— Tu veux qu'on en parle ?

La photographe agitait sa cuillère dans son smoothie au thé bio.

— Non, je t'assure qu'il est bon. Je n'aurais jamais dû douter d'Al et toi, là-dessus. J'aurais dû changer mon régime alimentaire depuis longtemps.

— Je te le répète depuis des années. Mais je ne parlais pas de ça, Spence.

— Je vais bien, Kenz. Vraiment, il n'y a rien de plus à en dire.

— Tu dois lui dire, Spencer. Il ne peut pas se pointer comme ça et te perturber ainsi.

— Ça ne m'a pas perturbé.

— Bien sûr que si.

— OK, peut-être un peu, parce qu'il y a du vrai dans ses paroles. Ça ne me perturbe pas vraiment. Je sais qu'elle m'aime, et c'est clair qu'il ne la connaît pas du tout en fait, et ouais, ça fait chier. Je ne m'attendais pas à ça. Alécia pense toujours qu'il va s'y faire, et qu'elle va retrouver son ami. Alors ça me fait chier, car elle va bien finir par se rendre compte que ça n'arrivera pas. En plus, il vient ce week-end chez ses parents. Comme si je n'étais déjà pas assez nerveuse de les rencontrer. Cette fois, je vais prier pour être malade, pas l'inverse. Ça ne serait que la troisième fois que j'annule. Tu vois, je sais comment impressionner les beaux-parents.

Elle laissa sa cuillère dans son thé et s'enfonça dans sa chaise.

Kenzi sourit du coin des lèvres.

— Ravie de voir qu'effectivement il n'y avait rien à en dire.

La photographe se redressa, reprit sa cuillère et rendit enfin son sourire à son amie.

218

— Je n'arrive pas à croire que tu l'aies giflée. Et t'as pas fait semblant en plus !

Elle ne put s'empêcher un petit rire.

— Il l'a carrément mérité. Ça lui apprendra à s'en prendre à ma nénette.

Spencer termina son smoothie tandis que Kenzi, avec un stylo, *transformait* sa serviette de table en une œuvre d'art des rues, ayant terminé son cappuccino depuis longtemps.

Elles se levèrent puis sortirent du café, marchant tranquillement, en silence, pendant un moment le long de Harrison Street. Kenzi restait attentive à son amie.

— J'insiste un peu, Spence, mais vraiment, je pense que tu devrais lui dire. Ce n'est pas juste qu'il soit là quand tu rencontres ses parents.

— Je suppose que c'est sa façon à lui de me dire qu'il fait partie de la famille et que, lui présent, jamais je ne serais considérée comme la *belle-fille*. Il le considère lui comme un fils. Enfin bon, Alécia s'en rendra bien compte par elle-même. Ce n'est pas mon but de briser toutes ses illusions, tu sais. Je les briserai bien assez à un moment–

— Ne dis pas ça. S'il te plaît, ne parle pas comme ça.

— Tu as raison. Parlons d'autres choses.

Elles marchèrent côte à côte un petit moment.

— Tu ne m'as toujours pas répondu au fait. Qu'est-ce qu'elle te fait pour te faire crier ainsi ?

Spencer rit légèrement.

— Tu aimerais bien le savoir, hein ? la titilla-t-elle.

— Tu m'étonnes. J'ai eu plusieurs femmes, c'était sympa, rien d'explosif non plus. En tout cas, rien de comparable à ce que j'ai entendu ces deux nuits où j'ai dormi dans la chambre de ta cousine. Et, de ce que tu m'avais dit, elle n'avait pas énormément d'expérience, en fait. Je veux dire, elle n'avait pas franchement tout exploré avec sa première p'tite copine. C'est Susan qui me l'a dit.

— On a vraiment commis une grave erreur en vous présentant l'une à l'autre.

Kenzi s'emballa, ses mains parlèrent pour elles.

— Tu plaisantes, c'était le mariage idéal. Elle est cool, presque aussi cool que moi. Vous avez les meilleures meilleures amies, vous rendez-vous compte de votre chance, au moins ?

— On a certainement les plus folles, ça, c'est sûr. En fait, je pense que Susan a été soulagée de voir qu'il y avait quelqu'un de plus déjanté qu'elle sur cette planète. En réalité, je crois qu'elle est peut-être plus cool que toi, en fin de compte. Comme une version un tantinet plus douce de toi, si j'y réfléchis bien.

— Pff, qui a besoin de douceur ? Ce monde n'est pas doux !

Spencer continua de marcher pour ne pas rire.

— Bon en tout cas j'attends toujours ma réponse moi. Tu n'as jamais été aussi *vocale* avant.

— En même temps, ce n'est pas comme si tu avais entendu tous mes ébats. Et puis, ce n'est pas comme si j'avais tant d'expérience, moi non plus. Plus qu'Al, oui c'est sûr. On aura toujours des choses à apprendre ensemble, de toute façon.

— Et donc, la semaine passée vous avez appris quoi ? Non sérieux c'était quoi ? Langue, poing, gode-ceinture ?

— La pudeur, ça te parle ou pas ?

Kenzi haussa les épaules.

— Roh, allez quoi, dis-moi ! À t'entendre, enfin, tu avais l'air tellement–

— C'est elle, annonça Spencer qui s'arrêta de marcher. Ce n'était rien de spécial ou de nouveau, c'était juste elle.

Elle expira, baissant légèrement le regard.

— Et là, je vais sortir le cliché, mais je n'ai jamais rien ressenti de tel avant. Elle… c'est juste elle qui me fait ressentir cela. C'est la seule, la bonne pour moi.

Elle fixa le sol en ajoutant :

— Elle… aurait été la bonne pour moi.

Spencer contempla au loin en relevant la tête.

— Hey, hey, hey, qu'est-ce que tu me fais, là ?

Kenzi posa ses mains sur le visage de son amie pour la forcer à la regarder. Elle essuya les quelques larmes qui coulaient le long de ses joues.

— Tu es une battante. Tu vas te battre contre cette merde comme tu l'as toujours fait. Elle *est* la bonne et le sera toujours. Tu vas te battre pour elle, pour toi, pour moi, pour cette vie que tu aimes tant. On n'en a pas fini avec toi, et tu n'en as pas fini avec ce monde. Donc, ressaisis-toi maintenant et sois toi-même ; qui lutte, qui aime, qui vit à fond. C'est comme ça que la vie vaut la peine d'être vécue. C'est *pour* ça que la vie vaut d'être vécue. C'est toi qui me l'as appris. Tu m'as tant appris, tu ne t'en rends pas compte. Tu as beaucoup appris à Alécia aussi. Et tu as encore tant de choses à nous apprendre. Et tu l'as elle. Tu l'as trouvé, tu ne vas pas la laisser tomber, n'est-ce pas ?

Spencer enlaça son amie.

— Tu es vraiment la meilleure amie qu'on puisse avoir.

— Comme si je ne le savais pas !

Chapitre Onze

— Alécia nous a dit que vous étiez photographe, c'est exact ?

— Oui, monsieur Moore. Et vous pouvez me tutoyer, je vous assure.

William acquiesça.

— Merci madame Moore, ajouta Spencer quand Stéphanie lui servit l'entrée ; de la salade verte accompagnée de tomate et maïs.

Alécia s'essuya les mains sur les cuisses. Elle ne comprenait pas sa nervosité, alors que sa petite-amie arborait un large sourire, et ses parents, bien qu'un peu réservés, avaient été ravis de leur arrivée, il y a une vingtaine de minutes.

— Quels types de photographie fais-tu ? Des paysages ou plutôt des personnes ? Travailles-tu pour un journal ? Quelle université as-tu fréquentée ? Y as-tu étudié la photographie à ce moment, ou lors de formations ultérieures ?

Alécia ne put s'empêcher de sourire quand Spencer la regarda. Elle retourna très vite son attention au père de celle-ci, tout de même.

— Ça dépend, monsieur Moore.

— Appelle-moi William.

— Merci, mons… William.

— De quoi cela dépend-il ?

Bien que les questions fusent dans tous les sens, l'intérêt du père de sa compagne semblait sincère.

— J'ai suivi des cours de photographie ici et là, quelques formations et stages durant mon adolescence. La photographie a toujours été quelque chose d'assez instinctif pour moi. Je ne suis pas allée à l'université. En ce qui concerne mes photographies, cela dépend de mon humeur, ou des besoins du jour, selon la mission. Je travaille rarement pour des journaux, cela dit ça arrive. Je photographie surtout pour mon plaisir personnel.

— Donc tu ne gagnes pas beaucoup ? demanda Stéphanie d'un ton naturel tout en se servant.

— Maman !

— Je suis désolée. C'était juste une question. Je ne voulais pas t'offenser.

— Pas du tout madame Moore. Ce qui rémunère le plus est le moins intéressant ; les photos que je prends très souvent pour des sites de stockage d'images libres de droits. J'en fais encore pas mal, et ça complète mes revenus. Je m'occupe plus de design de sites web maintenant, et là, ça paie bien. Même si ça fluctue, tout s'équilibre relativement bien sur une année entière. Et c'est une des choses que je préfère.

— Oui, j'imagine que c'est plus facile ainsi avec ton état, déclara Stéphanie qui haussa les épaules au regard de sa fille. Quoi ? Ne me regarde pas comme ça, ma chérie.

Alécia haussa les épaules également, avec un soupir. William sourit à sa femme puis se concentra sur Spencer.

— Ce que ma femme voulait dire, c'est qu'un métier avec des horaires fixes pourrait s'avérer plus difficile à tenir, selon ton suivi médical.

La photographe acquiesça avec un sourire chaleureux à l'attention des parents de sa partenaire. Alécia lui serra gentiment la cuisse sous la table, et elle sourit davantage.

— Mes séjours hospitaliers récurrents et mon traitement quotidien rendent effectivement un emploi traditionnel un peu compliqué, néanmoins pas impossible.

— Tes notes d'hôpital doivent être effrayantes.

— Pourquoi fais-tu ça, maman ?

Stéphanie leva les mains, semble-t-il, paniquée.

— Je fais quoi ? J'essaie de la connaître, comme ton père. Pourquoi ai-je l'impression de tout faire de travers avec toi ? Au moins avec Matt je n'ai pas besoin de surveiller tout ce que je dis ou fais.

Elle quitta la pièce pour se réfugier à la cuisine.

Alécia soupira et mit ses mains sur sa tête.

— Hey, bébé, ce n'était rien de grave. Elle ne pensait pas à mal. Ce n'est rien.

— C'est comme si elle–

— Alécia, l'interrompit son père, le ton calme, toutefois autoritaire. Elle n'insista pas.

Il regarda Spencer.

— C'est vrai, elle ne pense pas à mal. Et je peux t'assurer qu'elle essaie réellement, tout comme moi, d'apprendre à te connaître. Tout ceci est assez nouveau pour nous. Et, bizarrement, elle se montre plus maladroite que moi.

— Je n'en doute pas un instant, monsieur Moore.

— William.

— William, répéta Spencer avec un hochement de la tête.

Alécia sourit à son père. La photographe profita du moment de répit pour observer le salon quelque peu démodé des Moore ; canapé marron, un vieux fauteuil à côté de la bibliothèque en bois remplie de livres et d'objets de décoration. La tapisserie paraissait assez ancienne également, d'une couleur beige, voire marron clair. Beaucoup de portraits de familles fixés au mur et sur le grand buffet en bois à l'entrée. Deux vastes tableaux de paysages accrochés de part et d'autre de la pièce et une large croix clouée au mur près de la photo d'Alécia dans sa robe de communion.

Spencer avait aperçu plus tôt une photo de Matt et Alécia, souriant côte à côte devant l'église, le jour de leur baptême, ce qui lui avait brièvement remis les mots du jeune homme en tête.

William se servit un verre de vin en s'adressant à sa fille :

— Et je dois te dire, ma chérie que le coup de fil de Matt l'a vraiment perturbé.

— Super. Qu'est-ce qu'il a encore été dire ?

Spencer la fixa, surprise. Alécia se servit un verre d'eau sans la regarder.

— Rien. Il a simplement dit qu'il ne viendrait pas. C'est juste… nous avons eu l'impression que tu lui avais dit de ne pas venir. Et ça m'a ennuyé, moi aussi. Je suppose que tu as tes raisons, mais il est un peu comme un fils pour nous. Presque comme Henry. On aime l'avoir ici. De le savoir malheureux nous cause de la peine. Vous êtes partis à l'université, alors qu'il est resté ici, et travaille dur avec son père. Il s'assit avec nous à l'église tous les dimanches. Nous le voyons pratiquement chaque semaine. C'est un bon gars. Il se sent rejeté, et l'on ne voudrait pas qu'il pense qu'il n'est plus le bienvenu ici comme avant.

Alécia prit une profonde inspiration et sembla peser ses mots.

— Papa. Je ne discuterais pas de ma relation avec Matt avec vous. Je ne lui ai pas dit de ne pas venir ici, ni aujourd'hui ou aucun autre jour. En revanche, que ce soit clair pour tout le monde, lui le premier ; Matt n'est pas mon fiancé, il ne l'a jamais été, et ne le sera jamais. À lui de le comprendre avant que l'on puisse redevenir amis, si même c'est faisable. Cela n'a pas à changer quoi que ce soit à votre relation à lui. Ce qu'on s'est dit c'est entre lui et moi, et lui et moi seulement.

Spencer saisit qu'en effet Kenzi avait vendu la mèche, malgré sa promesse de ne rien dire. Sa meilleure amie lui tapait sur le système parfois, même si elle l'adorait. Elle se sentait un peu mal à l'aise d'avoir occasionné de l'embarras à la famille Moore, et surtout de la peine que ceci avait pu causer à sa compagne. D'un autre côté, elle était soulagée ; Alécia savait, et elle avait pris les mesures nécessaires, qui levaient un énorme poids des épaules de Spencer.

Alécia lui fit un clin d'œil quand elle la regarda, et la photographe sourit.

— Je comprends, répondit son père qui termina ensuite sa salade.

Stéphanie réapparut, sourire aux lèvres, en apportant le plat principal. Ils discutèrent politique, sport, et même un peu de jardinage, ce qui ravit la maîtresse de maison. Pour l'apaiser sur le souci du début de repas, Spencer décida de lui parler naturellement du statut médical de la mucoviscidose aux États-Unis. Fort heureusement, elle était relativement bien prise en charge. La plupart du temps, en tout cas.

Ils étaient sur le point d'entamer l'excellente tarte aux pommes maison de Stéphanie.

— Et cette dissertation, ma chérie, tu t'en sors ?

— Oui, oui, ça va. J'ai bossé dessus cette semaine. Je n'avais pas avancé depuis un petit moment.

— Pourquoi ça ? l'interrogea alors son père

Face au froncement de sourcils de ce dernier, elle essaya de ne pas rougir tandis qu'elle sentait le regard de Spencer sur elle.

— J'ai été occupée à écrire… des trucs.

— Oh vraiment ? Et quels trucs ?

— Oh, euh… juste des petites nouvelles ou des textes courts pour ma mineure, tu sais, « écriture créative ».

Stéphanie l'observa attentivement tout en se servant un verre d'eau.

— Mais tu as quasiment fini ta dissertation, n'est-ce pas ? Tu dois la privilégier vu le nombre de crédits qu'elle rapporte. Tu pourrais valider ta licence avant mai, d'ailleurs, et ainsi, te préparer au mieux pour attaquer chez Harper Collins.

Alécia tourna le visage vers Spencer qui l'encouragea du regard, avec un léger hochement de la tête.

— Maman, euh… j'aurais mes crédits d'ici mai, ne t'inquiète pas pour ma licence, et… peu importe, en fait car… je ne suis pas sûre de prendre cet emploi finalement.

— Pardon ?

Tout le monde s'immobilisa quelques secondes face au ton ferme du père d'Alécia.

— Que veux-tu dire par là ? Pourquoi ne le prendrais-tu pas ?

— J'ai juste…

L'étudiante s'interrompit et observa sa petite-amie pour du soutien qu'elle trouva, et dans son regard, et dans la main qu'elle lui serra sous la table.

— Je vais m'inscrire en master, peut-être même poursuivre un doctorat.

— Pourquoi ferais-tu cela ?

Spencer ne put retenir la pensée qui l'envahit :

— Pourquoi ne le ferait-elle pas ?

William apparaissait perplexe, ennuyé en tout cas.

— L'économie d'une part, et c'est une grosse raison. Mais surtout, un emploi l'attend bien chaudement. Un emploi décent qui plus est. Pourquoi irait-elle chercher quelque chose d'autre ?

— Je veux plus, papa.

— Je trouve leur proposition salariale plus qu'honnête pour une novice. C'est un bon début dans leur compagnie, et tu graviras les échelons.

— Pas plus d'argent, papa. J'ai montré quelques-unes de mes vieilles histoires à mon professeur et il a dit, je cite *« c'est bien dommage que tu ne m'aies rien montré plus tôt. »* J'essaie de rattraper un peu. J'ai récupéré des crédits supplémentaires, de cette manière, déjà. J'écris beaucoup en ce moment.

— Hey, tu ne me l'avais pas dit, Al ?

Alécia adorait la luminosité du regard de son amante.

— Parce que je savais que tu serais tout excitée, et recommencerais à me parler d'écrire un livre.

— Écoute, je ne suis pas une experte… mais il me semble bien que ton professeur, qui plus est écrivain plus que décent lui-même, pense autant de bien de tes compositions que moi. Je me trompe ?

— Il était plutôt enthousiaste, oui. J'ai pas mal bossé avec lui ces dernières semaines. Il me guide sur un… projet.

Alécia ne pouvait dissimuler l'étincelle qui enflammait son regard.

— Bon sang, je suis fière de toi !

L'étudiante se perdit quelques instants dans le regard de Spencer, la première à se montrer fière et l'encourager sur son écriture. Et maintenant… elle y croyait-elle aussi.

William tourna la tête face à cet intense échange visuel entre les deux jeunes femmes. Stéphanie ne se sentait pas moins maladroite face à cette intensité, mais à l'inverse de son mari, elle ne pouvait contempler ailleurs.

— Sur quoi écris-tu, ma chérie ? C'est du journalisme comme ce cours que tu suivais en première année ? l'interrogea sa mère, interrompant ainsi la scène, et les étranges sensations que cela créait en elle.

L'amour que partageaient les deux femmes sautait aux yeux. Elle l'avait accepté, mais n'était pas prête à le voir si directement.

— Non, ce sont des fictions. Bien que le journalisme soit l'un des nombreux cours que je résumerais si j'en ai la possibilité. Comme je m'y prends un peu tardivement, je prendrais ce qu'il reste. Tellement de choses m'intéressent de toute manière.

— Tu as fait plus que d'y penser, à ce que je vois. J'aurais souhaité que tu nous en parles avant, que l'on puisse en discuter, signala son père.

— Je t'aime, papa, vraiment, mais c'est ma vie. Je sais que maman et toi avez payé ces études en grande partie, même si j'ai obtenu de bonnes bourses. J'ai aussi beaucoup bossé en dehors sur mes deux premières années pour tenter d'être indépendante, c'est pour ça que j'ai dû laisser tomber certains cours que j'aimais énormément. Si l'argent était réellement un problème, j'y réfléchirai peut-être, mais je vais utiliser une partie de l'argent de grand-mère pour ce master.

— Oh non ! Ma chérie, tu ne peux pas. Cet argent est là en cas de coup dur.

— Non, maman. Elle me l'a laissé pour que *j'accomplisse de grandes choses*, dixit mémé ; aller à l'université, une belle maison, une belle vie. *Toi* tu as dit que ce serait pour les coups durs parce que c'est tout ce qui compte de nos jours ; la crise économique, le chômage. Tout le monde a tellement peur d'échouer, peur de n'avoir plus rien, peur de vivre, en fait. Les jeunes sont tellement déprimés dans notre société, tu n'as aucune idée à quel point. Ils n'ont aucun horizon. Ils doivent juste faire de leur mieux pour trouver un boulot, n'importe quel boulot. Ils n'ont plus le droit de rêver à ce qu'ils souhaitent véritablement. Ils ont peur, d'ailleurs, de découvrir ce qu'ils désirent vraiment, parce qu'*imagine mon Dieu* que ce soit dans une branche *sans débouché ?* Autant qu'ils se flinguent tout de suite, non ?

— Ne dis pas des choses pareilles, s'il te plaît.

William se réinstalla dans sa chaise, ce sujet restant douloureux pour lui.

— C'est la vérité pourtant, papa.

Il se rassit droit.

— Revenons-en à ton emploi. Tu avais l'air d'avoir tant apprécié ces stages. Tu l'as dit toi-même, c'est du *tonnerre de dieu*. Tu avais hâte d'y retourner.

— Ça l'était. J'aime ce genre de travail, papa, mais je ne sais pas comment l'expliquer…

Spencer sourit.

— Pourquoi se contenter du peu ? suggéra-t-elle.

Alécia sourit, toutefois elle savait que ses parents auraient besoin de plus pour comprendre.

— Je veux faire plus, papa.

— Elle *peut* faire plus, monsieur Moore. En plus, ils ne pourront que la vouloir davantage dans leur entreprise si elle est encore mieux qualifiée, non ? Et puis, sans vouloir offenser qui que ce soit, Harper Collins est une super maison d'édition, seulement il y en a beaucoup d'autres, et des plus cotés. Alécia peut travailler où elle veut, aussi bien derrière les auteurs, qu'en tant qu'auteure elle-même. Elle a un don avec les mots. Moi je vous parie que bientôt ce sont eux qui corrigeront et publieront ses écrits.

— Ouh là, ne nous emballons pas, OK ? déclara l'étudiante, avec un clin d'œil à sa partenaire. Mais oui, papa, je prévois d'effectuer les deux. Je ne suis pas prête à entrer dans la vie active en tant que telle, et surtout avec des horaires de bureau figées et conséquentes, car j'ai plein de choses prévues dans le futur immédiat.

Elle jeta un bref regard à Spencer avant de les fixer de nouveau en poursuivant :

— Je vais créer une fondation pour les jeunes.

Stéphanie ouvrit grand les yeux.

— Comment comptes-tu t'y prendre ? Même l'argent de ta grand-mère ne suff—

— Non, ne t'inquiète pas, maman. Même si mémé aurait adoré cette idée. Mais j'ai déjà l'investisseur principal.

William tâcha de se détendre dans sa chaise, néanmoins ses sourcils restèrent légèrement froncés.

— Ne penses-tu pas que cela fait beaucoup de projets d'un coup ?

— Je peux le faire, papa. C'est important pour moi. Trop de gosses souffrent. Que ce soit à cause de maladie comme la muco, ou tant d'autres maladies invalidantes de ce type, ou simplement parce qu'on les harcèle à l'école ou les rejette pour dix mille raisons ; des tics nerveux à leur orientation sexuelle ou encore leur religion. Même juste les gamins de manière plus générale, comme j'ai expliqué tout à l'heure, tellement désespérés, et qui ne voient plus d'espoir, et plus de porte de sortie dans ce monde, autre que la sortie finale. Dans quel monde vivons-nous pour laisser des gamins de douze ou treize ans se suicider sans que cela nous fasse réagir, et agir ?

Ses paroles touchèrent visiblement ses parents.

— Toute une vie à ne vivre que pour soi est gâchée, pour ma part, indiqua-t-elle, les yeux brillants de larmes sous-jacentes.

Elle se tourna vers Spencer.

— Bon sang ! C'est tellement plus que ce dont on avait discuté. D'abord, c'était pour les mucos, puis la jeunesse LGBTQ+, et maintenant j'inclus le monde entier. Je sais, je suis folle. J–

— Putain ce que je suis fière de toi ! Pardonnez mon langage, monsieur et madame Moore, s'excusa Spencer, avant de regarder de nouveau son amour qui souriait.

— Vraiment ? s'inquiéta Alécia.

— Tu n'as pas idée.

— N'empêche que je m'emballe un peu, là, quand même. Je n'ai même pas encore pensé…

Alécia s'interrompit en soufflant fortement. Spencer lui prit la main.

— Respire bien fort. Tu vas tout penser. Tu vas *changer le monde*. Je l'ai toujours su.

L'étudiante hocha la tête avec quelques réserves. Elle inspira profondément et retourna son attention à ses parents qui ne savaient plus trop quoi dire. Ils paraissaient quelque peu figés.

— Maman, papa, je sais que ça paraît beaucoup, mais je veux juste vous dire de me faire confiance. Tout va bien se passer. Je vais m'inscrire en master, à Berkeley si j'ai une place, ou sinon ici, si les cours que je souhaite ne plus ne sont plus dispo là-bas. Je vais apprendre, car j'aime et j'ai besoin d'apprendre encore. Une ou deux années supplémentaires à l'université vont me permettre en outre de profiter de ce qui compte dans la vie, déclara-t-elle en prenant la main de Spencer sous la table. J'ai besoin de ce temps. Et j'en ai besoin maintenant.

William ne put qu'opiner.

— Eh bien, je suppose que tu sais ce que tu fais. Tu as vingt-et-un ans, tu es une grande fille. Ta mère et moi te soutiendrons, quoi que tu choisisses.

Stéphanie, bien que toujours sans voix, acquiesça de la tête.

***

Elles quittèrent la résidence des Moore vers dix-sept heures. La toux de Spencer s'accentuait de plus en plus, comme si elle la retenait depuis un petit moment.

— Ça va aller, mon ange ? Tu as l'air bien prise.

— Ne t'inquiète pas, mon eFlow prendra vite soin de ça, dès qu'on sera à la maison.

Un sourire immédiat se forma sur les lèvres d'Alécia. J'aime quand tu dis *à la maison*.

Elles marchèrent main dans la main jusqu'à la voiture de l'étudiante

— Bon, sur une échelle d'un à dix, combien me haïssent tes parents, là, à ton avis ?

Alécia rit cette fois.

— Sûrement vingt ou trente.

Spencer secoua la tête négativement.

— Je voulais vraiment faire bonne impression pourtant. Mais j'étais trop fière de toi !

— Je n'avais franchement pas prévu de dire tout ça. Je crois qu'à ce moment-là, je n'avais même pas réalisé à quel point je le désirais. Mais…

Alécia s'interrompit et baissa légèrement la tête.

— Que se passe-t-il, bébé ?

— J'ai juste… ça me rend un peu mal à l'aise quand tu dis des choses du genre que je vais changer le monde. C'est impossible, tu sais. Une personne seule ne changera jamais le monde.

Spencer continua de sourire. Elle toussa plusieurs fois puis reprit son souffle et caressa le visage de sa partenaire.

— C'est vrai. Tu ne changeras pas le monde toute seule. Mais je te garantis que le monde va changer à tout jamais pour un, trois, dix, vingt, cent, mille gamins que la fondation aidera. Et c'est ça qui compte. Tu vas prendre part à quelque chose de vrai, qui compte, qui contribue, qui sert un effort collectif positif. N'est-ce pas le meilleur sentiment au monde ?

230

Alécia secoua la tête et l'embrassa sur les lèvres.

— Le plus beau sentiment au monde c'est celui que je ressens, là, et chaque fois que je te regarde.

Elles s'embrassèrent plus intensément.

— Je le pensais sincèrement, tu sais, Spence. Poursuivre mes études me laisse vraiment plus de temps avec toi, que si je commençais à bosser à plein temps dès cet été. J'ai besoin de plus de temps avec toi.

Les mains de la photographe se promenaient dans les cheveux d'Alécia tandis qu'elle l'enlaça. Elles continuèrent de marcher tranquillement après ce moment de tendresse.

— Je pense que c'est une bonne chose d'avoir tout dévoilé à tes parents. C'est un projet important, et c'est bien qu'ils le sachent. Et notre prochaine rencontre ne pourra que mieux se passer, non ?

Alécia sourit du coin des lèvres et la photographe ajouta :

— Je crois quand même qu'ils n'ont pas fini de prier Dieu que Matt et toi vous mariiez un jour.

— C'est vrai qu'ils sont durs d'oreille pour certains trucs.

Elles rirent légèrement. Spencer se racla ensuite la gorge, devinant ce qui allait suivre.

— Tu aurais dû me le dire, tu sais. Il n'avait pas le droit d'agir ainsi.

— Il essaie juste de te protéger, Al. J'avais dit à Kenzi de fermer sa bouche pour ne pas t'inquiéter. Tu parles, lança-t-elle, d'un ton léger.

— Techniquement, elle ne m'a rien dit, même si je l'ai appelé quand j'ai su pour lui demander exactement ce qu'il s'était passé. Mais ce n'est pas elle qui a vendu la mèche.

Face au regard perplexe de sa petite-amie, Alécia poursuivit :

— C'est Susan.

Le froncement de sourcils de Spencer s'accentua.

— Comment l'a-t-elle su ?

— Il a pris un avion direct après être parti de chez toi, et s'est pointé au dortoir après les cours. Susan l'a remis à sa place comme il se doit. De ce que j'ai cru comprendre, en tout cas, comme je n'y étais pas. Elle m'en a parlé dès que je suis rentrée. J'ai appelé Kenzi, puis Matt et nous avons eu une conversation ce soir-là. Et crois-moi qu'il a bien compris cette fois.

— Ce n'était pas grand-chose.

Spencer observa brièvement ses mains.

— Si, ça l'était. Je ne laisserai personne te rabaisser ou te blesser ainsi.

— T'inquiète, Kenzi ne l'a pas tant laissé parler que ça, déclara-t-elle, dissimulant à peine son sourire au souvenir de l'attitude de sa meilleure amie.

— J'ai cru comprendre, également. Matt ne s'en est pas remis.

— D'ailleurs, même si je ne l'aime pas, je pense que c'est effectivement un bon gars, hormis sa bigoterie. Vu la manière dont elle l'a reçu, et giflé, j'en connais un bon paquet qui se serait énervé ou offusqué, voire pire, qui aurait frappé en retour, ou menacé de le faire.

— Je sais que c'est un bon gars. Il fera certainement un très bon mari. Il doit simplement trouver sa future épouse ailleurs, ainsi que sa propre famille. Ça, lui, ce n'est pas ma vie. Ça a failli l'être. Si je n'étais pas partie à Berkeley, si je ne m'étais pas un peu éloignée, ça aurait sûrement été ma vie, finalement. Et puis l'université, Susan et surtout toi m'avez ouvert les yeux. Je sais ce que je veux. Et je l'ai.

Sur ce, elle l'attira dans un autre baiser intense.

Elles profitèrent d'une soirée tranquille à l'appartement devant la télévision et s'endormirent assez tôt. Elles passèrent une bonne partie de la matinée au lit, avant d'aller visiter le musée d'art de Seattle dans l'après-midi.

***

Assise à son bureau, Alécia tapait relativement vite sur son clavier d'ordinateur en ce frileux jour de février. Susan, elle, travaillait sur sa dissertation de fin d'études. Elle poussa un long soupir.

— La vache, j'aimerais bien être aussi inspiré que toi. Je n'avance pas d'un chouya sur ma conclusion. Tu le crois toi ?

— Laisse-la de côté quelques jours, Su ; tu bosses d'arrache-pied dessus depuis trop longtemps, là. Ça te viendra tout seul, à froid.

Alécia ne levait pas les yeux de son clavier.

— Tu peux parler. Pour moi, ces crédits restent essentiels, au contraire de toi. Pourtant tu as écrit bien plus que moi. Je désespère de la terminer.

— Je parlais plutôt de la semaine passée, plus que d'aujourd'hui. Tu t'y es mise tous les jours. Laisse tout ça de côté. Et puis, euh… je ne travaille pas dessus, là en fait.

Susan plissa les yeux et fronça les sourcils, son intérêt piqué.

Sa colocataire ne la regardait toujours pas, trop concentrée sur ce qu'elle rédigeait, les yeux rivés sur l'écran et les mots qui fusaient du bout de ses doigts. Susan ne résista pas et se leva pour aller voir.

— C'est une nouvelle histoire courte que t'a demandée ton prof ? Tu me la feras lire ?

— Non, ce n'est pas–

— Ouah ! Cent cinquante-trois pages déjà ?

Alécia cliqua sur la fenêtre, pour cacher son texte de la curiosité de son amie.

— C'est un roman, n'est-ce pas ? Ça ne peut être que ça.

— Je… oui, mais ne dis rien, OK ? Je veux juste voir si je peux m'y astreindre, si je peux finir quelque chose de ce type. C'est qu'un premier jet donc vraiment… il y a du boulot.

— OK. Mais tu me le laisseras lire, n'est-ce pas ?

— Quand ce sera prêt, oui.

— Spencer le sait ?

— Non, et s'il te plaît, ne lui dis rien.

— Pourquoi ?

Quand Alécia ne répondit pas, Susan hocha la tête légèrement.

— C'est sur elle, n'est-ce pas ?

— En quelque sorte. C'est de la fiction, toutefois elle m'a fortement inspiré, oui.

Susan sourit.

— Bon sang ! J'ai hâte de le lire.

— Il n'y aura rien à lire si tu continues de me harceler de questions.

Susan sourit davantage.

— Je sors. Je vais m'aérer et te laisser à ton roman. Sois inspirée. Bye-bye, baby.

Alécia leva la main brièvement puis se remit à écrire.

***

Susan grogna légèrement quand une chanson rap la réveilla. Elle renversa son radio-réveil en tâchant de l'éteindre au plus tôt, les yeux toujours fermés. Elle remonta la couette par-dessus sa tête.

— Allez hop, debout Suzie !

Elle grogna de nouveau quand la pièce baigna soudainement dans une lumière éblouissante, du moins pour ses yeux endormis, alors qu'Alécia avait simplement ouvert en grand les rideaux.

233

— Allez, regarde-moi ça ! Encore une journée splendide qui s'annonce !

Elle émergea de sous la couette, avec un regard plus que sceptique envers sa meilleure amie. Elle fronça les sourcils en la découvrant toute habillée, largement éveillée et s'agitant dans tous les sens. Susan remit la couette par-dessus sa tête. Une fois tous les tiroirs de la chambre ouverts et fermés bruyamment une dizaine de fois, elle renonça, et sortit la tête pour de bon, avec un soupir.

— OK, moi je sais pourquoi je dois me lever si tôt, toi tu n'as pas cours avant cet après-midi. Pourquoi ne dors-tu pas ?

— Dormir c'est pour les faibles.

Susan dressa un sourcil. Elle posa un pied au sol, puis l'autre tout en regardant sa meilleure amie qui remplissait un sac de voyage. Elle sourit.

— Il faut que je tombe amoureuse, c'est impératif.

— Pourquoi dis-tu ça ?

— Parce que je n'ai jamais cet air-là au visage. Et ça te va très bien, d'ailleurs.

Alécia lui rendit son sourire. Elle inspira profondément, apparaissant très sereine.

— C'est juste que tout va tellement bien en ce moment. Dernier jour de classe avant les vacances de printemps. Spencer n'a pas mis les pieds à l'hôpital, hormis pour sa visite hebdo avec son kiné, depuis plus d'un mois, à la mi-février. Sa VEMS remonte pour la première fois depuis six mois. J'ai obtenu un super prix sur la location du camping-car. On va s'éclater.

— Et oui. Le parc du Yosemite[27], donc ? Je pensais que vous iriez au Brésil ? Tu sais… Rio.

— Pas encore. On le garde pour un voyage plus important. Là où l'on visitera le chili aussi. On prendra un bateau d'Ushuaia pour aller voir la cordillère de Darwin. Normalement, on prévoit ça pour l'été, si elle est en forme. Jusque-là, tout va bien. Pour le moment, on ne veut pas tenter le diable. Aucune de nous n'a vu la Yosémite Valley, alors ça tombait bien. C'est si beau, on a quasiment deux semaines. Si tout se passe bien, ça la rassurera.

— Tu seras réellement partie tout l'été ?

---

[27] Le parc national de Yosemite se trouve dans les montagnes de la Sierra Nevada, en Californie. Il est renommé pour ses séquoias géants centenaires.

— On prend un bon mois pour bouger en Amérique du Sud, sûr et certain. Après le reste… Je suis plutôt libre, donc on verra bien.

— Tu leur as vraiment dit non, c'est officiel ?

— Ouais.

— Ça me blase un peu quand même.

Le sourire d'Alécia disparut quelque peu.

— Ah bon ? Je pensais que tu étais d'accord avec Spencer à ce sujet.

— Oh oui, oui, complètement. C'est juste que si j'avais su que tu continues en master j'aurais… je ne sais pas, braqué une banque pour passer le mien ici également. Et toi et moi on serait coloc' à vie.

Elles rirent brièvement comme deux gamines.

— Ne dis pas ça, ça fait un bon moment que tu dis avoir besoin d'un break et de rentrer un peu à la maison.

— Oui, je sais, mais j'aurais pu faire un break plus tard, si j'avais su.

— Su, tu sais que tu veux voir ta grand-mère.

— Oui. Papa dit qu'elle ne va pas trop bien, disons que ça n'ira pas en s'arrangeant. Je lui dois tellement. Sans elle, il aurait été perdu pour nous élever mes sœurs et moi, après la mort de maman.

— Je sais. Elle est vraiment super ta grand-mère.

Voyant Susan soudainement perdue dans ses pensées, Alécia s'assit à côté d'elle.

— C'est ce qui compte, Su. Les gens que tu aimes, de leur montrer, d'être avec eux. Voilà pourquoi j'ai refusé ce boulot. Et je ne serai pas sur le campus l'an prochain, donc n'ai pas de regrets. On a trouvé un super petit appart à San Francisco. Je ne veux pas être séparée d'elle plus longtemps. J'aurais encore moins de cours d'ailleurs, ce qui me laissera beaucoup de temps pour elle. J'aurais aussi du temps pour le projet de fondation. Eliza et moi avons maintenant une idée beaucoup plus claire de la direction que nous souhaitons prendre. Ça va se faire. J'ai envie et besoin d'être ici, d'accomplir cela. Pour toutes ces raisons-là, je ne regrette pas ma décision.

Susan ne pouvait qu'acquiescer. Alécia, une main sur la cuisse de son amie, ajouta :

— Quant à toi, tu prends cette année sabbatique dont tu as besoin pour rester à la maison avec ta famille. Et si tu veux toujours ce M.S.L.S.[28], tu auras des options, que ce soit ici à Berkeley, ou là-bas. Franchement, Chapel Hill[29] est une des meilleures universités publiques

---

[28] Master of Science in Library Science. Maîtrise en science bibliothéconomie.

[29] Grande université publique de recherche, située à Chapel Hill en Caroline du Nord.

du pays avec un très bon cursus langue et littérature, si bien que je m'y étais inscrite, d'ailleurs. Si Berkeley m'avait refusé, c'est là-bas que j'allais.

— Oui, je sais. Et tu as raison. Me rapprocher de la maison après quatre ans fera du bien. J'ai des options, c'est vrai.

— Tellement. On doit penser grand. C'est ce qu'il manque à notre génération. On a besoin de voir plus grand. On a des options, on peut s'en créer. On peut accomplir des tas de choses. On peut, on *doit* rêver plus grand !

Alécia réalisa que Susan la fixait intensément.

— J'y suis allée un peu fort, n'est-ce pas ?

— Non, pas du tout. C'est beau de te voir ainsi. Je me souviens la première fois que je t'ai vu. Tout ce qu'il s'est passé depuis. Tu as tellement changé, Al. C'est un compliment, au cas où tu en douterais.

Alécia sourit. Son état d'esprit de l'époque… oui, elle s'en souvenait. Elle sourit tout de même. Bien que derrière elle désormais, cela l'avait façonné également, toutefois cette partie d'elle ne la retenait plus. Au contraire, ça s'était transformé en une force qui la poussait à avancer.

— Je suis trop fière de toi, Alécia !

La jeune femme haussa timidement les épaules avant que Susan n'ajoute :

— Et ne m'oublie pas quand tu seras devenue une écrivaine célèbre !

— Célèbre, je me marre.

— Souviens-toi : il faut rêver plus grand. Par conséquent, oui, célèbre.

Alécia sourit de plus belle et son amie lui demanda :

— As-tu enfin montré à Spencer ton roman ?

Alécia secoua la tête négativement.

— Bon sang, mais qu'attends-tu ? Après tout ce beau discours que tu viens de me sortir, tu ne vas pas te débiner quand même ?

— Non, non, ce n'est pas ça. Le premier jet est à peine complété. Ce n'est pas terminé. Il me manque beaucoup de scènes, des descriptions à peaufiner. Je dois réécrire la majeure partie de la fin. Ce n'est pas *lisable* pour le moment.

— Oh, *lisable*, hein ? Boucles-tu réellement une licence littéraire là ? *Lisable*. Oui, là effectivement, je pense que de la réécriture s'impose !

Alécia rit puis l'étreignit.

— Bon sang ! Tu es vraiment la meilleure coloc, la meilleure amie, tout court. Tu vas trop me manquer, Su.

Elles s'enlacèrent une nouvelle fois avant de s'écarter.

— OK, je ne serai peut-être plus là pour te faire chier de bon matin, mais crois-moi, tu ne te débarrasseras pas de moi si facilement, Al !

— J'y compte bien !

— Pas de soucis. Et voilà, je suis à la bourre. Je déteste ces cours de si bonne heure !

— Va vite au lieu de ronchonner !

Chapitre Douze

Assise seule à une table de la cafétéria de l'hôpital, Alécia regardait dans le vide. Le restant de thé dans sa tasse, froid depuis longtemps. Elle sursauta légèrement quand on appela son nom. Kenzi s'approchait d'elle avec un froncement de sourcils.

— Bon sang, qu'est-ce que tu fous encore ici ? Tu vas rater ton avion !

— Je n'ai pas franchement envie d'y aller, Kenz.

La peintre n'hésita pas une seconde et la tira par le bras. Elle sortit son portable de sa poche pour appeler un taxi.

— Non, mais sérieusement, je pense que je devrais rester avec elle.

— Arrête ça. D'une, elle passe toute une batterie d'examens aujourd'hui, tu ne vas même pas la voir, et de deux ; c'est la remise des diplômes, bon sang ! Spencer est bien assez dégoûtée de ne pas te voir recevoir ta licence, et surtout de ne pas pouvoir te photographier trente douze millions de fois.

Alécia baissa la tête. Avec son pouce, Kenzi essuya une larme solitaire qui coulait le long de la joue de l'étudiante.

— Alors tu te ressaisis, ma belle. Tu vas chercher ta licence, car tu as bossé dur pour ça, et tu reviens vite la lui montrer. Elle ne bougera pas de là, promis. Et dis à Henry qu'il a intérêt de prendre un million de photos sans en rater une seule, vu tout ce qu'elle lui a appris. Tu as l'appareil photo de Spence, n'est-ce pas ?

Alécia hocha la tête. Elle inspira profondément pour se redonner du courage. Le sourire imperturbable de Kenzi l'encouragea.

— Allez, un sourire maintenant et file vite. Et ne t'inquiète pas, je ne la quitte pas des yeux.

L'étudiante prit une nouvelle respiration appuyée avant d'acquiescer, un sourire léger aux lèvres. Elle enlaça la peintre qui lui frotta le dos.

— Allez, vas-y vite.

Le sourire de Kenzi s'évapora aussitôt qu'Alécia sortit de la salle. Elle inspira fortement à son tour avant de se *rebooster*, en se mettant en route pour la chambre de Spencer.

***

238

— Ah bordel, c'est coincé ! Spencer va me tuer, déclara Henry, retournant l'appareil photo de dans tous les sens.

— Fais voir ça.

Henry le tendit à Susan et but une gorgée de son café. Après la cérémonie, Alécia, Susan et lui avaient décidé de parcourir le campus une dernière fois. Ils savouraient à présent une boisson, assis à la terrasse d'un des nombreux cafés. Alécia semblait ailleurs.

— Après toutes les questions que tu lui as posées, et les leçons qu'elle t'a données, il y a intérêt que les photos soient bonnes, Henry, l'avertit Susan.

— Elles le sont, j'ai vérifié. C'est juste ce putain de machin dont j'ai oublié le nom qui est coincé, juste là. Je n'arrive pas à le bouger et… voilà, toi tu viens juste de le débloquer. Maintenant, je comprends pourquoi MIT[30] m'a dit non.

Susan sourit en jetant un coup d'œil à Alécia qui paraissait toujours ailleurs. Elle regarda de nouveau Henry.

— Allez, arrête, le geek[31]. Tu l'as dit toi-même tout à l'heure que le programme informatique de l'université de Toronto était fantastique.

— Il l'est, mais ce n'est pas le MIT.

Susan lui mit un petit coup d'épaule.

— Tant que les photos sont réussies, Spencer ne te bottera pas les fesses.

— J'espère bien parce que, hey ! Elles sont belles mes fesses, assura-t-il, prétendant se frotter le derrière. Lola l'aime bien mon cul, tu sais. Je ne voudrais pas lui causer de peine s'il venait à disparaître.

Susan rit tout en massant l'épaule de sa meilleure amie qui sembla se réveiller.

— Oh, bon sang, désolée… Je ne suis vraiment pas de bonne compagnie aujourd'hui. Je n'arrive pas à croire que ce soit notre dernier café ensemble sur le campus, Su et je suis *out*. Je m'excuse sincèrement.

— Tu sais que je comprends, Al. Franchement, j'étais même surprise de te voir. Une bonne surprise, j'avoue, précisa Susan.

— Je n'étais pas partie pour venir, mais Kenzi m'a vu…

— En flag, s'en amusa Henry. Tu étais trop belle sur le podium. Spencer t'en aurait vraiment voulu de rater ça. En plus, il aurait fallu

---

[30] L'Institut de Technologie du Massachusetts est un institut de recherche américain et une université, spécialisé dans les domaines de la science et de la technologie. Fait partie du top 10 des meilleures universités du monde.

[31] Personne passionnée par l'informatique et les nouvelles technologies.

que je console Susan d'être toute seule, et tu sais comment Lola peut se montrer jalouse parfois.

Alécia lui pinça la joue et il rit comme un enfant. Elle adorait l'entendre rire ainsi. D'une manière ou d'une autre, il parvenait toujours à l'égayer.

Elle prit une profonde inspiration pour tenter de chasser ses pensées maussades et apprécier ces moments précieux avec ses amis. Elle se tourna vers sa meilleure amie.

— Bon, Su. Direction l'Europe alors ? Ton père est vraiment fier de toi, dis. Et avec raison.

Susan haussa les épaules.

— Je ne m'y attendais pas du tout. D'ailleurs, je ne m'attendais pas à avoir de cadeau quelconque pour mon diplôme. Il a préparé ça avec ma tante. Je serai de retour dans trois semaines. Le vingt juin, je crois. Je viendrais tout de suite à Seattle pour vous voir, et on passera un moment ensemble. Mais s'il y a le moindre souci entre temps... je rentre plus tôt, OK ?

— Non. Ne pense même pas à nous. Tout ira bien, t'inquiète. Toi, tu as juste à t'éclater en Europe, tu l'as bien mérité.

Le regard d'Alécia se perdit ensuite dans sa tasse de café.

— À quelle heure est ton avion, sœurette ?

— Dix-neuf heures. J'aurais préféré en trouver un plus tôt.

— Comment allait-elle aujourd'hui ?

— Bien. Non vraiment, je t'assure, Susan. Ne t'inquiète pas. Elle sera sortie de l'hôpital d'ici que tu reviennes.

Susan la fixa avec un léger froncement de sourcils et son amie concéda :

— Elle va mieux que la semaine dernière, mais... elle ne va pas *bien*.

Sa colocataire semblait penser ses mots avant de secouer la tête brièvement.

— Elle est... J'avoue qu'elle avait l'air vraiment mal l'autre jour. Je ne l'avais jamais vu ainsi, admit-elle comme un murmure, de peur que les mots ne blessent sa meilleure amie.

Alécia acquiesça de la tête.

— Mai a été un mois très mauvais. Vraiment très mauvais. Je ne l'avais jamais vu sous oxygène, ça fait peur, j'avoue.

Henry et Susan échangèrent un regard, puis Alécia ajouta :

— Mais elle n'en a plus besoin là. Enfin, pas trop. Sa VEMS remonte tout doucement, en tout cas elle ne plonge plus. C'est déjà ça, mais… les parents de Spencer ont commencé à parler de greffe avec Grace et les médecins. Je crois qu'il est temps, en effet.

— C'est une bonne chose, non ? C'est sûr que toute opération comporte des risques, mais dans l'ensemble, c'est mieux. Elle ira mieux après, la rassura Susan.

— Oui… elle ira mieux un moment. Je veux dire, avec des poumons neufs, ça ne pourra aller que mieux, mais elle aura toujours la muco, et éventuellement…

Alécia avala sa salive avant de secouer la tête vigoureusement.

— Oui, ça va lui donner pas mal d'années de vie décente, car ce que j'ai vu ; enfin, Spencer m'avait dit une fois que de vivre constamment sous oxygène, que ce soit en attente d'une greffe ou de mourir, ce n'était pas une vie. Je ne comprenais pas trop à l'époque.

Elle inspira profondément et leur sourit.

— Je vous rassure, elle n'en est pas du tout là. Elle a eu un gros coup de mou, c'est vrai, mais sa VEMS n'est pas si basse. L'oxygène l'aide, sans qu'elle n'en dépende. Elle ira bien. Elle ira mieux, je veux dire. Elle s'en sort toujours. Faites-lui confiance, elle va remonter la pente.

Henry lui sourit, sans pouvoir s'empêcher un petit coup d'œil à Susan qui croisa son regard.

— Bon, c'est super alors. Et je suis sûre qu'effectivement elle ira mieux très vite. Comme au printemps. C'est dingue d'ailleurs, maintenant que j'y pense ; mars, avril, elle allait tellement bien. Elle avait même pris un chouya de poids, non ?

— Oui. Toujours trop mince, mais elle avait pris quelques kilos depuis l'hiver. Je ne l'avais jamais vue aussi belle et en forme.

— Ça a dégringolé si vite, s'étonna Susan.

— Ça a commencé par son infection vaginale. Elle a été vite traitée, sans souci, mais elle s'est chopé une pneumonie par-dessus, et de la tout s'est effondré ; sa VEMS, ses problèmes gastro-intestinaux avec une nouvelle pancréatite. Tout a lâché d'un coup. Même Grace était surprise, et pas de la meilleure manière. Heureusement que les cours étaient terminés, car je n'aurai pas imaginé un seul instant ne pas rester auprès d'elle ces dernières semaines.

— Ça n'a pas dû être évident de réviser pour tes examens finaux ? demanda Henry.

— J'avais la tête ailleurs, c'est sûr. Autrement j'avais du temps. Spencer dormait la plupart du temps, elle était très *sédatée* car elle souffrait trop.

Henry l'enveloppa de ses larges bras quand il vit une larme couler le long de sa joue.

— Hey, ça va bien se passer, tu l'as dit toi-même. La semaine prochaine je retourne à la maison chez mes parents comme ils rentrent d'Asie, donc toi et moi on passera du temps ensemble, OK ?

Alécia acquiesça, ravalant ses larmes face au sourire désarmant du jeune homme qui lui redonnait du courage.

— Ça me fait chier de vous laisser, les jeunes, confia Susan, en regardant sa montre avec un soupir.

— S'il te plaît, Su, éclate-toi. On se voit dans un mois.

Ils se levèrent de table. Les meilleures amies s'étreignirent.

— Tu m'appelles, OK ?

— Bien sûr, t'inquiète. Va vite maintenant, tu n'as pas intérêt à rater ton avion.

Susan la prit dans ses bras une fois de plus.

— Bon sang… partager ma chambre, et ma vie avec toi va vraiment me manquer, tu sais, Al.

— Et moi donc !

Elles s'embrassèrent une nouvelle fois. Susan enlaça Henry ensuite.

— Tu prends soin d'elle, je compte sur toi.

— Pas de soucis.

Susan les quitta. Henry et Alécia marchèrent sur le campus un moment en bavardant. Il la conduisit à l'aéroport. Il allait voir un ami à San Francisco avant de rentrer sur Toronto.

***

— Tu crois vraiment qu'on va y voir quelque chose d'ici ?

— On y verra très bien, ma Lola, répondit amoureusement Henry.

— Tu sais que j'adore le feu d'artifice du quatre juillet. C'est mon Halloween à moi. Pourquoi on n'est pas monté au sommet, comme l'an dernier ? On voyait quasiment tout le lac Union.

Henry serra les épaules de sa petite amie alors que Kenzi expliquait :

— Je te garantis que cet endroit est parfait pour voir le feu d'artifice. Il ne nous reste qu'à installer les couvertures. Alécia a dit qu'elles viendraient sûrement. Et Spencer ne peut pas monter jusqu'en haut.

242

Lola ouvrit grand les yeux.

— Oh bon sang, mais oui ! Que je suis conne des fois !

— Tu n'es pas conne, bébé. Tu ne savais pas.

— C'est surtout que je n'ai pas réfléchi, comme d'hab.

Henry déposa un bisou sur sa joue.

— Tu penses vraiment qu'elles vont venir ? lui demanda Kenzi. Parce qu'hier, c'était loin d'être gagné.

— Oui, je sais. Mais au téléphone ce matin, Al m'a dit que Spencer se sentait mieux. En tout cas, elle veut venir. Donc on verra bien.

— Tu as choisi un super coin n'empêche, Henry. Il y a moins de monde de ce côté. C'est mieux pour Spencer.

— Il y en a au moins un de nous deux qui réfléchit. C'est déjà ça, commenta Lola.

Henry lui frotta le dessus de la tête puis la prit dans ses bras pour l'embrasser.

Le feu d'artifice de la fête nationale n'allait pas tarder à commencer, quand ils entendirent Alécia les appeler.

— Hey les jeunes !

Le groupe tourna la tête et se réjouit de voir Alécia et Spencer tracer leur chemin, doucement certes, mais sûrement, au milieu des familles, couple ou groupe d'amis. L'étudiante tenait le bras de sa compagne pour l'aider. Kenzi les accueillit quand elles arrivèrent. Personne n'étreignit la photographe, pour raison médicale, mais le cœur y était. C'était un peu impressionnant pour Henry et Lola de voir les deux petits tubes dans son nez. Alécia endossait le sac à dos dans lequel se trouvait la bouteille d'oxygène d'où était reliée sa canule nasale. À part Kenzi et Alécia, personne ne l'avait vu avec oxygène portable, ou sous oxygène directement à l'hôpital, comme elle l'avait régulièrement été depuis la mi-juin. Elle avait effectué énormément d'allers-retours hôpital chambre à coucher, avec Alécia toujours à ses côtés, où qu'elle soit.

Ils se réjouissaient de la voir, ayant eu peu d'occasions de lui rendre visite, que ce soit à l'hôpital ou chez elle, en raison de sa sensibilité accrue à tous les virus. Aussi, ils préféraient éviter les risques inutiles. Hormis Kenzi à qui l'on n'interdirait jamais de la voir, les autres avaient simplement téléphoné. Alécia portait toujours son masque médical, à chaque moment de la journée, et se désinfectait les mains toutes les vingt minutes, même à la maison. Eliza était passée une fois également, elle prenait sinon fréquemment des nouvelles par Alécia, au téléphone, pour rester prudente, comme les autres.

— Je suis trop contente que vous soyez venues, les filles ! s'exclama la peintre.

— Ça commence ! annonça Henry, tout excité à la première salve qui s'éleva dans le ciel. Regardez, vous pouvez vous asseoir ici, on a tout préparé. Enfin, euh… Kenzi a tout préparé.

Spencer et Alécia sourirent à son air penaud.

— Laisse-moi deviner ; trop occupé…, commença Spencer qui reprit deux profondes inspirations. À bécoter ta Lola.

Il lui offrit son sourire le plus étincelant.

— En flag.

Alécia lui frotta le dessus de la tête de la façon dont il l'avait fait précédemment pour Lola. Ils s'installèrent correctement sur les couvertures. Lola était couchée dans l'herbe, le haut de son corps sur Henry. Kenzi était assise, les mains en arrière. Le feu d'artifice était splendide. Alécia enveloppa ses bras autour de sa compagne qui s'enfonça dans sa poitrine. À part des '*oh*' et des '*ah*' de temps à autre, personne ne parlait.

— C'était génial ! affirma Lola à peine le feu d'artifice terminé.

— Oui, c'était bien, agréa Alécia.

Tout le monde s'assit sur les couvertures de manière à pouvoir s'observer. Alécia et Spencer ne changèrent pas de position.

— Tu l'as trouvé comment, mon ange ? Tout en l'interrogeant, l'étudiante lui déposa un baiser sur la tempe.

— C'était super…

La photographe marqua une courte pause.

— Je voulais vraiment le voir…

Elle prit une nouvelle inspiration.

— Celui-là, continua-t-elle avant d'expirer. Avec vous tous.

Kenzi lui frotta l'avant-bras.

— On va prendre un verre en ville, les filles. Vous pensez que c'est faisable pour vous ?

— La prochaine fois. On va rentrer, là, indiqua Alécia.

— Tu peux y aller, bébé, tu sais.

Spencer inspira longuement après avoir parlé. Alécia la serra fort.

Le reste du groupe sourit, non pas que cela leur plaisait de la voir dans cet état, mais tous se demandaient même pourquoi elle suggérait ceci. Alécia ne la quitterait pas un instant. Spencer l'embrassa sur la joue.

Henry et Lola allaient se lever quand l'étudiante fraîchement diplômée leur signala d'attendre.

— On a un truc à vous dire.

Ils écoutaient en silence, presque inquiets soudainement. Kenzi choisit de plaisanter pour se déstresser :

— T'es enceinte, je le savais !

La photographe allait rire, mais toussa à la place.

Alécia patienta jusqu'à ce que cela passe, avant de parler pour elle.

— Vous savez tous que Spencer est *enfin* sur la liste pour une greffe. Et bref, elle va être hospitalisée, à partir de demain jusqu'à ce que le greffon arrive. Du point de vue de sa santé, c'est le mieux à faire, désormais.

— Oh. Eh bien, c'est génial ! Tu vas vite l'avoir, j'en suis sûr. Et en attendant c'est plus prudent, tu risques moins de choper de saleté, assura Henry.

— Ouais et ne crois pas que ça va m'empêcher de venir te voir, même si je dois rentrer entièrement nue et me rouler dans le désinfectant. Je le ferai, tu sais.

Spencer rit légèrement.

— S'te plaît, Kenz. Je ne voudrais pas que les infirmiers injectent le mauvais…

Elle s'arrêta, respira plus fort et reprit :

— Médicament dans mes poches intraveineuses en te voyant entrer en mode jardin d'Éden.

Elles sourirent avant d'échanger un regard complice en silence.

— On passe la semaine chez les parents de Lola, mais dès que je reviens je t'appelle. Tu me diras si je peux visiter. Et puis j'ai plein de trucs à te demander sur la photo. Je te montrerai le petit bijou que je me suis pris, mais je ne maîtrise pas tous les réglages. Les photos sont top, tu verras.

— J'y compte bien, lui répondit Spencer, avec un clin d'œil.

Alécia et Kenzi s'étreignirent, puis vint le tour de Henry et Lola.

— Je passe la semaine prochaine, indiqua la peintre avec un geste de la main tandis qu'elles s'éloignaient.

Elle soupira légèrement une fois le couple hors de sa vue.

***

Grace entra dans la chambre de Spencer.

— Alors, comment se passe l'installation ? Tu as vu, je t'ai gardé la meilleure chambre.

— Que deviendrais-je sans toi, Grace ?

— Je me le demande bien.

Tout en lui parlant, Grace réajusta l'oreiller dans le dos de sa patiente. Alécia était assise dans un fauteuil à côté du lit.

— Ta mère a rempli la plupart des documents pour ton entrée. Tu dois juste bien relire, compléter si nécessaire, et signer.

Spencer fixa l'infirmière intensément ; quelque chose dans le ton de sa voix l'intrigua.

Alécia se leva.

— Tu veux que je m'en occupe, mon ange ?

Grace garda le bloc-notes contre sa poitrine.

— J'ai mentionné qu'il fallait qu'elle le signe ? Et s'assure que sa mère n'ait rien oublié non plus.

L'étudiante acquiesça et Grace remit le bloc-notes à Spencer avec le papier accroché dessus. Le regard de la photographe croisa brièvement celui de Grace. Spencer donna un seul coup d'œil au document pour comprendre. Elle fixa de nouveau son infirmière.

Elle inspira profondément et écrit succinctement sur la feuille. Grace resta stoïque, souriant à l'étudiante qui cherchait son portable dans son sac à main. Alécia se pencha ensuite légèrement sur sa compagne qui cacha le dossier contre sa poitrine.

— Comme si je ne savais pas que ton deuxième prénom c'est Gloria, s'en amusa Alécia, surprise par ce geste.

— C'est vrai, tu m'as eu, répondit la photographe, signant rapidement la feuille avant de tout rendre à Grace. Tout est bon.

L'infirmière n'avait pas besoin de lire pour savoir qu'elle avait coché la case *NPR*[32]. Si son cœur s'arrêtait de battre, elle ne souhaitait pas être réanimée.

— Je vous laisse tranquille. Vous sonnez si vous avez besoin de quoi que ce soit.

— OK. Merci, Grace.

Grace et Spencer échangèrent un dernier regard, puis l'infirmière sortit.

---

[32] Ordre de **N**e **P**as **R**éanimer.

✳✳✳

Quinze jours plus tard.

Grace montra seulement sa tête à l'intérieur de la chambre de Spencer.

— Alécia, je peux te parler cinq minutes ?

— Bien sûr.

L'étudiante se leva de son fauteuil, posa le livre qu'elle était en train de lire, s'assura que Spencer, qui dormait, était bien couverte, puis sortit enfin de la chambre.

— Que se passe-t-il ? C'est les résultats ? Dis-moi que son infection est guérie, s'il te plaît, Grace. Je ne voudrais pas qu'un greffon arrive maintenant, et lui passe sous le nez à cause de ça.

— Non, c'est autre chose. Les médecins en ont discuté avec ses parents, mais Spencer est adulte, donc c'est elle qui doit prendre la décision.

— Quelle décision ?

— Compte tenu de son état, ils pensent qu'un coma artificiel pourrait l'aider, soulager son corps.

La poitrine d'Alécia se souleva tandis qu'elle inspira profondément, le temps d'absorber l'information. Elle secoua rapidement la tête pour chasser le léger nuage qui lui couvrit brièvement les yeux.

— Ouais, OK, le temps que ses nouveaux poumons arrivent.

Grace bougea d'un pied sur l'autre, clairement inconfortable.

— Quoi ? C'est bien le but ? Soulager son corps afin qu'elle ne se chope pas une nouvelle infection, ou autre merde qui compromettrait sa place en tête de liste. Je sais qu'elle ne peut pas être greffée si elle est malade, enfin, tu vois ce que je veux dire.

— Oui, c'est exact. Et oui, cela soulagerait grandement son corps, ça l'aiderait. Elle a de grosses douleurs, nul besoin de te le rappeler, tu la quittes rarement. Elle est presque constamment sous morphine, de toute façon. Il n'y a qu'un petit pas jusqu'au coma artificiel.

— Sûrement. Quel est le souci alors ?

— Elle refuse, indiqua l'infirmière.

— Pourquoi ? Car je sais qu'elle voudrait bien que tout ça s'arrête, ses douleurs je veux dire, précisa l'étudiante en inspirant fort.

Souvent, elle le voyait dans ses yeux, Spencer en avait assez de souffrir. Elle pouvait le lire, pourtant la photographe luttait, contre ces idées-là en plus de tout le reste… et Alécia avait bien l'impression qu'elle le faisait pour elle. Pour elle, Spencer souriait, gardait le moral et montrait qu'elle en voulait encore. Mais parfois dans son regard…

L'étudiante secoua la tête, préférant ignorer ces pensées.

Grace jeta un bref coup d'œil de côté.

— Peut-être pourriez-vous en discuter ?

Alécia allait parler, quand elle repensa cette conversation dans sa tête, surtout l'attitude de l'infirmière. Elle fronça les sourcils.

— Il y a un truc que tu ne me dis pas, Grace. Tu as toujours été honnête avec moi. Pourquoi ne dirait-elle pas oui d'elle-même ?

Grace fixa le mur blanc en face d'elle. Elle inspira fortement avant de se tourner de nouveau vers Alécia.

— Parce qu'elle sait qu'elle ne se réveillera pas, commença Grace qui s'interrompit brièvement. Probablement jamais de ce coma.

L'étudiante retint son souffle un instant, pourtant elle resta concentrée.

— Ce serait un coma médical, sous surveillance continuelle. Une fois greffée, il n'y aurait aucune raison pour qu'elle ne se réveille pas.

Grace posa une main sur son épaule.

— Il n'y aura pas de nouveaux poumons, Alécia.

La jeune femme perçut ces mots comme un coup de poignard dans le ventre.

— Et Spencer le sait parfaitement, termina l'infirmière.

Alécia voulait rester forte et concentrée, toutefois ses jambes ne répondaient plus et elle dut s'asseoir de toute urgence. Grace s'installa à côté d'elle sur le banc de l'hôpital. Elle lui laissa le temps de se reprendre.

— Qu'est-ce qu'il se passe ? Pourquoi ? demanda Alécia, l'air complètement dépité.

— Ce n'est pas encore officiel, mais elle va être retirée de la liste très rapidement. Pour dire la vérité, ma grande, je suis surprise qu'elle y ait été inscrite, dans l'état où elle est.

— Mais non, justement c'est pour ça qu'elle doit y être, c'est urgent ! Sa VEMS est si basse. Moi je ne comprenais pas pourquoi ça avait mis tant de temps au contraire, avant qu'elle n'y figure, et passe en haut de la liste. Ils ne peuvent pas lui faire ça. Elle est sur la liste ! Ils ne peuvent pas l'enlever ! Elle en a besoin !

— Je pense que *quelqu'un* de haut placé a usé d'un passe-droit, sinon elle n'y aurait jamais figuré. Crois-moi, Alécia, il n'y a rien que je voudrais plus qu'elle n'ait toutes les chances possi—

— Alors pourquoi tu ne fais rien ? Parle aux docteurs, empêche-les de faire ça, bon sang !

— De nouveaux poumons ne changeraient rien, Alécia.

— Si, ça aiderait. Ça changerait tout !

Elle ravala les premières larmes qui la submergèrent, avant de se lever et partir aussi vite qu'elle le pouvait tandis que davantage de larmes coulaient sur son visage.

***

Une semaine plus tard, tandis qu'Henry arrivait à proximité de la chambre de Spencer, il vit un petit groupe discuter. Il reconnut immédiatement la silhouette d'Alécia, qui paraissait bien agitée en parlant à l'un des médecins. Il perçut rapidement les mines déconfites des parents de Spencer. Anthony Davies serrait l'épaule de sa femme. Grace s'y trouvait également. Henry n'identifia pas la brunette qui se tenait légèrement en arrière, observant la scène en silence, un air grave au visage.

— Anthony, vous ne pouvez pas les laisser faire. Elle a besoin de ses poumons !

L'infirmière passa son bras autour de l'étudiante pour essayer de la calmer. Les parents de Spencer se sentaient suffisamment désemparés. Alécia se dégagea de la main de Grace et s'adressa au docteur :

— Vous dites que vous voulez l'aider, et vous l'enlevez de la liste. Quel genre de médecin êtes-vous ? Vous la privez de ce dont elle a le plus besoin !

— Je comprends ce que vous ressentez. Néanmoins, sa présence sur la liste ne vient en aucun cas de l'hôpital. Nous en avions discuté il y a quelques années, mais sa santé s'est détériorée bien trop rapidement cette année, et une greffe s'avèrerait inutile, je suis sincèrement désolé. Je n'ai aucune idée d'où est venu ce fait, mais qu'elle y figure était une erreur, affirma-t-il, fixant Eliza Carlisle droit dans les yeux.

Alécia jeta un bref coup d'œil à la femme d'affaires qui restait silencieuse. Elles n'en avaient pas parlé entre elles, mais l'étudiante savait parfaitement que dans leur entourage, seule Eliza avait le bras assez long, et surtout les moyens d'offrir à Spencer un passe-droit, si tel était le mot. Non pas que cela la fâche. Si colère il y avait, c'était que ce passe-droit ne maintienne pas Spencer dans la liste.

Elle allait s'exprimer, quand Grace la devança :

— Alécia, il y a trois ans, quand sa VEMS se rapprochait dangereusement des trente pour cent, nous en avions beaucoup discuté. Si ce n'était pas remonté, elle aurait été greffée, mais elle est remontée. Et elle allait bien. Le plus dur s'avéra pulmonaire à cette époque, donc cela l'aurait aidé, oui, ça lui aurait donné du temps. Bien qu'elle ait surmonté cette épreuve, son corps a été fortement marqué, les difficultés gastriques qu'elle traîne depuis toute petite se sont gravement accentuées depuis, et aujourd'hui la situation diffère grandement.

L'infirmière marqua une courte pause tant ses prochains mots lui brisaient le cœur.

— Son corps entier l'abandonne, Alécia. Pas seulement ses poumons. Son pancréas ne fonctionne plus. Son foie. Ses reins lâchent. Même si elle tenait suffisamment longtemps pour recevoir ses poumons, ils ne l'aideraient pas.

Alécia entendit les pleurs d'Olivia Davies derrière elle. Anthony la prit dans ses bras et l'éloigna pour la réconforter. L'étudiante avait conscience qu'elle ne pouvait pas créer de scène, pas plus qu'elle n'en avait déjà causé, en tout cas. Elle n'était pas la seule qui souffrait de la situation. Elle sentit ses nerfs bouillir quand le docteur déclara :

— Je suis vraiment navré, mais ce serait un gâchis d'organe déjà rare. Et d'argent, ajouta-t-il en fixant de nouveau Eliza.

Le regard de la riche héritière se durcit. Il savait très bien qui elle était.

— Nous avons d'autres patients qui auront, eux, une vraie chance de survie avec ces poumons, et nous devons penser à eux.

— Je ne les connais pas, ces autres patients, déclara Eliza. Donc je m'en fiche un peu.

Elle tourna les talons et s'en alla.

Alécia se doutait que Grace la fixait, car Alécia, au contraire d'Eliza, se souciait des autres patients. Elle savait parfaitement qu'Eliza n'était pas insensible et que l'émotion jouait énormément dans ses propos si froids, mais pour Alécia, ça allait bien au-delà. Elle les côtoyait, elle était bien plus impliquée qu'elle ne l'aurait pensé dans la vie de tous ces malades. Même dans cette situation, les mots qu'avait prononcés la femme d'affaires résonnaient mal dans sa tête. Elle vit trouble d'un seul coup, car elle réalisa qu'elle ne pouvait pas se battre contre cela. Pire, elle ne le devait pas, parce que ce serait une mauvaise victoire... non pas qu'il y ait une vraie chance de victoire à la clé, de toute manière. Spencer n'aurait pas de nouveaux poumons.

Grace lui frotta les épaules pour la consoler. Henry s'approcha d'elle et lui prit la main pour l'emmener hors de l'hôpital, respirer un peu d'air frais. Une fois à l'extérieur, ils s'assirent dans un petit parc, et elle pleura de longues minutes dans ses bras.

***

Eliza entra discrètement dans la chambre d'hôpital de Spencer. Alécia ne l'avait pas entendu. Elle regardait par la fenêtre les nuages noirs et menaçants, dans le ciel de Seattle. Un nouvel orage éclaterait bientôt en ce dernier vendredi d'août.

La femme d'affaires sourit quand Alécia l'aperçut enfin.

— Hey, murmura l'étudiante qui l'étreignit. Je ne savais pas que tu venais aujourd'hui. Je pensais que vous partiez, Julia et toi, en voyage pour son anniversaire ? Je suis bien contente de te voir, je t'avoue...

Alécia regarda derrière Eliza, persuadée de trouver Julia.

— Elle a pris un léger coup de froid, alors elle a préféré rester dehors. En plus, elle adore ce genre de temps. Pas étonnant qu'elle prenne froid. On part tout le mois de septembre de toute façon, son anniversaire n'est que dans quelques semaines. Je voulais juste... passer ici d'abord.

Eliza jeta un œil sur Spencer qui dormait.

— Comment va-t-elle ?

— OK. Mieux, en fait. Ces deux derniers jours, elle était bien mieux. Elle ne va sûrement pas tarder à se réveiller. Et moi je crois que j'ai trouvé un truc. J'aurais bien aimé tomber dessus plus tôt, mais ce ne sont que de bonnes nouvelles.

— Vraiment ? s'enquit Eliza, les plis sur son front égalaient le doute dans sa voix.

— Oui, oui, j'ai toutes les infos, là. Enfin non pas toutes. Il faudra que j'en discute avec Grace et que j'approfondisse mes recherches, et en parler avec Spence aussi et–

— Ce qu'il te faut avant tout, c'est d'aller d'urgence te prendre un truc à manger à la cafèt' avant que les infirmières ne te confondent avec les malades.

Alécia haussa les épaules.

251

— Sérieusement, combien as-tu perdu, Alécia ?

Du coin de l'œil, Eliza vit Spencer ouvrir les siens. Elle se demanda depuis combien de temps elle était réveillée.

Alécia hissa de nouveau les épaules.

— Juste quelques kilos. Il me reste encore beaucoup de *surface de caresses*, comme aime le dire Spencer. Je suis sûre que ces nouvelles infos lui plairont. J'ai trop hâte de lui en parler. Elle allait vraiment mieux ces derniers jours, mais la morphine… elle a été *out* presque toute la semaine. Mais bientôt, elle n'aura plus besoin de tout ça.

Eliza et Spencer se regardaient toujours en silence jusqu'à ce que la photographe se mette à tousser. Elle posa sa main sur son masque à oxygène pour l'enlever, toutefois Alécia le lui replaça.

— Mon ange, tu es réveillée.

Elle s'assura que son masque médical était bien en place avant de se baisser pour embrasser Spencer sur le front. Elle rapprocha ensuite le plateau mobile de l'hôpital sur lequel se trouvait un beau bouquet de roses blanches, de façon à ce que Spencer les voie sans effort. La patiente expira fort, elle voulut ôter son masque à oxygène, cependant son bras refusa de coopérer et retomba sur le lit.

— Détends-toi mon amour. Je suis là, de quoi as-tu besoin ?

Spencer secoua la tête.

— OK, écoute, mon ange. J'ai trouvé un truc super intéressant. Je ne sais pas pourquoi personne n'en parle. J'ai discuté avec des gens sur internet. L'un d'eux a trente ans avec une VEMS à quatre-vingts pour cent, l'autre a quarante-neuf ans et soixante pour cent. Les deux ont pris les choses en main eux-mêmes, on va dire. Tu as autant de volonté qu'eux, donc je sais que ça peut marcher. Ils ont simplement changé leur régime alimentaire, vivent où l'atmosphère est le moins polluée possible, pratiquent beaucoup de sport. Ils prennent deux fois moins de pilules que tu en prenais, parce qu'ils utilisent des traitements naturels. Qu'en penses-tu ?

Le regard de Spencer se perdit dans la chambre.

— Ouais, je sais ; ç'aurait été bien qu'on l'apprenne avant, n'est-ce pas ?

Alécia se parlait quasiment à elle-même.

— Si ta VEMS pouvait remonter juste un chouya, et que le reste se stabilisait un peu… Si l'on pouvait te sortir d'ici et essayer ça, peut-être… Ça vaudrait le coup de le tenter, non ? Qu'en penses-tu, mon ange ?

— Je…

Spencer respira fortement dans son masque et pendant une petite minute, Alécia et Eliza pensèrent qu'elle s'était rendormie, puis elle répéta :

— Je…

Trente secondes s'écoulèrent avant qu'elle termine sa phrase :

— T'aime.

Alécia lui embrassa le front une deuxième fois et lui caressa le visage.

— Moi aussi je t'aime, mon amour.

Elle s'assit sur le lit.

— Ça va aller, tu verras. Grace est en bas avec tes parents et Lily. Dès qu'ils reviennent, on leur en parle, OK ? Peut-être même qu'on peut commencer ces traitements naturels directement ici. J'ai besoin de plus d'infos là-dessus quand même. Peut-être que Grace en sait quelque chose. Ça vaut le coup d'essayer, moi je dis.

Spencer hocha très faiblement la tête. Eliza observait toute la scène, silencieusement. Le téléphone d'Alécia se mit à vibrer. Elle jeta un coup d'œil.

— C'est Susan. Elle s'est perdue. Je te l'ai dit, même moi je me suis paumée deux fois pour trouver cette chambre la première fois. Pourtant je connais cet hôpital quasiment par cœur. J'aimais mieux l'autre, quoique la vue d'ici est plus jolie.

Alécia reposa son portable dans son sac à main, elle parut hésiter. Spencer leva légèrement la main en direction de la porte.

— Tu as raison, Spence, je ferais bien d'aller la récupérer. Je me dépêche.

Alécia se tourna, mais s'étonna quand la main de sa compagne serra son poignet avec une force qu'elle n'avait plus depuis bien longtemps.

— Oui, mon amour, que se passe-t-il ? Dis-moi, mon ange ?

Alécia se pencha pour éviter trop d'efforts à Spencer, et surtout pour entendre son léger murmure.

— Tellement belle…

L'étudiante inspira profondément. Elle fixa ces yeux noisette dans lesquels elle aimait tant s'abandonner, et sourit.

— Pas autant que toi, mon ange.

Alécia embrassa le dessus de sa tête.

— Je t'aime. Je reviens vite. Tu restes là, n'est-ce pas ? demanda-t-elle ensuite à Eliza, qui acquiesça de la tête.

Alécia, avec un dernier clin d'œil à son amour, quitta la chambre.

La riche héritière vint s'asseoir sur le lit à côté de son amie. Elle réajusta son propre masque médical. Elle détestait ces trucs, elle pouvait difficilement respirer avec. Cette pensée lui perça le cœur. Elle réalisa soudainement que Spencer se battait avec son masque à oxygène, étant décidée à l'enlever. Alécia l'avait informé à quel point elle détestait avoir un masque à oxygène sur le visage, malheureusement, sa canule nasale l'avait irrité, et cela s'était transformé en infection. C'était en cours de guérison, par contre elle devait porter un masque à oxygène en attendant, plus efficace de toute manière par rapport à son état général.

— Hey, hey ne fais pas ça, Spencer.

Le masque était à moitié au-dessus de sa bouche quand Eliza arrêta d'essayer de le replacer. La photographe souhaitait de toute évidence lui dire quelque chose, et on l'entendait à peine avec le masque, vu la faiblesse de sa voix.

— Laisse…

— OK, OK, je ne le remets pas. Mais tu devrais le porter, tu le sais.

— La laisse…

Eliza fronça les sourcils, et se rapprocha plus près pour savoir ce qu'elle désirait tant lui dire. Spencer prit de lentes inspirations, chacune d'elles semblait lui coûter.

— Pas…

Il lui fallut une minute pour ajouter « revenir ».

Les yeux au plafond, elle termina :

— Ici.

— Spencer ? Quoi ? s'inquiéta Eliza.

— S'il te plaît.

Eliza ferma les yeux brièvement, inspirant fortement face à ce qu'elle lut dans les yeux de son amie, quand celle-ci la regarda de nouveau. Le son de sa respiration impressionnait encore plus Eliza.

— OK, OK, assura-t-elle, remettant rapidement le masque à oxygène de Spencer en place, de peur qu'elle ne s'arrête de respirer à tout moment.

— Tout va bien, Spence. Je m'en occupe.

La photographe ne relâcha pas immédiatement le regard d'Eliza. Elle ne pouvait pas s'exprimer clairement à ce moment-là, toutefois son regard en disait plus qu'aucun mot n'aurait pu. Eliza hocha la tête.

— Je m'occuperai d'elle. Je te le promets.

Spencer ferma les yeux, tourna la tête légèrement sur la gauche et les rouvrit sur le bouquet de roses blanches.

Eliza entendit des voix venant du couloir. Elle se leva aussitôt pour sortir de la chambre accueillir les filles qui arrivaient. Elle posa son index devant ses lèvres.

Celles d'Alécia se pressèrent l'une contre l'autre.

— Zut, j'aurais bien aimé qu'elle reste éveillée jusqu'à ce que Grace revienne. Bon, j'en parlerai à Grace moi-même, ce n'est pas grave.

Elle s'apprêtait à entrer dans la chambre, quand Eliza mit une main sur son bras. C'est en souriant qu'elle s'adressa à Susan :

— S'il te plaît, Susan, voudrais-tu bien l'emmener manger un bout à la cafèt' avant qu'elle aussi n'ait besoin d'un lit dans cet hôpital ?

— Tu vois, Al ? Je ne suis pas la seule qui trouve que t'as une sale tronche.

Alécia leva les yeux au ciel et Susan rit.

— J'adore le soutien, Su.

L'étudiante sourit au clin d'œil de sa meilleure amie puis contempla le corps endormi de sa Spencer à travers la petite fenêtre de la porte de la chambre.

— Je reste avec elle, promit Eliza.

— OK. J'ai un peu faim, j'avoue. Mais je reviens vite, OK ?

— Prends ton temps.

Alécia acquiesça. Susan et elle partirent tranquillement en direction de la cafétéria du rez-de-chaussée. Eliza retourna dans la chambre. Elle n'était pas sûre que Spencer dorme. Elle se rapprocha et essuya une larme qui coulait le long de sa joue sans que la jeune femme réagisse, apparemment de nouveau assoupie. Elle récupéra le téléphone portable d'Alécia dans son sac à main. Elle sortit de la chambre pour composer un numéro.

— Non, c'est Eliza Carlisle, Henry. Désolée de te déranger. Je sais que tu es en ville en ce moment, c'est bien ça ? Oui. Non, elle va... toujours pareil, mais je pense qu'Alécia aurait bien besoin de toi aujourd'hui. Merci, elle appréciera.

Elle raccrocha, mit sa main sur son front avant d'inspirer profondément et se redresser, au moins pour se donner une constance. Elle retourna à l'intérieur de la chambre, soupira quand elle vit le masque à oxygène à moitié sur la bouche de la photographe. Elle le remit en place et s'assit dans le fauteuil à côté du lit, prenant la main de son amie dans la sienne. Spencer restait si immobile. Elle l'avait déjà vu dormir, mais jamais avec cet air si figé, si calme…

***

Alécia contemplait son sandwich sans le manger.

— C'est si horrible que ça ?

— Hein, pardon ?

— Ton sandwich, comme tu es végane maintenant, et qu'il est aux œufs et au thon. C'est si dur de repasser végétarienne juste pour un repas ? Je te promets que les animaux te pardonneront, Al.

Alécia sourit à son amie, néanmoins il s'estompa rapidement, comme après chaque tentative de Susan pour lui remonter le moral.

— Tu as des nouvelles de Kenzi ? demanda Alécia, essayant de se ressaisir.

— Elle m'a appelé ce matin, elle vient demain soir voir Spencer et repartira lundi. L'expo se passe super bien apparemment. Je lui avais dit que New York était l'endroit idéal pour ses peintures *psyché*. Je savais que cette fille irait loin. J'ai hâte d'aller voir ça la semaine prochaine.

— Je n'en doute pas une minute.

Bien qu'amusée, Susan soupira au levé de sourcils d'Alécia.

— Oh, arrête avec ça ! Kenzi et moi on est juste amies. Même si elle couche avec de plus en plus de femmes, elle voit tout de même plus d'hommes. Et moi tu sais très bien que ça m'est arrivé une fois en deuxième année, pour essayer. Mais ce n'est pas mon truc. Par conséquent, arrêter votre délire Spencer et toi.

— Ah, on aime bien vous titiller. Mais je sais tout ça. Et je préfère ça d'ailleurs, d'une certaine manière. Vous vous entendez si bien, et ces trucs-là, ça brise l'amitié parfois.

— Ne t'inquiète pas, vraiment je l'adore, si c'est un mot que l'on peut utiliser pour cette fille. Mais ouais, et ce n'est rien de sexuel. Et toi ? Tu parlais de Matt et toi là, j'imagine ?

— Oh, non, non. Je ne m'attends plus du tout à retrouver notre amitié. Je ne crois même plus que c'était une réelle amitié finalement. On se croise de temps à autre à Port Angeles, on se dit bonjour, comment ça va. Rien de plus. Je vais très bien sans lui dans ma vie. Et il pense probablement que je serai une mauvaise influence dans la sienne dorénavant. C'est mieux ainsi.

256

Sur ce, Alécia croqua dans son sandwich puis leva les yeux quand elle aperçut Julia la saluer depuis l'extérieur de la cafétéria.

Avec de grands signes, elle lui signifia de les rejoindre. La fine brunette s'avança furtivement entre les tables pour atteindre la leur.

— Salut. Je ne voulais pas vous déranger.

— Tu ne nous déranges pas du tout. S'il te plaît, assieds-toi cinq minutes. Tu ne connais pas Susan, ma meilleure amie. Su, je te présente la seule l'unique Julia, alias Jillian Waters.

— Salut ! Je suis trop fan de ta poésie. Et d'ailleurs, je tiens à préciser que c'est moi qui ai trouvé le <u>Book of Secrets</u>. Pas Alécia.

Alécia sourit largement avant d'acquiescer :

— C'est vrai en plus. J'ai découvert tous ces trésors grâce à elle. En même temps, ceux-là de poèmes, je sais qu'à la base tu ne voulais pas les publier.

— Ce n'est rien maintenant. Je m'en remets, déclara l'écrivaine avec un sourire complice.

Ses grands yeux verts étincelants rencontrèrent le vert foncé intense de ceux d'Alécia quand elle demanda d'un ton calme et apaisant.

— Comment vas-tu ?

— Je, eh bien…

Alécia marqua un temps de pause. Elle était tellement habituée à réagir à la question « comment va Spencer ? » qu'elle ne trouvait pas la réponse. Comment allait-elle, elle-même ? Elle ne le savait pas vraiment.

— Quelque peu anesthésiée, en fait.

Elle ne comprenait pas trop sa propre réponse. La compassion dans le regard de Julia l'empêcha de commenter par un simple, et faux, « je vais bien, pas de souci ».

Susan posa sa main sur le bras de son amie et le serra. Elle s'adressa ensuite à Julia :

— Qu'écris-tu en ce moment ? Sans doute pas de la poésie, j'imagine. Encore qu'avec le succès de ton dernier recueil, tu pourrais enchaîner, personne ne s'en plaindrait. J'ai déjà mentionné que c'était moi qui avais montré le <u>Book of Secrets</u> à Alécia ?

Les deux auteures rirent doucement. Ne pas ressentir cette douleur constante à l'intérieur faisait du bien, même pour une minute. De rire avec des amis et ne plus penser à la mort.

Même une petite minute.

— Non, ce ne sera pas de la poésie. Enfin, j'écris ce qui me vient, la plupart du temps. Là, je travaille sur un nouveau roman. Et nous allons voyager un peu ce mois-ci, conséquemment je vais sûrement *blogger* de nouveau.

— Génial ! Trop hâte ! Est-ce qu'Alécia t'a dit qu'elle écrivait un roman elle aussi ?

— Eliza me l'a dit, oui.

— Comment l'a-t-elle su ?

Alécia parut réellement surprise, car elle n'en avait jamais discuté avec l'héritière.

— Spencer lui en a parlé il y a quelque temps. Personnellement, j'ai très hâte de le lire.

Julia se mordit la lèvre inférieure et ajouta :

— OK. Je suis incapable de mentir. Je n'y arrive pas ; Spencer a donné à Eliza quelques-uns de tes vieux textes, et ceux de cette année que tu as écrits pour tes cours. Et sincèrement, tu as un style démentiel. J'adore, tu portes des émotions si intenses et palpables, et des personnages multidimensionnels. Encore une fois, je ne sais pas mentir, mes joues deviennent rouges, je bégaie, et je peux même m'en rendre physiquement malade. Par conséquent, je n'aurais rien dit du tout si je ne pensais pas que tu as vraiment du talent. Plus que ça même. Évidemment, je ne suis membre d'aucun comité de lecture, donc ça vaut juste ce que ça vaut, néanmoins j'adorerai lire un roman entier de toi.

— Non, non, non, c'est mieux. Ton opinion vaut bien davantage pour moi. Tu es mon auteure préférée. Je suis… ouah, merci ! C'est encourageant, admit l'étudiante, les yeux pleins d'étoiles.

— Eliza ne sait pas de quoi parle ton roman, par contre. Est-ce une romance, un thriller ? Ma curiosité est piquée, j'avoue.

— Je vois ça, euh… non en fait c'est sur Spencer, je veux dire sur sa vie, et notre rencontre. Enfin, c'est de la fiction, mais j'ai basé mon personnage principal sur elle.

— Je suis sûre que tu vas nous livrer une très belle histoire. Où en es-tu ?

— J'ai un deuxième jet bien ficelé là, que j'édite de nouveau. Je souhaite réécrire certains passages. J'ai un gros doute sur ma fin, en fait.

Susan leva les sourcils brièvement.

— La fin, c'est toujours la merde. Il m'a fallu deux fois plus de temps pour écrire la fin de ma dissertation principale que pour tout le truc. La fin, ça ne devrait pas exister, ajouta Susan avec le sourire.

Alécia inspira pour retenir ses larmes.

— Non, ça ne devrait pas…

Susan réalisa ce à quoi pensait son amie à ce moment, et lui serra le bras une nouvelle fois, en réconfort.

Alécia regarda sa montre et ouvrit grand les yeux.

— Bon sang ! Ça fait trois quarts d'heure que j'ai quitté la chambre. Il faut que j'y retourne !

— Tu avais besoin d'un break, Al, la rassura Susan.

— Oui, c'est vrai. Merci, à vous deux.

Julia sourit avec un timide hochement de tête et elles se levèrent pour remonter dans les étages.

***

Alors qu'elles atteignaient le couloir, Alécia se demanda pourquoi il y avait tant d'agitation et tant de monde. Trois infirmières et le docteur Garrett sortirent de la chambre de Spencer. Elle n'avait jamais remarqué avant la luminosité si intense de ce couloir, éblouissante, presque… et long, il lui semblait très long d'un coup. La chambre de sa compagne se trouvait tout au fond. Anthony tenait sa femme, en larmes dans ses bras. Grace, elle, étreignait la jeune Lily, également en pleurs. Anthony sanglotait aussi. Que se passait-il ? Pourquoi Susan venait-elle de s'arrêter de marcher, mettant sa main à sa bouche et commençait-elle à pleurer ? Et ce couloir qui n'en finissait pas…

L'esprit d'Alécia séparait ce qu'elle voyait de ce qu'elle comprenait. Puis Eliza se tint en face d'elle, ses larmes à peine séchées sur son visage. Et soudain, tout reprit forme dans son esprit, tel un coup de poing en plein visage.

— Non, non, non !

Sur le point de partir en sprint, Eliza bloqua son passage.

— C'est fini, Alécia. C'est fini.

— Spencer !

Eliza mit ses mains sur ses épaules pour l'empêcher d'y aller.

— Non ! Laisse-moi passer ! Spencer ! Eliza, lâche-moi !

— Elle est partie !

Eliza lui tint les bras plus fermement.

259

— Elle est partie, répéta-t-elle plus délicatement.

Elle n'était pas sûre que l'étudiante l'entende vraiment.

— Elle n'est plus dans cette pièce, Alécia. Ce n'est plus elle.

Le monde s'effondra à cet instant, et avec lui les jambes d'Alécia. Eliza la prit dans ses bras et la serra fortement. L'ascenseur s'ouvrit sur le côté et Henry en sortit, sourire aux lèvres comme d'habitude, jusqu'à ce qu'il voie la scène, et comprenne aussitôt.

— Oh non, ce n'est pas possible.

Il se mit à pleurer, mais se redressa quand Eliza pointa son doigt vers lui. Son regard semblant dire « toi, ce n'est pas le moment ». Il ravala ses premières larmes et marcha dans leur direction avec un regard ferme et un hochement de la tête. Susan essayait de se reprendre également, sans y parvenir.

Eliza laissa subtilement Alécia dans les bras d'Henry qui la serra aussi fort qu'il le pouvait. Susan se rapprocha et passa ses bras autour de son amie.

La femme d'affaires fixait l'ascenseur sans vraiment le voir. Elle mit une main sur son front, et ne put empêcher ses larmes de revenir à la charge, jusqu'à ce qu'une main glisse dans la sienne. Elle observa le doux sourire de sa partenaire qui lui serra la main, et elle put respirer de nouveau.

Elle tourna la tête vers Alécia et leva ensuite les yeux au ciel.

— Je ne vais pas la lâcher, murmura-t-elle.

Avec Julia qui lui souriait, elle s'éloigna de l'hôpital.

Épilogue

Alécia remit son sac à dos sur les épaules après en avoir sorti son téléphone portable. Un livre dans une main et le téléphone dans l'autre, elle prit vite l'appel avant qu'il ne parte en message vocal.

— Hey Su ! ... Oui, le vol s'est bien passé. ... Non, pas trop. ... Non, non, la chambre, ça va et l'hôtel est sympa. Ne t'inquiète pas, je dormirais mieux ce soir.

Elle dut prendre une profonde inspiration. Grimper et parler en même temps ne s'avérait pas forcément une bonne idée.

— J'y suis presque, en fait. ... Oui, c'est très beau. J'ai du mal à me dire qu'on est en janvier, avec le temps qu'il fait ici. ... Bah oui, c'est l'été ici, Su. ... Oh oui, je sais que ça va te plaire. Fais gaffe quand même, les températures au Chili, surtout où l'on va, risquent de différer grandement.

Alécia sourit brièvement de la réponse de son amie à l'autre bout du fil.

— Oh, tu les as vus ? ... Oui, j'en ai une version promo, déclara Alécia en regardant le livre qu'elle tenait dans ses mains.

— Vraiment, tu trouves ? ... Merci. ... Oui, c'est un bon début, mais c'est probablement parce que les ventes vont à la fondation.

Alécia sourit.

— OK, OK, ne me fais pas la morale. D'accord ; il se vend bien car l'histoire est bien, si tu le dis, cela doit être vrai. Et puis j'ai enfin un bon marque-page.

Alécia hocha la tête à ce que venait de rétorquer sa meilleure amie.

— Oui, Eliza a pu obtenir les cartes de visite de la fondation juste avant mon départ. ... Je suis contente, c'était ce que je voulais ; engageant, mais discret, pas tape-à-l'œil. Elles sont sympas.

Tout en parlant, Alécia ouvrit le livre qu'elle tenait à la page où se trouvait la carte de visite, son *marque-page*. Elle inspira profondément pour repousser le trou béant qui lui déchira le cœur, tandis qu'elle lut dans sa tête le nom sur la carte de visite de <u>la fondation Spencer Davies</u>.

Elle referma le livre, elle avait manqué les derniers commentaires de Susan, et se sentait envahie de trop d'émotions.

— Je suis presque arrivée, Su. Je vais devoir raccrocher. Ça devient dur de respirer, sept cents mètres, ce n'est pas rien et ça grimpe. Il y a beaucoup de monde, je t'entends mal, en plus. … Oui. Tu as bien tes billets ? … OK, on se retrouve dans deux jours. Henry arrive demain. … Oui. … Non. Kenzi nous rejoint directement à Ushuaia et c'est elle qui amène Lily. … Eliza ? Franchement, je n'en ai aucune idée. Je vis avec Julia et elle dans le manoir de Berkeley depuis qu'elles m'ont *kidnappé*, et je n'arrive toujours pas à la déchiffrer.

Alécia sourit avant d'ajouter :

— Mais je sais qu'elle sera là. Elle va sûrement se pointer juste quand le bateau lâchera l'ancre, tu vois.

Elle rit légèrement de la réponse de Susan avant de regarder droit devant elle.

— Je dois te laisser, Su. À très vite. … Ouais, bye, Susan !

Alécia raccrocha, sa tête toujours dans les nuages tandis que des larmes coulaient librement le long de ses joues. Elles avaient organisé ce voyage toutes ensemble, pour célébrer la vie de Spencer en allant voir les endroits qu'elle avait rêvé de visiter. Elles se retrouveraient toutes pour explorer la cordillère de Darwin, mais ça, là, devant elle, c'était quelque chose qu'elle devait accomplir seule.

— On y est, mon ange…

Sa voix craqua.

— Tellement beau. Tu avais raison.

Elle eut du mal à terminer sa phrase tant l'émotion lui serra la gorge.

Elle fixa le Christ du Corcovado juste en face d'elle. Ou plutôt, au-dessus d'elle. Et pendant une seconde, Spencer lui tenait la main, elles admiraient la statue mythique, ensemble sans personne d'autre autour.

Alécia ferma les yeux, elle inspira profondément. À cet instant-là, elle pouvait sentir l'odeur de sa bien-aimée, son parfum, sentir sa peau salée sur ses lèvres et la chaleur de son corps contre le sien. Bien que les larmes redoublent sur son visage, elle sourit en s'approchant aussi près qu'elle le pouvait. Elle regarda son livre. <u>Un Souffle à la Fois</u>, par Alécia Moore. Une photo de Spencer, prise de côté, l'illustrait. Elle prenait la posture du Christ du Corcovado, tandis qu'elle se tenait sur un sommet surplombant la Yosemite Valley. L'étudiante avait pris cette photo elle-même lors de leur voyage en mars.

Alécia s'agenouilla et posa le livre au pied du socle sur lequel reposait la statue. Le marque-page avec le nom de la fondation était visible. Elle recula et contempla l'horizon.

— À ta vie, mon amour.

À Propos de Gaëlle Cathy

Née dans le sud de la France, Gaëlle partage son temps entre les montagnes de l'Ardèche et la métropole de Lyon. Très tôt, elle développe une passion pour la langue anglaise et les États-Unis, qu'elle a souvent visités. La série télévisée <u>Buffy the Vampire Slayer</u> scella ces deux passions quand elle se mit à écrire des fanfictions ; plus de 70 en six ans avant de finalement prendre son envol avec ses propres écrits.

Dès 2011, elle publie des romances et romans fantastiques en anglais, qu'elle traduit en français dès 2016.

« Quand la Rivière Sort de son Lit » sort en décembre 2016. *« Un Souffle à la Fois »* en juillet 2017. *« Le Feu et la Glace »* en septembre 2018. *« Une Semaine à Acapulco »* au printemps 2019. *« En Noir et Blanc »* sort en janvier 2020. *« Toi, moi… + elle »* en mai 2020. *« Scènes de Vie »* sort en février 2021. Un nouveau roman fantastique *« La Guerre »* sort en mars 2021 et une nouvelle romance, *« C'était un Vendredi »* en septembre 2021. En décembre 2021 sort un petit recueil d'histoires courtes, *« De l'Amitié, Beaucoup d'Amour, un Zeste de Magie et un Brin de Malice »*. Une nouvelle romance, *« Cette Nuit-Là »* sort en septembre 2023.

Gaëlle signe chez Homoromance éditions en 2023 pour une réédition de *« C'était un Vendredi »* ainsi que deux romans inédits ; un drame *« Faux Départ »* en mai 2024, et une romance intitulé *« Laisse-Moi t'Aimer »* en février 2025.

Elle autopublie *« Conséquences »* au printemps 2025, une suite de son premier roman, puis un nouveau drame, *« Coupable ? »*.

Une nouvelle intitulée *« Déjà Vu »* et une romance sont prévues au second semestre 2025.

Amoureuse de la nature et des animaux, Gaëlle effectue de longues promenades à travers les sentiers montagneux et passe le reste de son temps à écouter de la musique, s'occupant de ses sept chats.

BIBLIOGRAPHIE

ROMANCES

Quand la Rivière Sort de Son Lit

La vérité vaut elle le risque de tout perdre ?

Une incartade de trop vaut un retour express, d'Angleterre aux États-Unis, à la jeune Eliza Carlisle, 19 ans, afin de passer son bac dans la riche petite ville de Lorien, New Jersey. La mauvaise nouvelle se transforme bientôt en un nouveau challenge pour la jeune écorchée quand elle rencontre Julia, une adolescente fragile, volontairement coupée du reste du monde. Déterminée à découvrir les secrets qui l'entourent, leur relation évolue en une amitié spéciale. Des sentiments inattendus surgissent... de nombreux dangers aussi.

979-10-96374-04-5

Un Souffle à la Fois

Alécia Moore a 21 ans, elle étudie à l'université de Berkeley. Elle rend très souvent visite à ses parents dans la région de Seattle durant les week-ends. Lors de l'une de ces visites, elle fait la connaissance de Spencer Davies, une photographe au sourire dévastateur.

C'est le coup de foudre immédiat pour toutes les deux. Mais lorsque Spencer lui révèle sa maladie génétique, le douloureux passé d'Alécia ressurgit, et lui impose des choix à faire.

Est-elle prête à s'investir corps et âme une nouvelle fois, pour risquer de finalement tout perdre ?

979-10-96374-08-3

Le Feu et la Glace

Le calme de Franklin, petite ville du New Hampshire, est juste ce qu'il faut aux Beckett après avoir fui Manhattan.

Emma a vingt ans, un break loin de l'université, mais surtout de ses tourments sentimentaux s'impose. Elle est donc ravie de cette escapade rurale.

Elle tombe en admiration devant des objets locaux en cristal, et se met en quête d'en trouver le créateur pour l'anniversaire de sa mère Élisabeth. Sa quête va la mener beaucoup plus loin, trop loin peut-être, passant du rêve au cauchemar...

Entre sa rencontre foudroyante avec Charlène Campbell, artiste désabusée ; son passé qui la rattrape et sa famille à protéger, Emma va se retrouver dans une spirale infernale qui ne lui laissera aucun répit.

Comment va-t-elle s'en sortir ?

L'amour peut-il vraiment tout conquérir ?

979-10-96374-12-0

Une Semaine à Acapulco

Charlène "Charlie" Campbell n'a jamais cru au grand amour jusqu'au jour où il lui tomba sur la figure, transformant sa vie en un chaos et une misère insondable. Pour oublier cette erreur, elle décide de passer Noël 2014 sur les plages d'Acapulco, espérant retrouver le plaisir et la liberté des ébats d'un soir, comme au temps de sa jeunesse.

Alécia Moore, au contraire, a toujours été sentimentale, d'autant plus qu'elle a connu l'amour avec un grand A... et perdu. Elle fuit Seattle et un nouveau Noël déprimant avec sa famille et ses amies qui l'étouffent.

Mais tandis que le soleil et l'océan ne semblent en rien chasser son blues, une rencontre importune avec Charlie, en revanche, change complètement la donne et le sens de ses vacances.

Cela sera-t-il suffisant pour qu'elle ouvre de nouveau son cœur ? Charlie sera-t-elle capable de miser sur ce en quoi elle ne croit plus ?

BONUS STORY : Une Nouvelle Vie (ou l'histoire d'Emma)

Et Emma dans tout ça...

979-10-96374-15-1

En Noir et Blanc

Sarah Weisman fuit constamment ses sentiments. Vers une université très loin de sa Californie natale pour éviter son premier coup de cœur, puis de retour à Los Angeles pour éviter son premier amour… Elle se concentre désormais uniquement sur ses études, faisant profil bas, et ignorant les sentiments qu'elle continue d'avoir pour le même sexe. Mais elle rencontre Letty Rodriguez, une bombe latine, militante animaliste et lesbienne affirmée, par qui elle se sent immédiatement attirée. Elle sait qu'elle devrait s'enfuir à nouveau… pourtant elle ne le fait pas. Au fur et à mesure qu'elles se découvrent mieux l'une l'autre, Sarah doit une nouvelle fois faire face à des sentiments conflictuels. Mais alors qu'elle arrive doucement à les accepter, Letty semble maintenant la plus confuse des deux. Et si elle avait un autre agenda ? Sarah survivrait-elle à une trahison ?

Histoire Bonus : Vanessa

979-10-96374-18-2

Toi et Moi… + Elle

Amatrice de musique, Sasha passe de nombreuses soirées dans les clubs de New York City pour assister à des concerts. Riley Becker joue dans ces mêmes clubs, enchantant les femmes par ses talents de guitaristes hors pair et son look androgyne à l'extrême. L'attirance est immédiate, et réciproque. Sasha est prête à y succomber quand elle apprend une nouvelle qui ruine toute chance de relation avec Riley.

Leurs routes, cependant, continuent de se croiser et elles ont beaucoup de mal à ne pas céder à la tentation.

Sasha prendra-t-elle le risque de se lancer dans une relation vouée à l'échec ?

979-10-96374-23-6

Scènes de Vie

Eliza, Julia, Spencer, Alécia, Charlie, Emma, Sam… Vous avez aimé leurs histoires, leurs rencontres, mais, comment cela se termine-t-il ? Emma trouve-t-elle réellement le chemin de la rédemption dans les bras de Sam ? Qu'en est-il de sa famille ? De sa relation avec Charlie ? Cette dernière épousera-t-elle véritablement Alécia malgré ses sentiments persistants pour Emma ? Alécia réussira-t-elle un jour à se défaire entièrement du fantôme de Spencer ? Qu'est-il advenu de l'épique duo Eliza et Julia ? À découvrir au gré de ces Scènes de Vies.

979-10-96374-36-6

C'était un Vendredi

Justine vit depuis plusieurs années sur une petite île de la Polynésie française, aidant au développement de l'agriculture locale. Très enjouée, elle profite de la vie avec ses amis, habitants locaux ou autres expatriés. Elle est très intriguée par Jenyfer, une Américaine séjournant sur l'île depuis plusieurs semaines sans aucune interaction avec la population. De nature très curieuse, Justine ne renonce pas malgré quelques tentatives infructueuses de se rapprocher d'elle. Elle se rend toutefois très vite compte que Jenyfer est prisonnière d'un très lourd passé. La curiosité de Justine passe très vite de l'intérêt à la compassion… et plus encore.

Justine pourra-t-elle exorciser le mal de Jenyfer ?

979-10-96374-39-7

De l'Amitié, Beaucoup d'Amour, Un Zeste de Magie et un Brin de Malice

Amour et amitié intense attendent ces jeunes femmes qui se trouvent et se découvrent avec, parfois, un petit coup de pouce surnaturel.

979-10-96374-42-7

Cette Nuit-Là

Lors d'une soirée estudiantine, Jillian retrouve sa petite-amie dans les bras de son ami David. Par un concours de circonstances, elle termine la soirée, puis la nuit, dans la chambre d'Hailey, la sœur de David.

Passionnée de photo, mais obligée de travailler dans l'entreprise familiale de déménagement, faute de mieux, Jillian tente d'oublier l'affront de cette nuit-là, et surtout le lien fort tissé avec Hailey.

979-10-96374-45-8

Laisse-Moi T'Aimer

Nicole mène une vie tranquille, bien ordonnée entre son métier d'expert-comptable et ses soirées hebdomadaires entre amies à Manhattan. Son univers bascule le jour où elle croise Eléa, une jeune femme libre et insaisissable, tout l'opposé d'elle : cheveux bicolores, tatouages, et une attitude audacieuse qui bouscule chaque règle établie. Contre toute attente, leur alchimie est immédiate et enivrante, pourtant Eléa n'est pas prête à s'engager et cache de lourds secrets.

Accrochée à cet amour aussi imprévisible que passionné, Nicole plonge dans une relation tumultueuse où chaque rencontre est une bouffée d'adrénaline, et chaque séparation, une souffrance.

Combien de temps cet amour survivra-t-il à la distance qu'Eléa lui impose ?
978-28-98442-99-5

Conséquences

Eliza et Julia s'aiment depuis dix-huit ans. Un couple fusionnel, une vie presque parfaite… où seul un enfant manque à leur bonheur. Mais quand une série d'évènements troublants bouleverse leur entourage, Eliza refuse d'y voir de simples coïncidences.

À New York, Cassidy, insaisissable et libre, croise de nouveau la route d'Emmy, son amour de jeunesse. Les années ont passé, mais le feu qui les consume n'a jamais cessé de brûler. Entre passion et regrets, elles devront choisir : se laisser une seconde chance ou tourner la page pour de bon.

Deux histoires qui s'entrelacent, des certitudes qui vacillent. Quand le passé ressurgit, jusqu'où iront-elles pour protéger ceux qu'elles aiment ?
979-10-96374-53-3

Déjà Vu (2025)

À vingt et un ans, Clara poursuit avec passion des études d'anthropologie à Los Angeles, et partage sa vie avec Allan, son ancien professeur, de huit ans son ainé. Mais quand l'ex-compagne de ce dernier réapparaît, les débuts chaotiques de sa relation avec Allan reviennent la hanter. Les tracas s'accumulent quand le flirt de sa monitrice de surf la rend plus confuse qu'elle ne le souhaite.
979-10-96374-51-9

ROMANS

Hannah

Hannah excelle dans le monde de la finance à Manhattan, occupant un poste majeur à vingt-cinq ans. En revanche, sa vie privée, faite de rencontres d'un soir assumées, est bien plus chaotique.

Sa rencontre avec Thomas risque de faire voler en éclat l'épais mur qu'elle a érigé entre elle et son passé. Elle aura beau tâcher de résister, la persévérance de Thomas fissure ses barrières. Mais Hannah n'est pas prête à y faire face, ou lui laisser plus de marge de manœuvre.

L'amour de Thomas lui permettra-t-elle de se libérer d'un passé qui l'emprisonne ?
979-10-96374-48-9

Faux Départ

Virée de chez elle par sa mère alcoolique, Sidney, seize ans, vit désormais à Ithaca, avec son père et sa belle-famille. Après une adolescence chaotique, elle s'efforce de remettre sa vie en ordre, malgré la sévérité de son père qui ne lui pardonne pas ses errements.

Son attirance immédiate pour la belle Keira et le lien fort qui se tisse avec le charmant Jérémy font rapidement ressurgir les fantômes du passé.

Fera-t-elle les bons choix ?
979-10-96374-54-0

Coupable ? (2025)

Épouse aimante, mère dévouée, Kristin Harris menait une vie sans histoire… jusqu'à sa disparition soudaine. Départ volontaire, comme l'affirme la police, ou acte criminel, comme le clament ses proches ?

Refusant d'écarter la moindre piste, la capitaine Raphaëlle Shepherd fouille chaque recoin de son existence, tandis que l'enquête prend un tournant dramatique.

Qui aurait voulu du mal à cette femme en apparence irréprochable ? Un amant éconduit ? Un mari blessé ? Une mauvaise rencontre ? Ou encore Eli, adolescente au passé trouble et ancienne amie de sa fille, dont le nom revient sans cesse malgré la brouille ?

Entre mensonges et révélations, Raphaëlle devra lever le voile sur la véritable Kristin Harris…

979-10-96374-56-4

ROMANS FANTASTIQUES

La Guerre

Willow Creek, petite ville tranquille de Californie du Nord où Sienna vit une vie d'adolescente sans souci, au sein de sa famille d'accueil, avec son meilleur ami Shiloh. Tandis que les forêts alentour sont marquées par une recrudescence d'attaques d'animaux sauvages et de disparitions inquiétantes, tout ce qu'elle espère, à l'aube de ses dix-sept ans, c'est d'avoir, enfin, un petit-ami. Le jour J pourrait s'avérer le bon quand, lors de sa fête d'anniversaire, non pas un, mais deux jeunes hommes l'attirent irrésistiblement. Cependant, une autre invitée mystère va bouleverser sa vie par d'intenses révélations… et sentiments. Sienna se retrouve au milieu d'une guerre millénaire avec la possibilité d'y mettre fin. Elle découvrira que rien n'est jamais ce qu'il paraît et que tout choix a ses conséquences.

979-10-96374-30-4

LEGACY (GC Lehane)

Dylan Evans, one of many Hunters, trained by the Academy to fight vampires, returns home after some time away following traumatic events. However, time did not heal much, that it be in her relationship with her mother, or with her AR Mrs. Cooper (Academy Representative), her friends as well and even less with her boyfriend Jordan. What's more, she has to face the presence of another Hunter, Santana, sent to town during her absence. The clashing personality of both Hunters, as well as Dylan's bitterness, makes it difficult for her to pick up the pieces of her life. Comes in to play Angelina Kane, a mysterious and fragile young girl with a troubled past. A strange yet immediate change in the group dynamic occurs, with some dreadful results.

978-13-01160-74-7

CONTACT

Merci d'avoir lu *Un Souffle à la Fois*.

J'adorerais savoir ce que vous en avez pensé, donc n'hésitez pas à laisser un commentaire, par mail ou sur Amazon ou tout autre endroit où vous avez pu l'acquérir.

Retrouvez Alécia dans *« Une Semaine à Acapulco »*, *« Scènes de Vie »* et *« Conséquences »*.

Vous pouvez me contacter à GCLehane@gmail.com
Ou via mes pages Facebook et Goodreads.

Et n'oubliez pas de visiter mon site web : Les Romans de Gaëlle Cathy ou mon Blog pour plein d'exclus, nouvelles sorties, bande-annonce, livres offerts, etc.

Gaëlle DECROSSAC

ISBN : 979-10-96374-08-3
Dépôt légal : Octobre 2022

Impression Hors-France